古典詩歌研究彙刊

第十一輯

龔鵬程 主編

第 23 冊

元代詠物詞研究（上）

趙桂芬 著

國家圖書館出版品預行編目資料

元代詠物詞研究（上）／趙桂芬 著 — 初版 — 新北市：花木
蘭文化出版社，2012〔民 101〕
目 2+224 面；17×24 公分
（古典詩歌研究彙刊 第十一輯：第 23 冊）
ISBN 978-986-254-741-0（精裝）
1. 詞論 2. 元代
820.91 101001402

古典詩歌研究彙刊
第十一輯 第二三冊 ISBN：978-986-254-741-0

元代詠物詞研究(上)

作 者 趙桂芬
主 編 龔鵬程
總 編 輯 杜潔祥
出 版 花木蘭文化出版社
發 行 所 花木蘭文化出版社
發 行 人 高小娟
聯 絡 地 址 新北市永和區中正路五九五號七樓
電話：02-2923-1455／傳真：02-2923-1452
網 址 http://www.huamulan.tw 信箱 sut81518@gmail.com
印 刷 普羅文化出版廣告事業
初 版 2012 年 3 月
定 價 第十一輯 30 冊（精裝）新台幣 42,000 元

元代詠物詞研究(上)

趙桂芬 著

作者簡介

趙桂芬，江蘇泰興人，生於台灣屏東。國立高雄師範大學國文學系博士，現任台南應用科技大學室內設計系副教授。學術專長為古典詩詞、性別文學、繪本文學等。著有《王靜安詞研究》、《姜白石詞研究》、《元詞研究》，及〈晏殊詠花詞審美特徵試析〉、〈《列子》貴生保育思想初探〉、〈試析白居易詠花詩中的情與志〉、〈《詩經・秦風・蒹葭》夢幻主題探析〉、〈《吳歌西曲》的女性書寫特徵〉、〈元人虞集詞探析〉、〈《周易》經傳與卦爻圖象中的兩性關係——以〈乾〉、〈坤〉二卦為考察基點〉、〈元詞隱逸思想初探〉、〈從社會變異看元代儒士失尊的現象〉、〈元代題畫詞探析〉等單篇論文。

提　　要

　　本論文以元代詠物詞作為研究對象，分析其題材類型、寄意內涵與藝術特色，並探討其形成之背景。論文共分七章。第一章〈緒論〉：說明研究動機與目的、研究現況與方法、以及研究範圍與取材。第二章〈元代詠物詞之時代背景〉：分別從社會現象、文化特色、文學趨勢等三方面分析，藉此了解元代特殊的時代環境對詠物詞發展的影響，以期掌握其內容及風格特色形成的原因。第三章〈詠物傳統與詠物詞的流變〉：本章先探溯詠物傳統與元代以前詠物詞的流變與特色，藉此了解元代詠物詞與前代之間的承轉關係，以及尋繹其文學史定位的基礎。第四章〈元代詠物詞的傳承與開拓〉：由於元代特殊的政治背景，與宋、金二朝皆有重疊，因此跨時代的詞人身分必須先加以釐清與定位，再從地理環境、文化背景的差異，分析其承接系統不同所形成的特殊風格，並選列各期詠物代表詞家與作品舉例說明之。第五章〈元代詠物詞之題材內涵〉：首先分析題材類型與題材類型結構的特色，並就其寄意內涵包括黍離之思、傷逝之嗟、閒適之趣、及隱逸之志等四大類分別析述鑑賞，以了解元代詞人筆下的生命情調與精神風貌。第六章〈元代詠物詞之藝術特色〉：就意象之運斤、典故之鎔裁、修辭之活化三方面，探討元代詠物詞的藝術表現特色與審美特徵。第七章〈結論〉：對元代詠物詞之成就與價值做綜合性的評論，以確立其在詠物詞史上的地位。

第一章　緒　論

　　蒙元是中國歷史上一個極爲特殊的時代。論及蒙元的特殊性，不僅因爲蒙元是中國歷史上第一個非漢族統治的「征服王朝」，〔註1〕同時蒙元也是蒙古世界帝國的一部分。〔註2〕其世界性、多民族性、與多元性，在中國歷史上都極爲罕見。以至於中國文化在蒙元統治時代也經歷相當特殊的考驗，在內部征伐不斷的民族衝突，與外來文化衝擊下，蒙元的征服與統治有如一場狂風暴雨，〔註3〕不僅對歐亞各

〔註1〕 王明蓀：《元代的士人與政治‧序論》舉〔德〕魏特夫（Karl A. Wittfogel, 1896～1988）的說法，將外族在中國建立的王朝分爲二種典型：即「滲透王朝」與「征服王朝」。所謂「滲透王朝」，指北魏及其前後之北方外族朝廷；而「征服王朝」又可分爲兩個次級模式，其一爲漢化較淺的遼與元；其二爲漢化較深的金與清。王氏認爲滲透與征服是過分強調外來的手段以統治中國地區，其名易有「壓迫」與排外之感，故統稱之爲「複合皇朝」。（臺北：臺灣學生書局，1992年3月初版），頁2～3。另參見 Karl A. Wittfogel and Feng Chia-Sheng, *History of the Chinese Society：Liao （907～1125）*（Philadelphia: American philosophical society, 1949），pp.1～32。此導言中譯文收入王承禮主編：《遼金契丹女眞史譯文集》第一輯（長春：吉林文史出版社，1990年9月1版），頁1～95。
〔註2〕 蕭啓慶：〈蒙元統治與中國文化發展〉，見氏著：《元代的族群文化與科舉》（臺北：聯經出版事業有限公司，2008年1月初版），頁23～24。
〔註3〕 錢穆：《國史大綱》「元明之部」曰：「蒙古民族入主中國，中國史開

國的歷史發展產生重大的影響，〔註4〕中國的歷史與文化也處於一個
急遽裂變的時代，戰爭的破壞、種族的歧視、儒士的失尊以及外來文
化的衝擊，對中國文化構成嚴重的威脅與挑戰。文學是時代和社會的
產物，一個敏感的文學心靈，面對時代的劇變與創傷，當然不會沉默
瘖瘂、悄然無聲的。相反的，在蒙元寬鬆的統治政策下，〔註5〕對各
族群的殊風異俗採取「各從本俗」〔註6〕的原則，鮮少干預文化活動。
因此，在蒙元統治者對漢文化的無知與漠視，及士人群體仕進無門的
屈抑與憤激影響下，元代的詩詞戲曲，在兩宋的深根豐土灌溉培壅
下，對既有的文學傳統有所傳承，更有異代文化下的新變風貌，可謂
異彩紛呈。蕭啓慶〈蒙元統治與中國文化發展〉一文分析說：

> 蒙元的征服與統治雖然是一場歷史上罕見的狂風暴雨，中
> 國文化卻如一株根深柢固的大樹。……暴風雨的侵襲固然
> 使大樹枝折葉落，卻不足以動搖其根本。……風靜雨止之
> 後，新園丁——明太祖——所採取的固本行動，使樹幹更
> 爲茁壯，枝葉尤爲煥發。大樹遂得繼續生長，生生不息。〔註

始第一次整個落於非傳統的異族政權的統治。中國的政治社會，隨
著有一個激劇的大變動。蒙古入主，對中國正如暴風雨之來臨。」（臺
北：臺灣商務印書館，1988 年 12 月修訂 15 版），頁 473。又蕭啓慶
〈蒙元統治與中國文化發展〉：「對中國文化的發展而言，蒙元雖是
一個狂風暴雨的時代，但風雨之中也透露出幾許曙光。」《元代的族
群文化與科舉》，頁 25。

〔註 4〕 J.J. Saunders（1910～1972），*History of the Mongol Conquest*：「此一
野蠻遊牧民族的風暴造成整個亞洲及半個歐洲政治景觀的改變，世
界主要宗教的分佈與勢力也起了變化。同時，整個民族往往連根拔
起並遭分散，很多地域的族群性格亦因而永遠轉化。」（Philadelphia:
University of Pennsylvania Press, 2001），p.1。

〔註 5〕 麼書儀：《元代文人心態》分析說：「蒙古人來自質樸的草原，多的
是野蠻，少的是心術，還沒有充分意識到思想控制的必要性，因而
也沒有在建立嚴密的思想網絡上下功夫。」（北京：文化藝術出版社，
1993 年 10 月 1 版），頁 131。

〔註 6〕 〔明〕宋濂：《元史·烏古孫良楨傳》曰：「綱常皆出於天而不可變，
議法之吏，乃言國人不拘此例，諸國人各從本俗。」（北京：中華書
局，2005 年 4 月重印版），卷 187，頁 4288。

〔註 7〕 蕭啓慶：《元代的族群文化與科舉》，頁 54。

[7]

誠如蕭氏所言，危機即是轉機，中國的歷史與文化在斷裂與統合的矛盾衝突，及征服者與被征服者的相互衝撞與涵化中，浴血重生，歷史的長河依舊悠悠奔騰向前。

　　然而，如腥風血雨般橫掃中國歷史百餘年之異族統治，因為統治者所獨具的北方游牧民族的文化背景與特色，影響當時整個社會的審美趨向，此一特點在文學藝術上的影響尤其鮮明，元曲因而繼宋詞之後興起，成為元代的「一國之藝」。〔註8〕〔元〕虞集於〈中原音韻序〉記曰：

> 我朝混一以來，朔南暨聲教，士大夫歌詠，必求正聲，凡
> 所製作，皆足以鳴國家氣化之盛，自是北樂府出，一洗東
> 南習俗之陋。〔註9〕

所謂「正聲」，即指北曲。虞氏之說，從蒙元統治者的立場說明北曲取代詞體的文化背景。蒙元崛興於北方大漠，民族性具備好歌善舞的開放特徵，〔註10〕蒙元統治者大力提倡屬於其民族的通俗的、趣味的音樂文學，以之為「正聲」，有意貶抑中原漢民族傳統的音樂文學，以至於承繼雅文學傳統的詞，無可避免地被輕忽，因而逐漸趨於衰微。

　　儘管如此，同屬於音樂文學的元詞，作為一種反映時代生活的藝術表現形式，仍然有其不可磨滅的歷史意義與價值，於塵埋八百餘年之後的二十一世紀，在許多前賢碩學的努力下，積極進行相關資料的

〔註8〕　楊義：《中國古典文學圖志：宋、遼、西夏、金、回鶻、吐蕃、大理
　　　　國、元代卷》曰：「雜劇成為元代的『一國之藝』，因由於游牧與農
　　　　業兩種文明之碰撞，造成了中國文化結構之震盪。」（北京：三聯書
　　　　店，2006年4月1版），頁361。

〔註9〕　〔元〕虞集：〈中原音韻序〉，見俞為民、孫蓉蓉主編：《歷代曲話彙
　　　　編・唐宋元編：新編中國古典戲曲論著集成》（合肥：黃山書社，2006
　　　　年1月1版），頁227。

〔註10〕據〔宋〕孟珙：《蒙韃備錄》記曰：「國王出師，亦從女樂隨行。率十
　　　　七八美女，極慧點，多以十四絃等，彈大官樂等四拍子為節，甚低，
　　　　其舞甚異。」說明蒙古歌舞具有鮮明的民族特色。（成都：巴蜀書社，
　　　　1993年，中國野史集成編委會：《中國野史集成》，第12冊），頁4。

匯刻、輯佚、校勘、考訂與保存，對元詞的研究貢獻極大，終於使得元詞再現如珠圓玉潤般的光澤與內蘊，值得後人繼踵步武，正視元詞在文學史上的地位與價值。〔註11〕

第一節　研究動機與目的

一、研究動機

　　詞，作為中國古典文學的一種詩體樣式，歷經了文體本身的衍變與發展，清中葉詞學家凌廷堪（1755？～1809）曾以詞「昉於唐，沿於五代，具於北宋，盛於南宋，衰於元，亡於明」〔註12〕來概括詞體的興衰，其所言大抵不出一般人對詞史的概念，認為詞的發展至兩宋已臻極盛，後繼乏力。王易（1889～1965）《詞曲史》論述元詞亦曰：

> 其詞承兩宋之流風，亦尚有可觀者……故元之詞未衰，而漸即於衰者，以作者之心力無形而分其大半於曲也；而所以不終歸於衰者，詞之本體特精，而用各有宜也。〔註13〕

可見歷來學者都認為元代曲盛於詞，以致詞體日趨衰微。然而，王易之說卻露出一線生機。宋詞，被公認是詞體藝術達到登峰造極的「一代文學」，〔註14〕具體而言，宋詞包括北宋詞與南宋詞，北宋政權覆

〔註11〕陶然認為元詞的歷史地位主要體現於以下三方面：一是元詞的發展進程及其主要形態，體現元代文化的特殊性；二是元詞不僅是只有傳統面貌，還有許多奇光異彩；三是元代詞論表現出強烈的反思性和全局性，已達到詞學史上的成熟階段。見氏著：《金元詞通論》（上海：上海古籍出版社，2001 年 7 月 1 版），頁 125。

〔註12〕〔清〕謝章鋌：《賭棋山莊詞話・續編三》「凌廷堪論詞」條，收入唐圭璋編：《詞話叢編》（北京：中華書局，2005 年 10 月 2 版），第 4 冊，頁 3510。

〔註13〕王易：《詞曲史・啟變第七》（臺北：廣文書局，1988 年 8 月 5 版），頁 379。

〔註14〕王國維：《宋元戲曲史・自序》曰：「一代有一代之文學，楚之騷，漢之賦，六朝之駢語，唐之詩，宋之詞，元之曲，皆所謂一代之文學，而後世莫能繼焉者也。」（臺北：臺灣商務印書館，1994 年 12 月），頁 1。

亡於金後（1127），南宋立國於江南一帶（1127～1279），繼續昇歌燕
舞的靡醉生活；北方大地則相繼隸屬於兩個非漢族王朝——金朝
（1115～1234）與元朝（1260～1368），飽受戰火的蹂躪與摧殘。二
者所處地理環境與政治背景截然不同，因而產生不同的風格與特色，
以致後人評論宋詞時始終採用二分法，認為二者各有不同之承接系統
與影響。而當南宋詞在江南一帶獨領風騷之際，承繼北宋政權的金、
元二朝，在某種程度上亦深受北方漢族文化藝術之薰染，詞作為時代
紀錄的一種文學體裁，當然不會瘖啞無聲，卻在特殊的時代為喧嘩一
時的元曲光芒所掩蓋，以致塵埋歷史谷底。南宋覆滅，天下混一，南
北詞壇復合，政治族群的影響、地域風俗的差異、審美趨向的左右、
承接系統的不同，在在促使元詞在詞學發展史上扮演一個承繼與新變
的重要階段，是無法跨越與替代的歷史階段。〔註15〕除了在異族政權
下延續詞體命脈於不墜，亦為清詞的復興提供了最適宜的範本與借
鑑；同時，元詞擺脫對音樂的倚賴，使詞體由應歌之詞的功能向抒情
之詩轉化，實現了詞體藝術生命的一次蛻變，〔註16〕此一深具歷史意
義的重大轉變，卻始終為文學史家輕忽略過，〔註17〕確實是值得關心

〔註15〕陶然：〈“詞衰於元”辨〉曰：「總體而言，元詞是詞體發展過程中一
　　　　個不可或缺的環節，正是由於元詞，才使得宋詞成為一個自成體系的
　　　　完整結構。」《金元詞通論》，頁 101。又張晶主編：《中國古代文學通
　　　　論·遼金元卷》曰：「詞體於兩宋後又復興於清代，金元是一個關鍵的
　　　　過渡時期，或曰轉型期——詞體形式上完成了由應歌之詞向抒情之詞
　　　　的轉變。」（瀋陽：遼寧人民出版社，2005 年 5 月 1 版），頁 83。
〔註16〕趙維江：《金元詞論稿》（北京：中國社會科學出版社，2000 年 2 月
　　　　1 版），頁 13～16。
〔註17〕如劉大杰：《中國文學發展史》（臺北：華正書局，1979 年 5 月）、葉
　　　　慶炳：《中國文學史》（作者自印出版，1971 年）；李曰剛：《中國詩
　　　　歌流變史》（臺北：文津出版社，1987 年 2 月）；龍榆生：《中國韻文
　　　　史》（上海：上海古籍出版社，2002 年 3 月 1 版）；馬積高、黃鈞主
　　　　編：《中國古代文學史》（長沙：湖南文藝出版社，1992 年 5 月 1 版）；
　　　　袁行霈主編：《中國文學史》（北京：高等教育出版社，1999 年 8 月
　　　　1 版）；章培恒、駱玉明主編：《中國文學史》（上海：復旦大學出版
　　　　社，2004 年 9 月）；鄧紹基：《元代文學史》（北京：人民文學出版社，

詞學發展者深入探究的一種現象。﹝註18﹞

　　二十世紀初，吳梅（1884～1939）撰《詞學通論》評述元詞道：

> 開國之初，若燕公楠、程鉅夫、盧疏齋、楊西庵輩，偶及
> 倚聲，未擴門戶；逮仇仁近振起於錢唐，此道遂盛。趙子
> 昂、虞道園、薩雁門之徒，咸有文采。而張仲舉以絕塵之
> 才，抱憂時之念。一身耆壽，親見盛衰。故其詞婉麗諧和，
> 有南宋之舊格。論者謂其冠絕一時，非溢美也。其後如張
> 埜、倪瓚、顧阿瑛、陶宗儀，又復賡續雅音，纏綿贈答、
> 及邵復儒出，合白石、玉田之長，寄「煙柳斜陽」之感，
> 其〈掃花遊〉、〈蘭陵王〉諸作，尤近夢窗，殿步一朝，良
> 無愧怍，此其大較也。﹝註19﹞

吳氏之言，除勾勒有元一朝的詞史發展外，也具體論述元代詞家的特
色，並歸結元代詞風有南宋之舊格，為姜、張一派典雅詞風的延續。
究其實，南北混一後，雅詞復興，但已非「南宋詞」簡單的延續或重
複，而是元代在特殊的歷史時空背景下的重組與新變，尤其是出現一
批非漢族詞人，如耶律楚材、李齊賢、薩都剌等，其特有的民族氣格

2006 年 6 月 4 刷）；楊義：《中國古典文學圖志：宋、遼、西夏、金、
回鶻、吐蕃、大理國、元代卷》（北京：三聯書店，2006 年 4 月 1 版）
等文學史專書，均未有任何篇章針對元詞為主題做相關的介紹或評
論，即使是以元代文學為斷代史專題研究的《元代文學史》亦未見
隻字片語論及元詞，可見元詞被輕忽漠視的嚴重情形。另外則有將
元代詩詞合併論述，但多半以評述元詩為主，如王忠林等著：《中國
文學史初稿》（臺北：萬卷樓圖書公司，2002 年 10 月初版），頁 725
～742；金諍、呂肖奐、周裕鍇主編：《中國文學・宋金元卷》（成都：
四川人民出版社，1999 年 10 月 1 版），頁 546～586。

﹝註18﹞張晶：〈元詞論略〉曰：「元詞當然無法與宋詞對埒抗衡，與清詞相
經，又可歉弗如，但並非黃茅白葦，無可觀者。作為由宋詞到清詞
的過渡，元詞仍是有相當的研究價值的。宋詞與金詞的餘脈逐漸流
於元詞之中，在藝術風貌上也是異彩紛呈的。在詞學研究中，對元
詞的探索還是有待於深入的。」原載《光明日報》2001 年 12 月 19
日。收入張晶：《遼金元文學論稿》（北京：北京廣播學院出社，2004
年 1 月 1 版），頁 382。

﹝註19﹞吳梅：《詞學通論》（上海：上海古籍出版社，2006 年 4 月 1 版），頁
89。

爲詞體藝術平添一股生命活力，由此亦可顯見當時詞體藝術在漢文化中獨特的地位與魅力，〔註20〕卻因爲一句「詞衰於元」的簡單說詞而輕易被歷史所遺忘，甚而被視爲「詞史上一個最低的峰谷」，〔註21〕以至於輕忽了元詞的價值與意義，這是研究元詞者進一步值得探究肯定的現象。

　　迨西元 1979 年，唐圭璋（1901～1990）輯編《全金元詞》出版，是金元詞研究史上一項具有劃時代意義的成果，對金元詞的研究具有積極地促進作用，對元詞的研究而言，更是一大突破，意義不凡。〔註22〕自此，金元詞研究進入一個新的歷史階段。或輯錄文獻，以保存元代詞學史料；或校注詞集，考辨詞人詞作之眞僞；或賞鑒評論，探析元詞的獨特風格，爲元詞研究奠定基礎，開啓新的研究視野，〔註23〕亦爲詞學研究注入新的生命能量。

　　詠物，做爲詞的題材，〔註24〕肇始於唐五代，漸次發展於北宋，

〔註20〕趙維江：《金元詞論稿》，頁 14。

〔註21〕方曉紅：〈論詠物詞的歷史流程及藝術特色〉，《武漢大學學報（哲學社會科學版）》第 5 期（1994 年），頁 108。

〔註22〕在唐圭璋先生之前，元詞總集並無人專門董理，而是附帶於唐宋詞集或通代詞集中；相反的，金詞的整理成果則有〔金〕元好問《中州樂府》（臺北：臺灣商務印書館，1983 年，《景印文淵閣四庫全書》，第 1365 冊）、民國孫德謙編《全金詞》（僅有稿本，現藏於南京圖書館）、及劉毓盤編《金諸主詞》（北京大學排印本《唐五代宋遼金元名家詞集》六十種）。可見得元詞被忽視的程度，因此，《全金元詞》的出版，提供元詞研究者一個便利而又完善的文本，可謂意義深重。

〔註23〕詳參趙維江：〈金元詞研究狀況〉，見氏著：《金元詞論稿》，頁 17～28。

〔註24〕許伯卿：《宋詞題材研究》揭示「題材」一義曰：「所謂題材，就是作者在觀察體驗社會生活的過程中，根據一定的創作意圖，經過選擇、集中和加工而寫入作品的生活事件或生活現象。題材在作品中具有重要意義，它是一切命意、造型、情趣、技巧的依託物；沒有題材，一切就無從談起。」該書以逐篇辨識全宋詞的取材爲基礎，歸納出三十六種宋詞題材類型，按作品數量的多寡，依序包括：祝頌、詠物、豔情、寫景、交游、閨情、節序、羈旅、隱逸、詠懷、閒愁、宗教、宮廷、閒適、懷古、談藝、風土、游仙、祭悼、隱括、親情、科舉、仕宦、人物、故事、世相、哲理、神話、邊塞、軍旅、詠史、生活、時事、憫農、家庭、寓言等。（北京：中華書局，2007

而大盛於南宋。〔註25〕詞人既可憑藉詠物摹眞以展露其藝術技巧，亦可以藉詠物託喻，委婉紆徐地表達其深隱的創作情思，故詠物成爲詞作普遍的題材，歷來創製既夥，研究者亦多，然大多集中於兩宋。尤其南宋後期至宋、元易代之際，詠物詞受到時代環境的影響，詞人普遍於詞作中反映社會現實，寄予身世之感與亡國之悲，並且在藝術表現形式上不斷地深化趨雅，流露鮮明之個性，積極促進詠物詞成爲宋詞題材中的第二大類型。〔註26〕孫康宜分析說：

> 中國的詞體在宋及元的朝代更替中經歷了若干關鍵性的變化——首要的便是加強了對詠物手法的重視，從而使得抒情自我前所未有地從外部世界退入獨立的小天地中去，並經由微小的自然物，如梅花、蓮花、白茉莉等，作爲象徵而表現出來。……在一個表現爲個人和文化危機的時期，這種詩（詞）體迎合了詩（詞）人的意願。……他們的自我意識在增強，他們的自我反省也日趨激烈。〔註27〕

由此可知，時代的衰亡催化詠物詞的興盛發展，不僅因爲詠物詞是詞人託寓情志的完美詩歌手段，同時因爲詠物詞體本身的要求符合詞人

年 12 月 1 版），頁 10、27～34。

〔註25〕〔清〕蔣敦復：《芬陀利室詞話》云：「唐五代北宋人詞，不甚詠物，南渡諸公有之，皆有寄託。」《詞話叢編》，第 4 冊，頁 3675。又王兆鵬：《宋南渡詞人群體研究》曰：「詠物詞，在唐五代文人詞中很少，到北宋初、中葉，柳永、張先、晏殊、歐陽脩崛起詞壇後，詠物詞才漸次興起。」（臺北：文津出版社，1992 年 3 月初版），頁 7。又〔清〕謝章鋌：《賭棋山莊詞話》「顧梁汾詞」條曰：「夫詠物南宋最盛，亦南宋最工。」《詞話叢編》，第 4 冊，卷 7，頁 3415。又王偉勇：《南宋詞研究》曰：「由於南宋國勢陵夷……詠物寄託之作，乃大量產生，此亦北宋以前所鮮見也。」（臺北：文史哲出版社，1987 年 9 月初版），頁 167。

〔註26〕許伯卿根據《宋詞題材電腦檢索系統》進行統計，全宋詞中詠物詞三千零十一首，佔宋詞總數的百分之十四點二，僅次於祝頌詞的三千三百五十一首，爲第二大宋詞題材類型，所詠之物達二百五十餘種。見氏著：《宋詞題材研究》，頁 110。

〔註27〕孫康宜：〈《樂府補題》中的象徵與託喻〉，見氏著：《文學的聲音》（臺北：三民書局，2001 年 10 月），頁 295～296。

的意願，婉轉寓意、朦朧寄志，以至於詞人創作詠物詞，除了積極提升詞體的藝術表現手法外，同時藉由物象作爲詞人心靈外化的表徵，以昭示其鮮明之個性與精神風貌，〔註28〕吟詠歡翫之餘，令人浮想聯翩，因而形成一股時代風尙。

至於託物寄志的詠物極至，則是到元代初年始大爲興盛。〔註29〕其最具體的表現在於，元代詠物詞不僅止是「體物寫志」而已，而是詞人在異族統治的社會變異下，尋求生命的安頓與心靈寄託的一個出口，具有強烈的時代意識與特色。可見元代詠物詞在承續前代詠物文學的發展上，實具有重要的歷史意義與價值。兩宋詞藝既已達登峰造極之境，研究成果亦累積相當豐碩的收穫與創見，足供後學借鑑與學習。至於詠物歷史的研究，從《詩經》以降至兩宋爲止，不斷有新的研究成果出現，尤其在兩宋時代達到極盛；唯獨宋代以後，卻寥寥無幾，乏人問津。因此，基於詠物詞這一特殊的文學題材，在元代這一特殊的時代中所佔有的重要詞史地位與特殊的文化意義，本論文選擇以元代爲斷代，對詠物詞的發展作深入的尋繹與探究。

二、研究目的

一個時代詠物詞的研究，其意義就橫剖面而言：是研究該時代整體詞學發展的基礎。藉由對同一時代各類型詞體的分析，可以了解各類型詞體美學特質上的共性與個性，從而凸顯該時代的詞學總體特色。就縱剖面的意義而言：乃在尋繹詞學發展史，並呈現其特有的時代美學意涵。元代是託物寄志詠物詞發展的極至，尋繹元代詠物詞的美學內涵，不論是對元詞的研究，或詠物詞的發展史，都有重要的意義。

因此，選擇「元代詠物詞」作爲研究主題，有三層意義：第一，從文學史上說，可以充實元代詞學發展史的研究；第二，從文化史上

〔註28〕〔清〕劉熙載：《藝概》曰：「昔人詞，詠古詠物，隱然只是詠懷，蓋其中有我在也。」《詞話叢編》，第4冊，卷4，頁118。

〔註29〕陶然：《金元詞通論》，頁109。

說，可以了解元代社會文化與文學相互滲透與涵化的關係；第三，就詠物詞發展史上說，可以確立詠物詞的時代發展意義。因此，本論文期能達成以下目標：

（一）從詠物傳統與前代詠物詞之流變與特色，探索元代詠物詞的承繼新變與時代特徵。

（二）從元代特殊的多元族群文化特質與宗教信仰、人文藝術、學術思想等面向出發，探析影響元代詠物詞發展的背景因素，奠定評賞之基石。

（三）蒐羅整理元代詞家的詠物詞，分析歸納元代詠物詞的審美特色，從寄意內涵、表現手法等面向，了解其藝術風貌與生命情調。

（四）綜合元代詠物詞的整體風貌，從文學發展脈絡評定其成就與價值。

第二節　研究現況與方法

一、研究現況

　　近百年來的詞學研究一直是處於蛻變中的動態過程，1980 年以後，《全金元詞》出版問世，擴大了詞學研究者的視野，海峽兩岸先後有學者投入金、元詞學的研究，逐漸累積豐厚的研究成果，〔註30〕目前已見專論金詞的著作出版，〔註31〕卻鮮少有以元詞為主體對象作整體宏觀的專題研究。本論文以元代詠物詞作為研究主題，因而有必要對詠物詞在元代詞學史的發展軌跡一探究竟，以期從元代詞學史的

〔註30〕詳參包根弟：〈金元明清詞學研究現況及未來走向〉，《中國文哲研究通訊》第 4 卷第 2 期（1994 年 6 月），頁 23～30；及何貴初：〈近五十年來香港、台灣和海外金元詞研究概述〉，收入趙維江主編：《走進契丹與女真王朝的文學》（北京：文化藝術出版社，2006 年 4 月 1 版），頁 539～563。

〔註31〕王定勇：《金詞研究》，揚州大學中國古代文學博士論文，2006 年。

縱座標上凸顯其歷史地位與成就；同時，在詠物詞史的橫座標上確立元代詠物詞的傳承意義與價值。然而，元詞在整體詞學發展史中始終隱晦不明，後人往往略而不論，遑論對詠物詞的關注，可見元代詠物詞的研究，仍有極寬廣的空間可資探索尋繹。

近二十年來元詞的研究有逐漸增加的趨勢，出版專書或發表期刊論文的情形相當踴躍，並且能從多面向開展研究領域，但大都是金元兩代合併論述。目前已出版的專書，如從詞史發展與嬗變的角度切入，探討金元詞的分期發展與總體特徵，以及述評詞人的作品與風格的專書，有張子良《金元詞述評》〔註32〕、黃兆漢《金元詞史》〔註33〕、趙維江《金元詞論稿》〔註34〕、陶然《金元詞通論》〔註35〕等；或整理詞學理論，建構詞學批評體系的，有丁放《金元明清詩詞理論史》〔註36〕、丁放《金元詞學研究》〔註37〕、劉靜、劉磊《金元詞研究史稿》〔註38〕等；或專書探討金元文學的，如張晶《遼金元文學論稿》〔註39〕等；或是彙編詞人傳記及詞作總體評論資料的，如鍾陵編著《金元詞紀事會評》〔註40〕等，足以顯示金元詞的研究已逐漸受到重視，但是對於單一主題文學的研究探討，如詠物詞、詠史詞、懷古詞、詠茶詞、山水詞等，仍付之闕如。

至於學位論文方面，筆者以「元詞」、「元代詠物詞」等關鍵詞，

〔註32〕張子良：《金元詞述評》，臺北：華正書局，1979 年 7 月。

〔註33〕黃兆漢：《金元詞史》，臺北：臺灣學生書局，1992 年 12 月初版。

〔註34〕趙維江：《金元詞論稿》，北京：中國社會科學出版社，2000 年 2 月 1 版。

〔註35〕陶然：《金元詞通論》，上海：上海古籍出版社，2001 年 7 月 1 版。

〔註36〕丁放：《金元明清詩詞理論史》，合肥：安徽大學出版社，2000 年 2 月 1 版。

〔註37〕丁放：《金元詞學研究》，北京：中國社會科學出版社，2002 年 5 月 1 版。

〔註38〕劉靜、劉磊：《金元詞研究史稿》，濟南：齊魯書社，2006 年 8 月 1 版。

〔註39〕張晶：《遼金元文學論稿》，北京：北京廣播學院出版社，2004 年 1 月 1 版。

〔註40〕鍾陵編著：《金元詞紀事會評》，合肥：黃山書社，1995 年 12 月 1 版。

檢索「全國博碩士論文資訊網」及相關網站,目前所見的研究成果,
已累積相當豐碩,尤其是近十年來,海峽兩岸地區關於元詞的研究成
長相當快速,研究領域也頗多元化。有作詞籍文獻整理的,如鄧子勉
《宋金元詞籍文獻研究》;〔註41〕有作詞學理論研究的,如高鋒《以詞
話爲中心的宋元詞論研究》;〔註42〕有針對詞人創作群體研究的,涵蓋
範圍極廣,包括道士、父子、兄弟、域外詞人等,如陳宏銘《金元全
眞道士詞研究》〔註43〕、楊明俠《理學家心境下的詞》〔註44〕、劉立
華《元代詞壇上的父子詞人》〔註45〕、蔡欣容《金末元初稷山段氏二
妙詞研究》〔註46〕、李碧竹《金元少數民族和域外詞人研究》〔註47〕
等,其中道士、理學家、及域外詞人三個群體的出現,具體反映出元
代宗教自由發展、性理之學昌盛、及多元族群融合的時代意義;其他
則多爲專家詞研究,又以張翥〔註48〕、白樸〔註49〕、劉秉忠〔註50〕等

〔註41〕鄧子勉:《宋金元詞籍文獻研究》,復旦大學中國古代文學博士論文,
2006 年。

〔註42〕高鋒:《以詞話爲中心的宋元詞論研究》,南京師範大學中國古代文
學博士論文,2002 年。

〔註43〕陳宏銘:《金元全眞道士詞研究》,國立高雄師範大學國文學系博士
論文,1997 年。

〔註44〕楊明俠:《理學家心境下的詞》,暨南大學中國古代文學碩士論文,
2006 年。

〔註45〕劉立華:《元代詞壇上的父子詞人》,暨南大學中國古代文學碩士論
文,2006 年。

〔註46〕蔡欣容:《金末元初稷山段氏二妙詞研究》,國立成功大學中國文
學研究所碩士論文,2007 年。

〔註47〕李碧竹:《金元少數民族和域外詞人研究》,暨南大學中國古代文學
碩士論文,2008 年。

〔註48〕陳郁嬪:《張翥《蛻巖詞》研究》,國立成功大學中國文學研究所
碩士論文,2004 年;劉揚:《論張翥的以詞爲史》,山西大學中國古
代文學碩士論文,2007 年;紀曉華:《張翥及其詞研究》,山東師範
大學中國古代文學碩士論文,2008 年;謝見智:《張翥及其詩詞研
究》,輔仁大學中國文學研究所碩士論文,2008 年。

〔註49〕〔韓〕李金梅:《白樸《天籟集》研究》,國立高雄師範大學國文
學系碩士論文,1990 年;卓惠婷:《白樸及其《天籟集》研究》,
國立成功大學中國文學研究所碩士論文,2004 年;馬琳娜:《論白樸

三人，在詞學創作的質量上都有相當的成就與特色，因而最受到後人的欣賞與關注，研究者也最多。其他專家詞的研究，包括王惲〔註51〕、劉敏中〔註52〕、程文海〔註57〕、許有壬〔註54〕、邵亨貞〔註55〕、張雨〔註56〕等，各自針對詞人的生平事跡、性格思想、詞作內容、風格、特色等做全面的探討評論，也都累積相當可觀的研究成果，尤其各家對詞集進行箋注校釋，用力甚勤，極具參考價值。而與詠物主題相關的，目前所見只有鄭琇文《金元詠梅詞研究》〔註57〕、王煒《元代題畫詞研究》〔註58〕、及余惠婷《元代詠花詞研究》〔註59〕等三本。鄭氏聚焦於金、元兩代的梅花主題，詳細闡述詠梅詞之發展背景、思想內容、藝術表現，並且與宋代詠梅詞進行比較分析，顯示其託物意涵的豐富性；王氏則針對元代一百一十五首題畫詞，探討時代背景與發展動力，並從題材、功能、形式三方面探討元代題畫詞的主體風貌；余氏以元代詠花詞爲主體對象，分析詞家的用詞特色、稽考典實與借鑒技巧，

　　　　和他的《天籟集》》，南京師範大學中國古代文學碩士論文，2004 年。
〔註50〕李向軍：《劉秉忠《藏春詞》研究》，暨南大學中國古代文學碩士論文，2005 年；林妙玲：《劉秉忠《藏春樂府》研究》，國立成功大學中國文學研究所碩士論文，2007 年。
〔註51〕夏令傳：《王惲秋澗詞研究》，暨南大學中國古代文學碩士論文，2006 年。
〔註52〕易淑瓊：《劉敏中詞研究》，暨南大學中國古代文學碩士論文，2004 年。
〔註57〕賈波：《程文海與元初館閣詞風研究》，暨南大學中國古代文學碩士論文，2006 年。
〔註54〕寧曉燕：《許有壬詞研究》，暨南大學中國古代文學碩士論文，2006 年。
〔註55〕徐燕：《邵亨貞及其蟻術詞研究》，暨南大學中國古代文學碩士論文，2007 年。
〔註56〕陳奎英：《元後期江浙詞壇翹楚張雨及其《貞居詞》研究》，暨南大學中國古代文學碩士論文，2008 年。
〔註57〕鄭琇文：《金元詠梅詞研究》，國立成功大學中國文學研究所碩士論文，2005 年。
〔註58〕王煒：《元代題畫詞研究》，華東師範大學中文系碩士論文，2007 年。
〔註59〕余惠婷：《元代詠花詞研究》，國立成功大學中國文學研究所碩士論文，2011 年。

進而分析詠花詞的特殊意涵。以上三家都屬主題式研究論文，鄭琇文《金元詠梅詞研究》雖跨越金、元二代論述，但對元代文人以梅花作為時代精神象徵的意義析述詳切，足資參考。題畫詞原不屬於本文研究範圍，但對題畫詞中以「個體之物」作具體刻劃者（詳見後敘）的觀點而言，其論述亦可資參閱。余惠婷《元代詠花詞研究》則呈顯元代詞家的生命情調與文化風情，其研究創獲亦可借鑑。

　　至於以「元代詠物詞」檢索，目前所知，海峽兩岸尚無相關的學位論文發表，所見的單篇論文，有范長華〈元代詠物詞初探〉〔註60〕、及〈元代詠梅詞的主體表現〉〔註61〕、卓惠婷〈白樸詠物詞析論〉〔註62〕、陳海霞〈論張翥的詠物詞〉〔註63〕等四篇。〈元代詠物詞初探〉以元代詠物詞作主體研究，從分期、題材、時代背景、及主題傾向等方面作重點而精要的概述；〈元代詠梅詞的主體表現〉則專論元代詠梅詞的主體表現；其餘二篇則為專家詠物詞的研究，〈論張翥的詠物詞〉突出張翥融合南北詞風，上承姜張等人的審美理想，建立個人獨特的清雅詠物風格；〈白樸詠物詞析論〉則從摹雪狀月、題花詠梅、歌詠男女、節令風情等四大類型，分析白樸詠物詞的表現技法及風格特徵，其對詠物詞定義的範圍較為寬廣，其中歌詠男女、節令風情二類不屬於本文的研究範圍。

　　經由以上探索分析的結果得知，元代詠物詞仍像是草萊待闢之地，久為學界所忽略，殊為可惜。其實，元代詠物詞在整個詠物詞學發展史上佔有關鍵性的承轉地位，在元代百餘年的詞學歷史中，佔有

〔註60〕范長華：〈元代詠物詞初探〉，收入四川大學中文系新國學編輯委員會：《新國學》第二卷《論文集》，成都：巴蜀書社，1999 年 9 月。

〔註61〕范長華：〈元代詠梅詞的主體表現〉，收入趙維江主編：《走進契丹與女真王朝的文學》，北京：文化藝術出版社，2006 年 4 月 1 版。

〔註62〕卓惠婷：〈白樸詠物詞析論〉，《雲漢學刊》第 11 期，2004 年 5 月。

〔註63〕陳海霞：〈論張翥的詠物詞〉，《楚雄師範學院學報》第 23 卷第 2 期，2008 年 2 月。

相當的比重，〔註64〕實不容被忽視，惜卻乏人問津。近年來相關元代詞學的研究，在詞籍整理、詞論資料的發現和詞學理論研究等方面，都已有顯著的進步與成果，由上述所羅列的專家詞研究數量之多，概可想見元詞研究近年來確實已逐漸成為一個新的熱門研究趨勢。但是，以詠物作為專題研究的情形仍極為缺乏，專文探討者亦寥寥可數。海峽兩岸僅見范長華 1999 年於四川大學中文系主辦之「中國古典文獻學國際學術研討會」上發表的單篇論文，對元代詠物詞有初步的分類整理，及主題傾向的析論，其總結元代詠物詞的成就，說：

> 元代詠物詞的主題呈現明顯的傾向：一是蒙古期詠物詞中
> 麥秀黍離的主題，此期詞人由金入元，且多受元遺山的薰
> 陶，故而哀感濃厚；二是興衰滄桑的主題，籠罩在於整個
> 元代詞壇上。總之，儘管元代文人未能再度揚起南宋詠物
> 詞極盛的光輝……元代詠物詞在詞的發展史上具有一定的
> 地位。〔註65〕

范氏之說肯定元代詠物詞的歷史地位，然僅由主題此一視角作探討，且囿於麥秀黍離與興衰滄桑二主題，未能觀照全局深入探析，但仍具有參考價值。

此外，以目前元詞研究所展現的豐碩成果分析，大多集中於專家詞的研究，鮮少有以元詞為主體對象作整體宏觀的專題研究，囿於個人才力識見之不足，同時緣於個人對花草詩詞的偏好，因而觸發筆者從元詞的另一個面向——詠物作為切入點，以期透過這特殊的題材，探索在特殊的文化背景下的精神風貌與時代特色。雖然目前所見研究成果有限，可見元代詠物詞的研究仍有極大的發展空間。而值得稱幸的是，前賢碩學在元詞的研究上已蔚為大觀，其研究成果於元代詠物詞的諸多議題上，仍可提供相當的幫助與參考價值，假以時日予以深耕挖掘，相信一定會有所創獲。

〔註64〕筆者根據《全金元詞》逐一檢索分析元詞三千七百二十一首，得詠物詞八百六十首，佔元詞總數的百分之二十三點一一。
〔註65〕范長華：〈元代詠物詞初探〉，頁 258。

二、研究方法

本論文的研究方向，大致分爲四大主軸：（一）元代以前詠物傳統與詠物詞的發展流變情形。（二）元代詠物詞的時代背景。（三）元代詠物詞的代表作家與作品評述。（四）元代詠物詞的時代意義與審美特徵。

定出研究主軸之後，本論文的研究方法，將按照以下的步驟進行：

分類整理：首先依時代先後次序將元代詠物詞壇創作群體予以歸類，並爬梳各家詠物詞，依照內容加以分門別類、統計整理，進一步分析各個類型的特色或象徵意義。

歸納演繹：歸納元代詠物詞壇創作群體所代表的時代意義及精神風貌，以推演其創作理念之由來。

比較分析：從地理環境的關係、承接系統之不同、文化背景的差異、新興文學的影響等方面，深入探討元代詠物詞各個時期在寄意內涵、表現手法的異同與特色。

歷史批評：探討元代詠物詞的創作背景，從而了解元代詠物詞與當時社會文化的互動關係，並藉此觀察其於詞學歷史上的承轉關係，以及確立元代詠物詞在詞史上的地位。

綜合研究：蒐集整理以統整資料，使分門別類，再明辨判斷以釐清資料之正確性，然後創造詮釋元代詠物詞之藝術表現、寄意內涵，以探析詠物詞在元代詞人筆下的生命情調與藝術風貌。

根據以上的研究步驟，本論文擬分爲以下七章撰寫，內容簡述如次：

第一章〈緒論〉：說明研究動機與目的、研究現況與方法、以及研究範圍與取材等。

第二章〈元代詠物詞之時代背景〉：分別從社會現象、文化特色、文學趨勢等三方面分析，藉此了解元代特殊的時代環境對詠物詞發展的影響，以期掌握其內容及風格特色形成的原因。

第三章〈詠物傳統與詠物詞的流變〉：本章先探溯詠物傳統與元

代以前詠物詞的流變與特色，藉此了解元代詠物詞與前代之間的承轉關係，以及尋繹其文學史定位的基礎。

第四章〈元代詠物詞之發展〉：由於元代特殊的政治背景，與宋、金二朝皆有重疊，因此跨時代的詞人身分必須先加以釐清與定位，再從地理環境、文化背景的差異，分析其承接系統不同所形成的特殊風格，並選列各期詠物代表詞家與作品舉例說明之。

第五章〈元代詠物詞之題材內涵〉：首先分析題材類型與題材類型結構的特色，並就其寄意內涵包括黍離之思、傷逝之嗟、閒適之趣、及隱逸之志等四大類分別析述鑑賞，以了解元代詞人筆下的生命情調與精神風貌。

第六章〈元代詠物詞之藝術特色〉：就意象之運斤、典故之鎔裁、修辭之活化等方面，探討元代詠物詞的藝術表現特色與審美特徵。

第七章〈結論〉：對元代詠物詞之成就與價值做綜合性的評論，以確立其在詠物詞史上的地位。

第三節　研究範圍與取材

一、研究範圍

由於元代特殊的政治情勢，在進入主題研究之前，勢先釐清元代詠物詞的創作時期，以及文本的選定問題，以利本論文的進行。近八十年來有關元詞的研究，大都是金、元兩代合併論述，事實上，金、元詞學的承接系統，以及政治、社會環境的影響，使得金、元詞的發展、成就、風格與特色各有不同，其間更存在著南宋遺民及金、元詞家身分歸屬的問題亟待解決。

蒙元時代實際涵蓋「大蒙古國」（1206～1259）及「元朝」（1260～1368）兩個階段。西元 1206 年，鐵木眞統一草原各部族，即皇帝位，建國號「大蒙古國」。1234 年窩闊台滅金朝，統一北方。1260 年，忽必烈汗（世祖）下建元詔書，改年號爲「中統」。至元八年（1271），

正式定國號爲「大元」。至元十六年（1279），忽必烈殲滅南宋，統一中國。因此，本論文所主張的「元代詠物詞」創作時期，始於西元太宗七年（1235），〔註66〕金朝結束後第二年，至西元順帝至正十八年（1368）元朝覆亡止，共計一百三十四年之間的詞人與作品。〔註67〕

　　至於元代詠物詞文本的選擇問題，與元詞的蒐羅整理有關。自清末民初已有學者開始輯錄金、元詞，但是大多附錄於唐宋詞集，或收錄於通代詞集中，所收詞人、詞作的數量亦極有限。二十世紀金元詞學研究領域一項十分引人注目的成果，首推詞籍的校輯整理。〔註68〕特別是1979年出版唐圭璋輯編《全金元詞》，是書廣徵前代詞總集，如〔明〕吳訥《唐宋名賢百家詞》、〔清〕侯文燦輯《十名家詞集》、〔清〕王鵬運《四印齋匯刻宋元三十一家詞》、〔清〕朱彝尊編《詞綜》、〔清〕江標《宋元名家詞》、〔清〕吳昌綬《影刊宋金元明本詞》、〔清〕朱祖謀《彊村叢書》、趙萬里《校輯宋金元人詞》等，並廣採《道藏》、史志、小說、戲曲、雜記、碑銘等資料，引用書目達二百餘種。所用詞集底本以善本、足本爲主，詳加校訂，改正誤漏，並在書中以附注的形式對作者、詞調等予以考證辨析，去僞存眞。書後並編有作者索引，方便讀者檢索，爲金元詞的研究提供一個精確而又便利的基礎平臺，釐定研究的界域，同時亦豐富了金元詞的研究史料，〔註69〕對促進金元詞的研究推動，厥功甚偉。〔註70〕

〔註66〕本論文元代詠物詞的分期是參考學者黃兆漢《金元詞史》的分期，其選擇以元太宗七年爲第一期的開始，是爲了避免詞學發展在宋、金、元之間出現斷層，且這段蒙古時期確實產生不少作手，其所作亦有可觀。詳參氏著：《金元詞史》，頁24。

〔註67〕關於元代詠物詞分期的探討，參見本論文第四章第一節，頁121～125。

〔註68〕丁放：《金元詞學研究》（北京：中國社會科學出版社，2002年5月1版），頁19～21。

〔註69〕參見劉靜、劉磊：《金元詞研究史稿》，頁171～172；及劉達科：《遼金元詩文史料述要》（北京：中華書局，2007年7月1版），頁52～54。

〔註70〕據趙維江統計：「本世紀初至七十年代末關於金元詞的研究專題論

　　《全金元詞》分爲上、下二冊，收錄金元詞人二百八十二家，詞作七千二百九十三首。其中上冊收錄金代詞人七十家，詞三千五百七十二首；下冊收錄元代詞人二百一十二家，詞三千七百二十一首。此書是目前所見蒐羅最爲完備的金元詞總集，因此本論文研究元代詠物詞，即以《全金元詞》下冊爲取材範圍，再參考其他詞集，以期周延完備。〔註71〕

二、詠物詞義界

　　《禮記‧樂記》云：「人之心動，物使之然也。」〔註72〕鍾嶸《詩品‧總論》亦云：「氣之動物，物之感人，故搖蕩性情，形諸舞詠。」〔註73〕是以外在物質世界的紛然具象，每每成爲引發詩心的媒介，藉由心物交互感應，觸發情思，鎔鑄成篇，故詩歌之成，物之吟詠即已寓之焉。詠物之作，洎「三百篇導其源，六朝備其制，唐人擅其美，兩宋元明沿其傳。」〔註74〕俞氏此語雖就詩體而言，指出兩宋元明詠

文，僅有十餘篇，而《全金元詞》出版以來則達一百三十餘篇，《全金元詞》的行世對金元詞研究的巨大推動作用由此可見一斑。」《金元詞論稿》，頁22。

〔註71〕《全金元詞》於1979年由中華書局出版，但出於種種原因，該編亦有許多舛誤，編者亦曾多次修訂補遺，詳參唐圭璋：〈讀金詞札記〉，《社會科學戰線》第2期(1985年)、王瑛：〈《全金元詞》刊誤〉，《古籍整理出版情況簡報》總第99期(1982年)、廖書儀：〈《全金元詞》中一些問題的商榷〉，《古籍整理與研究》第1期(1986年)、周玉魁：〈略談《全金元詞》的校訂問題〉，《文學遺產》第5期(1989年)、張紹靖〈《全金元詞》補輯〉，《蘇州大學學報》第2期(1992年)、許雋超：〈元詞校讀脞記〉，《古籍整理研究學刊》第3期(2000年)，頁37～42、以及黃文吉：〈《天機餘錦》見存金元佚詞析論〉，收入吳雪美編輯：《宋元文學學術研討會論文集》(臺北：東吳中文系出版，2002年3月)，頁289～338等。

〔註72〕〔漢〕鄭玄注，〔唐〕孔穎達疏，〔清〕阮元校勘：《禮記正義》(臺北：藝文印書館，1955年，《十三經注疏》本)，卷38，頁681。

〔註73〕〔南朝宋〕鍾嶸著、陳延傑注：《詩品注‧總論》(臺北：里仁出版社，1992年9月)，頁1。

〔註74〕〔清〕俞琰編選：《歷代詠物詩選‧序》(臺北：廣文書局，1968年1月)，頁4。

物詩只是延續傳統而已。然文體流變，傳承既久，浸染漸深，詞體自詩餘一脈相沿承續，「詠物詞」正式用於詞體，始於〔宋〕沈義父《樂府指迷》，〔註75〕書中並論述詠物詞的用事、用代字、略用情意、忌言題字等藝術手法；而同時代張炎所著《詞源》除系統化論述詞學理論，並已將「詠物」獨立爲一個類型。〔註76〕二家所著皆爲宋元易代之際的重要詞學論著，對詠物詞的創作方法與審美理想做一總結，惜皆未能對詠物詞立下明確的義界。

傳統文學的歌詠基本具備「一物命題」〔註77〕的觀念，故詠物體以「物」爲吟詠的對象，並無疑義。但是古人對詠物之「物」的範疇，始終缺乏明確的界定。因此對詠物詞的義界，至今尚無定論，筆者參考前賢方家對「詠物」詩詞的定義，大致有以下幾種說法：

洪順隆〈六朝詠物詩研究〉中，對詠物詩有較明確的界定：

> 我們以爲一篇之中，主旨在吟詠的個體（包括自然界和人造）的，也即作者因感於物，而力求工切地「體物」、「狀物」，以「窮物之情」、「盡物之態」，且出之以詩體的，才是詠物詩，所以題名詠物，實以寫景、抒情爲主的篇什，⋯⋯都不能把它當作詠物看。〔註78〕

顏崑陽〈從傳統出發〉一文，則對狹義的詠物詩義界作說明：

> 若狹義的詠物詩，則全詩以物爲主體、爲命題，而融入詩人的情意，故通篇都不離其物。⋯⋯今天所謂詠物詩，多從狹義，也就是指以物爲命題的詩篇。〔註79〕

王次澄《南朝詩研究》：

〔註75〕〔宋〕沈義父：《樂府指迷》曰：「詠物詞，最忌說出題字。」《詞話叢編》，第1冊，頁284。

〔註76〕〔宋〕張炎：《詞源》曰：「詩難於詠物，詞爲尤難。」《詞話叢編》，第1冊，頁261。

〔註77〕〔清〕俞琰編選：《歷代詠物詩選・序》，頁4。

〔註78〕洪順隆：〈六朝詠物詩研究〉，見氏著：《六朝詩論》（臺北：文津出版社，1978年5月），頁7。

〔註79〕顏崑陽：〈從傳統出發〉，收入《中國文學小叢刊・總序》第四輯（臺北：故鄉出版社，1979年）。

（一）採物之狹義概念。即除人類及其個別器官外，凡人
　　　為或自然界可見可感而非抽象之名物者。

（二）詩之主題為單一之『物』，不同於由眾物組合之「山
　　　水」或「景致」者。

（三）寫作方式側重於點之刻劃，而非面之鋪敘者。

（四）詩之內容須為「體物」、「狀物」或「窮物之情」者。
　　　題名「詠物」，實為抒情之篇什，不在選列。〔註80〕

綜上所述，洪氏之說探物的狹義概念，以「單一個體」為吟詠對象，排除「人體、器官的」，及「以寫景、抒情為主的篇什」，大抵為詠物詩的定義劃出一清楚之疆界；顏氏之說則認為通篇不離其物，且必須含有詩人之情志者，始歸入詠物詩範圍；而王氏之說亦採用物的狹義概念，直接指「單一」之物，以此與山水區分。

　　馬寶蓮《兩宋詠物詞研究》則綜合洪順隆、顏崑陽、王次澄等學者對詠物詩的定義，為詠物詞立下義界，其說法如下：

以物為吟詠、命意之主體，通篇不離其物作主觀或客觀之抒寫，出之以詞體者謂之。

析言之即：

1. 采物之狹義概念——即除人之外，凡人為或自然界中可見、可識之有體、無體物；不問其為固體、液體、氣體，能佔一定空間者謂之。

2. 詞之主體為個體之物，非由眾物組合之山水、景致者。即以物命題。

3. 通篇不離其物，側重點之刻劃、力求客觀之「體物」、「狀物」以盡物情、物性，或能於詞中融入詞家主觀情、志者。〔註81〕

馬氏之說言簡意賅，集眾家之所長而為言，後學者多徵引從其說，故本文亦參酌其說作為選材之依據，而採取較寬泛的標準。至於各家見

〔註80〕王次澄：《南朝詩研究》（臺北：東吳大學中國文學研究所博士論文，1982年），頁181。

〔註81〕馬寶蓮：《兩宋詠物詞研究》，頁3。

解中爭議較大的，則是在於詠人、山水、節令及題畫等類型的歸屬問題，學者各有不同定見。筆者以爲凡是吟詠對象以「人」爲主體者，不宜納入詠物的範疇，故予以排除；但是詠人體個別器官〔註82〕、或山水詞中吟詠「個體之物」、及題畫詞中以「個體之物」作具體刻劃，且符合上述定義者，皆予以入選。如張翥〈疏影・王元章墨梅圖〉、〈摸魚兒・題熊伯宜藏梅花卷子〉二首雖爲題畫詞，但畫中主體爲詠梅花，故亦納入詠物詞範疇。唯節令詞，既非「物」，亦不符合「個體之物」作點之刻劃的原則，則排除於外。〔註83〕

綜合以上各家說法，本論文中所謂「詠物詞」，是指整首詞以物爲吟詠、命意之主體（包括人造或自然界中之物），作主觀或客觀之抒寫，或摹繪物的內在、外在特質；或賦予物、人之間的精神、情感契合之所在；或反映詞人對生命的體認與人生的際遇，而藉由象徵、譬喻、轉化等方法寄託詞人的思想情志者，皆謂之詠物詞。

三、選材原則

本論文中所稱「元代詠物詞」，大體依據唐圭璋輯編《全金元詞》作爲取材範圍，因此凡是詞調、題目、文字、標點，悉依此書。選材原則如下：

（一）依據前述詠物詞之義界爲原則選材。

（二）依據詞調名下所附題目爲原則選材。如白樸〈清平樂・詠水仙花〉（玉肌消瘦）、洪希文〈風中柳・水碓〉（錦裏人家）、張翥〈一枝春・鬧蛾〉（霧翅煙須）等。

〔註82〕〔宋〕張炎：《詞源》「詠物」條列舉劉過之指甲、小腳等人體器官爲詠物詞範圍。影響所及，〔清〕馮金伯編《熙朝詠物雅詞》、〔清〕王一元《歲寒詠物詞》、〔清〕朱彝尊《茶煙閣體物集》等亦將描繪人體器官之詞納入詠物範圍。

〔註83〕節令詞歷來學者多歸入詠物詞，如張敬：〈南宋詞家詠物論述〉、楊麗玲：《蘇東坡詠物詞研究》、林承坯：《辛稼軒詠物詞研究》等。但節令非屬「物」類，未避免淆蔓「物」之概念，故本論文不予選入。詳參黃文吉：《宋南渡詞人》（臺北：臺灣學生書局，1985年5月），頁103。

（三）詞調下無題目可斷者，則依內容爲選材原則。即以物爲命題者，皆從寬選列。如許楨〈太常引〉（池亭荷淨納涼時）詠荷、劉敏中〈菩薩蠻〉（眼中有此妖嬈色）詠月桂、邵亨貞〈沁園春〉（漆點塡眶）詠目等。

（四）題詠作品，其對象必須是物，且「以物爲吟詠、命意之主體」者，亦選入。如滕賓〈點絳脣・墨本水仙〉（縞袂啼香）、張翥〈疏影・王元章墨梅圖〉（山陰賦客）等。

（五）詞中併詠二物者，或合而詠之，或分片而詠，吟詠有明確之主體意象者，亦選入。如如白樸〈清平樂・李仁山檻中蟠桃梅〉（前村瀟灑）之詠桃梅、王惲〈水龍吟〉（兩株雲錦翻空）之詠蓮花海棠、許有壬〈清平樂〉（賞梅觀竹）之詠梅竹等。

第二章　元代詠物詞的時代背景

　　蒙元時代實際涵蓋「大蒙古國」（1206～1259）及「元朝」（1260～1368）兩個階段。十三世紀初，一個新興的民族共同體──蒙古族〔註1〕在北方興起。蒙古本屬北亞一帶之遊牧民族，散佈於大漠南北，東起黑龍江上游之克魯倫河，西迄於阿爾泰山，蒙古人就在這片平坦豐美而又廣袤遼闊的草原上，繁衍孳息，日益強大。由於蒙古部族繁多，時有爭釁，西元1206年（宋寧宗開禧二年、金泰和六年），鐵木真統一草原各部族，在斡難河（今鄂嫩河）源大會諸王群臣，建九旒

─────────────

〔註1〕蒙古族是東胡的後裔，起源於居住在額爾古納河流域的室韋部落。據〔後晉〕劉煦：《舊唐書・北狄傳》「室韋」記載：「室韋者，契丹之別類也。……室韋，我唐有九部焉。……有大室韋部落，其部落傍望建河居。其河源出突厥東北界俱輪泊，屈曲東流，經西室韋界，又東經大室韋界，又東經蒙兀室韋之北，落俎室韋之南。」（臺北：藝文印書館，1958年），卷199下，頁2682。「蒙兀」是蒙古（Mongolia）一詞最早的漢文譯寫，又譯爲「萌古」、「萌骨」等，寫作「蒙古」一詞，最早見於〔金〕佚名撰：《煬王江上錄》：「正隆三年二月下詔，小龍虎大王兵五萬，守鎮蒙古。」（成都：巴蜀書社，2000年，中國野史集成編委會：《中國野史集成續編》，第6冊），頁141。到了元代，人們已普遍使用「蒙古」一詞。在古代蒙古語中，「蒙古」一詞意爲「孱弱、淳樸」，它開始只是一個民族或部落的名稱，後來才成爲一個新興民族的共同稱謂。見〔波斯〕拉施特主編，余大鈞、周建奇譯：《史集》（北京：商務印書館，1983年），卷1，頁251。

白旗，即皇帝位，〔註2〕號爲「成吉思汗」（Tchinkguiz Khan），〔註3〕建國號「大蒙古國」（Yeke Mongghol Ulus，也可・忙豁勒・兀思魯，漢譯「大朝」）。建國尹始，仍以草原爲重心，其後鐵木眞對外發動一系列征服戰爭，憑著強大的軍事武力橫跨歐亞大陸，向西擴展至多瑙河、小亞細亞和兩河流域，向東到達朝鮮半島，南迄於西藏地區和南中國海，北面囊括西伯利亞，形成一幅員遼闊的龐大帝國。〔註4〕由於蒙古實行分封制，這個迅速崛起於草原之上的龐大帝國，實際上只是蒙古大汗威權統治下一個缺乏統一經濟基礎的政治聯合體。〔註5〕西元 1227 年（金哀宗四年），成吉思汗在攻打西夏時病亡，由窩闊台（太宗）繼任汗位，西元 1234 年（金哀宗天興三年）滅金朝，統一北方。西元 1260 年，忽必烈汗（世祖）下建元詔書，〔註6〕改年號爲「中統」，寓意承續中原王朝的正統。至元八年（1271），忽必烈採取漢人劉秉忠的建議，取《易經》「大哉乾元」之義，正式定國號爲「大

〔註2〕 〔明〕宋濂：《元史・太祖本紀》曰：「元年丙寅，帝大會諸王群臣，建九斿白旗，即皇帝位於斡難河之源，諸王群臣共上尊號曰成吉思皇帝。」（北京：中華書局，2005 年 4 月重印），卷 1，頁 13。柯劭忞：《新元史・本紀第三》曰：「元年丙寅，帝大會部眾於斡難河之源，建九斿白纛，即皇帝位。群臣共上尊號曰成吉思合罕。」（臺北：藝文印書館，1958 年），卷 3，頁 11。

〔註3〕 《新元史・本紀第三》曰：「國語『成』爲氣力強固，『吉思』爲多數也。」卷 3，頁 11。又多桑著，馮承鈞譯：《多桑蒙古史》注曰：「蒙古語 Tchink 猶言剛強，guiz 表示多數之語尾助詞，汗爲可汗之縮稱。」（臺北：臺灣商務印書館，1962 年 8 月臺一版），頁 61。

〔註4〕 《元史・地理志》曰：「自封建變爲郡縣，有天下者，漢、隋、唐、宋爲盛，然幅員之廣，咸不逮元。漢梗於北狄，隋不能服東夷，唐患在西戎，宋患常在西北。若元，則起朔漠，併西域，平西夏，滅女眞，臣高麗，定南詔，遂下江南，而天下爲一。故其地北踰陰山，西極流沙，東盡遼左，南越海表。」卷 58，頁 1345。

〔註5〕 蒙古四大汗國，簡稱四大汗國，是對蒙古帝國及其分裂後存在的窩闊台汗國、察合台汗國、金帳汗國、伊兒汗國這四個蒙古汗國的合稱，與當時東亞地區的大元帝國（元朝）各自統治。

〔註6〕 《元史・世祖本紀第一》曰：「稽列聖之洪規，講前代之定制。建元表歲，示人君萬世之傳；紀時書王，見天下一家之義。法《春秋》之正始，體大《易》之乾元。炳煥皇猷，權輿治道。」卷 4，頁 65。

元」，〔註7〕自是，以草原爲重心的大蒙古國，遂轉化爲以中原爲重心的「征服王朝」。至元十六年（1279），忽必烈殲滅南宋，統一中國，結束了從唐五代以來長期分裂和南北對峙的局面，形成了統一的多民族國家。

忽必烈於建國之初即採行漢法以治漢地，同時又保存蒙古舊制；他確立蒙漢各族進行聯合統治的體制，同時又使這種統治具有強烈的民族壓迫的色彩。蒙漢各族文明之間的滲透和影響，北方和南方之間的差別和交融，使當時中國的政治、經濟、社會和文化，既延續了漢族農業文明的主流，又呈現出多元融合的複雜與矛盾。大蒙古國以鐵騎征伐歐亞大陸，不僅開啓了中外交通和文化交流，擴大了中國人的視野，也增強了中國對世界歷史進程的影響。〔註8〕同時，對外貿易的往來頻繁，促進了江南地區商業經濟的繁榮興盛，〔註9〕使蒙元的文化與社會發展呈現出多樣性的顯著特色。元朝的統一，實具有重大的歷史意義。

不過，蒙元國祚不長，元代中葉以後，民族矛盾日益尖銳，後來由於統治者的衰敗與失策，在元末紅巾軍的衝擊下，至正十八年（1368），爲明朝所取代。自忽必烈汗建國中原始，至元順帝北走開平，凡六世十一君，共計嗣享國祚一百零九年。

蒙元統治中原雖然只有百餘年，但是百年來種族之間的征戰殺伐與政治上的動盪不安，對文學藝術的發展與影響，至深且鉅。尤其傳統中國文化一個顯著的特點，就是以「人」爲中心。而傳統社會又深受儒家思想影響，儒家思想形塑出居四民之首的「士君子」（即「士

〔註7〕　《元史・世祖本紀第四》曰：「可建國號曰大元，蓋取《易經》『乾元』之義。」卷七，頁138。

〔註8〕　蒙古鐵騎橫掃歐亞大陸，雖然帶來流血殺伐，卻將中國的印刷術、火藥、指南針等技術，以及布匹、絲綢綾緞等工藝品都傳進歐洲，促進了歐洲的文藝復興運動，還有日後強大的武器與槍砲科技。當初的流血征戰，卻換來日後歐洲璀璨的文明發展。

〔註9〕　《元史・兵四》曰：「梯航畢達，海宇會同，元之天下，視前代所以爲極盛也。」卷101，頁2583。

人」），﹝註10﹞因此成為傳統社會裡最受尊敬的身分群體（Status group）；﹝註11﹞「士人」不僅可以躋登權貴，富埒王侯，即使不出仕，亦能享有各項優遇。由於士人熟諳經術文學，成為君國推行禮樂教化之有力推手，因而傳統中國社會文化思想非常重視士人，尤重士人的出處志節。天下治，則出；天下亂，則處。出，則以儒家經濟思想利物澤民；處，則奉釋道思想隱逸鳴高。而元朝是中國歷史上一個極為特殊的時代，崛興於北方大漠的蒙古族，橫掃歐亞大陸後，挾萬鈞雷霆之威勢，麾軍中土，於馬上創建一個多民族融合的征服王朝，對傳統中國歷史與文物制度造成巨大的衝擊與影響，以下即透過對元代社會現象、文化特色、文學趨勢等面向的觀察與分析，藉以瞭解元代詠物詞產生的時代背景與時代意識。

第一節　社會現象

蒙元崛興於漠北草原，以弓馬之雄凌駕中原，精善射騎，黷武好戰，其征服王朝最終仍是以掠奪為目的，視中原為其聚斂財賦與搜羅兵源之地，﹝註12﹞缺乏遠大的政治理想以擘建新王朝，錢穆《國史大

﹝註10﹞ 余英時：《士與中國文化》中指出，「士」是指擁有知識的群體。（上海：上海人民出版社，1987 年 12 月 1 版），頁 6。

﹝註11﹞ 身分群體（Status group）一詞，係〔德〕馬克斯・韋伯（Max Weber, 1864～1920）所創，指享有相似社會地位的人群而言，以別於以經濟為主要評準的「階級」一詞，見 Max Weber, *Essays in sociology*（trans. by H. H. Gerth and C. Wright Mills, New York: Routledge, 1946），pp.186～187。

﹝註12﹞ 據韓森分析，十三世紀蒙古人以驚人的速度開疆闢土成功的原因，在於其有精良的戰型，善於迅速採用新技術，但最著名的仍是其戰鬥的殘暴性。其中一項作法即是，蒙古人從被征服者中補充新兵。他們以俘虜為步兵，常常把俘虜放在前鋒位置上，迫使這些俘虜的同族人向他們同胞開射。韓森亦提及，蒙古人的每一次行動都有相同的目標：逼迫圍城之內的居民投降，放棄其戰利品。〔美〕芮樂偉・韓森著，梁侃、鄒勁風譯：《開放的帝國：1600 年前的中國歷史》（南京：江蘇人民出版社，2007 年 5 月 1 版），頁 318～320。

綱》分析道：

> 要之，他們欠缺了一種合理的政治理想，他們並不知所謂
> 政治的責任，因此亦無所爲政治的事業。他們的政治，舉
> 要言之，只有兩項，一是防制反動，二是徵斂賦稅。〔註13〕

錢氏之言，可謂洞澈蒙元統治者的心態，以致其坐視族群間的矛盾衝
突日形擴大，一再以血腥暴力鎮壓地方的反抗勢力。甚至蔑視漢族的
生存權利與身家財產，至有倡議盡殺漢人、空其地以爲牧場之謬論，
〔註14〕及「詩書無用」〔註15〕論，都是對中原文化的無知與漠視。爲
維護征服者的既得利益，因而高舉種族主義（racialism）大纛，〔註16〕
在政治、經濟、社會、文化等方面採取「種族分等」與「階級歧視」
的基本政策。〔註17〕這集中體現於「四等人制」上，首先，蒙元統治
者依種族將人民分爲蒙古、色目、漢人、南人四等。〔註18〕四等之中，
以蒙古人最貴而南人最卑。而在若干場合，則大略區分爲二種階級：
即蒙古、色目爲一級，漢人、南人爲一級。〔註19〕南人因爲第一次遭

〔註13〕 錢穆：《國史大綱》（臺北：臺灣商務印書館，1988 年 12 月修訂 15
　　　　版），頁 481。

〔註14〕 《元史・耶律楚材傳》，卷 146，頁 3458。

〔註15〕 柯劭忞：《新元史・選舉志一》，卷 64，頁 701。

〔註16〕 黃清連：《元代戶計制度研究》（臺北：國立臺灣大學文學院，1977
　　　　年 2 月初版，《國立臺灣大學文史叢刊》，第 45 冊），頁 4。

〔註17〕 錢穆：《國史大綱》曰：「蒙古恃其武力之優越，其未入主中國以前，
　　　　已有本部及四大汗國，疆土跨亞歐兩洲。故其來中國，特驚羨其民
　　　　物財富之殷阜，而不重視其文治。……因此其政治情態，乃與中國
　　　　歷來傳統政治，判然絕異。第一最著者，爲其政治上之顯分階級，
　　　　一切地位不平等。」頁 477。

〔註18〕 最早對蒙古氏族記載較詳者，見〔元〕陶宗儀：《南村輟耕錄》（北
　　　　京：中華書局，1959 年 2 月），卷 1，頁 12～14。

〔註19〕 詳參蒙思明：《元代社會階級制度》（上海：上海人民出版社，2006
　　　　年 8 月 1 版），頁 46。至於漢人、南人之分，大抵以宋金疆域，及征
　　　　服之先後爲判。〔清〕趙翼著、王樹民校證：《廿二史劄記校證》曰：
　　　　「元則以先取金地人爲漢人，繼取南宋人爲南人。」卷 28，頁 12。
　　　　又據〔清〕錢大昕：《十駕齋養新錄》曰：「漢人、南人之分，以宋
　　　　金疆域爲斷，江浙、湖廣、江西三行省爲南人，河南省唯江北淮南
　　　　諸路爲南人。」（臺北：中華書局，1981 年，《四部備要》，第 407 冊），

受異族的征服統治，基於種族文明的優越感與強烈的國家意識，南方仕族與儒生百姓，終元一世，反抗聲浪不絕。致使蒙元統治者爲鞏固自身的權勢地位，享有更豐厚的經濟利益，不惜採取各種高壓強制手段，進行「族群等級制」，〔註20〕無論是政治上的任官制度、司法上的嚴峻不公、經濟上的利益剝削、或社會制度的貴賤差異、甚至是文化上對儒士的歧視與壓迫，在在凸顯蒙元征服者的倨傲與無知。南人、漢人則在蒙元高壓統治下，盡失尊嚴，艱困而疲憊地生存著。至於種族歧視現象對儒士出處最具體的影響，可從政治地位、及科舉制度二個面向加以考覈，因爲科舉考試關乎儒生出處大業，而政治地位則繫於文士晉升之階，影響可謂深鉅。

一、種族歧視現象

（一）政治地位

忽必烈即位後，即以實現「天下一家」爲己任。歷經十年干戈，終於殲滅南宋，實現中國空前的大一統。這一新王朝，不僅疆域遼闊，人口眾多，尤其民族的複雜多元，如何君臨統治，確實是一大考驗與挑戰。忽必烈重用儒生，廣納諍言，博採中原王朝的傳統制度與政治經驗，視全國爲一體，建立起以蒙古貴族爲主要統治集團的統一的、多民族的封建國家。爲了鞏固蒙古貴族的政權，元朝官制的各級首長，皆用蒙古人或色目人；漢人、南人只能爲副貳之官。《元史·百官志》明文規定，記曰：

世祖即位，……官有常職，位有常員，其長則蒙古人爲之，

卷9，葉5。

〔註20〕蕭啓慶：〈內北國而外中國——元朝的族群政策與族群關係〉文中提出以「族群等級制」一詞，取代蒙思明「種族階級」，其所持理由有二：一、元代各族群的劃分並不全依「種族」，色目既非種族，亦非民族；而漢人、南人同屬漢族，其差別僅是區域。二、各族群所受待遇雖有軒輊，卻不構成個別「階級」，因其成員可貧可富，不必同屬一個階級。見氏著：《元朝史新論》（臺北：允晨文化公司，1999年5月），頁65。

而漢人、南人貳焉。於是一代之制始備，百年之間，子孫
有所憑藉矣。〔註21〕

此說或許未必盡然，卻足以證明蒙古人在政治地位上佔盡優勢；相反
的，漢人、南人則備受歧視，自忽必烈之後已成為蒙元定例，漢人、
南人勢難位居要津。又〔明〕葉子奇《草木子》記曰：

天下治平之時，臺省要官皆北人為之。漢人、南人，萬中
無一二。其得為者，不過州縣卑秩。蓋亦僅有而絕無者也。
〔註22〕

由是知，漢人、南人即如「州縣卑秩」亦難得，足見其中的不公平。

元代中央官制沿襲唐宋舊制，由二府（省、院）並立發展而成省、
臺、院三權鼎立之制，以中書省總政務，樞密院掌兵權，御史臺司監
察。中書省為中央最高的行政機構，設中書令一員，統率百官，總理
政務。世祖即位後，中書令均由皇太子兼攝，實為虛銜，其下設左右
二丞相輔佐實務，而蒙元尚右，〔註23〕故其中右丞相一職，唯蒙古人
所專擅。〔註24〕

大蒙古國建國之初，由大汗與宗王各自統率軍兵，怯薛協助處理
軍務，並無專職的軍事機構。元朝建立後，沿宋、金舊制，西元1263
年設樞密院，專掌軍務。樞密院的首長樞密使也由皇太子兼領之虛
銜，下設樞密副使二人，一為蒙古人，一為漢人，以蒙古人為首。西
元1270年在副使上增設同知樞密院事一名，由蒙古貴族充任，凡知
樞密院事之要職，大多由蒙古人充任，少數色目人可以躋身其列，漢
人、南人一律摒除在外，尤其南人「不宜總兵」。〔註25〕且樞密事涉
軍機，雖位居右、左丞或參知政事的漢人，均須迴避，只有院官裡為

〔註21〕《元史·百官志一》，卷85，頁2120。
〔註22〕〔明〕葉子奇：〈克謹篇〉，《草木子》（北京：中華書局，1959年5
月1版），頁49。
〔註23〕〔清〕錢大昕：《十駕齋養新錄》記曰：「唐宋皆以左為上……元以
右為上。」卷10，葉5。
〔註24〕《新元史·百官志一》，卷55，頁615。
〔註25〕《元史·吳當傳》，卷187，頁4298。

頭兒的蒙古官人知道。〔註26〕

　　至於御史臺的首長御史大夫，亦非蒙古人莫屬，因為御史臺是皇帝「見的眼，聽的耳朵」，〔註27〕掌糾察百官善惡，政治得失。如順帝至正六年，欲任漢人賀惟一為御史大夫，然因其非蒙古人，順帝特詔賜改名為太平，事見《元史‧太平傳》：「六年，拜御史大夫。故事，臺端非國姓不以授，太平因辭，詔特賜姓而改其名。」〔註28〕正是御史大夫專以蒙古人為限的例證。

　　中央官制嚴格如此，地方官吏的任用，亦如出一轍。元代地方行政區域仍保留宋金舊制，另仿中書省的組織增設行中書省，簡稱行省，作為地方最高行政區域，總理一省軍民錢穀之政。行省之下，分設路府州縣四級行政階層，各置達魯花赤〔註29〕一員為正官，為地方最高的行政長官。各級達魯花赤主要由蒙古人充任，亦參用色目人，漢人、南人絕不可能出任。〔註30〕

　　漢人、南人在仕途上備受歧視壓迫，實肇因於蒙元統治者兼採蒙漢二元制所致，忽必烈既沿襲宋金行政舊制，仍保留大蒙古國軍事官制，各級官制的最高行政首長皆由蒙古人專擅，次為色目人，因而阻斷漢人、南人的進身之路，漢人、南人即使出仕為官，亦只能沉淪下僚。

　　漢人、南人除了在出任官職上備受階級歧視外，蒙元統治者在選官上亦有重北輕南的傾向。漢人、南人皆可入仕，但是南人往往受到較多的壓抑與不公平的待遇。〔註31〕如《元史‧貢師泰傳》記載曰：「自

〔註26〕《元史‧王克敬傳》曰：「漢人不得與軍政。」卷184，頁4235。

〔註27〕《元史‧張雄飛傳》，卷163，頁3820。

〔註28〕《元史‧太平傳》，卷140，頁3368。

〔註29〕達魯花赤（Darughači），蒙古語意為「鎮守者」，漢籍中稱為「宣差」或「監臨官」。詳參札奇斯欽：〈說舊元史中的達魯花赤〉，《臺大文史哲學報》第13期（1964年12月），頁294～441。

〔註30〕蒙思明：《元代社會階級制度》曰：「地方官吏極為複雜，然最大多數，皆有達魯花赤為之上官，亦皆限於蒙古人，次則色目人，而不畀漢人、南人。」頁48。

〔註31〕據《元史》記載，至正十二年（1352），元惠宗認為過去「省院臺不

世祖以後，省臺之職，南人斥不用。」〔註32〕種族分等和民族壓迫，向爲蒙元統治集團賴以維繫貴族特權利益之基石，除了朝廷特意打壓南人，蒙元統治者亦善用分裂漢人、南人以製造族群衝突，〔註33〕坐收漁利，以致「南北之士，亦自町畦，以相訾甚，若晉之與秦，不可與同中國」。〔註34〕終元之世，南人、北人之軒輊頡頏、黨比傾軋，始終未止，北方士人且屢屢沮抑南方士人。如南方大儒吳澄奉世祖之詔北上，就國子監司業，卻爲北方士人指其「非朱子之學」，一夕之間，倉皇出都。〔註35〕明爲朱、陸異同之爭，實亦南、北士人之爭。元人文集中亦可見罷黜南人之記載，甚至於地方官員，不僅「北方州縣並無南方人士」，〔註36〕即使江南地方官員亦多爲北人。這都是因爲蒙元統治者，利用種族分等與民族壓迫，導致權利分配不均所引發的排擠效應。由此可知，南人一方面受到朝廷的強制打壓，一方面又受到北方士人的刻意排擠，其出處進退，實爲兩難。〔註37〕

用南人，似有偏負。」故於三月下旨曰：「天下四海之內，莫非吾民，宜依世祖時用人之法，南人有才學者，皆令用之。」此後「累科南方之進士，始有爲御史，爲憲司官，爲尚書者矣。」這是漢人，尤其是南人由科舉入仕者，長期在仕進任職上受歧視與排擠的客觀反映。《元史·百官志八》，卷92，頁2345。

〔註32〕《元史·貢師泰傳》，卷187，頁4295。

〔註33〕蕭啓慶：〈內北國而外中國──元朝的族群政策與族群關係〉提及很多殖民政權爲維護白人少數統治，在政策上極力壓抑「土著」，而在文化上則對治下各族群進行分化，不求統合，蒙元亦無例外。見氏著：《元朝史新論》，頁65。

〔註34〕〔元〕余闕：〈楊君顯民詩集序〉，《青陽集》（臺北：臺灣商務印書館，1983年，《景印文淵閣四庫全書》，第1214冊），卷2，頁380。

〔註35〕《元史·吳澄傳》曰：「皇慶元年，陞司業，……議者遂以澄爲陸氏之學，非許氏尊信朱子本意，然亦莫知朱、陸之爲何如也。澄一夕謝去。」卷171，頁4012。

〔註36〕〔元〕程鉅夫：〈通南北之選〉曰：「南方之賢者，列姓名於新附，而冒不識體例之譏，故北方州縣並無南方人士。」《雪樓集》，《景印文淵閣四庫全書》，第1202冊，卷10，頁116。

〔註37〕蕭麗華：《元詩之社會性及藝術性研究》曰：「元代社會普遍存在的問題以階級爭端爲最，其間包括南人北人問題……是人民痛苦的重大來源。」（臺北：國家出版社，1989年10月1版），頁45。

（二）科舉制度

蒙元種族歧視，亦顯現於科舉用人方面。科舉考試原爲士人入仕的重要途徑，但元初科場久廢，阻斷士人入仕之途，影響極大。太宗時，耶律楚材曾建請以科舉選士，分爲經義、詞賦、策論等三科。於是太宗九年（1237）秋八月下詔書重議此事，於西元 1238 年開科試考，得士凡四千三十人，其中試而免除奴役者有四分之一，〔註38〕史稱「戊戌選試」。〔註39〕這是大蒙古國時代唯一的一次科舉考試，也是蒙元史上第一次科考，凡「不失文義爲中選」，甚至「儒人被俘爲奴者，亦令就試」，在在凸顯戊戌選試絕異於前朝科考之特色。而後乃馬眞皇后攝政，因缺乏對中原儒士的認識與信用，遂廢科考取士一途。其後王鶚、王惲等人建請元世祖舉行科考，亦皆援引戊戌選試「得人之效」〔註40〕爲例，可見其於當時所具有的特殊意義與影響力。〔註41〕究其實，戊戌選試在蒙元體制下，完全是一種異己元素，最終因爲無法在蒙元王朝的統治結構中，找到賴以存在的客觀必要性，因此，它的失敗也是必然的結果。〔註42〕此後，國家考試遂長期處於停廢狀態。

〔註38〕《元史‧耶律楚材傳》，卷 146，頁 3461。

〔註39〕關於戊戌選試的性質，《元史》視爲元朝第一次的科舉考試，元人對其卻有不同的稱呼：或稱「科舉」（李庭〈故宣差絲線總管兼三教提舉任公誄辭〉），或稱「舉選」（元好問〈故河南課稅所長官兼廉訪使楊公神道之碑〉），或稱「選舉」（元好問〈令旨重修眞定廟學記〉），或稱「設科取士」（王惲〈大元故濛溪先生張君墓碣銘並序〉、魏初〈有元故京兆醫學教授趙公墓誌銘〉、孟文昌〈陝西學校儒生頌德之碑〉）等。

〔註40〕《元史‧選舉志》，卷 81，頁 2017。又〔元〕王惲：〈請舉行科舉事狀〉曰：「鴻惟太宗哈罕皇帝聖模宏遠，戊戌年間，以程成之法略爲施行，當時翕然向化，所得人材不少。」《秋澗集》，《景印文淵閣四庫全書》，第 1201 冊，卷 87，頁 252。

〔註41〕據趙琦分析，戊戌選試的意義與影響有以下幾點：（1）使身陷奴籍的士人脫身爲民成爲儒籍，而儒士則可享免役特權；（2）爲治理中原提供官員，達到爲國儲才的目的；（3）對當時的文風和文化教育具有一定導向和模範作用；（4）戊戌選試是蒙元優待儒士的濫觴，確立諸色戶中的儒籍，享有一定的特權。見氏著：《金元之際的儒士與漢文化》（北京：人民出版社，2004 年 9 月 1 版），頁 61～72。

〔註42〕姚大力：〈元朝科舉制度的興廢及其社會背景〉，《元史及北方民族史

　　直到仁宗皇慶二年（1313）十月，中書省臣奏行科舉法，獲仁宗首肯。十一月，詔令天下實施。延祐二年（1315），始正式實行科舉。但在政策實施過程中，無論應考場次、試題範圍或授官品秩上，皆明顯表現出種族分等和階級歧視。據《元史・選舉志》記載：

> 考試程式：蒙古、色目人，第一場經問五條，大學、論語、孟子、中庸內設問，用朱氏章句集注。其義理精明，文辭典雅者爲中選。第二場策一道，以時務出題，限五百字以上。漢人、南人，第一場明經經疑二問，大學、論語、孟子、中庸內出題，並用朱氏章句集註，復以己意結之，限三百字以上；經義一道，各治一經，詩以朱氏爲主，尚書以蔡氏爲主，周易以程氏、朱氏爲主，已上三經，兼用古註疏，春秋許用三傳及胡氏傳，禮記用古註疏，限五百字以上，不拘格律。第二場古賦詔誥章表內科一道，古賦詔誥用古體，章表四六，參用古體。第三場策一道，經史時務內出題，不矜浮藻，惟務直述，限一千字以上成。蒙古、色目人，願試漢人、南人科目，中選者加一等注授。蒙古、色目人作一榜，漢人、南人作一榜。〔註43〕

根據《元史》記載，考試科目，色目同於蒙古只考四科，南人同於漢人四科之外，加考經義一道；考試場次，前者試二場，後者試三場；尤有甚者，蒙古、色目自願試漢人、南人科目而中選者，加一等注授；出榜亦有分秩，蒙古、色目爲右榜，漢人、南人爲左榜。至於錄取名額，四等人依地域平均分配，看似公平，然漢人、南人總數遠超過蒙古、色目人數十百倍，卻與蒙古、色目人配額相同，充分反映蒙古、色目人爲在科舉制度上備受優遇。而殿試錄取名額雖無定，但殿試第

研究集刊》第 6 期（1982 年）。

〔註43〕《元史・選舉志》曰：「世祖至元四年九月，翰林學士承旨王鶚等，請行選舉法，遠述周制，次及漢、隋、唐取士科目，近舉遼、金選舉用人，與本朝太宗得人之效，以爲：『貢舉法廢，士無入仕之階，或習刀筆以爲吏胥，或執僕役以事官僚，或作技巧販鬻以爲工匠商賈。以今論之，惟科舉取士，最爲切務，刻先朝故典，尤宜追述』奏上，帝曰：『此良法也，其行之。』」卷81，頁 2019。

一人，則非蒙古人莫屬。蘇天爵〈魏郡馬文貞公墓誌銘〉記曰：

> 延祐元年，詔開貢舉，網羅賢才，公偕其弟祖孝俱薦於鄉，
> 公擢第一。明年會試禮部，又俱中選，公仍第一。廷試則
> 以國人居其首，公居第二甲第一人。〔註44〕

馬文貞公即馬祖常（1279～1338），字伯庸，世爲雍古部，居淨州天山，高祖馬慶祥嘗爲鳳翔兵馬判官，子孫因號馬氏。〔註45〕延祐初，鄉貢會試皆第一，廷試因其爲色目人，故置爲第二。由此可見，科舉中的族群配額，是針對蒙元統治者爲維繫蒙古貴族特權利益而制定，充分反映當時社會種族歧視與族群壓迫的現象。

　　科舉考試是元代士人在異族統治下賴以仕進的重要途徑，制度上的種種屈抑，與員額配置的限制，競爭相形激烈，使得元代儒士經由科舉入仕的人數並不多。〔註46〕即使爲官，亦多散處州縣，淪落下僚。自延祐開科取士後，共舉辦七次科考，順帝至元年間一度中止，又七年而復，而元已將亡，總計有元一代，共開科十六次，取士一千二百人左右。〔註47〕士人儒生因爲仕進無門，轉而將抑鬱不平之氣付諸戲

〔註44〕〔元〕蘇天爵：《滋溪文稿》，《景印文淵閣四庫全書》，第1214冊，卷9，頁109。

〔註45〕《元史‧馬祖常傳》，卷143，頁3411。雍古，爲遼金以來居住陰山以北的突厥語部族。關於馬祖常生平及家族歷史，參陳垣：《元西域人華化考》（上海：上海古籍出版社，2008年3月2刷），頁18～25。楊鐮：〈馬祖常，元詩史的也裏可溫〉，《元西域詩人群體研究》（烏魯木齊：新疆人民出版社，1998年），頁331～337。

〔註46〕〔清〕高宗敕撰：《續通典‧選舉六》記曰：「由進士入官者僅百分之一，由吏致顯要者常十之九。」（臺北：臺灣商務印書館，1987年12月臺一版），卷22，頁1251。

〔註47〕據徐黎麗：〈略論元代科舉考試制度的特點〉一文分析：「自仁宗延祐二年（1315）第一次開科至元惠帝至正二十六年（1366）最末一次取士，共五十一年，其間尚有六年（1336～1342）中斷，科舉制度實際施行四十五年。元制：三年一科，四十五年中共開科十六次，最多一次取士一百零一人（至正十二年，1352），最少一次五十三人（至正二十年，1360），共取士一千二百人左右。元代官僚總數爲二萬六千六百九十人，可見，科舉考試制度所選官吏僅占全部官吏的二十二分之一，因此，從時間上看，從成吉思汗建立蒙古國（1206）

曲詩詞，助長元代通俗文學的興盛發展。而元代科舉制度，首次以程朱理學爲主，使「天下學術凜然一趨於正」，〔註48〕乃使程朱理學成爲官方正統之學，對後世的傳播與發展，產生積極的影響力。

二、儒士失尊現象

　　蒙元繼金朝之後，以異族身分入主中國，建立第一個非漢族統治的征服王朝。金朝雖然也是以外族入主中原，其間君王偃武修文，傾心漢化，尤以金世宗爲最，大定年間並號稱「小堯舜」〔註49〕時期。南渡以後，依然禮樂彬彬，文風鼎盛。元初時人盛傳：「遼以釋廢，金以儒亡。」〔註50〕可見儒士在金源一代並未受到壓抑。元代則不同，蒙元蔑視儒士，〔註51〕竟有「九儒十丐」之說。謝枋得〈送方伯載歸三山序〉云：

> 滑稽之雄，以儒爲戲者曰：「我大元制典，人有十等，一官二吏，先之者，貴之也：貴之者，謂其有益於國也。七匠八娼，九儒十丐，後之者，賤之也；賤之者，謂無益於國也。嗟乎！卑哉！介乎娼之下、丐之上者，今之儒者也。〔註52〕

謝氏之言，反映出蒙元時代，認爲儒士無益於國，位居娼下，其卑賤可知。鄭思肖〈大義略序〉亦曰：

到元朝被滅（1368），共經歷一百六十二年，其中科舉制僅實施四十五年（1315～1336年，1342～1366年）。」見《西北師大學報》第2期（1998年3月），頁42～46。

〔註48〕〔元〕歐陽玄：〈趙忠簡公祠堂記〉曰：「貢舉法行，非程、朱學不試於有司，於是天下學術凜然一趨於正。」《圭齋文集》，《景印文淵閣四庫全書》，第1210冊，卷5，頁37。

〔註49〕〔元〕脫脫：《金史·世宗本紀下》曰：「當此之時，群臣守職，上下相安，家給人足，倉廩有餘，刑部歲斷死罪，或十七人，或二十人，號稱『小堯舜』。」（臺北：藝文印書館，1958年）卷8，頁116。

〔註50〕〔元〕蘇天爵：《元朝名臣事略》（北京：中華書局，1985年，《叢書集成初編》，第3358冊），卷10，頁169。

〔註51〕《元史·耶律楚材傳》記曰：「國家方用武，耶律儒者，何用？」卷146，頁3456。

〔註52〕〔宋〕謝枋得：《疊山集》，《四部叢刊》，第70冊，卷6，葉3。

> 韃法：一官、二吏、三僧、四道、五醫、六工、七獵、八
> 民、九儒、十丐，各有統轄。〔註53〕

以上二家之說，雖有出入，至於「九儒十丐」一說，亦乏確鑿的史料
為證，〔註54〕但在一定程度上反映了文人社會地位之卑賤。造成文人
儒士社會地位卑賤之因，主要是蒙元以異族入主中原，始終不脫其草
莽征戰的驃悍性格及掠奪逐利的實用觀念，因而對中原傳統文化抱持
無知與漠視的態度，尤其蔑視文人儒士不事生產，視之為「寄生蟲」，
〔註55〕將其排擠於社會下層。加以元初廢行科舉，阻斷儒生仕進之途，
致使文人儒士身陷困境之中，無以維生，至有「餓殺秀才」〔註56〕一
事。學者顏天佑《元雜劇所反映之元代社會》分析說：

> 在元代那個劇烈變動的社會裡，由於舊有的一切遭受了根
> 本的破壞，文人的生活便頓時失去了憑藉。尤其當社會觀
> 念因著生存的長期面臨考驗而趨於現實時，繼之而來的商
> 業畸形發展又復左右了價值標準的判斷，於是只能坐而論

〔註53〕〔宋〕鄭思肖，陳福康校點：《鄭思肖集》（上海：上海古籍出版社，
1991年5月1版），頁186。

〔註54〕關於「九儒十丐」一說，無確鑿的史料為證，因而學者亦有力辯「九
儒十丐之說，出於南宋人之詆詞，不足為論據。」參見陳垣：《元西
域人華化考》，頁133。顏天佑亦認為此說是「讀書人自憐自嘲心態
之呈現。」見氏著：《元雜劇所反映之元代社會》（臺北：華正書局，
1984年），頁155。又陳得芝：《蒙元史研究叢稿》：「"九儒十丐"
之說出於謝枋得、鄭所南，他們大都是抵制元朝統治的宋遺民，容
有誇大偏激之詛。」（北京：人民出版社，2005年2月1版），頁429。

〔註55〕柏楊：《中國人史綱》曰：「一向在中國傳統社會最受尊重的儒家道
學知識份子士大夫，在蒙古人看來，是徹頭徹尾的寄生蟲，比儒家
所最卑視的娼妓都不如，僅只稍稍勝過乞丐。因為在蒙古故土的沙
漠地區，每一個人，包括婦女兒童，都要從事勞動。在他們知識領
域內，實在想不通世界上還有專門讀書和專門做官的這種行業。」（臺
北：星光出版社，1989年），頁699～700。

〔註56〕〔元〕鄭元祐：《遂昌雜錄》曰：「其時，三學諸生困甚。公出，必
擁遏叫呼曰：『平章，今日餓殺秀才也。』從者叱之，公必使之前，
以大囊貯中統小鈔，探囊撮與之。公遂建言，以學校養士，自公始。」
（成都：巴蜀書社，1993年，中國野史集成編委會：《中國野史集成》，
第12冊），頁257。

道的士人自然要謀食無方、憂貧之不遑了。〔註57〕

誠然，面對異族蠻橫強權的統治，手無寸鐵的文人無力抗拒，備受歧視；身處禮崩樂壞的混亂世代，不事生產的儒士進退失據，橫遭欺凌。在「天綱絕，地軸折，人理滅」〔註58〕的浩劫後，文人儒士所感受的不僅是生命滅絕的威脅，更是文明摧殘的心痛。白樸〈石州慢〉詞云：「千古神州，一旦陸沉，高岸深谷。夢中雞犬新豐，眼底姑蘇麋鹿。少陵野老，杖藜潛步江頭，幾回飲恨吞聲哭。」〔註59〕真實地表達歷經國破家亡慘劇後，文人儒士潛悲辛之痛。科舉廢行，導致文人儒士仕進無門，而飽受戰火荼毒之後的殘喘之軀，竟至淪爲「驅口」，〔註60〕供人驅策，〔註61〕盡失既有的尊嚴與地位。

蒙元統治者既無視於儒士的意義與價值，嗤之爲無用之徒，更有甚者，將儒士比附爲巫醫之類。《元史・高智耀傳》記曰：

> 帝問：「儒家何如巫醫？」對曰：「儒以綱常治天下，豈方技所得比。」帝曰：「善。前此未有以是告朕者。」詔復海內儒士徭役，無有所與。〔註62〕

憲宗將儒家與巫醫相比，且說「前此未有以是告朕者」，足見元帝對

〔註57〕顏天佑：《元雜劇所反映之元代社會》，頁158。

〔註58〕〔元〕宋子貞：〈中書令耶律公神道碑〉，收入〔元〕蘇天爵：《國朝文類》（臺北：臺灣商務印書館，1967年，《四部叢刊初編》，第425冊），卷57，頁638。

〔註59〕見唐圭璋編：《全金元詞》（北京：中華書局，2000年10月），下冊，頁642。

〔註60〕「驅口」一詞始見於金代，元代沿用，原意爲出征俘虜用來供驅遣使用的人口。亦作「驅丁」。見〔元〕陶宗儀：《南村輟耕錄》「奴婢」條曰：「今蒙古色目人之臧獲，男曰奴，女曰婢，總曰驅口。」卷17，頁208。又關於「驅口」被奴役之情形，詳參李幹：《元代社會經濟史稿》（武漢：湖北人民出版社，1985年），頁38～58。

〔註61〕當時儒生淪爲奴隸者頗多，詳見《元史・耶律楚材傳》，頁3461。又《元史・高智耀傳》曰：「皇子闊端鎮西涼，儒者皆隸役……時淮、蜀士遭俘虜者，皆沒爲奴。智耀奏言：『以儒爲驅，古無有也。陛下方以古道爲治，宜除之，以風屬天下。』」卷125，頁3072～3073。

〔註62〕《元史・高智耀傳》，卷125，頁3072～3073。

中原文化的無知與蔑視。相反的，蒙元征服西域在先，及其東還，大批西域人隨蒙軍進入中原，西域人文化水準較蒙古人為高，而且擅長理財，蒙元初期，頗為活躍。因此，善於經商理財的西域人正符合重利務實的蒙元建國的需求，但多數貪利嗜財，而廉謹者少。錢穆《國史大綱》曰：「蒙古人以軍人而兼貴族，既享有政治上種種特權，又多用回人為之經營財利，剝削生息。」〔註63〕由陶宗儀《南村輟耕錄》記載，即可略窺當時社會上貶抑士人，趨炎附勢的情形：

> 嘉興林叔大鎮撩江浙行省時，貪墨鄙吝。然頗交接名流，以沽美譽。其於達官顯宦，則刲羔殺豕，品饌甚盛。若士夫君子，不過素湯餅而已。〔註64〕

上有好者，下必甚焉。元代掾吏習於當時風尚，多輕蔑士人，迎合統治者的喜好，以干祿位。《多桑蒙古史》亦論及蒙元統治，云：

> 其治理蓋不外乎腐敗之成功，凡前之可貴可尊，皆賤之。其最腐敗之人，如能盡忠於其殘猛之主，則不難取得富貴與壓制其同國人之勢權。〔註65〕

由此亦可見出蒙元的統治策略，天下人習染既深，亦趨於短視近利，竟有「令廢棄儒業，學習吏文，以求速進」〔註66〕者。傳統儒者「兼濟天下」的理想蕩然無存，唯利是圖。錢穆《國史大綱》曰：「蒙古人既看不起漢人、南人，因此也不能好好的任用漢人、南人，而只用了他們中間的壞分子。」〔註67〕致使真正有才學之士，在仕與隱之間擺盪徘徊。戴表元〈宋陳養晦赴松楊校官〉云：

> 書生不用世，什九隱儒官。抱璞豈不佳，居貧良獨難。〔註68〕

〔註63〕錢穆：《國史大綱》，頁488。

〔註64〕〔元〕陶宗儀：《南村輟耕錄》，「待士鄙吝」條，卷24，頁290。

〔註65〕多桑著，馮承鈞譯：《多桑蒙古史》，頁3。

〔註66〕不著撰人：《大元聖政國朝典章·吏部六·司吏項》（臺北：文海出版社，1964年），卷12，頁205。

〔註67〕錢穆：《國史大綱》，頁481。

〔註68〕〔元〕戴表元：《剡源文集》，《景印文淵閣四庫全書》，第1194冊，卷27，頁346。

出仕非己願，無法盡如己意，發揮所學；歸隱又貧困多艱，難以維生，可見元代士人不遇之悲。陶宗儀《南村輟耕錄》曾記載呂仲實未顯時，生活困窘之狀，詩曰：

> 典卻春衫辦早廚，老妻何必更躊躇？瓶中有醋堪燒菜，囊裡無錢莫買魚。不敢妄為些子事，只因曾讀數行書。嚴霜烈日皆經過，次第春風到草廬。〔註69〕

《南村輟耕錄》註曰：「呂仲實先生思誠，文章政事皆過人遠甚，而廉潔不汙，家甚貧。……未顯時，一日晨炊不繼，欲攜布袍貿米於人，因室氏有吝色，因戲作一詩曰。後果及第。」可見舉試未定前，文人困窮至瓶無儲粟，必須典當布帛的地步，但是詩書禮義薰陶之下，仍堅守志節不敢妄為。相反的，〔中呂〕〈朝天子‧志感〉則感慨云：

> 不讀書有權，不識字有錢，不曉事倒有人誇薦。老天只恁忒心偏。賢和愚無分辨。折挫英雄，消磨良善。越聰明越運蹇。志高如魯連，德過如閔騫，依本分只落的人輕賤。〔註70〕

曲中以鮮明的對比手法，形象化呈顯亂世中賢、愚不辨，善、惡顛倒的醜陋面貌，反諷政治社會的黑暗腐敗，儒生唯沉淪卑屈，消磨殘生。元代後期詩人王冕〈冀州道中〉亦云：

> 切問老何族？云是奕世儒。自從大朝來，所習亮匪初。民人藉征戍，悉為弓矢徒。縱有好兒孫，無異犬與豬。至今成老翁，不識一字書。典故無所改，禮義何所拘。論及祖父時，痛入骨髓餘。〔註71〕

詩中不僅刻劃北方農村的貧困蕭條，同時揭露蒙元統治者摧殘文化的後果，昔日儒生，如今竟成不識一字的老翁，不免令人慨嘆，士人在當時社會地位之輕賤與犬豕何異？無怪乎仇遠感嘆道：「末俗由來不

〔註69〕〔元〕陶宗儀：《南村輟耕錄》，「文章政事」條，卷12，頁149。
〔註70〕見隋樹森編：《全元散曲》（北京：中華書局，1964年2月1版），頁1688。
〔註71〕〔元〕王冕：《竹齋集》（北京：商務印書館，2005年，《文津閣四庫全書》，第412冊），卷中，頁18。

貴儒，小夫小婦恣揶揄。」〔註72〕余闕亦嘆：「小夫賤隸，亦以儒爲
嗤詆。」〔註73〕《多桑蒙古史》說得極爲沉痛，曰：

> 當斯之世，學問與德行並缺，無識與賄賂交盛，凡正直者
> 皆被賤視，凡邪惡者皆得勢權，則學問與文藝所得之獎勵
> 從可知也。〔註74〕

在政治腐敗，道德淪喪的時代，堅守仁義之道的儒士被擯斥於仕途之
外，輕蔑如犬豕，宜乎史家每以「黑暗時代」〔註75〕稱之。

除了因爲草莽征戰的性格，以及近利務實觀念的影響，導致蒙元
統治者蔑視中原文人儒士，致使儒士盡失既有的尊嚴與地位。其所凸
顯出的另外一個特徵是，儒家道統崩解，科舉廢行，書生無用，〔註76〕
以致求仕無門。此舉與蒙元用人取士之法，異於前代有關。權衡《庚
申外史》曰：

> 元朝之法，取士用人，惟論根腳。其餘圖大政爲相者，皆
> 根腳人也……而凡負大器抱大才蘊道藝者，俱不得與其政
> 事。〔註77〕

所謂「根腳」，意指權貴的豪門世家。葉子奇《草木子》曰：「仕途自
木華黎王等四怯薛大根腳出身分任省臺外，其餘多是吏員。」〔註78〕

〔註72〕〔元〕仇遠：〈書與士瞻上人十首〉，收入〔元〕陳衍輯撰：《元詩紀
　　　　事》（臺北：鼎文書局，1971 年 9 月初版），卷 7，頁 109。

〔註73〕〔元〕余闕：〈貢泰父文集序〉，《青陽集》，卷 2，頁 381。

〔註74〕多桑著，馮承鈞譯：《多桑蒙古史》，頁 10。

〔註75〕〔清〕皮錫瑞稱此一時期爲「經學積衰時代」。見氏著：《經學歷史》
　　　　（臺北：河洛圖書公司，1974 年 9 月初版），頁 275。錢穆：《國史
　　　　大綱》，稱之爲「暴風雨之來臨」，頁 481。又王忠林：〈元代散曲的
　　　　內容分析〉曰：「元代蒙古人統治中國，對舊有的漢族的精神文化，
　　　　不但不加以維護與發揚，反而極力摧毀，因此在學術上形成了一個
　　　　黑暗時代。」見氏著：《元代散曲論叢》（高雄：復文圖書出版社，
　　　　1989 年 8 月初版），頁 1。

〔註76〕〔元〕汪元量：〈自笑〉云：「釋氏掀天官府，道家隨世功名，俗子
　　　　執鞭亦貴，書生無用分明。」《湖山類稿》，《文津閣四庫全書》，第
　　　　397 冊，卷 2，頁 81。

〔註77〕〔明〕權衡：《庚申外史》，《中國野史集成》，第 12 冊，卷下，頁 169。

〔註78〕〔明〕葉子奇：〈雜俎篇〉，《草木子》，卷 4 上，頁 82。

因此，一般儒士由於根腳既小，又乏奧援，且多數屬於種姓制度下最受歧視的南人，欲登門第實爲困難，一如張可久云：「淡文章不到紫微郎，小根腳難登白玉堂。」〔註79〕又如元初開國功臣劉秉忠，〔註80〕隨侍元世祖三十餘年，初居幕僚，後雖位極太保，但未獲世祖重用之前，亦不免感嘆出身寒微，朝無奧援，其〈朝中措・書懷〉云：

> 布衣藍縷曳無裾。十載苦看書。別有照人光彩，驪龍吐出明珠。　天人學業，風雲氣象，可困泥塗。隨著傅巖霖雨，大家濟潤焦枯。〔註81〕

上片描寫十載寒窗苦讀，懷抱驪龍明珠才幹，光彩異於常人。下片自負氣象干雲，學究天人，豈能困居陋巷，埋沒終生？「傅巖霖雨」，〔註82〕用傳說蒙武丁拔擢，舉爲三公，澤被黎民一事，表明個人亟欲用世，一展經綸長才。反映當時文人儒士求仕無門之困窘，與有志難伸之屈抑。

　　蒙元貴族可以超擢制度之外直接晉升，固然是出於蒙元統治者的本位主義思想作祟，但是法紀不彰，令出不行，弊端因而叢生，亦是導致蒙元政治衰敗，社會秩序失衡的因素。權衡《庚申外史》則進一

〔註79〕〔元〕張可久：〔雙調〕〈水仙子・歸興〉，見隋樹森：《全元散曲》，頁857。

〔註80〕劉秉忠（1216～1274），字仲晦，初名侃，因從釋氏，又名子聰，拜官後更今名，號藏春散人，邢州（今河北邢台）人。博學多才，精通天文、地理及律曆，十七歲棄官隱於武安山爲僧。後應忽必烈召入藩邸，應對承旨，遂留侍左右，屢承顧問社稷大計。從忽必烈征雲南、大理、經略宋地。中統元年忽必烈即位，奏建國號曰大元，定朝儀官制，爲一代成憲。拜光祿大夫，位太保，參預中書省事。卒贈常山王，諡文正。爲人忠正疏淡，齋居疏食，終日澹然。平日好吟詠，詩作蕭散閒淡，詞風豪宕飄逸。有《藏春集》十卷。事跡見《元史》157卷。按：本書中除了第四章所列代表詞家的生平詳加探述外，其他元代詞人的生平傳略皆於第一次出現本書時註記。

〔註81〕唐圭璋編：《全金元詞》下冊，頁619。

〔註82〕典出《墨子・尚賢中》：「傅說被褐帶索，庸築乎傅巖，武丁得之，舉以爲三公，與接天下之政，治天下之民。」〔清〕孫詒讓撰，李笠校：《校補定本墨子閒詁》（臺北：藝文印書館，1922年），卷2，頁128～129。

步曰：「是以四海之廣，天下之大，萬民之眾，皆相率而聽夫欒檀擁毳、飽食煖衣、腥羶之徒。使之坐廊廟，據樞軸，以進天下無藉之徒，嗚呼！是安得而不敗哉？」〔註83〕又陳高〈感興〉詩曰：

> 客從北方來，少年美容顏。繡衣白玉帶，駿馬黃金鞍。捧鞭揖豪右，意氣輕邱山。自云金張胄，祖父皆朱旛。不用識文字，二十爲高官。市人共咨嗟，夾道紛騈觀。如何窮巷士，埋首書卷間。年年去射策，臨老猶儒冠。〔註84〕

詩中高度概括出一典型的蒙元貴族形象：年輕豪奢、世襲高位、不學無術。對比出士人窮經皓首、困居陋巷、屢試不第之可悲形象。可見綱紀隳壞，政治腐敗，不識文字的「根腳」，可以趾高氣昂，蟠踞高位；而耄耋儒生，卻只能終老於陋巷，倍感功名的失落與絕望，直令文人儒士情何以堪！

「學而優則仕」是儒家自孔子以來所建立的一個中心思想理念，中國歷代的儒士大都以「出仕」爲志業，藉此實現士人「兼濟天下」的理想抱負。蒙元建國之初，廢行科舉制度幾近一世紀之久，至仁宗皇慶二年（1315）始復開科取士，有志之士仍孜孜矻矻於科舉場，期待躋身「玉堂金馬」，〔註85〕榮登顯貴。唯經由科舉入仕者，亦「止是萬分之一耳，……直可廢也」，〔註86〕主要原因即是蒙元實施「族

〔註83〕〔明〕權衡：《庚申外史》，卷下，頁170。

〔註84〕〔元〕陳高：《不繫舟漁集》，《文津閣四庫全書》，第406冊，卷3，頁302。

〔註85〕典出〔東漢〕班固撰，〔唐〕顏師古注：《漢書·揚雄列傳下》引《解嘲》曰：「今子幸得遭明聖之世，處不諱之朝，與群賢同行，歷金門、上玉堂有日矣。」注曰：「應劭曰：『金門，金馬門也。』」卷87下，頁1534。〔元〕吳存：〈水調歌頭·江浙貢院〉云：「尺一九霄下，華髮起江湖。西風吹我衣袂，八月過三吳。十五西湖月色，十八海門潮勢，此景世間無。收入硯蛤滴，供我筆頭枯。　　七十幅，五千字，日方晡。貝宮天網下罩，何患有遺珠。用我玉堂金馬，不用清泉白石，眞宰自乘除。長嘯吳山頂，天闊雁行疏。」可見元代儒士仍有積極用世之心。收入唐圭璋編：《全金元詞》下冊，頁826。

〔註86〕〔元〕陶宗儀：〈雜俎篇〉曰：「仕途自木華黎王等四怯薛大根腳出身分任省臺外，其餘多是吏員。至於科目，止是萬分之一耳，殆不過粉

群等級制」，致使士人在仕宦一途，備受歧視與壓迫，有志難伸的屈抑下，士人只有另尋出路。揭傒斯〈宋也速答而赤序〉云：

> 自科舉廢而天下學士大夫之子弟不爲農則爲工爲商，自科舉復而天下武臣氓隸之子弟皆爲士爲儒。〔註87〕

由是知，元代廢行科舉，使得士人子弟不得不淪爲農、工、商者流，士人不再位居「四民之首」，而入仕之途，亦不再由士人壟斷，凡捕盜者、入粟者、工匠、氓隸之徒，皆可藉由其他途徑入仕爲官。

又姚燧〈送李茂卿序〉記錄蒙元取才用人之法，曰：

> 大凡今仕惟三塗：一由宿衛，一由儒，一由吏。由宿衛者，……十一之。由儒者，……十分一之半。由吏者，……十九有半焉。〔註88〕

由此可知，元代科舉未行之前，文人儒士多由吏進，而吏員出職，〔註89〕除非特殊擢升，否則陞遷出職至少要經過「一百二十月」，〔註

飾太平之具。世猶日無益，直可廢也。」《草木子》，卷4上，頁82。又麼書儀亦分析元代士人入仕途徑有四：一是論「根腳」；二是以「吏進」；三是買官；四是科舉入仕，是最蕭條的一途。《元代文人心態》（北京：文化藝術出版社，1993年10月1版），頁248～249。

〔註87〕〔元〕揭傒斯著，李夢生標校：《揭傒斯全集》（上海：上海古籍出版社，1985年6月），卷4，頁310。

〔註88〕〔元〕姚燧：《牧庵集》，《景印文淵閣四庫全書》，第1201冊，卷4，頁445。

〔註89〕吏員出職乃指吏員脫離吏職，升任官職，是元代儒士最主要的一條入仕途徑，對元代社會影響極大。首先，相對於科舉入仕受限於名額配置，儒士通過吏員出職一途入仕較容易，但受制於時間因素，難以出仕高官，卻達到蒙元統治者籠絡漢族，穩固統治基礎的目的，進而維護其「族群等級制」的總體用人格局。其次，吏員出職的盛行，大大提高吏的社會地位，導致傳統價值觀念的遽變，儒士習吏因此成爲一時風尚。再次，吏員出職的盛行，加速蒙元政治腐敗的速度。詳參許凡：〈論元代的吏員出職制度〉，《歷史研究》第6期（1984年），頁41～58。

〔註90〕《元史·選舉志第二》曰：「大德七年，議：『各處所委巡檢，自立格月日爲始，已歷兩考之上者，循舊例九十月出職；不及兩考者，須歷一百二十月，方許出職遷轉。』」又「至元九年，部議：『……凡陞轉資考，從九三任陞從八，正九兩任陞從八，巡檢提領案牘等考滿轉入從九，從九再歷三考陞從八，通理一百二十月陞。』」卷82，

90）也就是十年的漫長道路。但是出職陞遷最高不得超過五品，對於要經歷由儒充吏，再「入流」爲官的元代儒士而言，不啻是一個痛苦的選擇。分析其中原因有二：一是羞與粗識文字的小民爲伍；二是不甘心老於刀筆，供人驅使。﹝註91﹞以至於自矜抱才蘊之儒士，往往不屑爲吏，﹝註92﹞因而造成文人儒士對朝廷的離心力，致使文人儒士或閉門讀書講學以執節守眞；或混迹市井勾欄創製戲曲等俗文學以滑稽混世；或歸隱山林巖穴以嘯傲江湖，因而孕育出有元一代文人的變異心理結構。因此，元代儒士社會地位的下降引出的儒士危機感，對文化和文學的影響是複雜的。﹝註93﹞

　　蒙元一朝，由於其草莽征戰的性格，以及近利務實的理念，導致蒙元統治者蔑視中原文人儒士，致使儒士盡失既有的尊嚴與地位。其次，儒家道統崩解，科舉廢行，蒙元初期官吏之選拔，儒以薦舉，吏因補用，而近侍貴族則有不時之超擢，種種「族群等級制」之限制，致使文人儒士不禁興嘆「干祿無階，入仕無路」！﹝註94﹞終元一世，「屈在簿吏」，「沉抑下僚」﹝註95﹞之文人儒士，無以計數。但可稱幸的是，文

頁 2041、2046。

﹝註91﹞ 鄧紹基主編：《元代文學史》（北京：人民文學出版社，2006 年 6 月 4 刷），頁 10～11。

﹝註92﹞ 〔元〕余闕：〈楊君顯民詩集序〉云：「況南方之地遠，士多不能自至於京師，其抱才蘊者，又往往不屑爲吏，故其見用者尤寡也。」《青陽集》，卷 2，頁 380。

﹝註93﹞ 鄧紹基主編：《元代文學史》曰：「元王朝對待儒士的政策有一個變化的過程，籠統地說元代儒士受壓迫或籠統地說他們受到重用都不符合歷史實際。又由於民族歧視政策和選官制度中存在的弊端，元代儒士問題始終成爲一個嚴重的社會問題。和唐、宋時代相比較，元代儒士的地位、價值觀念在實際上有所變化……元代各類文學作品中大量出現的爲儒生地位、境遇而發的不平和抨擊之音，異常強烈，在程度上超越了前代作品，其實也正是這種社會問題的反映。」頁 12。

﹝註94﹞ 〔元〕王惲：〈吏解〉曰：「今天下之人，干祿無階，入仕無路，又以物情不齊，惡危而便安，不能皆入於農工商販。故三尺童子，乳臭未落，群入吏舍矣。」《秋澗集》，卷 46，頁 607。

﹝註95﹞ 〔明〕胡侍：《眞珠船》「元曲」條曰：「中州人每每沉抑下僚，志不

人儒士失尊,仕進無門所引發的危機感,卻有助於文學藝術的發展,余闕〈楊君顯民詩集序〉曰:「延祐中,仁皇初設科目,亦有所不屑而甘自沒溺於山林之間者,不可勝道,是可惜也。」但其同時亦曰:「夫士惟不得用於世,則多致力於文字之間,以爲不朽。」〔註96〕不少文人儒士長年沉淪社會底層,深刻體會庶民百姓生活之艱辛,因而以其有用之才,搖身一變而爲「書會才人」,〔註97〕轉而從事戲曲創作,一方面反映庶民百姓的生活情感與審美情趣,同時藉以抒發個人仕宦蹭蹬之鬱悶,以及對時政之種種怨刺,將元代文學從宋代文學沉重的社會責任感和使命感中解脫出來,以一種親切、自然、隨和的面目呈現在世人面前,展現出文人儒士在促進雅文學與俗文學相互融合時的積極作用。史蒂芬・H. 偉斯特(Stephen H. West)提出元雜劇發展的新觀點說:

> 雜劇作爲一種自我維繫自我發展的傳統,到十三世紀眞正成爲一種合宜的有吸引力的文學表達媒介。在蒙古人統治下,北方的「精英」作家們發現自己在一個不熟悉的世界中沉浮,與社會的和政治的成功絕緣,而傳統的文學形式所能贏得的類似於以往的尊敬也得不到。由於有時間、有機會與演員長期密切合作,他們開始參加戲劇活動,寫劇本,可能還參加演出。這樣,從這個過渡時期起,這些「精英」作家就在把雜劇從純粹的表演藝術發展爲文學創作的過程中起了作用。〔註98〕

獲展……於是以其有用之才,而一寓之乎聲歌之末,以抒其怫鬱感慨之懷,蓋所謂不得其平而鳴焉者也。」《叢書集成初編》,第 338 冊,卷 4,頁 35。
〔註96〕 〔元〕余闕:〈楊君顯民詩集序〉,《青陽集》,卷 2,頁 380。
〔註97〕 「書會」一詞肇始於北宋宣和年間南戲《溫州雜劇》,是劇作家聚合的場所,也是劇本發行的場所。「才人」則是元代對寫作劇本人的尊稱。詳參陳萬鼐:〈元代「書會」研究〉,《國家圖書館館刊》第 1 期(2006 年 6 月),頁 123~138。
〔註98〕 Stephen H. West, "Mongol influence on the development of northern drama." I*n China under Monogol rule,* ed. John D. Lang-lois, Tr. Princeton,(N.J: Princeton University Press,1981),pp.434~465.

因此，從社會學觀點言，蒙元統治中原最重大的結果是，在異代統治的社會變動中，文人儒士對社會的作用得到暫時的傳播與擴散，同時在文學發展領域中形成一股積極建設性的力量。〔註99〕

終元之世，以古文詩詞為代表之傳統文學只能規唐仿宋，跳脫不離前人藩籬；而以元曲為代表之市民文學卻大放異彩。無論其精神與形式，皆具有一種新的因素、新的面貌，成為當時最有成就的文學樣式，並進而成為元代文學的主流，同時也為中國古代文學史開創一個新的、以敘事文學為中心的歷史時期。誠可謂儒士不幸，文壇幸也！〔註100〕換言之，文人儒士失尊，仕進無門的積極意義，即是激發元代文人的創作情緒，間接促進有元一代戲曲文學的發展。

第二節　文化特色

「文化」是一個充滿創造性、跳躍性的動態概念，它經常以各個不同的型態對人類生活作出理解，或由組成元素、或由層次面、或由總體面等觀之，可謂不一而足。「文化」也經常出現於我們日常生活的對話中，此時「文化」一詞的含義可謂包羅萬有，所觸及的方面（aspects）涵蓋了舉凡知識、信仰、藝術、道德、法律、習俗等的綜和。儘管「文化」一詞的定義與使用方式繁複多變，卻充滿了多元趣味性與不確定性，值得我們進一步探討與釐清。

所謂「文化」，是「文」與「化」的結合。「文」，〔東漢〕許慎《說文解字》釋曰：「文，錯畫也，象交文。」〔註101〕意指色彩、紋理，

〔註99〕〔德〕傅海波、〔英〕崔瑞德編，史衛民等譯：《劍橋中國遼西夏金元史，907～1368年》（北京：中國社會科學出版社，1998年8月1版），頁644。

〔註100〕〔元〕劉辰翁：〈程楚翁詩序〉曰：「科舉廢，士無一人不為詩，於是科舉廢十二年矣，而詩愈昌明。」李修生主編：《全元文》（南京：江蘇古籍出版社，2000年），卷8，頁551。〔元〕歐陽玄：〈羅舜美詩序〉曰：「適科舉廢，士子專意學詩。」《圭齋文集》，卷8，頁53。

〔註101〕〔清〕段玉裁注：《段氏說文解字注》（臺北：宏業書局，1973年），

相雜而不亂。「化」，《說文解字》釋曰：「𠤎，教行也。」〔註102〕即教化也。傳統文獻中「文化」二字的語源，始見於《周易‧賁卦》：「象曰：『賁亨，柔來而文剛，故亨。分剛上而文柔，故小利有攸往。天文也，文明以止，人文也。觀乎天文以察時變，觀乎人文以化成天下。』」〔註103〕〔宋〕程頤《伊川易傳》釋曰：「天文，天之理也；人文，人之道也。天文，謂日月星辰之錯列，寒暑陰陽之代變，觀其運行，以察四時之速改也。人文，人理之倫序，觀人文以教化天下，天下成其禮俗，乃聖人用賁之道也。」〔註104〕據此可知，天文乃與人文相對，天文是指天道自然，人文是指社會人倫。傳統典籍對「文化」一詞的定義即指文治、文明與教化之義。

　　事實上，「文化」一詞很難精確定義。在西方，「文化」的定義一直是在動態發展的過程中逐步完成的。「文化」一詞，德文為 kultur，英文為 culture，二者均源自拉丁文 cultura，意指土地開墾、植物栽培的改良措施，後來轉義為「心靈之修養」（cultura animi），意指對人的精神、身體，特別是藝術與道德的培育。〔註105〕十九世紀中葉著名的英國「人類學之父」泰勒（Edward Burnett Taylor, 1832～1917）於西元1871 年出版《原始文化》一書，為「文化」下了一個明確的定義：

　　　　文化是一種複雜的整體，包含知識、信仰、藝術、道德、
　　　　律法、習俗及一個人做為社會的一分子，所應獲得的一切
　　　　之能力和習慣。〔註106〕

簡而言之，所謂的「文化」，即是人類在自身的歷史經驗中創造的包

　　　　　　頁 303。
〔註102〕　〔清〕段玉裁注：《段氏說文解字注》，頁 274。
〔註103〕　〔魏〕王弼注，〔唐〕孔穎達疏，〔清〕阮元校勘：《周易正義》（臺
　　　　　　北：藝文印書館，1955 年，《十三經注疏》本），頁 62。
〔註104〕　〔宋〕程頤：《伊川易傳》，《文津閣四庫全書》，第 2 冊，卷 2，頁
　　　　　　293。
〔註105〕　轉引自沈清松：《解除世界魔咒》（臺北：臺灣商務印書館，1998
　　　　　　年初版），頁 22～23。
〔註106〕　E. B. Taylor, *Primitive Culture*（London: J. Murray, 1871），Vol.VII p.7。

羅萬象的複合體。以蒙元一代而言，蒙元文化就是其在歷史發展中形成的一種思想和行為的模式，經過長時間的累積和傳承，已成為蒙元時代獨特的精神底蘊，包含思想觀念、價值取向、道德情操、宗教信仰、文學藝術等，共同組合成為蒙元文化的核心。尤其蒙元特殊的多族群共生的文化背景，與異族統治的政治社會環境，其間始終存在著強烈的種族歧視與漢蒙文化對立的衝突，使得文人儒士困限於極端不平等的待遇中，因而產生與歷代文人截然不同的思維方式與處世態度，而其思想情感反映於歷史文化發展上，自然有不同於以往各個朝代的文學表現。因此，本文希望藉由對蒙元文化多面向的縱覽，瞭解蒙元文化與文學之間的關係與影響。以下即針對蒙元時期的宗教信仰、理學思想、繪畫藝術等面向，探討有元一代文化發展的特色。

一、全眞道教興盛

　　蒙元興於朔漠，原信奉珊蠻教，〔註107〕隨著蒙古騎兵東征西討，形成一多民族統治王朝，為適應各個異族文化，因俗而治，對宗教採取兼容並蓄的優禮政策，成為諸教並興，宗教文化發達的朝代。〔註108〕

〔註107〕 珊蠻（Shaman）一詞，又稱薩蠻或薩滿，始見於〔宋〕徐夢莘：《三朝北盟會編》記曰：「珊蠻者，女眞語巫嫗也，以其變通如神。」原意為通古斯語「通靈者」或「激動、不安和瘋狂的人」之義，其原意為巫人或祝神人。《中國野史集成續編》，第4冊，卷3，頁23。又見邢莉：〈北方少數民族女神神話的薩滿文化特徵——與中原區域女神神話之比較〉，《民族文學研究》第4期，（1993年）。多桑著，馮承鈞譯：《多桑蒙古史》曰：「珊蠻者，其幼稚宗教之教師也。兼幻人、解夢人、卜人、星者、醫師於一身。此輩自以各有其親狎之神靈，告彼以過去、現在、未來之秘密。擊鼓誦咒，逐漸激昂，以至迷惘。及至神靈附身也，則舞躍瞑眩，妄言吉凶，人生大事皆詢此輩巫師，信之甚切。」卷1，頁33。

〔註108〕 〔伊朗〕志費尼著，J.A.波伊勒英譯、何高濟譯：《世界征服者史》曰：「（蒙古人）因為不信宗教，不崇奉教義，所以他（指成吉思汗）沒有偏見，不捨一種而取另一種，也不尊此而抑彼；不如說，他尊敬的是各教中有學識的、虔誠的人，認識到這樣做是通往眞主宮廷的途徑。他一面優禮相待穆斯林，一面極為尊重基督教和偶像教徒。……對各教一視同仁，不分彼此。」（北京：商務印書館，2004

除了佛教極受尊崇，尤重視喇嘛教。全真道臻於鼎盛，並與南方正一道
形成對峙局面。基督教再度復興，伊斯蘭教快速發展，猶太教亦有所提
振。其中尤以金末元初興起的全真道教，以其祈禱齋醮之術，撫慰人心
面對生命無常之感，提供亂世中人民安身立命的隱身所，〔註109〕影響
當時社會百姓與文人儒士最大，與詞的關係也最為密切。〔註110〕

　　元代道教，據《元史·釋老傳》載，支派有四，即全真、正一、
真大道、太一。〔註111〕其中正一教即天師教，始創於〔漢〕張道陵，
蒙元滅宋後，興起於南方，屬道教舊統。至元十三年（1276），三十
六代天師張宗演受召北來，頗受世祖優禮，命統領江南諸符籙派道
教，成為與北方全真道相互對峙的一大宗派。其徒張留孫留侍京師，
賜號「玄教宗師」，〔註112〕「朝廷有大謀議，必見諮問」。〔註113〕真
大道教，初名大道，金初劉德仁所創，以苦節力作，絕去嗜欲感召亂
世人心，〔註114〕入元以後，頗為憲宗禮敬。太一教，金天眷間道士
蕭抱珍傳太一三元法籙之術，〔註115〕因名其教曰太一教，以祈禳劾

　　　　年10月1版），頁27。關於蒙元帝王與漢人宗教之關係，詳參札奇
　　　　斯欽：〈十三世紀蒙古君長與漢地佛道兩教〉，《蒙古史論叢》（臺北：
　　　　學海書局，1980年），頁949～982；鄭素春：《全真教與大蒙古國
　　　　帝室》（臺北：臺灣學生書局，1987年）。
〔註109〕　孫克寬：〈金元全真教創教述略〉曰：「宗教多是亂世的產物，當現
　　　　實生活不能引起生的快樂時，人們祇有向另外的世界——精神世
　　　　界，去找安慰。全真教的發生，同樣也是遵守這個原則。」《景風》
　　　　第19期（1968年12月），頁42。
〔註110〕　陶然：《金元詞通論》（上海：上海古籍出版社，2001年7月1版），
　　　　頁198。
〔註111〕　《元史·釋老傳》，卷202，頁4524～4530。
〔註112〕　〔元〕虞集：〈張宗師墓誌銘〉，《道園學古錄》，《景印文淵閣四庫
　　　　全書》，第1207冊，卷50，頁701。
〔註113〕　〔元〕袁桷：〈玄教大宗師張公家傳〉，《清容居士集》，《景印文淵
　　　　閣四庫全書》，第1203冊，卷34，頁461。
〔註114〕　〔元〕虞集：〈真大道教第八代崇玄廣化真人岳公之碑〉曰：「真大
　　　　道者以苦節危行為要，不妄求於人，不苟侈於己，庶幾以徇世夸俗
　　　　為不敢者。」《道園學古錄》，頁691。
〔註115〕　關於太一三元名稱的由來，詳參孫克寬：〈元代太一教考〉，《大陸

治、治病驅邪爲宗旨，主張「內煉爲主，符籙爲用」。四祖蕭輔道，道助邦家，世祖在潛邸時，特加尊禮。全真教興起於金末元初，創始人王嚞（又作王嚞或王重陽）。主張儒釋道三教合一，以息心養性、除情去欲、苦己利人爲宗，爲宋南渡後北方新興的三大道教團體中，興起最晚，〔註116〕勢力最龐大，影響也最深遠的一支。〔註117〕

全真道興於金，而盛於元。創始人王嚞（1112～1170）弱冠修進士業，隸屬京兆學籍，〔註118〕任氣好俠，文武之進，兩無其成，於是慨然入道，以佯狂垢圢之行，驚世駭俗，自號重陽子。〔註119〕往來齊梁之間，從之者漸眾。〔註120〕金世宗大七年（1167）正式建教，先後招收生徒七人，號爲七真。〔註121〕王嚞曾結庵於大弟子馬鈺之

雜誌》第 14 卷第 6 期（1957 年 3 月）。

〔註116〕 太一教由蕭抱珍（？～1166）創始於金熙宗天眷元年（1138）；真大道教由劉德仁（1122～1180）創始於金熙宗皇統二年（1142）；全真教由王嚞（1112～1170）創始於金世宗大定七年（1167）。

〔註117〕 卿希泰：《中國道教史》曰：「金初興起的三大新道派中，全真教出現最晚，勢力最大，教團骨幹人物的文化程度最高，留下的著述、史料也最豐富，約佔三派新道教史料的三分之二以上，足以提供相當清晰的全真教歷史面目。」（四川：四川人民出版社，1993 年 10 月 1 版），卷 3，頁 31。

〔註118〕 〔元〕李道謙編：《七真年譜》，（臺北：新文豐出版社，1988 年，彭文勤等纂輯，賀龍驤校勘：《道藏輯要》，第 25 冊），頁 10981～10983。

〔註119〕 詳參孫克寬：〈金元全真教創教述略〉，頁 42～52；陳垣：《南宋初河北新道教考》（北京：中華書局，1989 年 5 月 2 刷），卷 1、2；任繼愈主編：《宗教詞典》（上海：上海辭書出版社，1981 年），頁 414～415；卿希泰主編：《中國道教》（上海：知識出版社，1994 年 1 月），卷 1，頁 170～182。關於王嚞生平與全真道創教的經過與發展，陳宏銘：《金元全真道士詞研究》考述詳切（高雄：國立高雄師範大學中國文學系博士論文，1997 年），頁 32～45。

〔註120〕 關於全真道教興起的時代背景，陳宏銘：《金元全真道士詞研究》一書析述甚詳，曰：「全真教爲崛起於北方金元統治下的新道教。……全真教的興起攝其要約有下列四項：一、三教融合的思想趨勢，二、徽宗崇道的流風餘韻，三、傳統道教的改革要求，四、逃世慕道的避難浪潮。」頁 12～32。

〔註121〕 即馬鈺（1123～1184 丹陽子，遇仙派）、譚處端（1123～1183 長真

南園，題曰「全眞庵」，「四方學者咸集，自是凡宗其道者，皆號全眞道士。」〔註122〕嗣後，全眞教大行，徒眾遍及河北。元好問曾記當時盛況曰：「黃冠之人十分天下之二，聲焰隆盛，鼓動海岳。」〔註123〕後經丘處機及其弟子尹志平、李志常續志經營，全眞道遂大行於天下，「雖十室之邑，必有一席之奉」，以致「爲之教者獨是家而已」，〔註124〕可謂達到極盛。

　　究其實，全眞道的出現，本質上是北宋末年道流荒誕驕幸的一種反動。〔註125〕王惲〈大元奉聖州新建永昌觀碑銘〉云：

　　　自漢以降，處士素隱，方士夸誕，飛昇煉化之術，祭醮禳禁之科，皆屬之道家，稽之於古，事亦多矣！徇末以遺其本，凌遲至於宣和極矣！弊極即變，於是全眞之教興焉。〔註126〕

虞集〈非非子幽世志〉亦謂曰：

　　　漢代所謂道家之言，蓋以黃老爲宗，清靜無爲爲本。其流弊，以長生不死爲要，謂之金丹，金表不壞，丹言純陽也。其後變爲禁祝禱祈，章醮符籙之類，抑末之甚矣！昔者汴宋之將亡，而道士家之説，詭幻益甚。乃有豪傑之士，佯

　　　子，南無派）、劉處玄（1147～1208 長生子，隨山派）、丘處機（1148～1227 長春子，龍門派）、王處一（1142～1217 玉陽子，喻山派）、郝大通（1135～1212 廣寧子，華山派）、孫不二（1119～1182 清靜散人，清靜派）等七人，大多出身世家大族，有一定的社會地位和文化素養，師承王重陽三教合一思想，雖各創一派，但宗教思想和修煉方式大致相似。因七子對全眞道的傳播和發展極有貢獻，被尊爲北宋眞人，並蒙元世祖詔封。詳參李道謙編：《七眞年譜》，頁 10981～10989。

〔註122〕　〔清〕王昶：〈全眞教祖碑跋〉記曰：「全眞教，至元始有此名。」見氏著：《金石萃編》（臺北：新文豐出版社，1982 年 11 月），卷158，頁 2936。

〔註123〕　〔金〕元好問：〈清眞觀記〉，《遺山集》，《景印文淵閣四庫全書》，第 1191 冊，卷 35，頁 412。

〔註124〕　〔金〕元好問：〈紫微觀記〉，《遺山集》，頁 410。

〔註125〕　周良霄、顧菊英：《元史》（上海：上海人民出版社，2003 年 4 月 1版），頁 733。

〔註126〕　〔元〕王惲：《秋澗集》，卷 58，頁 763～764。

狂玩世，志之所存，則求返其眞而已，謂之全眞。〔註127〕
元好問〈紫微觀記〉曰：

> （全眞）本於淵靜之説，而無黃冠襆襘之妄；參以禪定之
> 習，而無頭陀縛律之苦。耕田鑿井，從身以自養；推有餘
> 以及之人。視世間攘攘者，差若省便然。故墮窳之人，翕
> 然從之。南際淮，北至朔漠，西向秦，東向海，山林城市，
> 廬舍相望，什百爲偶，甲乙授受，牢不可破。〔註128〕

上述三家之説，皆直指全眞道教乃儆於宋金之際道士之荒誕敗壞而
興，加以北宋徽宗崇道誤國，道教乃吸收佛教禪宗及北宋儒家理學性
理之説，促成傳統道教之覺醒，因而產生革命性的變化，發展出禪道
雙融、三教合一的內丹心性學。王嚞因此「創立一家之教曰全眞，其
修持大略以識心見性、除情去欲、忍恥含垢、苦己利人爲之宗，……
老莊之道於是乎始合。」〔註129〕王惲進而歸納其旨曰：「不過絕利欲
而篤勞苦，推有餘而貴不爭，要歸清靜無爲而已。」〔註130〕換言之，
所謂全眞，乃通過苦行與忍耐，「屏去妄幻，獨全其眞者神仙也。」
〔註131〕

　　蒙元時期，全眞道第二代長春眞人丘處機以七十三歲高齡，於西
元 1221 年率十八弟子奉成吉思汗之召西覲，三次在雪山爲成吉思汗
開悟敬天愛民、養生之道，勸其止殺生民，〔註132〕深受成吉思汗禮

〔註127〕　〔元〕虞集：《道園學古錄》，卷50，頁704。
〔註128〕　〔金〕元好問：《遺山集》，卷35，頁410。
〔註129〕　〔元〕徐琰：〈郝宗師道行碑〉曰：「道家者流，其源出於老莊，後
　　　　　之人失其本旨，派而爲方術，爲符籙，爲燒煉，爲章醮。派愈分而
　　　　　迷愈遠，其來久矣。迨乎金季，重陽眞君不階師友，一悟絕人，殆
　　　　　若天授，起於終南，達於崑崙，招其同類而開導之，鍛鍊之，創立
　　　　　一家之教，曰『全眞』。其修撰大略，以識心見性，除情去欲，忍
　　　　　恥含垢，苦己利人爲之宗。」收入〔元〕李道謙輯：《甘水仙源錄》
　　　　　（北京：文物出版社，1988年，《道藏》，第19冊），卷2，頁740。
〔註130〕　〔元〕王惲：〈眞常觀記〉，《秋澗集》，卷40，頁516。
〔註131〕　〔清〕王昶：〈全眞教祖碑跋〉，《金石萃編》，卷158，頁2933。
〔註132〕　《元史・釋老傳》曰：「己卯，太祖自乃蠻命近臣札八兒、劉仲祿持
　　　　　詔求之。處機一日忽語其徒，使促裝，曰：『天使來召我，我當往。』

敬，尊之爲「丘神仙」，賜金虎牌、璽書，受命掌管天下釋道之事。一時之間，草偃風從，朝廷權貴競相結交，百姓蜂擁依歸，全眞道臻於鼎盛。其後，全眞道渡江南傳，成爲當時影響最大的道教派別，並且長期維持「設教者獨全眞家」〔註133〕的局面。惜其末流日益貴盛，驕而忘本，漸失其創教之初衷，流於索隱行怪，欺世盜名，逐漸趨式微。加以民間佛、道因爭奪宮觀田產之衝突日益加劇，元憲宗、世祖時，曾舉辦兩次佛、道論辯，全眞道皆屈居下風，遭致焚經、奪產等重創，漸失朝廷的信任與倚重，從此，全眞道的正統地位被徹底動搖，逐步趨於中衰。〔註134〕

全眞道自創立始，即具備鮮明的旗幟。其一，合一三教。〔註135〕其二，以「全精、全氣、全神」爲證仙成眞的最高境界。〔註136〕其三，主張苦己利人的宗教實踐原則。〔註137〕至於全眞道爲當時文人儒士普遍接受的原因，具體而言有以下兩大特性：

其一，具士人隱修會性質。〔註138〕王嚞原爲京兆儒士，其弟子

翌日，二人者至，處機乃與弟子十有八人同往見焉。明年，宿留山北，先馳表謝，拳拳以止殺爲勸。……既見，太祖大悅，賜食、設廬帳甚飭。太祖時方西征，日事攻戰，處機每言欲一天下者，必在乎不嗜殺人。及問爲治之方，則對以敬天愛民爲本。問長生久視之道，則告以清心寡欲爲要。太祖深契其言，曰：『天錫仙翁，以寤朕志。』」命左右書之，且以訓諸子焉。」卷202，頁4524～4525。

〔註133〕 〔元〕王惲：〈眞常觀記〉，《秋澗集》，卷40，頁516。

〔註134〕 佛、道二次論辯，一次是元憲宗八年（1258），一次是元世祖至元十八年（1281），詳參陳俊民：〈略論全眞道的思想源流〉，《世界宗教研究》第3期（1983年），頁83～98。

〔註135〕 〔金〕王嚞：〈永學道人〉曰：「心中端正莫生邪，三教搜來做一家，義理顯時何有異？妙玄通後更無加。」見氏著：《重陽全眞集》，《道藏》，第25冊，卷1，頁692。

〔註136〕 〔金〕王嚞：《重陽立教十五論》「論離凡世」條曰：「今之人，欲永不死而離凡世者，大愚不達道理也！」由是知，全眞道承認肉身死亡而追求心離凡世，唯重視修心見性，以期成仙證道。（臺北：新文豐出版社，1977年，《正統道藏》，第54冊），頁240。

〔註137〕 〔元〕徐琰：〈郝宗師道行碑〉，《甘水仙源錄》，卷2，頁740。

〔註138〕 陳垣：《南宋初河北新道教考》曰：「全眞之初興，不過『苟全性命

七眞亦多是通達經史、習文善賦之儒士。金末元初，北方戰火燎原，
社會動盪不安，由於激烈的民族矛盾，與儒家固有之名節觀，引發人
民生死無常，朝不夕保之感。眾多「幼業儒，長而遭時艱，求所以託
焉而逃者」；〔註139〕或「士之欲脫塵網者」；〔註140〕或「新附士大夫
之流寓於燕者」，〔註141〕以及視「天下事無可爲，思得毀裂冠冕，投
竄山海，以高蹇自便者」，〔註142〕感慨個人「不幸身親亂世，雖有道
德文學可以大過人者，亦將無以保任其父母妻子於斯時也」，〔註143〕
因而「輻輳堂下，歸依參叩」。〔註144〕由此觀之，文人儒士身處易代
之際，欲修儒業而不能，又不願折節屈膝於異族，此時，符合儒學傳
統，倡言避禍全性之全眞道，一時之間「遂爲遺老之逋逃藪」，〔註145〕
成爲文人儒士共修遁隱之棲身所。加以全眞道組成份子本身即具強烈
之士人化傾向，因而吸引無數文人儒士投身其中，無形中亦影響元代
文學的創作與發展。〔註146〕

　　其二，具「非儒非釋非道」特性。「三教合一」是全眞道教義中
最顯著的特色。創教尹始，王嚞《金關玉鎖訣》號召以「太上爲祖，

　　　　於亂世，不求聞達於諸侯』之一隱修會而已。」（北京：中華出版
　　　　社，1962 年），卷 1，頁 2。
〔註139〕〔元〕姚燧：〈太華眞隱褚君傳〉，《牧庵集》，卷 30，頁 716。
〔註140〕〔元〕王惲：〈眞常觀記〉，《秋澗集》，卷 40，頁 516。
〔註141〕〔元〕王鶚：〈玄門掌教大宗師眞常眞人道行碑〉曰：「時河南新附，
　　　　士大夫之流寓於燕者，往往竄名道籍，公委曲招延。」「汴梁既下，
　　　　衣冠北渡者多往依焉。」《道藏》，第 19 冊，頁 747。
〔註142〕〔金〕元好問：〈孫伯英墓銘〉，《遺山集》，卷 31，頁 346。
〔註143〕〔元〕邵亨貞：〈送張孟膚移居吳門序〉，《野處集》，《文津閣四庫
　　　　全書》，第 406 冊，卷 2，頁 68。
〔註144〕〔元〕王惲：〈玄門掌教大宗師尹公道行碑銘〉，《秋澗集》，卷 56，
　　　　頁 741。
〔註145〕陳垣：《南宋初河北新道教考》，卷 1，頁 15。
〔註146〕龔鵬程：〈從元人文集看元代全眞教之發展〉曰：「在元人文集中，
　　　　文人爲道教宮觀題記賦詩者便有一百六十六見，此類碑銘記疏概言
　　　　道教在元代發展之盛況。」《道教文化》第 5 卷第 3 期（1991 年 3
　　　　月），頁 5～19。

釋迦爲宗，夫子爲科牌」，〔註147〕並「勸人誦《般若心經》、《道德》、《清靜經》及《孝經》，云可以修證」。〔註148〕及其立說，多引六經爲證，以示不主一相，不居一教。〔註149〕弟子丘處機傳其道，「於道經無所不讀，儒書梵典亦歷歷上口」。〔註150〕與丘處機同時代的一些全眞道士，亦普遍「以服膺儒教爲業，發源《語》、《孟》，漸於伊洛之學，方且探三聖書而問津焉」，〔註151〕無疑也促進了全眞道與儒士間的關係。此外，全眞道之修持法異於傳統道教，不尙符籙燒煉、祭醮禳禁術科，提倡「息心養性」、「除情去欲」的自我修持，達到眞性不滅之境。〔註152〕由於全眞道於金元易代之際，表現出不主一家，不尙符籙之「非儒非釋非道」特點，故被學者稱爲「新道教」，〔註153〕或「道教中之改革派」。〔註154〕而此一修持特性，顯然易爲當時文人儒士所接受，以道入文，以文傳道，間接亦促成全眞道之興盛發展。

　　綜上所述，蒙元時期，由於種族歧視與民族壓迫問題激烈，文人儒士傾向宗教以求避禍全性，全眞道具士人隱修會性質，及「非儒非釋非道」特性，普遍爲文人儒士所認同，成爲文人儒士嘆世遁隱的棲身之所，從而影響元代文學的創作與發展；此外，由於文人儒士加入全眞道教，故而發揮士人所長，藉詩詞曲文傳揚教義，教化眾生，以

〔註147〕　〔元〕王嚞：《金關玉鎖訣》，《道藏》，第 25 冊，頁 803。

〔註148〕　〔金〕完顏璹：〈終南山神仙重陽眞人全眞教祖碑〉，《甘水仙源錄》，卷 1，頁 725。

〔註149〕　〔清〕王昶：〈全眞教祖碑跋〉曰：「欲援儒、釋爲輔，佐使其教不孤立。」《金石萃編》，卷 158，頁 2933。

〔註150〕　〔元〕陳時可：〈長春眞人本行碑〉，《甘水仙源錄》，卷 2，頁 735。

〔註151〕　〔金〕元好問：〈皇極道院銘〉，《遺山集》，卷 38，頁 441。

〔註152〕　〔元〕徐琰：〈郝宗師道行碑〉，《甘水仙源錄》，卷 2，頁 740。

〔註153〕　錢穆：〈金元統治下之新道教〉曰：「故全眞雖爲創教，而仍非創教，雖與以往舊道教不同，而仍無以與舊道教割席分坐。無以名之，則名之曰新道教。」（臺北：東大圖書公司，1978 年 11 月，《中國學術思想史論叢》，第 6 冊），頁 201～211。

〔註154〕　陳垣：《南宋初河北新道教考》曰：「世以其非儒非釋，漫以道教目之，其實彼固名全眞也，若必以爲道教，亦道教中之改革派耳。」卷 1，頁 2。

維繫道統於不墜，足見全眞道與元代文學發展，及元代文人之間的密切關係。

二、理學文學融會

　　金朝覆亡後，儒士失尊，求仕無門，流轉四方，居無定所。爲求生存，或避身佛、道；或改從農、工、商業；或爲官府佐吏；或以游食爲生；或入塾執教。文人儒士面對世亂時移，儘管抉擇不一，但普遍抱持「多事之際，斯文有不可廢焉者」，期許「士之特立者，當以有用之學爲心」。〔註 155〕蒙元統治者優遇醫、卜、工匠等專業人才的政策，間接影響亂世中於夾縫求生存的文人儒士，轉而傾向實用之學，於潛心研治經史之餘，亦廣泛涉獵實務之學，如農圃、醫藥、卜筮、星曆等，以濟世用，〔註 156〕因此出現許多通才，如許衡、劉秉忠、竇默、李治等即爲其中佼佼者。其在前代的文化流風餘韻下，融合兩宋以來的學術傳統，在經、史、子、集等各方面學術皆有所建樹，不僅開啓有元一代學風，並且成爲傳統學術文化發展中頗具特色的組成部分。

　　宋、金南北對峙時，理學已傳至北方，根據《金史・隱逸傳》載杜時昇：「博學知天文，不肯仕進。……隱居嵩、洛山中，從學者甚眾，大抵以伊洛之學教人，自時昇始。」〔註 157〕又載高仲振「博極群書，尤深《易》、《皇極經世》學。」〔註 158〕曹之謙〈送梁仲文〉詩云：「濂溪回北流，伊洛開洪沉。學者有適從，披雲見青天。我生雖多難，聞道早有緣。」〔註 159〕可見南宋理學家的著作在金末已傳入北方，但仍未被普遍接受，留心伊洛之學、倡明理學之士，往往處

〔註 155〕〔元〕王惲：〈文府英華敘〉，《秋澗集》，卷 41，頁 531。

〔註 156〕〔元〕蘇天爵：〈書寇隱君傳後〉曰：「當時公卿皆爲有用之學，以濟斯世，如農圃、醫藥、卜筮、星曆，亦古人所不廢者也。」《滋溪文稿》，卷 29，頁 347。

〔註 157〕〔元〕脫脫：《金史・杜時昇傳》，卷 127，頁 1235～1236。

〔註 158〕〔元〕脫脫：《金史・杜時昇傳》，卷 127，頁 1236。

〔註 159〕〔清〕顧嗣立：《元詩選三集・甲集》（北京：中華書局，2002 年 11 月 3 刷），頁 31。

境孤立，竟至「群咻而聚笑之，以爲狂爲怪爲妄」。〔註160〕可見宋、金以來的舊學風仍佔據主導地位。

　　始於北宋而傳承南宋之理學，乃根基於固有正統儒學而發展的之「新儒學」（Neo-Confucianism）。〔註161〕其以傳統的倫理道德爲核心，汲取釋、道哲學的部分菁華，融會貫通，建立一龐大、精緻、縝密的思想體系，使唐末以後衰微的儒學，重新趨於興盛。宋、金易代之際，隨著政治版圖由分裂、統合到擴大的變異發展中，理學進入蒙元統一王朝後，也產生必然性的變化。其中最顯著的變化即是，程朱理學在北方得到廣泛傳播，並成爲官學，確立其在思想文化界的獨尊地位，在理學發展過程中具有重大歷史性的意義，同時，對當代社會文化的發展，亦具有一定程度的影響。

　　元代理學直承兩宋，而有不同之發展與特色。元初首先形成北方學派，其開創者應推趙復。〔註162〕趙復於金朝滅亡後（1235）隨姚

〔註160〕　〔元〕王旭：〈上許魯齋先生書〉，收入《國朝文類》，卷37，頁392。
〔註161〕　「新儒學」一詞，始於西方學者研究宋明理學時，稱之爲「新儒學」。民國以後，學者順應西方學者的習慣亦沿用之，如馮友蘭、陳寅恪、牟宗三等人皆於其論著中使用「新儒學」之稱。究其意，大抵指自宋代開始出現的、有別於先秦儒家、漢唐經儒的新形態之儒學。然宋明儒者「不以爲其所講者是『新儒學』，彼等以爲其所講者皆是聖人原有之義，皆是聖教本有之舊。」參見牟宗三：《心體與性體》第一冊（台北：正中書局，1996年2月初版），頁11。關於「新儒學」之建立，參見〔美〕費正清（King Fairbank John, 1907～1991）著、薛絢譯：《費正清論中國：中國新史》（臺北：正中書局，1995年7月），頁97～104。
〔註162〕　《元史・趙復傳》曰：「北方知有程、朱之學，自復始。」卷189，頁4314。但此言並不完全符合歷史事實。〔清〕趙翼：〈南宋人著述未入金源〉曰：「趙秉文詩有『忠言唐介初還闕，道學東萊不假年』，是北人已有知呂東萊（祖謙）也。元遺山作〈張良佐墓銘〉，謂良佐得新安朱氏《小學》，以爲治心之要。又李屏山（純甫）嘗取道學書就伊川（程頤）、橫渠（張載）、晦庵（朱熹）諸人所得而商略之。是北人已知有朱子也。」可見北方金人早已接觸關、洛諸學。見霍松林點校：《甌北詩話》（臺北：木鐸出版社，1982年），卷12，頁181。

樞自德安北上燕京，〔註163〕深得大將楊惟中賞識。楊、姚遂議建太
極書院，立周子祠，選書八千餘卷，請趙氏講授程朱理學。趙復自謂
為朱熹私淑弟子，以道統傳人自居，先後編著《傳道圖》，介紹理學
道統；又著《伊洛發揮》，標示理學宗旨；還著《師友圖》，以寓私淑
之志；並取伊尹、顏淵言行作《希賢錄》，以示學者求端用力之方。
〔註164〕自此，程朱理學始聞於北方，於是陶冶出姚樞、許衡等北方
大儒。〔清〕黃宗羲《宋元學案》記曰：

> 自石晉燕、雲十六州之割，北方之為異域也久矣，雖有宋
> 儒疊出，聲教不通。自趙江漢以南冠之囚，吾道入北，而
> 姚樞、竇默、許衡、劉因之徒，得聞程、朱之學以廣其傳，
> 由是北方之學鬱起。如吳澄之經學，姚燧之文學，指不勝
> 屈，皆彬彬郁郁矣。〔註165〕

由是知，趙復首傳程朱理學於北方，朱注《四書章句集注》成為元代
科場官本，影響深遠。趙復強調君子貴在求得聖心，不當羈累於功利，
因而不欲用世，獨善終身，可謂垂範後代。

至於使程朱理學成為蒙元官學最有力的推手，則為許衡（1209
～1281），字仲平，懷慶河內人，學者稱魯齋先生。自幼好學善問，
時逢兵亂，嗜學不輟。許衡曾「居蘇門，與樞及竇默相講習。凡經傳、
子史、禮樂、名物、星曆、兵刑、食貨、水利之類，無所不講，而慨
然以道為己任。」〔註166〕可見其博識多聞，又懷抱兼濟天下之志。

〔註163〕〔元〕姚燧：〈序江漢先生死生〉曰：「歲乙未，王師徇地漢上，軍
　　　　法凡城邑以兵得者悉阬之，德安由嘗逆戰，其斬刈首馘，動以十億
　　　　計，先公（姚樞）受詔，凡儒服挂俘籍者，皆出之，得故江漢先生，……
　　　　與之言，信奇士，即出所為文若干篇。以九族殲殘，不欲北，因與
　　　　公訣，斬死，公止共宿。……公曰：『果天不君，與眾已同禍，爰
　　　　其全之，則上承百年之統，而下垂千百世之洪緒者，將不在是身耶，
　　　　徒死無義，可除君而北，無他也。』」《牧庵集》，卷4，頁440。
〔註164〕《元史‧趙復傳》，卷189，頁4314。
〔註165〕〔清〕黃宗羲著、全祖望補修：《宋元學案》（臺北：華世出版社，
　　　　1987年9月臺1版），卷90，頁2995。
〔註166〕《元史‧許衡傳》，卷158，頁3717。

故其學兼具性理及致用兩方面：性理方面，他既不完全認同朱熹之「性即理」，亦有別於陸九淵之「心即理」，而是籠統地將心、性、理三者「一以貫之」，並強調「必以心爲主」，〔註167〕試圖調和朱、陸之學，正反映元代朱陸合流的趨向。致用方面，忽必烈入關爲秦王時，曾召許衡爲京兆提學；蒙元建國後，詔封集賢殿大學士兼國子祭酒，進奏「時務五事」，積極促進蒙元推行漢法。並創立國子學，以授蒙古子弟，袁桷〈送朱君美序〉曰：「許文正公（許衡）定學制，悉取資朱文公。」〔註168〕《元史·吳澄傳》曰：「許文正公衡爲祭酒，始以朱子小學等書授弟子。」〔註169〕自是而後，凡「群經、四書之說，自朱子折衷論定，學者傳之，我國家尊信其學，而講誦授受，必以是爲則，而天下之學皆朱子之書。」〔註170〕「而朱氏諸書，定爲國是，學者尊信，無敢疑貳。」〔註171〕種種舉措，足證許衡傳播程朱理學之力，是促使程朱理學成爲官學的先聲。仁宗初年正式開科取士，凡「明經」、「經疑」、及「經義」考試，規定限用朱注，〔註172〕程朱理學因此由私學變爲官學，自是「曲學異說，悉罷黜之」，〔註173〕因而

〔註167〕　〔元〕許衡：〈語錄下〉曰：「一心可以宰萬物，一理可以統萬事，先生曰：『是說一以貫之。』」又曰：「心正而後身修，身修而後家齊，此內外交相養也，亦必相輔成德，然必以心爲主。」《魯齋遺書》，《文津閣四庫全書》，第400冊，卷2，頁414、418。

〔註168〕　〔元〕袁桷：《清容居士集》，卷24，頁328。

〔註169〕　《元史·吳澄傳》，卷171，頁4012。

〔註170〕　〔元〕虞集：〈考亭書院重建文公祠堂記〉，《道園類稿》（臺北：新文豐出版社，1985年，新文豐出版公司編輯部編著：《元人文集珍本叢刊》，第6冊），卷25，頁628。

〔註171〕　〔元〕虞集：〈跋濟寧李璋所刻九經四書〉，《道園學古錄》，卷39，頁561。

〔註172〕　《元史·選舉志第一》曰：「考試程式：蒙古、色目人，第一場經問五條，大學、論語、孟子、中庸內設問，用朱氏章句集註。……漢人、南人，第一場明經經疑二問，大學、論語、孟子、中庸內出題，並用朱氏章句集註，……經義一道，各治一經，詩以朱氏爲主，尚書以蔡氏爲主，周易以程氏、朱氏爲主，以上三經，兼用古註疏，春秋許用三傳及胡氏傳，禮記用古註疏。」卷81，頁2019。

〔註173〕　〔元〕蘇天爵：〈伊洛淵源錄序〉，《滋溪文稿》，卷5，頁64。

確立理學在有元一代學術思想界的獨尊地位。

南方理學影響較大者有兩大流派——江右學派及金華學派。江右學派代表人物是吳澄，與許衡並稱「南吳北許」。〔註174〕吳澄學問淵博，思理謹致，其學直承理學端緒，既爲朱學之正傳，又兼宗陸學以和會，因而有紹統朱陸之功績。吳澄曾北上任國子監司業，然因其主張：「學必以德性爲本。」〔註175〕致北方理學家斥其非朱子之學而倉皇出離大都。金華學派代表人物是金履祥、許謙。金華地區在南宋時向有「小鄒魯」之稱，故此派始終被視爲理學之正宗。金履祥師事王柏、何基，首重「理一分殊」〔註176〕之說，深化闡發朱子義利之辨，終身不仕。許謙師承金履祥，謹守「理一分殊」之師訓而力行之，並全心研治朱子《四書集註》，曾謂學者曰：

> 學以聖人爲準的，然必得聖人之心，而後可學聖人之事。
>
> 聖賢之心，具在四書，而四書之義，備於朱子。〔註177〕

其《讀四書章句叢書》，即是對朱子理學思想的深度闡發。許謙於宋亡後，不仕元廷，著述講學不輟，各地學者翕然往從，〔註178〕對程朱理學的發揚和傳播不遺餘力，時人將其與北方理學家許衡並稱，謂「南北二許」。金華學派，金許之後，下傳黃溍、吳萊、柳貫，皆以辭章聞名。足見理學已成爲蒙元文化思想領域具有廣泛影響力的一種學說，對元代文學所產生的影響，不言可喻。

〔註174〕 〔元〕吳澄：《吳文正集·卷首》曰：「皇元受命，天降眞傳，北有許衡，南有吳澄。」《文津閣四庫全書》，第400冊，頁1。

〔註175〕 《元史·吳澄傳》曰：「朱子於道問學之功居多，而陸子靜以尊德性爲主。問學不本於德性，則其弊必偏於言語訓釋之末，故學必以德性爲本，庶幾得之。」卷171，頁4012。

〔註176〕 〔宋〕黎靖德編：《朱子語類》曰：「言理一而不言分殊，則爲墨氏兼愛，言分殊而不言理一，則爲楊氏爲我，所以言分殊，而見理一底自在那裏，言理一，而分殊底亦在，不相夾雜。」《景印文淵閣四庫全書》，第702冊，卷98，頁128。

〔註177〕 《元史·許謙傳》，卷189，頁4318～4319。

〔註178〕 〔元〕許謙：《許白雲先生文集·行實》曰：「四方之士，以不及門爲恥。」《四部叢刊》，第546冊，頁2。

理學眞正全面影響一代的文學，並在一個時代形成以理學爲精神底蘊的詩風文風，則是在元代。〔註 179〕由於理學與文學的全面融會，致使文學思想產生一系列新變，大致有以下二點，分述如下：

其一，文統與道統的趨合。此一思想的轉變，實爲元代理學對宋代理學的一種逆轉。自韓愈提倡古文運動，欲掃綺靡之風，啓「文以貫道」〔註 180〕之先聲始，文統與道統合而爲一，成爲文人創作的精神標竿。北宋蘇軾更張大旗幟，予以發揚光大。宋代理學家又建立一套以周張二程直承孔孟，繼武堯舜禹湯之道統，將辭章之學從道統中析離而出，形成對立的雙方。自道統與文統分離，文章遂積弱不振。〔註 181〕元初，南北學者分別反思宋金學術與文章之弊，要求道統與文統合而爲一，其最具體的表現，即是《元史》將前代史書的儒林、文苑二傳合而爲一，成爲〈儒學傳〉，反映出元代務實的學術觀念。此外，一如前述金華學派之後學皆以辭章聞名，元代學術各派亦無一例外，其後學往往在學術思想無法超越前代之困境下，多轉化爲文人身分，從事文學創作。不獨金華之學，他如許衡魯齋之學、劉因靜修之學、吳澄草廬之學，都表現出「流而爲文」〔註 182〕之趨勢。理學各派之外，即如葉適永嘉學派之傳，在元代也一無例外地流而爲文，形成文統與道統合一的現象。

其二，人格與文風的契合。蒙元代表性的文風大致形成於元中葉

〔註 179〕 詳參張晶主編：《中國古代文學通論・遼金元卷》（瀋陽：遼寧人民出版社，2005 年 5 月 1 版），頁 302～309。

〔註 180〕 韓愈所提出的實爲「文以貫道」之說，其門人李漢於《昌黎先生集・序》曰：「文者，貫道之器也。」引見〔唐〕韓愈，〔清〕馬其昶校注，馬茂元編次：《韓昌黎文集校注》（臺北：漢京文化事業公司，1983 年 11 月），頁 3。

〔註 181〕 〔清〕永瑢等撰：《四庫全書總目・道園學古錄提要》曰：「文章自南宋之末，道學一派，侈談心性；江湖一派，矯語山林。庸沓猥瑣，古法蕩然。」（北京：中華書局，1987 年 7 月），卷 167，頁 1440。

〔註 182〕 〔清〕黃宗羲著，全祖望補修：《宋元學案》曰：「金華之學，自白雲一輩而下，多流而爲文人。夫文與道不相離，文顯而道薄耳。雖然，道之不亡也，猶幸有斯。」卷 82，頁 2801。

延祐時期，前人概括其爲一種平易正大〔註183〕、沖淡悠遠、雍容紆徐〔註184〕的盛世文風，實則是理學家人格追求在文風上的體現，換言之，是一種以理學爲精神底蘊的文風。是以，表現於人，是一種精神風貌；引申爲文，則成爲一種文章風格。因此理學家的聖賢氣象，宜乎「胸中灑落，如光風霽月」，〔註185〕「純粹如精金，溫潤如良玉。……視其色，其接物也，如春陽之溫；聽其言，其入人也，如時雨之潤。胸懷洞然，……測其蘊，則浩乎若蒼溟之無際」。〔註186〕而文人儒士發乎爲文，則力求「心欲其平也，氣欲其和也，情欲其眞也，思欲其深也，紀綱欲明，法度欲齊，而溫柔敦厚之教常行其中也」〔註187〕之風格。無論是人之精神氣貌，抑或文章風格，二者在精神意態上，跡近形似，達到人與自然消融爲一，沖遠而合和，可謂人如其文，文如其人。

　　元代理學盛行，成爲官學，但在理學思想的開創上卻少有突破與建樹；相反的，卻培養出一批在文學上頗具影響力的文學家。元代文學家日受心性義理之浸染，十分重視文學本身的價值與意義，主張文統與道統合一，因而形成元代理學「流而爲文」之趨勢。反映在文學創作上，無論是思想內涵、藝術形式及文體風格等方面，都有意無意受到理學的影響與拘限，形成以「雅正」爲宗的審美特徵。詠物詞的發展亦不例外，由傳統的詠物抒情，傾向於情理兼容，充滿種種對社

〔註183〕〔元〕虞集：〈跋程文憲公遺墨詩集〉：「公（程鉅夫）之在朝，以平易正大振文風、作士氣，變險怪爲青天白日之舒徐，易腐爛爲名山大川之浩蕩，今代古文之盛，實自公倡之。」《道園學古錄》，卷40，頁563。

〔註184〕〔元〕虞集：〈饒敬仲詩序〉：「夫山之行……亦或以廣衍平大爲勝；水之流，……而亦或以平川漫澤、紆餘清冷爲美。」《道園學古錄》，卷34，頁483～484。

〔註185〕〔元〕脫脫等：《宋史‧周敦頤傳》（臺北：藝文印書館，1958年），卷427，頁5195。

〔註186〕〔宋〕程頤：〈明道先生行狀〉，《二程文集》，《叢書集成初編》，第1833冊，卷10，頁483～484。

〔註187〕〔元〕揭傒斯：〈蕭孚有詩序〉，《揭傒斯全集‧文集》，卷3，頁281。

會人生的理性思考與智慧的感悟，表現出沖淡閒遠之精神風貌。如劉因〈念奴嬌・飲山亭月夕〉云：「八表神游，一槎高泛，逸興方超絕。嫦娥留待，桂花且莫開徹。」〔註188〕從宇宙洪荒之廣大看人的渺小，不如敞開胸懷盡享「天設四時佳興，要留待、幽人清賞」（〈玉漏遲・泛舟東溪〉）之逸興至樂。又如姚燧〈鷓鴣天・遐觀堂暮飲〉云：「何事業，底功勳。百年五十已中分。從今萬八千場醉，莫醉劉伶荷鍤墳。」〔註189〕則是以放達之辭，抒發人生功業無成之幽憤。以上概可想見元代詞人在異族統治之下，仕宦不遇之酸悲與寄身天地之閒隱思想，其中含蘊著一種理趣，體現出對宇宙、人生的反思與感悟。

三、繪畫藝術浸染

　　當蒙古鐵騎橫跨歐亞大陸，改變世界各國命運之際，也正是中原文化出現重大轉捩之時。元代繪畫受到特殊的政治社會環境與藝術本身發展規律的影響，文人山水畫的主流畫風與心理特徵也在此時發展完成，達到高峯。蒙元初興，為鞏固統治者的政權與經濟利益，實施「族群等級制」，並倡行釋道而輕儒學，加以科舉廢行，阻斷文人儒士的進身之階，不得已屈居簿吏，沉淪下僚；或高蹈避世，隱居山林。傳統「修齊治平」的人生理想，與「弘道繼志」的文化使命，雙重失落於時代變異中，苦悶的心情需要抒發，創作的欲望難以熄滅，自恨生不逢辰，亂世求安的情緒，需要營造一個屬於個人精神世界的「世外桃源」，以安頓惶惑不寧的身心。此時，繪畫作為抒情明志的一種藝術表現形式，成為多數文人儒士的另外一種選擇，致使蒙元時期的繪畫藝術家，產生了結構性的歷史的變化——文人畫家興起。鄭昶《中國畫學全史》云：

> 入元後，則所謂文人畫之畫風乃漸盛而愈熾。……凡文人
> 儒士，無論仕與非仕，無不欲藉筆墨以自鳴高。故其從事
> 於圖畫者，非以遣興，即以寫愁而寄恨。其寫愁者，多蒼

〔註188〕唐圭璋編：《全金元詞》下冊，頁779。
〔註189〕唐圭璋編：《全金元詞》下冊，頁736。

鬱；寄恨者，多狂怪；以自鳴高者多野逸；要皆各表其個
性，而不兢兢以工整濃麗爲事，於是相習成風。〔註190〕

由此可見，元代特殊的時代畫風的形成，是根源於民族意識和民族心理
折射下的產物。自古以來，位居「四民之首」的文人儒士，他們的社會
地位、個人遭遇、道德理想等，都直接影響和制約著一個時代的創作宗
旨與審美情趣，蒙元特殊的社會現實，亦使文人繪畫烙下時代的深刻印
記。文人畫家藉繪畫抒情言志，怡情娛性，在創作中著意追求藝貴自出、
睿發天巧、力去雕琢、惟求自然之風。相較於唐宋兩代的繪畫風格，元
代繪畫更注重對事物神韻的體悟與傳達。應之於目，會之於心、形之於
筆、得之於神，成爲眾多元代文人畫家共同的藝術追求。

同時，由於元代廢棄畫院，以及紙絹、顏料等物質材料的生產受
到嚴重的破壞，又使大批以精妍彩繪、富豔工麗爲能事的職業畫家失
去用武之地，影響其中一部分轉向文人畫家靠攏。畫家、文人在蒙元
寬鬆的政策下，不需應詔強仕，因而隱遁山林，浪迹江湖，在身心同
時獲得極大自由的創作環境裡，可以完全依照個人的喜好選擇題材和
表現手法，自由揮灑個性，抒發性靈。因此水墨山水和四君子這一類
不求形似〔註191〕、強調寫心、抒發主觀情趣、重視筆情墨韻的題材，
遂成爲元代文化精神折射下的主流畫風，形成元畫簡率尚意、空靈含
蓄的風格。

以文人畫爲主流的時代畫風，不僅在元代得到高度的發展，粲然
可觀，並且影響明清兩代繪畫風格的發展趨向。尤其文人山水畫，由
趙孟頫〔註192〕、高克恭〔註193〕開其端，〔註194〕「元四家」〔註195〕

〔註190〕鄭昶編輯：《中國畫學全史》（臺北：臺灣中華書局，1982年），頁
329。

〔註191〕〔元〕倪瓚：〈答張藻仲書〉云：「僕之所謂畫者，不過逸筆草草，
不求形似，聊以自娛耳。」《清閟閣全集》，《景印文淵閣四庫全書》，
第1220冊，卷9，頁309。

〔註192〕趙孟頫（1254～1322），字子昂，號松雪道人，湖州（今屬浙江）
人。爲宋宗室，以父蔭補官，曾任眞州司戶參軍。宋亡後，經程鉅
夫舉薦仕元，歷經五朝，官至翰林學士承旨、榮祿大夫，地位顯赫，

繼其後，使山水畫達到藝術頂峯，成為明清山水畫家傾心嚮慕的典範，並集中體現元代繪畫簡率尚意的時代新風。至於元代興盛的花鳥畫，一方面沿襲兩宋宮廷院體畫風，並無顯著變化；另一方面，為適應文人抒發筆情墨趣之需，梅蘭竹菊四君子題材的作品驟增，成為文人畫家象喻人格風骨的多重選擇，表現手法時見翻新而多變，饒富趣味。以下分別探討文人畫追求簡率尚意之特性，及君子畫風之筆墨意趣，藉以了解元代繪畫藝術對元詞發展的影響。〔註196〕

然僅止於文學侍從之臣。卒贈魏國公，諡文敏。趙孟頫以書畫著稱，畫名尤著，開有元一代畫風。亦能詩文詞，有《松雪齋文集》十卷，詩文清遠奇逸，詞風清雅迢逸有神韻。邵亨貞謂其「以承平王孫而嬰世變，黍離之悲，有不能忘情者，故深得騷人意度。」（《蟻術詞選》卷2）有《松雪詞》一卷。事跡見《元史》172卷。

〔註193〕　高克恭（1248～1310），字彥敬，號房山。大都房山人。其先西域人，後居燕京，官至刑部尚書。〔元〕夏文彥：《圖繪寶鑑》記曰：「善山水，始師二米，後學董源、李成。」（臺北：臺灣商務印書館，1956年），卷5，頁107。

〔註194〕　〔元〕張雨：〈臨房山小幅感而作〉云：「近代丹青誰最豪？南有趙魏北有高。」《靜居集》，《四部叢刊》，第72冊，卷3，葉17。

〔註195〕　「元四家」之名，最早見於〔明〕王世貞：《藝苑巵言附錄》曰：「趙松雪孟頫、梅道人吳鎮仲圭、大癡老人黃公望子久、黃鶴山樵王蒙叔明，元四大家也。」收入《弇州四部稿》，《文津閣四庫全書》，第428冊，卷155，頁380。王氏對四大家極為推重，而把高克恭、倪瓚、方從義列為「品之逸者」。明末董其昌則在《畫旨》、《畫禪室隨筆》中多次提及「元四大家」，即黃公望、王蒙、吳鎮和倪瓚，對倪瓚推崇備至，並給予趙孟頫極高的評價，位在「元四家」之上。

〔註196〕　本小節主要參考下列專書摭拾而成：鄭昶編輯：《中國畫學全史》（臺北：臺灣中華書局，1982年）；中國美術全集編輯委員會編繪畫編：《元代繪畫》（臺北：錦繡出版社，1989年，《中國美術全集》，第5冊）；張朝暉、徐琛：《中國繪畫史》（臺北：文津出版社，1996年10月初版1刷）；俞劍華：《中國繪畫史》（臺北：臺灣商務印書館，1999年）；徐書城：《中國繪畫藝術史》（北京：人民美術出版社，2003年3月1版1刷）；周林生等編著：《宋元繪畫史》（石家庄：河北教育出版社，2004年1月1版1刷）；陳師曾：《中國繪畫史》（北京：中國人民大學出版社，2004年11月1版）；馮遠主編：《中國繪畫發展史》（天津：天津人民美術出版社，2006年）。

（一）文人寫意

中國繪畫源遠流長，擁有豐富多采的文化遺產，及獨特鮮明的藝術特徵。在獨具特色的繪畫藝術中，又以文人水墨畫最能體現中國繪畫的特點。所謂「文人水墨畫」，乃是相對於「院體畫」而言，又簡稱爲文人畫、士大夫畫。肇始於北宋蘇軾、米芾等人所提出「詩畫合一」的文人「墨戲」〔註197〕新風。最早提出「文人畫」觀念的，則是明朝董其昌，〔註198〕但因董其昌對「文人畫」的定義，與其提出的南宗畫派定義相同，失之客觀周延，以致備受爭議。〔註199〕至於何謂「文人畫」？陳衡恪認爲，凡畫裡面帶有文人的性質，含有文人的趣味，畫之外有文人的思想，使人產生無窮感想，且作畫的必定是文人，即屬文人畫。同時，陳氏並主張文人畫應具備四項要素：第一要人品，第二要學問，第三要才情，第四要思想。〔註200〕可見極爲重視精神氣質，但此一定義看似簡單明確，實則籠統含糊，失之空泛。其他如高木森《中國繪畫思想史》中提出曰：「文人畫在一個大範圍內是一種流派和樣式，但不是單一的風格，而是一組龐大的風格叢。」

〔註197〕「墨戲」不僅是一種風格，亦是文人畫藝術審美本質之所在，是一種較爲特殊的創作心態。北宋晚期，由於文同、蘇軾、米芾、仲仁等知名文人及禪僧大力倡導，一種具有極其鮮明「野逸」風貌的水墨花竹畫翕然成風，時人稱之曰「墨戲」，以與畫院「眾工」有別。「墨戲」之稱，最早見於黃庭堅〈題東坡水石〉云：「東坡墨戲，水活石潤，與今草書三昧所謂閉戶造車出門合軌。」見〔宋〕黃庭堅：《山谷題跋》（臺北：廣文書局，1971 年），卷 8，葉 7。

〔註198〕〔明〕董其昌：《畫禪室隨筆》曰：「文人之畫，自王右丞始。其後董源、僧巨然、李成、范寬爲嫡子。李龍眠、王晉卿、米南宮及虎兒，皆從董巨得來。直至元四大家，黃子久、王叔明、倪元鎮、吳仲圭，皆其正傳。」《文津閣四庫全書》，第 287 冊，卷 2，頁 334。

〔註199〕莊申認爲董氏之南宗即爲重寫意的文人畫一說，既不客觀，亦不正確。詳參莊申：〈論中國繪畫的南北分宗〉，《中國畫史研究》（臺北：正中書局，1970 年），頁 77～115。又江兆申亦持相同見解。見氏著：〈談中國文人畫〉，《故宮文物月刊》第 4 卷第 4 期（1986 年 7 月），頁 14～29。

〔註200〕陳衡恪：〈文人畫的價值〉，（臺北：藝術家出版，1991 年，何懷碩主編：《近代中國美術全集》，第 2 集），頁 49～52。

其並歸結出文人畫必須具備三項基本精神：「就形式言，以樸素爲原則；就題材言，要取之於大自然；就創作態度言，要發揮個性。」高氏之言雖然顯示出文人畫的多樣風貌，但其結論卻顯得模稜兩可，令人無所適從。〔註201〕

　　至於俞劍華《中國繪畫史》則定義「文人畫」曰：

> 所謂文人畫者，以氣韻爲主，以寫意爲法，以筆情墨趣爲高逸，以簡易幽澹爲神妙。藉繪畫爲寫愁寄恨之工具，自不樂工整繁褥之復古派，而肆意於揮灑淋漓之寫意派，故元代畫法，青綠鉤勒者漸少，水墨沒骨者漸多，而墨戲墨竹墨蘭等簡易之畫乃盛極一時。〔註202〕

根據俞氏之言，文人畫的技巧、題材、風格、精神以及創作心理都清楚呈現。以水墨爲主，融入法書精神，追求筆墨情韻，抒發主觀情感，形成元代繪畫崇尚「寫意」〔註203〕的特徵。簡言之，所謂「文人畫」，乃指一種繪畫風格的形態，表徵所謂「野逸」精神的藝術思潮，強調緣物寄情，以突出文人之「士氣」與「逸氣」。〔註204〕如倪瓚嘗自云其以逸筆畫竹，「聊以寫胸中逸氣耳。」〔註205〕吳鎮亦云：「墨戲之

〔註201〕　高木森：《中國繪畫思想史》曰：「文人畫在一個大範圍內是一種流派和樣式，但不是單一的風格，而是一組龐大的風格叢。文人畫的範圍和美醜都是相對的，不是絕對的。在北宋之前只有士人畫，無典型的文人畫。較狹義的文人畫應該是專指由北宋後期之蘇軾至元四大家的畫風，有時也可以涵括明朝的吳派及其流衍樣式。文人畫基本上是出自文人之手，但非全然如此，而文人之畫亦非盡是文人畫。」（臺北：東大圖書公司，1993年7月），頁303。

〔註202〕　俞劍華：《中國繪畫史》（臺北：臺灣商務印書館，1999年），頁2～3。

〔註203〕　許世恭：《元代繪畫作品之美學觀》曰：「『寫意』廣義的說，即是一種較自由的態勢；一種以追求物象的神韻和情趣爲主，並且強調了作者內心既有的意向；狹義的說，則是以書法精神入畫，注重書寫的揮灑自如與不刻意求工的自我表現。」（臺北：中國文化大學藝術研究所碩士論文，1991年），頁81。

〔註204〕　徐復觀：《中國藝術精神》中評論元四家曰：「倪雲林可以說以簡爲逸；而黃子久、王蒙，卻能以密爲逸。吳鎮卻能以重筆爲逸。」（臺北：臺灣學生書局，1988年11月），頁321。

〔註205〕　〔元〕倪瓚：〈跋畫竹〉，《清閟閣全集》，卷10，頁301。

作，蓋士大夫詞翰之餘，適一時之興趣。」〔註206〕無不注重主觀意興的抒發，表現出文人儒士身處異族政權統治下的一種超脫塵世，孤傲放曠的生活態度和精神境界。

「文人畫」發軔於北宋而大成於元，由於元代特殊的政治社會背景，仕進無門，導致文人轉而追求心靈思想的自由，突破漢唐煩瑣訓詁，呈現遊心物外，不拘一格的新思潮，這種思潮表現得最顯著且輝煌的，莫過於繪畫。因之，有元一代成為文人畫發展的黃金時代，畫家輩出，異彩紛呈，大致分為二期，前期奠定基礎，後期發展壯大。前期文人畫受到宋、金寫實傳統影響尚大，文人畫家多既可作墨戲，亦能工寫實。前期重要的文人畫家有高克恭、李衎、錢選、趙孟頫、任仁發等。其中又以趙孟頫對元代山水畫的變革影響最大。

宋元畫風的轉變，趙孟頫是其中的關鍵人物。趙孟頫在元廷雖受禮遇，卻無法施展政治抱負，內心鬱抑幽憤，常借詩文書畫以遣興。趙孟頫亦是元初南方文人畫家的領袖，兼擅山水、花鳥、人物、鞍馬和竹石墨戲，工筆、寫意、青綠、水墨無一不精，對元代的繪畫理論、技法、風格具有開創性、及轉移一代風氣的作用。影響所及，「四方貴游及方外士，遠而天竺、日本諸外國，咸知寶藏公翰墨為貴」。〔註207〕趙孟頫於畫力主「貴有古意」〔註208〕、「以雲山為師」〔註209〕、以及

〔註206〕 引見〔明〕朱存理：《鐵網珊瑚》（臺北：國立中央圖書館，1970年7月），下冊，頁905。

〔註207〕 〔元〕歐陽玄：〈趙文敏公神道碑〉，《圭齋文集》，卷9，頁83。

〔註208〕 〔元〕趙孟頫：〈松雪畫論〉曰：「作畫貴有古意，若無古意，雖工無益。……古意既虧，百病橫生，豈可觀也？吾所作畫，似乎簡率，然識者知其近古，故以為佳。」所謂「古意」，主要內容是指崇尚晉唐、五代、北宋繪畫傳統，倡導古畫的法理和意趣，反對「近世」即南宋的繪畫觀念。「古意」論是貫穿趙孟頫一生的繪畫思想，也是他繪畫理論的核心部分。收入河洛圖書出版社編：《中國畫論類編》（臺北：河洛圖書出版社，1975年5月初版），頁92。

〔註209〕 〔元〕趙孟頫：〈題蒼林疊岫圖〉云：「桑苧未成鴻漸隱，丹青聊作虎頭癡，久知圖畫非兒戲，到處雲山是我師。」《松雪齋文集》（臺北：臺灣學生書局，1985年2月再版），頁212。

「書畫同源」〔註210〕之說，爲文人畫奠定創作的理論基礎。尤其山水畫對後代影響最大，其山水畫師法唐人、董巨、李郭三體，調和水墨與丹青，建立兼具秀婉與精巧雙重意趣，筆墨簡率蒼潤的新風格，爲元代文人畫奠定根基。其山水名作〈鵲華秋色圖〉卷，是一幅雅淡的青綠設色之作，顯現出一種簡樸清晰的線條美，以及寧靜肅穆的意境，是趙孟頫突破古法，建立自我風格，極具指標性的一幅作品。〔註211〕後人評曰：「吳興此圖，兼右丞、北苑二家畫法，有唐人之緻去其纖，有北宋之雄去其獷。」〔註212〕趙孟頫的山水創作雖以復古爲名，卻並非全然模仿古人，而是求合於古人的精神，注重氣韻神態。高居翰曾分析其中的創作心理，云：

> 文人畫家的復古主義並不一廂情願地崇拜早期繪畫：它只
> 是在風格上借用典故：它把模仿早期繪畫當做一種風格上
> 的借喻，利用它與古畫的關連來挑起思古幽情。〔註213〕

根據高氏之言，趙孟頫〈鵲華秋色圖〉卷就是一幅刻意模仿唐人，變異宋人筆墨的成功之作。其中隱而未言的思古幽情，靜默於簡樸素澹圖畫中，耐人玩索。正是這種求「神似」而不求「形似」的精神，促

〔註210〕　〔元〕趙孟頫：〈自題秀石疎林圖〉云：「石如飛白木如籀，寫竹還應八法通。若也有人能會此，須知書畫本來同。」以書入畫，不僅可以增強繪畫用筆的筆法意趣，更有助於表現畫家的胸中逸氣。此一現象宋以前未曾有過，對繪畫創作實踐具有劃時代的意義。此後書畫的關係更形密切。見周積寅、史金城：《中國歷代題畫詩選注》（杭州：西泠印社，1998 年 6 月 2 版），頁 39。

〔註211〕　〔美〕羅越（Max Loehr, 1903～1988）評論曰：「那幅畫裡有一種壓迫的靜謐感。這種感覺不是來自畫中的和諧，而是來自單調和缺乏動感；在那眞空的世界裡，時間巨輪似乎已經停止轉動了。畫裡的空間關係就像夢境般的不穩定。簡而言之，這山水似乎不眞實——但其中所含的卻是一些眞實的東西，如樹、山、漁夫、羊等。由此看來，那是一種非常傑出的成就。」Max Loehr, *The Great Painters of China*,（New York: Phaidon Press, 1980），p.234。

〔註212〕　〔明〕董其昌：《容臺集》，（臺北：中央圖書館印行，1968 年，《明代藝術家集彙刊》），頁 2161。

〔註213〕　〔美〕高居翰（Cahill James, 1926～）著，李渝譯：《中國繪畫史》（臺北：雄獅圖書公司，1985 年 3 月 2 版），頁 90。

使整個元代的畫風走向不拘泥於形體，進而轉向要求筆墨意趣之美。

元代後期文人畫進一步向寫意的方向發展，題材則以山水爲主。號稱「元四家」的黃公望（1269～1354）、吳鎮（1280～1354）、倪瓚（1301～1374）、王蒙（1308～1385），競出新意，承繼趙孟頫以來師法古人、不求形似的文人寫意山水，推展到新的高峯。元四家都是深具文化素養的南人，通過創作蕭疏、淡遠、渾厚、深邃種種不同境界的山水畫，並且題詩綴跋於其上，曲折委婉地表達個人對時政之怨刺與隱遁避世的願望。經由四家的努力，寫意山水抒發主觀情趣、寓意抒懷的能力大爲增強，筆墨韻味和詩書畫三者的結合亦更形緊密。首先是筆墨趣味在繪畫中開始具有獨立於形象之外的欣賞價值。各式皴筆墨法的本身和透過其所抒發的情懷，也成爲欣賞玩味的對象。其次是詩書畫三絕有機地結合，不僅展現文人的文采風流，深化畫意，增添律動感，亦大大提升繪畫的欣賞層面。通過文辭與書法體勢的結合，書法也能抒發文人的襟懷，表達一定的情緒，具有感染力。元代文人畫多以草書和飛白的筆勢作畫，使書畫間具有更多的共性，與畫上的題字有相得益彰之妙。題畫自元代開始，成爲傳統繪畫的一大特色。簡言之，元代文人畫是把繪畫的形象和構圖、書法的筆趣和動態、詩文的意境和哲理融合爲一，抒發文人主觀的情感，以感染觀賞者。它以寫意爲主，形象更趨簡單，但精神內涵卻更形豐富而多變化，是融合多元傳統文化的綜合體。這確實是繪畫史上一個巨大的轉變。

元四家都是文行高潔之士，在異族統治下，摒棄世俗名利，或遁隱山林，或潛跡入道，將滿腔孤憤，寄情於詩書畫藝，並且有意識地融詩、書、畫於一體，發揮筆情墨趣，強調藝術個性的表現，形成多元風貌，粲然可觀。

「元四家」在山水畫上的巨大成就，是趙孟頫等元初諸家開拓的藝術理念的必然結果，是元代文人在充滿各種矛盾的破碎現實中掙脫塵網、追求審美理想的精神折射，是中國繪畫筆墨具有獨立意義和價值的眞正開始。總之，「元四家」是有元一代近百年來山水

畫發展各方面成就的集中體現。他們既具有清純雅正的共同特點，又有各自鮮明的個性特徵。即使同一個畫家，其不同時期，甚至不同題材的作品，風格面貌亦有不同，而且每一個畫家都有眾多的精品。黃公望的瀟灑沉著、吳鎮的濃郁蒼潤、倪瓚的簡逸淡遠、王蒙的厚重繁密，四家山水匯而爲元代繪畫的主流，並造就元、明、清三代文人畫的正脈。〔註214〕四家聚而爲中國文人山水畫發展的一座歷史高峯，既爲後人所嚮慕，卻又難以逾越。

（二）君子畫趣

元代文人畫興起，花鳥、古木、竹石、梅蘭等題材在五代、兩宋花鳥畫基礎上，亦有新的發展和明顯的變化。元代基於文人畫家追求筆墨意趣的審美觀，文人花鳥畫的表現手法轉而追求自然樸素，摒棄雕飾彩繪，強調主觀情感的抒發和自娛性，由此，又變畫爲寫，以書入畫，最終達到以水墨取代設色，以寫意勝於臨摹，從而使元代花鳥畫的風範，由工麗細密轉而爲清潤淡雅，墨筆花鳥的流行更是突出標幟，特別是促成水墨竹石梅蘭等所謂「四君子」畫的空前發展，爲文人畫家自由抒發情懷和充分發揮筆墨趣味，開闢一個新天地。

文人水墨梅蘭竹菊，在元代空前興盛，且各呈風釆。《圖繪寶鑑》記錄元代畫家一百七十八人，專長畫四君子題材的畫家，幾乎占總人數的三分之二，當時畫家畫梅蘭竹石，詩家詞人詠梅蘭竹菊，文人種植梅蘭竹菊，社會賞玩梅蘭竹菊蔚爲一時風尚。君子畫題在元代獲得長足的發展，一方面固然與北宋、金士大夫繪畫的流傳有關；另一方面有助於文人寄寓「不與世浮沉」的道德人格。從審美藝術價值觀而言，君子畫比其他門類更能體現和發揮「書畫一體」的精神。於是無論朝野的文人畫家，無不熱衷於創作君子畫，使之取得僅次於山水畫的輝煌成績。

〔註214〕陳師曾：《中國繪畫史・元朝之繪畫》曰：「元季諸家……一變宋畫山水之格法，可謂之元格。而創作明清諸家南宗畫一種之典型，其南畫之大成最力者，爲黃、王、倪、吳四大家也。」（北京：中國人民大學出版社，2004 年 11 月 1 版），頁 111。

　　梅蘭竹菊爲花卉中之逸品，久爲文人士大夫怡性陶情創作時之首選，其中尤以梅竹二者最常入畫。元代畫竹尤爲興盛，畫竹者竟占全畫界之半。〔註215〕枯木竹石畫始創於文人畫興起的北宋，中衰於明，而獨盛於國祚僅百餘年的元代，無疑的，是一個特殊的藝術現象，也是一個特殊的文化現象。換言之，元代枯木竹石畫的興盛，與元代特殊的社會背景及思想根源有關。當畫家的精神追求與社會現實之間存在著不可調和的矛盾與衝突時，必然會尋求象徵性的事物作爲藝術表現的媒材。枯木竹石不僅予人視覺美感，耐人尋味；相較於山水畫之巨大，枯木竹石屬於小景，信手拈來，頃刻可成，與尙意不尙工筆的元代文人畫相符合，更能直接簡率、深刻自由地寄寓情志，象喻人格。在此一時代精神感召下，以及類似詠物詞託物抒情，借物言志等表達方式的介入，積極推動元代君子畫的盛行。

　　元代專擅水墨竹石的畫家不少，前有李衎，後有柯九思，最爲著稱。李衎（1245～1320），字仲賓，號息齋。嘗自謂：「畫竹師李（頗），墨竹師文（同）。」〔註216〕李衎畫竹特別著重觀察實物，以寫其形態神韻。爲掌握竹之形態，曾行役萬餘里，深入竹鄉，區別品匯，撰成《竹譜詳錄》七卷，詳述竹之品種及畫竹之法。〔註217〕李衎兼善墨竹和雙鉤設色竹，墨竹更形揮灑自如，如〈四清圖〉卷，畫梧桐、竹石、蘭爲「四清」之意。採「推蓬竹」構圖，用筆沉著穩健，墨色淋漓清潤，深淺濃淡恰到好處，結構層次繁而不亂，疏密有致，爲元人墨竹中最傑出的作品之一。李衎窮其一生專務於畫竹，且多著墨於竹之挺拔俊峭，實則借竹自況，別有寓託。趙孟頫對其評價甚高，並題贈詩云：

　　偃蹇高人意，蕭疏曠士風。無心上霄漢，混迹向蒿蓬。〔註218〕

〔註215〕俞劍華：《中國繪畫史》，頁25。
〔註216〕〔元〕李衎：《竹譜詳錄》，《叢書集成初編》，第1635冊，卷1，頁2。
〔註217〕《竹譜詳錄》曰：「行役萬餘里，登會稽，歷吳楚，踰閩嶠，東南山川林藪游涉殆盡，所至非此君（竹）者無以寓目，凡其族屬支庶，形色情狀，生聚榮枯，老稚優劣，窮諏熟察。」頁2。
〔註218〕〔元〕趙孟頫：〈題李仲賓野竹圖〉云：「吾友仲賓爲此君寫眞，冥

趙氏題識，一語雙關，含不盡之意。既是規勸李衍，亦是感嘆個人之身世遭遇，入仕元廷，備受訾議，內心常感「不適我時」之苦。既欲「忠直報皇元」，又切望「山林隱天逸」，思想的矛盾衝突與精神的苦悶抑鬱，盡溢於濃筆淡墨之間。

柯九思（1290～1343），字敬仲，號丹丘生。詩書畫全能，且精鑒別，文宗朝授學士院鑒書博士，負責內府法書名畫之鑒定。尤善畫竹，師法文同、蘇軾，風格趨於疏簡，特色在於以書入畫，充滿筆墨韻致。其自稱畫竹：「寫幹用篆法，枝用草書法，寫葉用八分，或用魯公撇筆法，木石用金釵股，古漏痕之遺意。」〔註219〕具體說明承繼趙孟頫「書畫同源」一旨。元末杜本在〈題柯九思竹木圖〉詩云：「絕愛鑒書柯博士，能將八法寫疏篁，細看古木蒼藤上，更有藏眞長史狂。」〔註220〕所畫墨竹，大多葉密而厚，筆墨沉實厚重，或間以雜草、野花、枸杞之屬，構圖活潑，頗有元人簡率風韻。傳世作品有〈清閟閣墨竹圖〉軸、〈雙竹圖〉軸、〈竹石圖〉軸等，形態逼眞，神韻畢現。另有《竹譜》一書，詳加介紹竹子的各色形態與畫竹的技法。柯九思亦善畫菊，突出其傲霜凌秋的品格。黃鎮〈題柯九思墨菊〉詩云：「淵明已逝屈子沉，晚香縱有誰知心。感君圖畫三嘆息。爲君長歌楚天碧。」〔註221〕惜未見流傳。

以水墨寫意畫梅，南宋有著名的揚補之，元代亦有趙孟頫及其妻管道昇、錢選、倪瓚、曹知白、吳瓘、王冕等，無不兼工梅花。其中最爲人稱道的是王冕（1287～1359），字元章，號煮石山農，梅花屋

搜極討，蓋欲盡得竹之情狀，二百年來，以畫竹稱者，皆未必能用意精深如仲賓也。」《松雪齋文集》，頁119～120。

〔註219〕　〔元〕徐顯：《稗史集傳・柯九思傳》，《叢書集成初編》，第3408冊，頁5。

〔註220〕　〔元〕杜本：〈題柯敬仲植木墨竹圖〉，收入〔清〕陳邦彥編：《歷代題畫詩》（北京：人民美術出版社，1995年10月1版），頁2783～2784。

〔註221〕　〔元〕黃鎮：〈題柯九思墨菊〉，《秋聲集》，《景印文淵閣四庫全書》，第1212冊，卷1，頁527。

主，詩書畫俱佳。王冕墨梅繼承南宋揚補之和趙孟頫之傳統，一變宋人稀疏冷寒之風，而爲枝繁花茂蕊密，予人生意盎然蓬勃向上之感。其畫梅技法，兼採「點花法」與「圈花法」，並首創以胭脂作沒骨體，以千叢萬簇的繁梅見勝，倍覺風神綽約。傳世之作有〈墨梅畫〉卷，以濃墨勾勒梅枝，以淡墨暈染花瓣，以細勁之筆畫鬚蕊，挺拔而有生氣。並自題詩云：

> 我家洗硯池頭樹，箇箇花開淡墨痕。不要人誇好顏色，只
> 留清氣滿乾坤。〔註222〕

此詩王冕以梅自況，歌詠梅花之高潔與神氣，寄寓清貞高潔的人格精神。王冕特殊的畫梅法，豐富了梅花的表現形態和技法，具有清拔、秀逸、灑落之筆情墨趣，而其洗鍊精簡的題畫詩，亦隱然流露其高潔的心志與對現實社會的期待，欲藉筆墨寄託家國之思，遂開有元一代畫梅之新風格。〔註223〕尤其「清氣滿乾坤」一句，表現墨梅勁秀高潔，卓然不群之姿，正是其不染塵俗，孤芳自賞的性格流露。虞集有一首題梅花寒雀圖的意境與此相近，詞云：「殘雪曉。窗外幽禽小。春聲初動苔枝裊。花落知多少。」〔註224〕同樣以洗鍊的筆法，聚焦於幽禽身上，在寧靜的畫意中讓人感受到梅之清幽芳潔與春之躍躍欲動。

蘭，素有「國香」〔註225〕之稱，蘭之幽香至少在中國歷史上飄溢兩千多年，其最爲人所傳頌的，即是空谷幽香。元代詩人吳海〈友蘭軒記〉曰：

> 蘭有三善焉，國香一也，幽居二也，不以無人而不芳三也。

〔註222〕〔元〕王冕：〈題墨梅畫〉，《竹齋集》，《文津閣四庫全書》，第412冊，卷4，頁30。

〔註223〕〔清〕朱方靄：《畫梅題記‧題畫》曰：「宋人畫梅，大都疏枝淺蕊，至元煮石山農，史易以繁花，千叢萬簇，倍覺風神綽約，珠胎隱現，爲此花別開生面。」《叢書集成初編》，第1639冊，頁6。

〔註224〕唐圭璋編：《全金元詞》下冊，頁861～862。

〔註225〕〔宋〕黃庭堅：〈書幽芳亭〉：「士之才德蓋一國，則曰國士；女之色蓋一國，則曰國色；蘭之香蓋一國，則曰國香。」見氏著：《山谷集》，《文津閣四庫全書》，第372冊，卷26，頁253。

> 夫國香則美至矣，幽居則靳於人薄矣，不以無人而不芳，
> 則守固而存益深矣，三者君子之意具焉。〔註226〕

由此可知，蘭花香遠益清，具有「不以無人而不芳」的比德象徵意義，
至元代始將之列為四君子之一，因而元代繪畫的象徵性，亦藉由畫蘭
的形式呈現。其中最具代表性的，是鄭思肖〈墨蘭圖〉。鄭思肖（1239
～1316），字憶翁，號所南。入元不仕，具強烈之反元意識。其《心史》
是血淚寫下的一部歷史實錄，同時亦是不向現實屈服的「自白書」。並
有詩云：「縱遇聖明過堯舜，畢竟不是親父母。千語萬語只一語，還我
大宋舊疆土。」〔註227〕其亡國遺恨，盡入所繪蘭草中，今存〈墨蘭圖〉，
只以八分法畫兩叢蘭葉，一瓣蘭花，根不入土，蘭根無所憑，似虛浮
於世。用筆簡括，格調清逸。有倪瓚〈題鄭所南蘭〉詩云：

> 秋風蘭蕙化為茅，南國淒涼氣已消，只有所南心不改，淚
> 泉和墨寫離騷。〔註228〕

「秋風蘭蕙」，以物擬人，「蘭蕙化茅」，暗指隨波逐流屈志變節者，
但鄭思肖在易代之際依舊貞心不改，一如屈原堅志效君，鄭思肖則
揮淚繪蘭託寓情志。故其所繪蘭，非止於圖物繪形而已，乃是借物
抒情，物象不過是書寫胸臆之媒介，故不斤斤於形似，成為畫家人
格之象喻。而鄭思肖又有題〈寒菊〉詩云：「寧可枝頭抱香死，何
曾吹落北風中。禦寒不借水為命，去國自同金鑄心。」〔註229〕由此
具體見出其懷抱孤臣孽子堅貞不屈的傲骨，及其詩畫藝術所表現的
深刻意涵。

另外，沈禧亦有一首〈朝中措〉詠蘭詞云：

> 芳皋百畝長蓀蘭。竹石共檀欒。風汎國香冉冉，霞滋幽豔
> 溥溥。　　芽抽紫玉，花垂月穗，葉綴香纓。堪羨也宜劍

〔註226〕　〔元〕吳海：〈友蘭軒記〉，《聞過齋集》，《文津閣四庫全書》，冊406，
　　　　　頁545。

〔註227〕　〔元〕鄭思肖：〈元韃攻日本敗北歌並序〉，《鄭思肖集》，頁96。

〔註228〕　〔元〕倪瓚：《清閟閣全集》，卷8，頁278。

〔註229〕　〔元〕鄭思肖著，陳福康校點：《鄭思肖集》，頁290。詩後註：據
　　　　　王逢題鄭氏墨蘭序。

佩，此生不遇湘靈。〔註230〕

詞中細膩摹寫蘭花的形色神態，其冉冉幽香令人稱羨，只是國有幽香如蘭，但少德配國香之高士，故云「此生不遇湘靈」。〔註231〕可見元人畫蘭、詠蘭，在世異時變的時代，實亦別有弦外之音。

菊花採入詩篇很早，但是以菊花入畫卻很晚。《宣和畫譜》記載，五代滕昌祐「卜築于幽閒之地，栽花竹杞菊，以觀植物之榮悴，而寓意焉，久而得其形似於筆端。」〔註232〕同書且記載徐熙、黃筌等亦畫菊花。《全唐詩》未見關於畫菊的記載，入宋以後畫菊者始漸增加。南宋後期及元代，文人畫菊蔚然成風，在表現手法上摒棄脂粉，唯以水墨圖寫，如錢選、柯九思、王淵等，俱善寫菊，並且突出菊花傲雪凌秋的精神品格，然元人菊畫未見流傳，殊為可惜。

元代梅蘭竹菊「四君子」畫的全面成熟，象徵中國繪畫文人化的完成，對中國繪畫的發展具有重大的意義。元代君子畫興盛，是元代社會文化變遷和繪畫自身發展規律相結合的產物。其主要原因在於中國文化傳統使四君子的自然屬性足以引發人的聯想，如梅之傲骨、蘭之幽芳、竹之堅貞、菊之濃郁，各有象喻，各具風骨，已非普通之物象，而是具有文人儒士人格之精神象徵，具有豐富的文化意涵。且中國繪畫工具的筆墨特點又特別適宜表現這些物象，所以元代四君子入畫，具有極鮮明的象徵意義和強烈的主體情感。這種託物抒情，借物言志等表達方式的介入，促使元代的繪畫語言更趨成熟，進入一個強調筆墨藝術語言審美典範的新時期，也為中國繪畫中表現筆情墨趣的

〔註230〕唐圭璋編：《全金元詞》下冊，頁 1046。

〔註231〕相傳舜的二妃娥皇、女英，因哀痛舜崩殂，自溺於湘江，化爲湘水之神，稱爲「湘靈」。典出〔宋〕洪興祖補注：《楚辭補注》：「使湘靈鼓瑟兮，令海若舞馮夷。」補曰：「上言二女，則此湘靈乃湘水之神，非湘夫人也。」（臺北：漢京文化事業公司，1983 年 9 月初版），卷 5，頁 173。〔宋〕蘇軾：〈江城子·鳳凰山下雨初晴〉云：「煙斂雲收，依約是湘靈。」〔宋〕蘇軾著，龍榆生箋：《東坡樂府箋》（臺北：漢京文化事業公司，1983 年 9 月），卷 1，頁 18。

〔註232〕撰者不詳：《宣和畫譜》，《叢書集成簡編》，第 504 冊，卷 16，頁 441。

審美藝術境界，開拓一個更廣闊的空間。

此外，受到北宋以來「詩畫合一」之文人畫風影響，使得繪畫藝術逐漸文學化，詩畫關係日益緊密，以書入畫、畫內題詩（詞）、題跋，融詩（詞）、書、畫為一體蔚成風氣，間接促進題畫文學的興盛發展。如盧摯〈六州歌頭・萬里江山圖〉，〔註233〕以雄渾雅健之筆，展現長江壯麗的奇山異水與悠久的歷史文化，充滿對中原江山的頌美與自豪，堪稱元代題山水畫的經典之作；又如張翥〈疏影・王元章墨梅圖〉，〔註234〕寫月夜賞梅、夢後畫梅、以及題畫贊梅的過程，婉曲摹寫出墨梅空靈秀逸之姿，堪稱題畫詞之精品，代表元代題畫詞的最高成就。〔註235〕可見一首好的題畫詞，除了能形象化地詮釋畫面外，更重要的是要發揮物象的畫外之致、象外之韻，擴展畫作的境界與內涵。這些都說明元代文人畫全面興盛，促使文學與藝術這兩種人類表達情感的方式，在元代題畫文學上得到完美的融合與體現。

第三節　文學趨勢

蒙元自西元 1206 年鐵木真統一草原各部族，建立「大蒙古國」尹始，憑著強大的軍事武力地跨歐亞大陸，建立一個中國歷史上疆域最廣闊的空前大帝國，故其吸收的文化因子乃是中國、印度、大食及歐洲的雜糅，因而蒙元鼎定中原之後，始終未能完全漢化。而中原以儒學為主的農業文化，受到來自大漠蒙古草原文化的強烈衝擊，無可避免的，產生中原文化的大裂變。〔註236〕多元文化在衝突與融合中，給漢唐以來漸趨衰弱的帝國文化帶來新的生命能量。於是，整個社會

〔註233〕 唐圭璋編：《全金元詞》下冊，頁 727。
〔註234〕 唐圭璋編：《全金元詞》下冊，頁 1004。
〔註235〕 王煒：《元代題畫詞研究》（上海：華東師範大學中文系碩士論文，2007 年），頁 16。
〔註236〕 〔清〕黃宗羲：《明夷待訪錄・原法》：「古今之變，至秦而一盡，至元而又一盡。」（北京：中華書局，1985 年），頁 5。

的思想文化處於一種遊牧文明與農業文明、北方文化與南方文化、雅
文學與俗文學等多重激盪交融的狀態。此一「多元融合」的時代特徵，
在元代文學中表現的最為酣暢淋漓，最能代表元代文學藝術的，自然
非雜劇和散曲莫屬。事實上，「曲」這一文學體裁本身，就是多元文
化融合的產物。〔明〕王世貞：《曲藻・序》曰：「曲者，詞之變。自
金元入主中國，所用胡樂嘈雜淒緊，緩急之間，詞不能按，乃更為新
聲以媚之。」〔註237〕依照文學進化的規律，元曲繼宋詞之後興起成
為元代的「一國之藝」，主要是因為遊牧文明與農業文明相互碰撞，
所造成傳統文化結構之震盪，新的敘事藝術蘊含於民間的勾欄瓦舍，
充滿市井雜趣；加以蒙元民族性好歌善舞的開放特徵，〔註238〕及城
市經濟的畸形繁榮，〔註239〕促成元曲大大的興盛，開創元代文學的
全新格局。日人吉川幸次郎（1904～1980）亦持相同的見解，曰：

> 我把這種戲劇成立的原因，求之於中國人自身孕育而來的
> 變動，以及由於蒙古人的刺激而生的變動；至於這種文學
> 的忽然招致衰微，我的結論是這種歷史變動的力量，為不
> 易變動的力量限制過早所致。〔註240〕

〔註237〕 〔明〕王世貞：《曲藻》，（臺北：鼎文書局，1974 年 2 月初版，楊
家駱主編：《歷代詩史長編二輯》），頁 25。

〔註238〕 〔宋〕孟琪：《蒙韃備錄》記曰：「國王出師，亦從女樂隨行。率十
七八美女，極慧黠，多以十四絃等，彈大官樂等四拍子為節，甚低，
其舞甚異。」說明蒙古歌舞具有鮮明的民族特色。收入《中國野史
集成》，第 12 冊，頁 4。

〔註239〕 〔義〕馬可・波羅（Marco Polo, 1254～1324）主編，〔法〕沙海昂
（A. J. H. Charignon）註，馮承鈞譯：《馬可波羅行紀》第九十四章
〈汗八里城之貿易發達戶口繁盛〉記曰：「外國巨價異物及百物之
輸入此城者，世界諸城無能與比……百物輸入之眾，有如川流之不
息。僅絲一項，每日入城者，計有千車。」「彼處營業之妓女，娟
好者達兩萬人。每日商旅及外僑往來者，難以數計，故均應接不暇。
至所有珍寶之數，更非世界上任何城市可比。……商品之交易亦至
繁多。」當時大都市商業繁華之景，可見一斑。（臺北：臺灣商務
印書館，2000 年 6 月）。

〔註240〕 〔日〕吉川幸次郎著，鄭清茂譯：《元雜劇研究・序》（臺北：藝文
印書館，1960 年），頁 5。

可見元曲之盛衰與歷史社會的變動息息相關。換言之，元曲汲取自民間文學的力量，發現庶民社會率眞強悍的野性美學特質，而另外開創一套與傳統溫柔敦厚詩教不同的美學原則。因此，混合著高亢壯偉的胡音，及活潑開放的通俗戲曲，是北方遊牧文明與農業文明造成結構性震盪後，所留下的一項劃時代的成果。

　　草原文化與中原文化的融合交會，使元代文學具有另一個明顯的特徵，就是在雅與俗兩個維度之間，逐步朝向俗的維度傾斜。〔註241〕大俗小雅，成爲元代文學總體性的特徵。〔註242〕鄧紹基《元代文學史》進一步析述曰：

> 元代文學有兩個基本特點：一是自宋代開始明顯的俗文學和雅文學的分裂局面繼續發展；二是雅文學即傳統的詩文領域內出現新變現象。這兩個基本特點又以前者最爲重要，作爲俗文學的元雜劇的產生、完備和盛行，不僅爲我國古典戲曲的表演藝術奠定了基礎，而且還在實際上爭得了與傳統的文學形式——詩詞歌賦文相頡頏的地位，在很大的程度上代表著元代文學的成就。〔註243〕

綜上所述，一代之文學的元曲，因爲「爲時既近，託體稍卑」，〔註244〕成爲元代俗文學的徽章。但不容忽視的是，作爲雅文學正統嫡裔的元

〔註241〕 陳炎主編：《中國審美文化史‧唐宋元明清卷》：「元朝恰是新的審美趨向生成的時期。這種新的審美趨尚具有以下幾個特點，其一，強烈的叛逆性。此種叛逆性體現爲對現存秩序的不屈和反抗，也體現爲對整個封建倫理觀念的嘲笑和否定。其二，豐富的包容性。這是指各民族之間不同文化因子的相互交融，彼此滲透，特別是草原遊牧文化的粗獷、剛勁、勇於進取與中原農耕文化的細膩、含蓄、富有智慧和靈氣相互吸收，煥發出一種新的生氣。其三，雅俗兩大文化在一定程度上趨向合流。這主要是由作爲雅文化載體的文人地位的變化引起的，同時它也是商品經濟、市民社會發展的一種結果。中國文化史上雅文化佔主導地位的局面至元代正式宣告結束，俗文化逐漸上升爲主潮流。」（濟南：山東畫報出版社，2007年9月1版），頁263。
〔註242〕 張晶主編：《中國古代文學通論‧遼金元卷》，頁402。
〔註243〕 鄧紹基：《元代文學史》，頁1。
〔註244〕 王國維：《宋元戲曲史》，頁1。

代詩歌,在遊牧文明與農業文明的碰撞融合中,也產生時代的新變現象,亦即「宗唐得古」〔註245〕蔚爲一代潮流與風氣,其間經歷對前朝詩風的反思和批判,也經歷南北復古詩風的匯合,成爲元詩一個極爲顯著的特徵。和新興的一代文學元曲相比,元代詩歌的成就,相對顯得較爲遜色。但在歷來所謂的「正統文學」詩、詞、文等範疇內,元詩較之元詞、元文又顯得生氣盎然,在中國詩歌史上仍有一定的地位。以下即分別針對元代文學的兩大主流:俗文學的徽章──元曲;與雅文學的嫡裔──元詩的發展特色進行分析,藉以凸顯有元一代文學──元曲與元詩,在社會裂變之下所反映出的時代特徵。

一、曲苑開創新風

(一)雜 劇

　　唐詩宋詞以其精緻典雅引領一代文學之風騷;元曲則以普羅大眾之鮮明色彩,及濃郁的市井雜趣,對波瀾壯闊的社會生活作全面、深入、細緻的描繪,而擅有一代文學之盛。元曲分雜劇與散曲兩大類,雜劇的創作尤爲興盛,作家如林,名劇紛呈,或以本色當行著稱,或以文辭綺麗見長。

　　元雜劇是十三世紀前半葉,即蒙古滅金(1234)前後,在宋雜劇和金院本的基礎上,融合宋金以來的音樂、舞蹈、說唱等藝術而形成的戲劇藝術。其體制的完備、成熟及興盛,大致在元世祖建元中統(1271)前後,爲因應社會變遷的需要,伎劇亦隨時尙而變,〔註246〕加以蒙元統治者對雜劇的喜愛和關注,〔註247〕因而快速地

〔註245〕〔清〕顧嗣立:《寒廳詩話》云:「延祐、天曆之間,風氣日開,赫然鳴其治平者,有虞、楊、範、揭,又稱范、虞、趙、楊、揭,一以唐爲宗,而趨於雅,推一代之極盛,時又稱虞、揭、馬(祖常)、宋(褧)。」收入丁福保編:《清詩話》(臺北:木鐸出版社,1988年9月初版),頁83。

〔註246〕〔元〕胡祗遹:〈贈宋氏序〉曰:「樂音與政通,而伎劇亦隨時所尚而變。近代教坊院本之外,再變而爲雜劇。」《紫山大全集》,《景

崛興於民間。據〔元〕鍾嗣成《錄鬼簿》及〔明〕賈仲明《錄鬼簿續編》等著錄，元代雜劇作家有二百餘位，雜劇作品六百餘部，其中現存的雜劇約二百餘部。〔註248〕至於元雜劇的分期，眾家說法分歧，其中王國維之說頗具代表性，王氏將有元一代之雜劇分為三期：一、蒙古時代：自太宗取中原以後，至至元一統之初。《錄鬼簿》卷上所錄之作者五十七人，大都在此期中。二、一統時代：自至元後至至順後至元間。《錄鬼簿》所謂「已亡名公才人，與余相知或不相知者」是也。三、至正時代，即《錄鬼簿》所謂「方今才人」時代。〔註249〕

　　元雜劇使藝術從書齋搬上舞台，在扮今演古，高歌酣唱的臨場氣氛中，汲取民間的憂憤情緒、調侃智慧和強悍的精神。時代的變遷成就了一個由真人粉墨扮演、有血有肉、情緒奮亢的表演藝術，用以吸

〔註247〕 印文淵閣四庫全書》，第 1196 冊，卷 8，頁 171。
　　　　 當時民間向宮廷「獻劇」之說，時有所聞，可見蒙元統治者對雜劇的喜愛。如〔元〕楊維楨：〈宮詞〉云：「開國遺音樂府傳，白翎飛上十三弦。大金優諫關卿在，〈伊尹扶湯〉進劇編。」《復古詩集》，《景印文淵閣四庫全書》，第 1222 冊，卷 4，頁 133。
〔註248〕 據〔元〕鍾嗣成：《錄鬼簿》著錄元雜劇作家一百五十八人，劇目四百七十一種。〔明〕賈仲明：《錄鬼簿續編》續錄元明之際雜劇作家七十一人，劇目一百五十八種。見蒲漢明校：《新校錄鬼簿正續編·前言》（成都：巴蜀書社，1996 年 10 月 1 版），頁 8。〔明〕朱權：《太和正音譜》著錄「古今群英樂府格勢」元雜劇作家一百八十七人，「群英所編雜劇」五百三十五種。《四部叢刊》，第 560 冊，卷上，頁 6、20。今人傅惜華：《元代雜劇全目》，共著錄元雜劇目七百三十七種，其中包括元人雜劇作品五百五十種，元明之間無名氏作品一百八十七種。（臺北：世界書局，1982 年 4 月）。至今尚有劇本流傳者，據楊家駱主編：《全元雜劇》，收錄元人雜劇作品一百五十一種，元明之間無名氏作品六十一種，合計為二百一十二種。（臺北：世界書局，1962 年）。
〔註249〕 王國維：《宋元戲曲史》，頁 90。另據《錄鬼簿》記載，元雜劇分為前、後二期，前期為元世祖至元年間至元成宗元貞、大德年間，是元雜劇的黃金時代；後期指大德年間以後至元末，雜劇中心南移，創作和演出趨於衰微。而日本漢學家青木正兒則依據曲文，將元雜劇作家分為本色與文采二派。引見鄧紹基：《元代文學史》，頁 66。

納因時代變異而引發的社會危機感，以及化解深沉的焦慮感。易言之，元雜劇的興起，與宋、金、元時代遊牧文明和農業文明的強烈碰撞，並由此造成古老的中國社會文化結構的震盪、崩裂和錯位關係極深。蒙古大軍橫掃中原，鋒凌南國，兵荒馬亂的巨大壓力造成文人階層的迅速分化，一部分依附廟堂，帶動程朱理學北上，興學建國，安邦濟世；一部分遁入山林，借全眞道息心養性，維繫社會未定的心靈。更有一部分因元初廢行科舉，而沉淪市井民間的文人儒士，流連勾欄瓦肆之間，搖身一變而爲「書會才人」，〔註250〕不但從事戲劇創作，甚而粉墨登臺參與演出，〔註251〕積極地促進元雜劇藝術的突破與提高，〔註252〕成爲一國之藝。

元雜劇的內容異常廣闊，〔元〕胡祗遹〈贈宋氏序〉定義，曰：「既謂之雜，上則朝廷君臣政治之得失，下則閭里市井父子兄弟夫婦朋友之厚薄，以至醫藥卜筮釋道商賈之人情物理，殊方異域，風俗語言之

〔註250〕 「書會」一詞肇始於北宋宣和年間南戲《溫州雜劇》，是劇作家聚合的場所，也是劇本發行的場所。「才人」則是元代對寫作劇本人的尊稱。〔宋〕周密：《武林舊事》「諸色伎藝人」，提到宋代「書會」有名的成員及其本領。《文津閣四庫全書》，第195冊，卷4，頁816～819。元代書會盛行，當時有名者如「玉京書會」、「元貞書會」、「武林書會」等等。元代戲劇家關漢卿就是「玉京書會」的巨擘，其他如白樸、馬致遠、庾吉甫等，都是「燕趙才人」。詳參陳萬鼐：〈元代「書會」研究〉，《國家圖書館館刊》第1期（2006年6月），頁123～138。又鄧紹基：《元代文學史》亦曰：「元代這種歧視漢族儒士知識份子的政策促使其中一部份人去從事向被視爲『卑微』的戲曲活動，而且有的還不由自主的成爲『倡優』。」頁43。

〔註251〕 〔明〕臧晉叔：《元曲選·序》曰：「關漢卿輩爭挾長技自見，至躬踐排場，面傅粉墨，以爲我家生活偶借倡優而不辭者。」（北京：中華書局，1958年10月1版），頁3。

〔註252〕 王國維：〈元劇之時地〉曰：「元初之廢科目，卻爲雜劇發達之因；蓋自唐宋以來，士之競於科目者，已非一朝一夕之事。一旦廢之，彼其才力無所用而一於詞曲發之。且金時科目之學最爲淺陋，此種人士，一旦失所業，固不能爲學術上之事。而高文典冊，又非其所素習也。適雜劇之新體出，遂多從事於此；又有一二天才出於其間，充其才力，而元劇之作，遂爲千古獨絕之文字。」見《宋元戲曲史》，頁94～95。

不同，無一物不得其情，不窮其志。」〔註253〕胡氏的定義充分發揮
「雜」的字面意義，卻忽略雜劇的內在精神，但也提示雜劇的特性，
即體裁多元，內容豐富。元末夏庭芝《青樓集》，依據角色與內容加
以分類，歸納出十種類型。〔註254〕明初戲曲家朱權沿襲宋代講唱文
藝的分科，將雜劇分為十二科：

> 雜劇十二科：一曰神仙道化，二曰隱居樂道（又曰林泉丘
> 壑），三曰披袍秉笏（即君臣雜劇），四曰忠臣烈士，五曰孝
> 義廉節，六曰叱奸罵讒，七曰逐臣孤子，八曰鏺刀趕棒（即
> 脫膊雜劇），九曰風花雪月，十曰離合悲歡，十一曰烟花粉
> 黛（即花旦雜劇），十二曰神頭鬼面（即神佛雜劇）。〔註255〕

嚴格而論，朱氏分類失之精密、準確，其中亦有重複之處，如「神仙
道化」與「隱居樂道」，「披袍秉笏」與「忠臣烈士」，「叱奸罵讒」與
「逐臣孤子」等，內容上都有相同之處。近代學界對元雜劇的分類也
有多種分類，〔註256〕比較常見的則是以愛情婚姻劇、神仙道化劇、
公案劇、社會劇和歷史劇這五類概分，雖然不盡妥切，但大抵約定俗
成。〔註257〕

〔註253〕　〔元〕胡祗遹：〈贈宋氏序〉，《紫山大全集》，卷8，頁171。
〔註254〕　〔元〕夏庭芝著，孫崇濤、徐宏圖箋注：《青樓集箋注》：「雜劇則
　　　　　有旦、末。旦本女人為之，名妝旦色，末本男子為之，名末泥。其
　　　　　餘供觀者，悉為之外腳。有駕頭，閨怨、鴇兒、花旦、披秉、破衫
　　　　　兒、綠林、公吏、神仙道化、家長里短之類。」（北京：中國戲劇
　　　　　出版社，1990年10月1版），頁43。
〔註255〕　〔明〕朱權：《太和正音譜》，《四部叢刊》，第560冊，卷上，頁18。
〔註256〕　如〔法〕巴贊將元雜劇分為七門：史劇、道家劇、性質喜劇、術策
　　　　　喜劇、家庭劇、神話劇和裁判劇。轉引自鄧紹基：《元代文學史》，
　　　　　頁34。許金榜：《中國戲曲文學史》則分為：清官斷獄劇、忠智豪
　　　　　傑劇、愛情婚姻劇、遭困遇厄劇、倫理道德劇和道佛隱士劇。（北
　　　　　京：中國文學出版社，1994年5月1版），頁62〜88。羅錦堂：《現
　　　　　存元人雜劇本事考》分為：歷史劇、社會劇、家庭劇、戀愛劇、風
　　　　　情劇、仕隱劇、道釋劇和神怪劇八類，且詳加更分細項，並言：「社
　　　　　會情態，千緒萬端，自非三數種類之所能盡。」（臺北：中國文化
　　　　　事業公司，1960年月4初版），頁422〜423。
〔註257〕　鄧紹基：《元代文學史》，頁43。

　　愛情婚姻劇是元雜劇中數量最多，也最受人矚目的部分，約占五分之一。其中王實甫〈西廂記〉、關漢卿〈拜月亭〉、白樸〈牆頭馬上〉、鄭光祖〈倩女離魂〉被稱爲四大愛情劇，尤以〈西廂記〉爲壓卷之作。此類愛情劇承繼唐人才子佳人的創作傳統，將愛情與仕宦結合，通過仕宦沉浮極寫愛情的曲折波瀾。其中女性的社會地位普遍提高，在婚姻自主的爭奪中，通常表現出積極主動的精神，以及男子所不及的膽量與見識。元代士人由於仕途蹇澀，生活困頓，於是轉而偏向宗教與隱逸的超然物外，出現大量描寫道祖、眞人悟道飛升、或描述眞人渡化凡夫俗子和鬼怪的傳說，夾雜著出世的嚮往與憤世的悲憫情懷，如馬致遠〈黃粱夢〉、范康〈竹葉舟〉、馬致遠〈任風子〉，充滿崇仙尙道的思想傾向。公案劇則是宋代說話「說公案」的遺緒，或寫強權豪貴仗勢欺壓無辜百姓，或寫惡人謀財害命，良善受欺被誣，最後由清官爲百姓申冤昭雪、伸張正義。如關漢卿〈魯齋郎〉、李行道〈灰欄記〉、佚名〈神奴兒〉、孟漢卿〈魔合羅〉等。社會劇的內容較寬泛，以揭露社會的陰暗面爲主，塑造一系列各具特色的人物形象。其批判精神雖然強烈，卻往往訴諸道德倫理或宗教力量尋求解決之道，嚮往回歸歷史上太平盛世的仿古遺風，如關漢卿〈竇娥冤〉、鄭延玉〈看錢奴〉、楊顯之〈酷寒亭〉、秦簡夫〈東堂老〉等。歷史劇繼承宋代講史「大抵多虛少實」和「大抵眞假相半」〔註258〕的傳統，在歷史事實的基礎上進行適度的虛構，從而表現出作者的價值判斷和審美意識。內容主要反映古代帝王將相及社會名流賢達的故事，如馬致遠〈漢宮秋〉、白樸〈梧桐雨〉、紀君祥〈趙氏孤兒〉、關漢卿〈單刀會〉等。綜上所述，元雜劇的內容既豐富而又涵蘊深廣，眞實地反映元代社會生活的多元風貌，鮮明地展示作者豐富多樣的思想個性及精神意識，堪稱爲元代社會生活與人文精神的百科全書。

〔註258〕　〔宋〕耐得翁：《都城紀勝》，《景印文淵閣四庫全書》，第590冊，頁9。

　　日人吉川幸次郎曾說：「元初的社會是人們的生活脫離傳統，而瀰漫著清新與活潑的社會。」〔註259〕元雜劇的興盛繁榮，受元代廢行科舉影響最深，但整個時代的變異與社會的裂變，也迫使人們以新的觀念與態度適應新的局勢，文學因而從中找到新的發展契機與自由空間，從舊有的體制與框架中得到解脫，呈現出與前代文學既有聯繫而又殊異的光彩，在傳統中有所突破新變，在創新中反射復古精神。元雜劇旺盛的生機，正是在這種對嶄新的世界的觀感與感受中，得著鮮活的生命力量，形成一個新時代的新風格面貌，至於元雜劇的總體風格，主要具有以下三點特徵，分述如次：〔註260〕

　　其一，自然。王國維《宋元戲曲史》曰：「元曲之佳處何在？一言以蔽之，曰：自然而已矣。」又曰：「其文章之妙，亦一言以蔽之曰：有意境而已矣。」〔註261〕元初廢行科舉，仕進無門的失意文人轉而投身戲曲創作，其目的非干求利祿，純粹自娛以娛人，〔註262〕故能以自然優美的語言，抒發個人的思想情感，眞實地反映社會現象，塑造出動人的意境，體現元雜劇對傳統文學意境美的繼承，亦呈現元雜劇與前代文學相聯繫的一面。

　　其二，本色。戲曲是起源於民間的一種娛樂藝術，隱身市井之中的落魄文人，懷抱莊周「眞者，精誠之至也」〔註263〕的求眞精神，突破傳統儒士「修齊治平」的人生理想，轉而優遊林泉，勘破紅塵，陶醉仙境的人生追求，顯示出全新的思想特徵。其大量運用元代的方言俗語，直率而明快地抒發眞情實感，批判社會現實，情辭激越，生動潑辣，無所假飾，完全展現出庶民社會眞切質樸、坦率明快的本色

〔註259〕　〔日〕吉川幸次郎著，鄭清茂譯：《元雜劇研究・元雜劇的構成（下）》，頁222。

〔註260〕　張晶主編：《中國古代文學通論・遼金元卷》，頁163～166。

〔註261〕　王國維：〈元劇之文章〉，《宋元戲曲史》，頁119、120。

〔註262〕　王國維：〈元劇之文章〉，《宋元戲曲史》，頁119。

〔註263〕　〔清〕王先謙：《莊子集解・漁父》（臺北：世界書局，2001年11月二版），卷8，頁207。

之美。〔註264〕

　　其三,酣暢。傳統文學以簡約含蓄為美,故少長篇敘事巨製,而元雜劇受少數民族長篇敘事詩之影響,體制擴大為一本四折,曲詞數十支,下筆洋洋數萬言,敘事抒情既明白又酣暢。一方面借古人之歌哭笑罵,陶寫胸中抑鬱牢騷,痛快淋漓,此為情暢;其次,敘事深入細緻,曲盡形容,波瀾迭起,此為事暢;再則,語言大量運用疊字疊句、象聲詞,音韻鏗鏘飽滿通暢,此為語暢。此一酣暢特徵,為元雜劇對傳統文學藝術風格最大的突破,也是開啟明、清戲曲小說繁榮與發展的契機。

　　總而言之,在遊牧文明與農業文明相互碰撞中所產生的元雜劇,其總體風格是自然中帶有野性質樸之本色美,而兩種文明的碰撞、摩擦和融合,造成元雜劇素質與傳統詩文的變異,也錘鍊其藝術表現的方式與力度。中國戲劇跨越元代兩種文明的碰撞之後,才真正成為體制嚴整、情節複雜、人物鮮明、語言豐富的一種藝術形式,為明、清的戲曲小說開啟一條新鮮活絡的道路。

（二）散　曲

　　當雜劇以劇場形式,夾雜胡音俗調流行於都市的歌舞臺樹時,另一種與劇曲相掩映的散曲,也以俗與野的本色,進入文人遣興炫才、宴樂應酬的案頭寫作領域,遂使元代的百年文壇蕩漾著野滋味。〔註265〕散曲是元代新興的抒情詩體,繼承古典詩歌的傳統,與唐詩、宋詞一脈相承,同時吸收俚歌俗謠,以及宋元時蓬勃發展的說唱、戲曲等形式的豐富養料,而又有所變革與發展,成為元代獨特的詩歌形式。散曲因篇幅小,保存不易,散佚甚多,幸元、明以來,有《陽春白雪》、《太平樂府》、《樂府新聲》、《樂府群玉》、《詞林摘豔》、《雍熙樂府》、《全元散曲》

〔註264〕　〔明〕臧晉叔:《元曲選‧序二》:「填詞者必須人習其方言,事肖其本色,境無旁溢,語無外假,此則關目緊湊之難。」頁4。

〔註265〕　楊義:《中國古典文學圖志:宋、遼、西夏、金、回鶻、吐蕃、大理國、元代卷》,頁423。

等選集傳世，乃賴以稍存。根據統計，現存元散曲三千八百餘首，套曲四百七十餘套，散曲作家二百餘人。〔註266〕

　　由於元代特殊的文學氛圍，元代散曲大大開拓了傳統詩詞的表現範圍，作者的視野延伸到富於活力、多姿多彩的市井生活，是以元曲內容的涵蓋層面極為廣泛，分述如次：〔註267〕

　　其一，反映社會的黑暗面，發出反邪惡的呼聲。如張養浩〈潼關懷古〉，通過詠史懷古寄託悲憫情懷；馬致遠〈秋思〉套曲，抨擊名利場的醜陋現象；張可九〈醉太平〉，揭露朝廷的昏庸腐朽，從不同角度反映社會黑暗面，傳達人民的心聲。

　　其二，慨嘆世態險惡，嚮往歸隱山林之作，是元散曲中數量最多、最具影響力的部分。通過對歸隱、恬退、山居以至道情的詠唱，隱然

〔註266〕元曲作家多爲潦倒文人，既鮮知遇於當時，復少顯揚於後世。元代
　　　　散曲因資料匱乏與蒐羅不易，散佚互見，除張可久、喬吉、張養浩
　　　　三人有個人曲集流傳外，大多不傳於世。元曲作家的人數，據統計
　　　　楊朝英：《陽春白雪》五十餘人、楊朝英：《太平樂府》八十餘人、
　　　　佚名：《樂府新聲》十餘人、佚名：《樂府群玉》：專選小令，按
　　　　作家編列，共存二十一家六百二十七首。張祿：《詞林摘豔》四十
　　　　人、郭勛：《雍熙樂府》、鍾嗣成：《錄鬼簿》一百三十人、朱權：
　　　　《太和正音譜》一百八十七人、任二北：《散曲之研究》二百零八
　　　　人、任中敏：《散曲概論》二百二十七人（按，僅統計資料，沒有
　　　　詳細羅列有哪些人）、陳乃乾：《元人小令集》九十五人（僅收小
　　　　令）、隋樹森編：《全元散曲》二百一十三人。隋氏廣蒐前人總集、
　　　　別集、選集，及曲譜、曲話、筆記、方志等共一百一十七種材料，
　　　　收錄小令三千八百五十三首，套曲四百五十七套，並加以校勘、訂
　　　　正，註明出處。另據明抄本殘存六卷本《陽春白雪》，比其他版本
　　　　多二十餘套，《全元散曲》未收。此外，陸續有零星散曲被發現，
　　　　則現存散曲應當超過目前所見《全元散曲》之數。
〔註267〕隋樹森根據現存散曲著有題目者，歸納分類其內容，統計如下表：

	敘情	寫景	詠史	懷古	寫志	詠物	酬贈	小計
小　令	441	618	91	95	261	177	312	1995
套　數	80	24	4	1	32	26	5	172

見氏編：《全元散曲》（北京：中華書局，1964年2月1版），頁8。

流露元代文人對現實社會的憤懣與不平，瀰漫一股因世變滄桑而帶來的空幻感和淒涼感。所謂「王圖霸業成何用」〔註268〕（馬致遠〈撥不斷・無題〉），「蓋世功名總是空」〔註269〕（白樸〔雙調〕〈喬木查・對景〉），正是這一部分「嘆世」作品的基調。封建政治與道德力量的虛弱，異族入主中原帶來的黑暗與凌辱，迫使他們面對歷史和現實時，不免產生萬境皆「空」之感。

其三，歌詠愛情與閨思哀怨之作。這類作品往往以通俗的語言、活潑的譬喻、豐富的想像，生動地描寫兒女戀情及少婦閨怨，極富民間歌謠直率大膽的特色。而思想性的歷史進步意義，亦集中體現在愛情題材上。像曾瑞的〔黃鐘〕〈醉花陰・懷離〉套曲，描寫女子回憶昔日的愛情，云：「待私奔，至死心無憾！」〔註270〕與傳統詩詞比較，直令人有石破天驚之感。又名伶珠簾秀〔正宮〕〈醉西施・無題〉套曲，云：「便是牡丹花下死，做鬼也風流。」〔註271〕可想見元代社會的思想確實出現極重大的變革，以致婦女的心靈得以呼吸自由的氣息。

其四，寫景之作增加。或以豪邁之筆圖寫山川江河的宏偉氣勢，或明快簡練描繪花溪、漁村的秀麗風貌，或彩繪城市的民俗風情。寫景之作往往與詠史懷古、嘆世歸隱的題材相關聯，在流連山水之際，流露高蹈避世之情；或憑弔古跡，引發滄桑變幻之慨，是元散曲寫景之作思想內容上的特點。如關漢卿〔南呂・一枝花〕〈杭州景〉、盧摯〈沉醉東風・秋景〉、鮮于必仁〔折桂令〕〈燕山八景・蘆溝曉月〉等。

其五，連綴多首小令以詠唱歷史傳奇故事。如關漢卿〔中呂・普天樂〕〈崔張十六事〉、王曄、朱凱合題的十六首小令〈雙漸小卿問答〉等。〔註272〕

就題材內容而言，元散曲所反映的社會面向極廣闊，除了傳統詩

〔註268〕隋樹森編：《全元散曲》，頁253。
〔註269〕隋樹森編：《全元散曲》，頁207。
〔註270〕隋樹森編：《全元散曲》，頁502。
〔註271〕隋樹森編：《全元散曲》，頁355。
〔註272〕詳見鄧紹基：《元代文學史》，頁286～287。

詞中吟詠的憂國憫民、感時傷逝、抒情言事等內容，也包含里巷街頭、販夫走卒的喜怒哀樂與悲歡離合等一般於「通俗」文學形式中所習見的內容，表現出元散曲雅俗並蓄的包容性和特殊性。而散曲的風格特徵，較諸詩詞，更為平易通俗，直率自然。所謂「俗」，散曲「方言常語，沓而成章」，〔註273〕大量使用口語、俗語，不著雕飾之痕，形成元散曲特殊的語言風格。如關漢卿〈不伏老〉套曲、馬致遠〈借馬〉套曲、睢景臣〈高祖還鄉〉套曲等，都善用俗語達到「口之欲宣，縱橫出入，無之無不可也」〔註274〕的境地，更自由而又自然地表達元人的思想感情。散曲這種語言通俗本色，與雜劇藝術形式的風格相似，都帶著濃厚的時代色彩，開創有元一代詩歌的新風貌。

　　元代散曲創作，分前後兩期，大致以元仁宗延祐年間為界。前期作家活動中心在大都，散曲創作逐漸由民間，走入文人書案，代表作家有楊果、盧摯、關漢卿、白樸、馬致遠等人，題材較狹隘，多詠男女戀情、山川四時之景，風格質樸自然。後期散曲作家的活動中心逐漸南移至杭州，出現張可久、貫雲石、薛昂夫、徐再思、楊朝英等專攻散曲的作家，以致散曲的維度轉向雅的方向發展，出現詩詞化、規律化的傾向。首先在題材上突破以往寫景、懷古、豔情等內容，轉而對社會黑暗現實的大膽披露，進一步擴大散曲的表現內涵。在思想情調上，早期作品中慷慨憤激之氣，漸漸趨向平緩，雖然不減對世事人情的切直批判，卻多了溫柔敦厚的詩教和含蘊婉約的詞訓。此外，後期作家有意識地借鑒詩詞的表現手法，追求藝術形式美，使散曲創作步入典雅清麗的藝術境界，逐漸失去原有俗與野的本色風貌，顯示雅、俗兩大文化在特殊的時空背景下，有逐步趨近合流的現象。因此，

〔註273〕　〔明〕凌濛初著：《譚曲雜箚》，收入楊家駱主編：《歷代詩史長編二輯》，頁255。

〔註274〕　〔明〕王驥德：《曲律·雜論》曰：「詩與詞不得以諧語方言入，而曲則惟吾意之欲至，口之欲宣，縱橫出入，無之無不可也。故謂：『快人情者，要無過於曲也。』」收入楊家駱主編：《歷代詩史長編二輯》，頁160。

元曲的清新自然注入元詞的典雅凝重，使得閨閣秀女跳動幾許活潑風情；元詞的婉約含蓄融入元曲的平易通俗，亦使粗服美人平添幾分嫵媚姿色。這種雅、俗文化的碰撞、衝擊與交流，開啓有元一代文學極具時代意義與特色的新風貌。

二、詩藝宗唐得古

有元一代，文學的發展遠超越經學、子學及史學，〔註275〕而文學除元曲外，又以詩最爲興盛，〔註276〕卻因劇曲光芒之掩蓋，及明代前後七子「詩必盛唐」之復古思想所影響，鮮少受到關注與研究。〔註277〕然蒙元身處異族統治下的特殊時代，少數民族詩人異材輩出，成就斐然，如耶律楚材父子、貫雲石、馬祖常、薩都剌等；漢族詩人又深受理學濡染，崇尚溫柔敦厚之詩教，如王惲、劉因、吳澄、許謙、虞集、袁桷等，體現出異於唐宋的時代精神與內涵。雖然，終元一世，元詩未能跳脫唐宋藩籬，亦鮮開山創宗之大師，但元詩上繼唐宋，下啓明代詩壇，仍有其鮮明的詩歌特徵與價值，〔註278〕實不

〔註275〕 何佑森：〈元代學術之地理分布〉，見臺大出版中心編：《儒學與思想——何佑森先生學術論文集》（臺北：臺大出版中心，2009年4月初版），頁266。

〔註276〕 〔清〕永瑢等撰：《欽定四庫全書總目・御定四朝詩提要》云：「凡宋詩七十八卷，作者八百八十二人。金詩二十五卷，作者三百二十一人。元詩八十一卷，作者一千一百九十七人。明詩一百二十八卷，作者三千四百人。」（臺北：藝文印書館，2004年10月初版8刷），第5冊，卷190，頁3957。雖然詩人及詩作之多寡並不能代表詩學發達與否的唯一標識，但以元代國祚短促，而詩人及詩作數量如此之豐，可見詩學之興盛，實不應受到輕忽。

〔註277〕 包根弟：《元詩研究・序》曰：「元詩則少有人論及，推究其因，當是受到劇曲光芒之掩蓋及明代前後七子『詩必盛唐』之復古思想所影響，而蒙元國祚短促，又以異族入主中原，也是元詩未受重視的最大原因。」（臺北：幼獅文化公司，1978年1月），頁3。

〔註278〕 包根弟曾分析元詩在時代背景的影響下，具體顯現四項特色：一、少佚樂荒誕、男女豔情之作；二、多山林田園之退隱思想；三、多精工俊逸之題畫詩；四、多塞外景色及風物之描寫。詳參氏著：《元詩研究》，頁47～62。

容輕忽之。

　　古典詩歌發展至唐代可謂體製大備，菁華極盛，蔚爲古典詩歌之本色當行，號爲「唐音」。〔註279〕宋詩則秉持「若無新變，不能代雄」〔註280〕之理念，出入於唐詩，而自成一家風格之「宋調」。〔註281〕但宋末江西、四靈、江湖派等末流，或好談禪說理、賣弄才情，或苦吟求語精、偶對巧，致使詩歌出現生硬拗折、格卑體弱，全無詩味。〔註282〕自南宋末年以來，即有詩人或詩論針對此一現象加以抨擊，如張戒〔註283〕、嚴羽〔註284〕等。而北方金朝詩人元好問等，亦反思

〔註279〕　此語源出〔元〕楊士弘至正四年（1344）編著《唐音》，是書爲元代最具原創性的唐詩選本，在體例及觀念上都有總結元人唐詩學的規模。〔元〕虞集：《唐音・序》曰：「襄陽楊伯謙好唐人詩，五言、七言、古詩、律詩、絕句，以盛唐、中唐、晚唐別之，凡幾卷，謂之《唐音》。『音』也者，聲之成文者也，可以觀世矣，其用意之精深豈一日之積哉？」（臺北：臺灣商務印書館，1981 年，《四庫全書珍本》，第 198 冊），頁 1。

〔註280〕　〔南朝・梁〕蕭子顯：《南齊書・貫淵傳》（臺北：藝文印書館，1958年），卷 52，頁 420。

〔註281〕　錢鍾書：《談藝錄》曰：「唐詩宋詩，亦非僅朝代之別，乃體態性分之殊。天下有兩種人，斯分兩種詩……曰唐曰宋特舉大概而言，爲稱謂之便。非唐詩必出唐人，宋詩必出宋人也。故唐之少陵、昌黎、香山、東野實唐人之開宋調者；宋之柯山、白石、九僧、四靈則宋人之有唐音者。」（臺北：書林出版公司，1992 年 2 月 1 版 2 刷），頁 3。

〔註282〕　後世詩家認爲宋詩流弊大致有三：立意措詞、求新求奇、於是喜用偏鋒、走狹徑，雖鏤鑱深透，而乏雍容深厚之美，此其流弊一；新意不可多得，於是不得不盡力於字句，以避凡近，其卒也，得小遺大。句雖新奇，而意不深遠，乍觀有致，久誦乏味，此其流弊二；求工太過，失於尖巧，洗剝太過，易病枯淡，此其流弊三。詳見繆鉞等撰：《宋詩鑒賞辭典・代序》（上海：上海辭書出版，1987 年12 月 1 版），頁 12。

〔註283〕　〔宋〕張戒：《歲寒堂詩話》曰：「國風離騷固不論，自漢魏以來，詩妙于子建，成于李杜，而壞于蘇黃。」又謂：「子瞻以議論作詩，魯直又專以補綴奇字，學者未得其所長，而先得其所短，詩人之意掃地矣。」主張詩歌創作宜宗法漢魏盛唐，而力詆蘇、黃。後世宗唐抑宋之論，蓋以此爲嚆矢。《叢書集成初編》，第 2552 冊，卷上，頁 5～6。

宋詩末流爲詩壇帶來的種種弊端，〔註285〕形成一股巨大的力量，推動古典詩歌的改革。入元以後，在遊牧文明與農業文明的碰撞融合中，雖然南北兩方因政經環境差異而有不同之詩歌風格與詩學主張，對於前朝詩歌的反思和批判態度則是一致，亦即「宗唐得古」〔註286〕蔚爲一代潮流與風氣，體現南北復古詩風的匯合，成爲元詩一個極爲顯著的特徵。〔清〕顧嗣立《寒廳詩話》分析元詩之流變曰：

> 元詩承宋金之季……東南倡自趙松雪（孟頫），而袁清容
> （桷）、鄧善之（文原）、貢雲林（奎）輩從而和之，時際
> 承平，盡洗宋金餘習，而詩學爲之一變。延祐、天曆之間，
> 風氣日開，赫然鳴其治平者，有虞、楊、范、揭（虞集、
> 楊載、范梈、揭傒斯），一以唐爲宗，而趨於雅，推一代之
> 極盛。時又稱虞、揭、馬、宋（馬祖常、宋褧），繼而起者，
> 世惟稱陳、李、二張（陳旅、李孝光、張翥、張憲），而新
> 喻傅汝礪（若金）、宛陵貢甫泰（師泰）、廬陵張弼（昱）、
> 皆其流派也。若夫揣鍊六朝，以入唐律，化尋常之音爲警
> 策，則有晉陵宋子虛（无）、廣陵成原常（廷珪）、東陽陳
> 居采（樵），標奇競秀，各自名家。間有奇才天授，開闔變
> 怪，駭人視聽，莫可測度者，則貫酸齋（小雲石海涯）、馮
> 海粟（子振）、陳剛中（孚），繼則薩天錫（都剌），而後楊
> 廉夫（維楨）。廉夫當元末，兵戈擾攘，與吾家玉山主人（瑛）

〔註284〕 〔宋〕嚴羽著，郭紹虞校釋：《滄浪詩話校釋》：曰：「近代諸公乃作奇特解會，遂以文字爲詩，以才學爲詩，以議論爲詩。」又謂：「本朝人尚理而病於意興，唐人尚意興而理在其中。」可謂後世分唐界宋之重要論據。（臺北：東昇出版事業公司，1980 年 10 月初版），頁 24、137。

〔註285〕 〔金〕元好問：〈自題中州集後〉曰：「北人不拾江西唾，未要曾郎借齒牙。」見氏著：《中州集》（臺北：鼎文書局，1973 年），頁 571。
〔元〕王惲：〈西巖趙君文集序〉曰：「金自南渡（1214 年金遷都至開封）後，詩學爲盛。其格律精嚴，辭語清壯，度越前宋，直乃唐人指歸。」《秋澗集》，卷 43，頁 559。

〔註286〕 〔清〕顧嗣立編：《元詩選‧凡例》曰：「五言始于漢魏，而變極于唐。七言盛于於唐，而變極于宋。迨于有元，其變已極，故由宋返乎唐而諸體備焉。」（北京：中華書局，2002 年 11 月 3 刷），頁 7。

> 領袖文壇，振興風雅于東南，柯敬仲（九思）、倪元鎮（瓚）、
> 郭羲仲（翼）、郯九成（韶）輩，更倡迭和，淞泖之間，流
> 風餘韻，至今未墜。廉夫古樂府，上法漢魏，而出入於少
> 陵、二李。門下數百人，⋯⋯而議者謂鐵體靡靡，妄肆譏
> 彈，未可與論元詩也。〔註287〕

顧氏詳述元詩各期發展的代表詩人、風格特色及其遞變過程，並認為
元初詩風「盡洗宋金餘習」，延祐天曆年間「以唐為宗，而趨於雅」，
「揣鍊六朝，以入唐律」，一直到元末「上承漢魏，而出入於少陵二
李」，可見元代詩人懷抱由宋返唐、由唐以得古之一貫風格，逐步形
成蒙元詩壇之主流。

　　所謂「宗唐得古」，意指詩歌「古體宗漢魏兩晉，近體宗唐」，
〔註288〕是針對金末詩「尚號呼」，及宋季詩「近骭骸」〔註289〕之弊
所提出之復古主張，而成為元詩發展極為顯著的一個特徵。推本溯
源，「宗唐得古」創作理念首倡之功，始於元初大儒戴表元。其於
〈洪潛甫詩序〉云：

> 始時（按：北宋初年），汴梁諸公言詩絕無唐風，其博贍者謂
> 之義山，豁達者謂之樂天而已矣。宣城梅聖俞出，一變而為
> 沖淡。沖淡之至者可唐，而天下之詩，於是非聖俞不為，然
> 及其久也，人知為聖俞而不知為唐。豫章黃魯直出，又一變
> 而為雄厚。雄厚之至者尤可唐，而天下之詩，於是非魯直不
> 發，然及其久也，人又知為魯直而不知為唐。非聖俞、魯直
> 之不使人為唐也，安於聖俞、魯直而不自暇為唐也。邇來百
> 年間，聖俞、魯直之學皆厭，永嘉葉正則倡四靈之目，一變
> 而為清圓。清圓之至者亦可唐，而凡桮中捷口之徒皆能託於
> 四靈而益不暇為唐。唐且不暇為，尚安得古？〔註290〕

〔註287〕〔清〕顧嗣立：《寒廳詩話》，《清詩話》，頁83〜84。

〔註288〕見鄧紹基：《元代文學史》，頁341〜350。

〔註289〕〔元〕歐陽玄：〈周此山詩集序〉：「宋金之季詩人，宋之習近骭骸，
　　　　金之習尚號呼，南北混一之初，猶或守其故習。」引見〔清〕顧嗣
　　　　立編：《元詩選・初集中・己集》，頁1580。

〔註290〕〔元〕戴表元：《剡源文集》，卷9，頁115〜116。

首先，戴表元反思宋詩發展的變化：由西崑體、香山體之「絕無唐風」，到梅堯臣之「沖淡」，黃庭堅之「雄厚」，及永嘉四靈之「清圓」；接著進一步指出「沖淡」、「雄厚」、「清圓」的極致即爲唐風。最後則點出宋詩之流弊，乃在不知變通、不暇爲唐。意爲學詩宜多方取徑，兼採各家，勿囿於門戶之見，而導致詩境狹窄，詩格卑弱，而「唐且不暇爲，尚安得古」，完整道出「宗唐得古」之詩學理論。

其後，隨著趙孟頫、袁桷等江南名士奉詔入仕大都，「宗唐得古」之詩學遂盛行於北方。趙孟頫爲戴表元之好友，論詩亦深受其影響，戴表元之弟子袁桷即曾稱道其詩法，曰：

> 松雪翁詩法，高踵魏晉，爲律詩則專守唐法，故雖造次酬答，必守典則。〔註291〕

又〔清〕顧嗣立編：《元詩選・袁學士桷》亦記載曰：

> 趙子昂以王孫入仕，風流儒雅，冠絕一時，鄧善之、袁伯長輩從而和之，而詩學又爲一變。於是，虞、楊、范、揭一時並起，至治、天曆之盛，實開於大德、延祐之間。〔註292〕

袁桷稱美趙氏爲詩「必守典則」，「專守唐法」，而能「高踵魏晉」，同時其亦步武趙氏，師法唐詩，尤精於律體，體現元人「近體主唐」之詩學風尚。〔註293〕趙、袁二氏上承漢魏、唐詩遺風餘韻，於元初力主變革宋、金流弊，開啓有元一代新詩風。同一時期，北方詩人盧摯亦以其清新飄逸之詩體開古詩漢魏兩晉之先聲，以及劉因（1249～1293）具有唐詩風采之創作，於大德年間形成一股宗唐復古之風。〔註294〕延祐、天曆以後，蒙元政權漸趨穩固，聲文鼎盛，

〔註291〕〔元〕袁桷：〈跋子昂贈李公茂詩〉，《清容居士集》，卷49，頁649。

〔註292〕〔清〕顧嗣立編：《元詩選》，頁593。

〔註293〕〔元〕袁桷：〈書番陽生詩〉云：「詩盛於唐，終唐盛衰，其律體尤爲最精，各得所長，而音節流暢，情緻深淺不越乎律呂，後之言詩者不能也。」《清容居士集》，卷49，頁643。

〔註294〕〔明〕李東陽：《麓堂詩話》盛讚劉因詩曰：「極元之選，惟劉靜修、虞伯生二人，皆能名家，莫可軒輊。」又論其詩風曰：「高牙大纛，堂堂正正，攻堅而折銳。」《叢書集成初編》，第2576冊，頁3。

詩人力倡「以唐爲宗，而趨於雅」，以鳴治世之音，恢復古代淳厚雅正之風，盡去宋季金末衰世之音。最具代表性的「元詩四大家」〔註295〕——虞集（1272～1348）、楊載（1271～1323）、范梈（1272～1330）、揭傒斯（1274～1344），大抵論詩皆宗漢魏兩晉及宗唐，其中又以虞集爲代表，〔註296〕虞集嘗曰：

> 夫欲觀國家聲文之盛，莫善於詩矣。……我國家奄有萬方，
> 三光五岳之氣全，淳古醇厚之風立，異人間出，文物粲然，
> 雖古昔何以加焉。〔註297〕

又曰：

> 某嘗以爲世道有升降，風氣有盛衰，而文采隨之，其辭平
> 和而意深長者，大抵皆盛世之音也。〔註298〕

虞集以詩歌與「世道升降」相連繫，極言以詩鳴平治之盛，力掃宋末亡國之音與元初黍離之悲以振詩風，於是唐詩雅正恢宏之氣象，成爲時人學習之典範。〔註299〕或言「詩當取材於漢魏，而音節則以唐爲

〔註295〕 所謂「元詩四大家」，一般都指虞、楊、范、揭四家，然當時並無定論，翁方綱：《石洲詩話》論曰：「當時之論，以虞、楊、范、揭齊名，或者又以子昂入之，稱虞、楊、趙、范、揭。楊廉夫序貢師泰《玩齋集》又稱：『延祐、泰定之際，虞、揭、馬、宋、下顧大曆與元祐，上踰六朝而薄風雅。』金華戴叔能序陳學士基《夷白齋集》云：『我朝自天曆以來，以文章擅名海內者，並稱虞、揭、柳、黃。』（鐵崖又序郯九成曰：『虞詩爲宗，趙、范、楊、馬、陳、揭副之。此言是矣，而不及袁伯長。』）由此觀之，可見諸公齊名，原無一定之稱。楊、范、揭與馬、宋等耳，皆非虞之匹；趙子昂亦馬伯庸伯仲，黃、柳雖皆著作手，而以詩論之，亦不敵虞爾。時論者，必援虞以重其名耳。」收入郭紹虞編：《清詩話續編》（上海：上海古籍出版社，1999 年 6 月 1 版），卷 5，頁 1456。

〔註296〕 〔元〕歐陽玄：〈梅南詩序〉曰：「京師近年詩體一變而趨古，奎章虞先生實爲諸賢倡。」《圭齋文集》，卷 8，頁 62。

〔註297〕 〔元〕虞集：〈國朝風雅序〉，《道園學古錄》，卷 32，頁 460。

〔註298〕 〔元〕虞集：〈李仲淵詩稿序〉，《道園學古錄》，卷 6，頁 91。

〔註299〕 〔元〕歐陽玄：〈羅舜美詩序〉曰：「我元延祐以來，彌文日盛。京師諸名公咸宗魏晉唐，一去金宋季世之弊，而趨於雅正，詩丕變而近於古。」《圭齋文集》，卷 8，頁 64。

宗」，〔註300〕或言「學詩宜以唐人爲宗」〔註301〕等等，無不主張「宗唐得古」，至延祐後特重宗盛唐，尤重盛唐之雅正平和之作，成爲此一時期「宗唐」之另一特色。其實，元詩特重宗盛唐，有其潛抑的心理因素爲背景，簡錦松更進一步以「曲江詩」爲主題研究，深入探討元人模仿盛唐之意蘊，其於〈元人曲江詩所反映的模仿盛唐問題〉一文中析述曰：

> 元代文人對唐朝的模仿，是相當多方面的……元代的詩人似乎得到一種文化的指導權，他們把蒙古人所不知道的盛唐，介紹給皇室和權貴之家，盛唐文化不但是他們的興趣，盛唐這個歷史中的強盛朝代，也是他們持以與蒙古政權相提並論，策駕齊驅的籌碼。……元代主要詩人，很多都被延入翰林院，身居禁近之官，當他們把盛元移作盛唐時，他們也在生命中，找到了安身立命的出路。〔註302〕

簡氏認爲元代詩人使用「曲江」一詞時，多少懷有思古之幽情，將其視爲典故描寫眼前景物；但元人又不是單純的懷古或用典，而是實際將長安曲江的印象轉移，投射於元大都海子，具有更積極的意義。一言以蔽之，即是元人崇尚盛唐，刻意模擬盛唐，企圖以大唐盛世之美，吸引蒙古皇室、王公，將草原文化的蒙古帝國，轉化爲追求大唐盛世再現的中土政權。其內在意蘊，頗耐人玩味。

　　至治、天曆年間，在「宗唐得古」之基礎上，元詩進入「奇材益出」的高峯期，出現萬木千花的繁榮景象。代表作家有王冕、楊維楨、薩都剌等。楊維楨詩歌突破以往「風流儒雅」的框架，縱橫奇詭、穠麗妖冶，拗語夸飾，形成一股「賀體」旋風。「宗唐」之風已由盛唐，漸趨向於中晚唐之模擬。

〔註300〕 《元史‧楊載傳》，卷 190，頁 4341。

〔註301〕 〔元〕揭傒斯：〈詩宗正法眼藏〉曰：「詩至唐方可學，欲學詩且須宗唐諸名家，諸名家又當以杜爲正宗。」《揭傒斯全集》，頁 449。

〔註302〕 簡錦松：〈元人曲江詩所反映的模仿盛唐問題〉，收入張高評主編：《金元明文學之整合研究：近世文學國際學術研討會論文集》（臺北：新文豐出版社，2007 年 3 月初版），頁 305～308。

　　元代處於古典詩歌發展史上的一個極特殊的地位，由於元代處於「後唐宋時代」的第一期，面對唐詩的輝煌成就與宋詩新變的成果，有著盛極難繼之困窘，於是在詩學上轉而以復古爲主流，借模古以開新，以掃除宋金詩歌之流弊。〔元〕戴良〈皇元風雅序〉論曰：

> 唐詩主性情，故於風雅爲猶近，宋詩主議論，則其去風雅遠矣，然能得夫風雅之正聲，以一掃宋人之積弊，其惟我朝乎。〔註303〕

〔明〕胡應麟《詩藪》亦曰：

> 近體至宋，情性泯矣。元之才不若宋之高，而稍復緣情，故元季諸子，即爲昭代之先鞭。〔註304〕

胡氏認爲有元詩家論才性或不及於兩宋，但其師法唐詩主性情之說，成爲明詩創作之「先鞭」。蕭麗華於《元詩之社會性與藝術性研究》中亦曰：

> 元詩清麗，體近唐格，在詩歌歷史上能矯宋詩之流變，開明詩復古之先驅，以唐詩爲「正典」（canonization）的詩歌歷史傳統來看，元詩的言志特質、近唐詩情韻、模擬詩、騷、唐體與其詞化現象，都是認識唐、宋詩乃至明詩不可或缺的關鍵時代。〔註305〕

蕭氏從宏觀之視角立論，認爲元詩於古典詩歌的歷史發展中，實居於承上啓下之特殊地位，不僅力矯前朝詩風之流弊，復開明詩創作之先驅，故不宜僅視爲宋詩向明詩復古運動之過渡時期而輕忽之，反而應重視其爲古典詩歌轉型之關鍵地位的價值與意義。

　　綜上所述，元詩「宗唐得古」之結果，不僅使元詩在在遊牧文明與農業文明的碰撞融合中，完成革除前朝詩歌積弊的任務，亦促使元

〔註303〕〔元〕戴良：《九靈山房集》，《景印文淵閣四庫全書》，第 1219 冊，卷 29，頁 588。

〔註304〕〔明〕胡應麟：《詩藪・外編五〈宋〉》（臺北：廣文書局，1973 年 9 月初版），頁 600。

〔註305〕蕭麗華：《元詩之社會性與藝術性研究》（臺北：國家出版社，1998 年 10 月 1 版），頁 6。

代詩壇如萬木千花般繁榮發展而產生新變的現象，在古典詩歌史上確有一定的地位。同屬雅文學傳統的元詞，一方面受到元詩「宗唐得古」雅正之風的啓發，另一方面承繼《詩三百》以來「詩言志」的傳統，在抒情傳統之外，亦表現出寓意深遠，託辭溫厚，典雅雍容之風。

小　結

　　大凡枝條稼接至不同的樹種，若得豐土厚壤之孕育，甘霖雨水之澆灌，必然會開出奇花異卉，競采逞妍。有元一代歷經異族統治百餘年，其間因爲政治社會的劇烈變動，外來文化的刺激，道教之興盛，理學的思辯，繪畫藝術的薰染，以及俗文學的傳播能量等等因素，在在挑戰當時文人的創作靈魂，思索安排以不同之形式內涵，隱曲表達內心深婉蘊藉之情思。

　　首先，在政治社會方面，蒙元強制高壓及種族歧視的統治政策，導致中原儒士失尊，仕進無門，儒家道統崩解。由於元初廢行科舉，迫使文人沉淪於社會底層，轉而從事戲曲創作，帶動元代俗文學的蓬勃發展。其次，在文化藝術方面，全眞道教在蒙元寬鬆的政策下興起，成爲文人儒士嘆世遁隱的棲身所，元代文人受其影響，充滿高蹈避世，隱逸遊仙之思；理學承兩宋之盛繼起，主張文統與道合一，促進元代理學「流而爲文」的趨勢，文人多藉由詩文體現出對宇宙人生的反思與感悟；文人繪畫在此風會下興起，促進創作群體的自我意識覺醒，崇尚簡意率直的淡墨畫趣，象徵君子風骨的梅蘭竹菊，成爲文人畫中最普遍的題材，同時亦成爲元代文人詩歌戲曲中最常抒情寄志的吟詠主題。在文學趨勢方面，源起於民間充滿自然、野性質樸力量的戲曲文學勃然興盛，深刻反映庶民社會的喜怒哀樂情緒，打破雅文學的舊有框架，爲元代文學注入一股新的生命能量；代表雅文學傳統的元詩，則逆勢而行，提倡「宗唐得古」的雅正之風，使得元代文學在遊牧文明與農業文明、雅文學與俗文學的多重震盪交融中，凸顯出異

於前代的特殊時代精神與風貌，成爲元代最具時代意義與特色的審美特徵，影響有元一代文學藝術發展的趨勢。

元代詠物詞即是在異族文化土壤的培壅之下，上承雅文學之傳統菁華，並且吸收當代俗文學之養分，加以蘊蓄發展，深刻反映出異於前代之時代特徵與精神風貌的一種創作形式，故值得吾等進一步探究尋繹。

第三章　詠物傳統與詠物詞的流變

　　文學，是人文精神活動的一種產物，宇宙自然則是人文精神及個體生存、活動的空間。若無自然萬物與作者相對應的關係，則文學創作的活動亦不可能存在。陶淵明（365～427）曾讚歎宇宙萬物之美，云：「俯仰終宇宙，不樂復如何！」﹝註1﹞宇宙自然的生成衍化，朝雲暮雨、春花秋月、珍禽異獸，在在予人一種新奇驚豔的震懾感。詩人俯仰宇宙之間，可以適性觀物，也可以興發奇想，通過詩人運用想像、類比、摹寫等等藝術手法的聯綴，詩人內心世界的顯相，都可以藉由宇宙萬物的千姿百態而漸次予以開展。是以劉勰（465？～520？）《文心雕龍・明詩》曰：「人稟七情，應物斯感。感物吟志，莫非自然。」﹝註2﹞可見一切的詩作，無不是詩人與客觀世界相對應時所體察到的事物與感情。《禮記・樂記》云：「人之心動，物使之然也，感於物而動，故形於聲。」﹝註3﹞鍾嶸（468～518）《詩品・總論》亦云：「氣之動物，物之感人，故搖蕩性情，形諸舞詠。」﹝註4﹞人類情感之興

﹝註1﹞　〔晉〕陶潛著：〈讀山海經十三首〉之一，見龔斌校箋：《陶淵明集校箋》（臺北：里仁書局，2007年8月），卷17，頁389。
﹝註2﹞　〔南朝梁〕劉勰原著，王更生注譯：《文心雕龍讀本》（臺北：文史哲出版社，1988年9月初版），頁83。
﹝註3﹞　〔漢〕鄭玄注，〔唐〕孔穎達疏，〔清〕阮元校勘：《禮記正義》（臺北：藝文印書館，1955年，《十三經注疏》本），卷38，頁681。
﹝註4﹞　〔南朝梁〕鍾嶸著，陳延傑注：《詩品注》（臺北：里仁出版社，1992年9月），頁1。

發，實肇因於宇宙萬「物」之牽引，透過語言的傳達，藉由歌詠而韻成，乃至於手舞足蹈而為之形。是以朱熹《詩經傳・序》云：

> 人生而靜，天之性也。感於物而動，性之欲也。夫既有欲矣，則不能無思；既有思矣，則不能無言；既有言矣，則言之所不能盡而發於咨嗟詠歎之餘者，必有自然之音響節族（音奏）而不能已焉。此詩之所以作也。〔註5〕

由是知，外在物質世界的紛然具象，每每成為引發詩心的媒介，藉由心物交互感應，觸發情思，鎔鑄成篇，故詩歌之成，「物」之吟詠即已涵攝其中。可知古人早已覺察到，客觀外物與主體內心之間存在著交互感應的內在關係，成為古典詩歌創作中一個重要的傳統。但是，此一心物交感的創作理論適用於解釋各種文學體裁的源起，不單指詠物一體，它雖強調客觀外物對主體內心的「觸發」功能，卻忽略詠物體創作過程中所必須具備的一項重要的技巧——「體物」、「狀物」。直到〔清〕俞琰《歷代詠物詩選・序》才具體指出，曰：

> 凡詩之作，所以言志也。志之動，由於物也。感於物而動，故形於言。言不足，故發為詩。詩也者，發於志而實感於物者也。詩感於物，而其體物者不可以不工，狀物者不可以不切，於是有詠物一體，以窮物之情，盡物之態，而詩學之要，莫先於詠物矣。〔註6〕

俞氏明確指出「詠物一體」，起源於「詩感於物」；同時，基於審美理想的追求，更強調詠物詩歌創作過程中，「體物」、「狀物」要求工、求切，以「窮物之情，盡物之態」。

綜上所述，在在說明外在客觀物象在傳統詩歌創作過程中的重要意義，因此在論述元代詠物詞之前，首先必須探溯詠物的傳統與承襲發展，進而述評前代詠物詞的流變與特色，方能在詠物詞的歷史座標

〔註5〕〔宋〕朱熹集註：《詩經集註》（臺北：華正書局，1977年5月初版），頁1。

〔註6〕〔清〕俞琰輯，易縉雲、孫奮揚合註：《歷代詠物詩選》（臺北：廣文書局，1968年1月），頁2。

上確立元代詠物詞的地位。

第一節　詠物傳統之溯源與承襲

　　「詠物」一詞，始見於《國語・楚語》曰：「若是而不從，動而不悛，則文詠物以行之。」注云：「文，文辭也，詠，諷也。謂以文辭諷託事物以動行也。」〔註7〕這裡所謂的「詠物」，是指一種寫作技法，藉他物諷勸以抒情言志，並非文體之意。至於以「詠物」作爲一種文學題材類型者，首見於鍾嶸《詩品》卷下「齊朝請許瑤之」條，云：「許長於短句詠物。」〔註8〕許瑤之有〈詠柟榴枕〉詩，云：「端木長河側，因病遂成妍。朝將雲髻別，夜與娥眉連。」〔註9〕鍾嶸所謂「短句詠物」，大概即指這類文體的題材內容而言。六朝以後，詠物風氣愈見興盛，詠物詩集選亦相繼出現，如〔元〕謝宗可《詠物詩》、〔明〕瞿佑《詠物詩集》、〔清〕張玉書奉敕編纂《佩文齋詠物詩選》、以及〔清〕俞琰《歷代詠物詩選》等等。

　　回溯詠物體的歷史發展脈絡，俞琰《歷代詠物詩選・序》析之甚詳，曰：

> 古之詠物者，其見於經，則灼灼寫桃華之鮮，依依極楊柳之貌，杲杲爲出日之容，瀌瀌擬雨雪之狀，此詠物之祖也，而其體猶未全，至六朝而始以一物命題。唐人繼之，著作亦工。兩宋元明承之，篇什喻廣。故詠物一體，三百篇導其源，六朝備其製，唐人擅其美，兩宋元明沿其傳。〔註10〕

俞氏取例於《文心雕龍・物色》篇，〔註11〕說明《詩經》善於以重字

〔註7〕　〔春秋周〕左丘明撰，〔三國吳〕韋昭注，〔清〕黃丕烈校：《國語・楚語上》（臺北：漢京文化事業公司，1983年12月），頁529。

〔註8〕　〔南朝梁〕鍾嶸著，陳延傑注：《詩品注》，頁69。

〔註9〕　〔南朝陳〕徐陵編：《玉臺新詠》（臺北：世界書局，1972年），頁68。

〔註10〕　〔清〕俞琰輯：《歷代詠物詩選》，頁4。

〔註11〕　〔南朝梁〕劉勰：《文心雕龍》曰：「是以詩人感物，聯類不窮。流連萬象之際，沉吟視聽之區；寫氣圖貌，既隨物以宛轉；屬采附聲，亦與心而徘徊。故灼灼狀桃花之鮮，依依盡楊柳之貌，杲杲爲日出

疊句窮物情、狀物態的寫物技巧,並舉《詩經》中〈桃夭〉、〈采薇〉、〈伯兮〉、〈角弓〉等篇爲詠物詩之祖,認爲其體猶未全,然其說法並不等同於「一物命題」的詠物文體,卻清楚說明詠物詩一體,自《詩》三百以降,已形成傳統。以下詠物傳統之析述,即參考俞琰之說作爲討論詠物傳統源始流變之主軸,並且予以通變,分述如次:

一、先秦兩漢導其源

追根溯源詠物題材的發端,當自《詩》三百篇始。〔註12〕如《周南‧桃夭》云:「桃之夭夭,灼灼其華。」〔註13〕寫桃花當春盛開,鮮麗燦爛之美;《秦風‧蒹葭》云:「蒹葭蒼蒼,白露爲霜。」(頁308)描寫清曉秋江邊鬱鬱蒼蒼之蘆葦,風露霜寒之淒迷美感;《周南‧葛覃》云:「黃鳥于飛,集于灌木,其鳴喈喈。」(頁 17)寫黃鳥集於灌木之上,鳴聲喈喈狀。以上所舉諸端,就某種程度而言,實已開詠物之先河,但因其寫物狀物之比重在詩中所佔份量既少,又多作爲詩歌情境之映襯,而非詩歌之主題,仍屬於觸物感興的作用。除此而外,迹近於詠物一體而具有典型意義者,如《魯頌‧駉》云:

> 駉駉牡馬,在坰之野。薄言駉者,有驈有皇,有驪有黃,
> 以車彭彭。思無疆,思馬斯臧。
>
> 駉駉牡馬,在坰之野。薄言駉者,有騅有駓,有騂有騏,
> 以車伓伓。思無期,思馬斯才。
>
> 駉駉牡馬,在坰之野。薄言駉者,有驒有駱,有駵有雒。
> 以車繹繹。思無斁,思馬斯作。

之容,瀌瀌擬雨雪之狀,喈喈逐黃鳥之聲,喓喓學草蟲之韻。皎日嘒星,一言窮理;參差沃若,兩字連形。並以少總多,情貌無遺矣。」卷10,頁302。

〔註12〕〔清〕張玉書、汪霦等奉敕編纂:《佩文齋詠物詩選》曰:「詩之詠物,自三百篇而已然矣。」(臺北:廣文書局,1970年2月初版),頁4。

〔註13〕〔清〕陳奐:《詩毛氏傳疏》(臺北:臺灣學生書局,1981年11月),頁29。以下所引《詩經》篇章皆出自《詩毛氏傳疏》,爲避免註文繁複,一律以括號註明頁數,不再另立註腳。

> 駉駉牡馬，在坰之野。薄言駉者，有駰有駆，有驒有魚，
> 以車祛祛。思無邪，思馬斯徂。（頁 877～882）

朱熹《詩經集註》曰：「此詩言僖公牧馬之盛，由其立心之遠，故美
之。」〔註14〕全篇通過描繪群馬壯碩而又繁盛之圖像，象徵邦國之富
足強盛，以頌美其君魯僖公。尤其以十六個異形同義字，鋪陳色色互
異而又壯美繁盛的駿馬形貌，靈活生動，堪稱一絕。又如〈豳風·鴟
鴞〉云：

> 鴟鴞鴟鴞，既取我子，無毀我室，恩斯勤斯，鬻子之閔斯。
> 迨天之未陰雨，徹彼桑土，綢繆牖户。今女下民，或敢侮
> 予。予手拮据，予所捋荼，予所蓄租，予口卒瘏，曰予未
> 有室家。予羽譙譙，予尾翛翛，予室翹翹，風雨所漂搖。
> 予維音曉曉。（頁 374～377）

此詩借母鳥自訴一己遭受迫害之勞瘁與驚恐，乞求鴟鴞之憐憫，反映
人民對時政的怨憤與悲切。其他如〈魏風·碩鼠〉，以碩鼠之貪得無
饜，諷喻強取豪奪的統治者；又如〈檜風·隰有萇楚〉，藉由吟詠婀
娜茂盛之萇楚起興，感嘆自己爲家室羈累憂勞，何如草木之無知無
慮！表現手法頗類似〈小雅·苕之華〉云：「苕之華，其葉青青。知
我如此，不如無生」（頁 638）一意。

　　以上所述，雖然都符合「窮物之情，盡物之態」之基本要求，但
是詩中之物象，只是作爲一種比興的媒介，仍然停滯於「詩言志」的
階段，因此《詩經》時代對花鳥草木物象之歌詠，雖然開啓詠物體之
雛型，尚未有完備之體製。

　　《詩》三百篇以後，繼之而起的《楚辭》，在《詩》三百所開創
的比興手法基礎上，不斷的加以創造變化，靈活豐富物象的意義，形
成古典詩歌中影響深遠的「香草美人」象徵的傳統。《楚辭》中出現
大量詠嘆自然景物的篇章，但對物象的描寫，似猶停留在《詩經》時
代爲了表現情志而作爲取譬對象的階段，仍然只是陪襯的作用，缺少

〔註14〕〔宋〕朱熹集註：《詩經集註》，頁 237。

專門的吟詠。〔註15〕值得注意的是，屈原（約 340～278 B.C.）〈九章・橘頌〉開創了詠物寫志的傳統，〔註16〕成爲一個典型的特例。其辭云：

> 后皇嘉樹，橘徠服兮。受命不遷，生南國兮。深固難徙，更壹志兮。綠葉素榮，紛其可喜兮。曾枝剡棘，圓果摶兮。青黃雜糅，文章爛兮。精色內白，類可任兮。紛縕宜脩，姱而不醜兮。

> 嗟爾幼志，有以異兮。獨立不遷，豈不可喜兮？深固難徙，廓其無求兮。蘇世獨立，橫而不流兮。閉心自慎，不終失過兮。秉德無私，參天地兮。願歲并謝，與長友兮。淑離不淫，梗其有理兮。年歲雖少，可師長兮。行比伯夷，置以爲像兮。〔註17〕

通篇以擬人化和象徵手法，藉橘之外貌、美德、質性，寄寓其堅志不移之情操。篇中一再申言橘樹「受命不遷」、「深固難徙」、「更壹志兮」、「橫而不流」的堅貞美德，象喻個人忠貞不移的品格。同時，歌頌橘樹外貌「青黃雜糅，文章爛兮」，果實「精色內白」，借喻自己內外兼美，清白正直的品格，賦予橘樹以人的性格和情感。最後以「行比伯夷，置以爲像兮」，表明屈原守志不移，以死自誓的高尙情操。通篇詠物而不離其物，體物以寄志，情采芬芳，比類寓意，〔註18〕達到物我交融，合而爲一之境。因此，就創作手法及寄意內涵而言，屈原〈橘頌〉可以稱得上是我國文學史上第一篇較爲成熟的詠物之作，屈原亦

〔註15〕〔東漢〕王逸章句：《楚辭章句・離騷經序》曰：「《離騷》之文，依《詩》取興，引類譬諭，故善鳥香草，以配忠貞；惡禽臭物，以比讒佞；靈脩美人，以媲於君；宓妃佚女，以譬賢臣；虬龍鸞鳳，以託君子；飄風雲霓，以爲小人。」引見〔東漢〕王逸章句，〔宋〕洪興祖補注：《楚辭補注》（臺北：漢京文化事業公司，1983 年 9 月初版），頁 2～3。

〔註16〕林庚：〈說橘頌〉，收入游國恩等撰：《楚辭集釋》（臺北：新文豐出版社，1979 年 10 月初版），頁 122。

〔註17〕〔東漢〕王逸章句，〔宋〕洪興祖補注：〈九章第四・橘頌〉，《楚辭補注》，頁 153～154。

〔註18〕〔南朝梁〕劉勰：《文心雕龍・頌贊》云：「三閭〈橘頌〉，情采芬芳，比類寓意。」頁 152。

因此被譽爲「詠物詩人之祖」，〔註19〕對後世詠物文學的發展產生了積極的作用。

兩漢時期，由於詠物敘事的方式產生重大的變化，逐漸衍生出一種新興的「賦」體文學，「賦」的本質即在於「鋪采摛文，體物寫志」〔註20〕，自荀子短賦以雲、箴、蠶等物爲題吟詠之後，詠物在賦體的發展中因此佔有重要的地位，加以漢朝當時政治環境的大量需求與催化，賦體成爲當時文壇的主流。影響及於詩歌創作，亦極力著墨於對物象的刻劃與摹寫，如漢武帝（156～87B.C.）〈秋風歌〉、〈天馬歌〉、〈鴻鵠歌〉，大多是體物抒懷，歌功頌德之作，缺少自覺的詠物意識。少數如東漢末年劉楨（？～217）〈贈從弟・亭亭山上松〉，借歌詠松樹不畏嚴寒狂風的堅毅稟性，稱美其弟不屈不撓的堅貞品格，迹近詠物成熟之作。兩漢時期，賦體雄踞一時，體物、狀物正是其專擅；古詩正當萌芽期，樂府傳唱民間，多爲敘事抒情之作，雖然出現專詠一物的詠物詩，如《古詩十九首・冉冉孤生竹》、蔡邕〈翠鳥詩〉〔註21〕等，仍未脫離《詩經》以來傳統的比興手法。

總體看來，先秦兩漢時期的詠物詩，尚處於萌芽發展的階段，未臻成熟。不過賦體中鋪采摛文、體物寫志等創作技巧，卻廣爲詩人所

〔註19〕 李元貞：〈魏晉詠物詩研究〉：「使屈原成爲千古第一個揭出『個人色彩』的大詩人，是他那篇《離騷》。而這篇小小的〈橘頌〉卻使他成爲中國詠物詩人之祖。」收入柯慶明、林明德編：《中國古典文學研究叢刊・詩歌之部》（臺北：巨流圖書公司，1978 年），頁 60～61。

〔註20〕 〔南朝梁〕劉勰：《文心雕龍・詮賦》云：「賦者，鋪也。鋪采摛文，體物寫志也。」又指出「擬諸形容，則言務纖密；象其物宜，則理貴側附」爲賦體的寫作方式之一，此一寫作方式正與後世某些詠物詩詞的寫作方式相同，可見賦體與詠物主題的密切相關。頁 132、133。

〔註21〕 〔元〕謝宗可：《詠物詩・提要》曰：「其託物寄懷見於詩篇者，蔡邕詠庭前石榴，其始見也。」（《文津閣四庫全書》，冊 406，北京：商務印書館，2005 年），頁 463。按：蔡邕原詩所詠對象是翠鳥而非石榴，其詩云：「庭陬有若榴，綠葉含丹榮。翠鳥時來集，振翼脩形容。回顧生碧色，動搖揚縹青。幸脫虞人機，得親君子庭。馴心托君素，雌雄保百齡。」收入逯欽立輯校：《先秦漢魏晉南北朝詩・漢詩》，卷 7，頁 193。

采納，成爲後世詠物詩詞中習用的寫作技巧。

二、魏晉六朝備其體

　　魏晉南北朝，是「個人自我覺醒」〔註22〕的年代，在此學術思想氛圍下，出現詩人自覺的詠物意識。張戒《歲寒堂詩話》云：「建安陶阮以前詩，專以言志；潘陸以後詩，專以詠物。」〔註23〕由於時代的動盪不安，門閥世族壟斷政治，卻鄙棄世務，空談玄理，導致政風頹廢，積弱不振；志士懷才不遇，身心無所依託，轉而將眼目關注於世情物象，藉詩賦吟詠，有意識地將對象物的客觀描繪與詩人的主觀情感相結合，促進詠物詩的創作與發展。如繁欽（？～218）〈詠蕙詩〉，借言蕙草生於山陰崖側，飽受寒氣侵襲，遲得春光，故不易滋榮花發，寄寓個人的處世態度。又如鮑照（414～466）〈梅花落〉，以梅花、雜樹爲喻，讚美堅貞正直之士有如梅花挺立冰雪之中，具有堅毅耐寒的稟性；同時嘲諷勢力小人宛如雜樹，一旦遭遇寒風即飄蕩零落，毫無風骨。詩中充滿一股憤郁不平之氣，堪稱後世寄託身世之作的濫觴。〔註24〕

　　魏晉時期，以曹氏父子爲主的文人學士，在登山臨水，詩酒流連之際，每多集體酬唱，分題聯詠，以爭奇競巧。如曹植（192～232）〈鬥雞〉詩，云：

> 遊目極妙伎，清聽厭宮商。主人寂無爲，眾賓進樂方。長筵坐戲客，鬥雞間觀房。群雄正翕赫，雙翹自飛揚。揮羽激清風。悍目發朱光。觜落輕毛散，嚴距往往傷。長鳴入青雲，扇翼獨翱翔。願蒙狸膏助，常得擅此場。〔註25〕

〔註22〕錢穆：《國學概論》曰：「今魏晉南北朝三百年學術思想，亦可以一言以蔽之，曰『個人自我之覺醒』是已。」（臺北：臺灣商務印書館，1995年），頁150。

〔註23〕〔宋〕張戒：《歲寒堂詩話》卷上，收入丁福保編：《歷代詩話續編》（北京：中華書局，2006年8月1版），頁450。

〔註24〕黨天正：〈古代詠物詩再探〉，《寶雞文理學院學報（人文社會科學版）》第3期（1996年），頁51。

〔註25〕逯欽立輯校：《先秦漢魏晉南北朝詩·魏詩》（臺北：木鐸出版社，1983年），卷7，頁450。

全篇通過鬥雞場面的描寫，刻劃一隻勇猛善鬥，所向無敵的雄雞形象，神采飛揚，形態逼真，予人呼之欲出之感。同時代的應瑒、劉楨等亦有詠〈鬥雞〉詩，似爲彼此唱和，記錄觀賞戲翫鬥雞之作，內容上並無深刻意涵，大都只是表現社交性詠物詩鋪陳麗藻、競奇逞才之特性。

此外，曹植〈觀滄海〉，以大海景物爲題材，是最早一首以山水景物爲吟詠主題的詠物詩。他如曹植〈野田黃雀行〉、繁欽〈生茨詩〉、張華〈荷詩〉、傅玄〈啄木〉、孔紹安〈落葉〉、袁山松〈菊詩〉、陶淵明〈和郭主簿二首〉之二等等，都是形神兼備，託物寓志之作，表現出詠物詩不斷趨向完善發展的階段。雖然，這一時期詠物詩的題材範圍逐漸擴大，但仍不脫屈原「香草美人」式象徵手法的影響。

南北朝時期，是詠物詩空前發展，長足進步的時期。作家群體驟增，名家輩出，上自帝王將相，如梁簡文帝蕭綱、梁元帝蕭繹等，下至文人學士，如鮑照、謝靈運、沈約、謝朓、王融、何遜、吳均、徐陵、庾信、王褒等，都有大量的詠物詩篇。作品量多，創作內容舉凡山水花鳥、自然風物，都在吟詠之列，或分詠樂器，或合詠閨房器皿、美人手腳，或紛用連句、賦韻之技巧，顯示出詠物題材與創作方式有極大的進步。這一時期的詠物作品數量雖然繁增，大抵缺乏寄託，只是摹山範水、描形繪態之作，且由於物象的審美價值脫離人格道德意識，逐漸走向唯美方面發展，加以南朝宮廷淫靡之風的推波助瀾，轉而趨向追求形似巧構、雕琢蔓藻、綺麗輕豔的「宮體」〔註26〕風格。劉勰《文心雕龍·物色》即曰：

〔註26〕〔唐〕姚思廉：《梁書·簡文帝紀》云：「太宗（簡文帝）幼而敏睿，識悟過人。六歲便屬文。高祖（梁武帝）驚奇早就，弗之信也。乃於御前面試，辭彩甚美。高祖嘆曰：「此子，吾家之東阿。」……及居監撫，引納文學之士。……雅好題詩，其序云：『余七歲有詩癖，長而不倦。』然傷於輕艷，當時號曰宮體。」又《徐摛傳》云：「屬文好爲新變，不拘舊體。……摛文體既別，春坊盡學之，『宮體』之號，自斯而起。」（北京：中華書局，1973 年 5 月 1 版），頁 109、446～447。

> 自近代以來，文貴形似，窺情風景之上，鑽貌草木之中。
> 吟詠所發，志惟深遠；體物爲妙，功在密附。故巧言切狀，
> 如印之印泥，不加雕削，而曲寫毫芥。故能瞻言而見貌，
> 即字而知時也。〔註27〕

劉勰以「體物」、「密附」、「形似」等語，概括當時宮體風格形成之因。
其中又以梁簡文帝蕭綱（503～551）所作最具代表性，如〈詠初桃〉云：

> 初桃麗新采，照地吐其芳。枝間留紫燕，葉裏發輕香。飛
> 花入露井，交幹拂華堂。若映窗前柳，懸疑紅粉粧。〔註28〕

通篇以華麗辭采，著重刻繪初桃之花、葉、枝幹，可謂綺靡纖麗的齊
梁體詠物詩之典型。又如沈約（441～513）〈翫庭柳〉云：

> 輕陰拂建章，夾道連未央。因風結復解，霑露柔且長。楚
> 妃思欲絕，班女淚成行。遊人未應去，爲此還故鄉。〔註29〕

此詩首二句描繪建章、未央宮前柳樹靜態之姿，繼而描寫宮柳隨風、
露搖蕩，興發美人相思、傷別之情，在詠物態之際，亦寄寓閨情。其
他如梁元帝〈詠柳〉，庾信〈小園賦〉、〈杏花〉、徐陵〈梅花落〉、杜
公瞻〈詠同心芙蓉〉、班婕妤〈詠扇〉、何遜〈詠早梅〉、吳均〈詠鶴〉
等，都是單純詠物，同屬閨怨、惜春、體物之作。凡此追求形式富麗、
鍊字琢句，刻意雕琢藻繪之詠物詩，在藝術手法的表現上得到長足的
進步與發展。

　　六朝時期的詠物詩，從追求「託物言志」的比興象徵意涵的理想，
開始轉向以追求摹形寫貌的「賦體詠物詩」爲創作主體的過渡階段，
詠物詩逐漸擺脫傳統的束縛，客觀物象的審美價值大爲提升，表現技
巧日進，結構漸趨完整，「託物言志」的功能遂因此逐漸被弱化。俞
琰所謂「至六朝而始以一物命題」、「六朝備其體製」，詠物詩發展到
六朝，確實完成其時代使命，亦爲後世詠物詩、詠物詞的創作方式，
立下基石。是以胡應麟《詩藪・內編》曰：「詠物起自六朝，唐人沿

〔註27〕〔南朝梁〕劉勰：《文心雕龍》，頁302～303。
〔註28〕逯欽立輯校：《先秦漢魏晉南北朝詩・梁詩》，卷22，頁1959。
〔註29〕逯欽立輯校：《先秦漢魏晉南北朝詩・梁詩》，卷7，頁1651。

襲。」〔註30〕

三、唐宋兩代擅其美

　　唐代詠物詩近承六朝詠物重雕繪之遺風，遠紹《詩》《騷》詠物興寄的傳統，體物之作，寫形傳神，妙在生動活潑；興寄之作，物我交融，貴在託意遙深，無論題材、體裁、思想內容、藝術手法、審美趨向等，在量與質兩方面都產生極大的變革，使詠物詩的發展達到空前繁盛之榮景。據胡大浚、蘭甲雲統計，唐代詠物詩共有六千七百八十九首；初唐五百零四首，盛唐七百四十六首，中唐一千四百五十五首，晚唐三千三百五十六首，呈現一路攀升的趨勢。唐人詠物詩在百首以上者多達十二人，依次為白居易、杜甫、陸龜蒙、齊己、李嶠、元稹、皮日休、李商隱、徐夤、韓愈、李白和劉禹錫。〔註31〕其中又以李白、杜甫、白居易最具代表性。

　　初唐時期，詠物詩沿襲六朝餘習，風格綺靡纖弱，但陳子昂、張九齡等力求創新，借物喻託內心之情志，漸漸脫離前朝之積弊。如駱賓王（約626～684後）〈在獄詠蟬〉云：「無人信高潔，誰為表予心。」〔註32〕以蟬之高潔象徵己志，吐露心聲。陳子昂（661～702）進一步提出詠物興寄的訴求，其〈與東方左史虯修竹篇・序〉云：

　　文章道弊五百年矣。漢魏風骨，晉宋莫傳，然而文獻有可徵者。僕嘗暇時觀齊梁間詩，彩麗競繁，而興寄都絕。每以詠歎，思古人常恐逶迤頹靡，風雅不作，以耿耿也。〔註33〕

〔註30〕〔明〕胡應麟：《詩藪》（臺北：廣文書局，1973年），卷4，頁228。又〔清〕王夫之：《薑齋詩話》曰：「詠物詩，齊梁始多有之。……至盛唐以後，始有即物達情之作。」收入丁福保編：《清詩話》（臺北：木鐸出版社，1988年9月初版），頁22。

〔註31〕胡大浚、蘭甲雲：〈唐代詠物詩發展之輪廓與軌跡〉，《煙臺大學學報（哲學社會科學版）》第2期，（1995年），頁23。

〔註32〕高步瀛選注：《唐宋詩舉要》（臺北：宏業書局，1977年6月），頁409。

〔註33〕〔清〕聖祖御編：《全唐詩》（北京：中華書局，1960年4月1版），卷83，頁895～896。以下所引唐人詩作皆出自《全唐詩》，為避免

文中陳子昂批評齊梁詩風「彩麗競繁」，以致「興寄都絕」，不免慨嘆
「漢魏風骨，晉宋莫傳」！故其主張詩歌應繼承《詩經》「風、雅」
的傳統，興寄詩人主觀的情志，同時要求恢復建安時期爽朗剛健之風
骨。其〈與東方左史虬修竹篇〉，云：

> 龍種生南嶽，孤翠鬱亭亭。峰嶺上崇崒，煙雨下微冥。夜
> 聞鼯鼠叫，晝眠泉壑聲。春風正淡蕩，白露已清泠。哀響
> 激金奏，密色滋玉英。歲寒霜雪苦，含彩獨青青。豈不厭
> 凝洌，羞比春木榮。春木有榮歇，此節無凋零。始願與金
> 石，終古保堅貞。不意伶倫子，吹之學鳳鳴。遂偶雲和瑟，
> 張樂奏天庭。妙曲方千變，簫韶亦九成。信蒙雕斫美，常
> 願事仙靈。驅馳翠虬駕，伊鬱紫鸞笙。結交嬴臺女，吟弄
> 昇天行。攜手登白日，遠遊戲赤城。低昂玄鶴舞，斷續綵
> 雲生。永隨眾仙逝，三山遊玉京。（頁896）

詩中極力描繪竹之物性，「歲寒霜雪苦，含彩獨青青」、「春木有榮歇，
此節無凋零」，以竹子歷經歲寒依然不改勁節，自我砥礪況喻，抒發
一己忠直之志。雖然此詩在遣詞用字上仍不脫齊梁藻繪綺麗之風，卻
具體顯現建安時期的清剛風骨。詠物詩至此朝向以形傳神，重視詠物
詩的藝術個性的方向發展。

　　盛唐以後，詩人多融入主觀情思，出現許多構思精巧、寓託自然
之作。所詠題材廣泛，興寄之意深遠，內容大致可分為三類：一是懷
才不遇，二是自明心迹，三是美刺諷諭。懷才不遇意涵之詠物詩多見
於初、盛唐時期，如李白（701～762）一生充滿積極入世的情懷，他
接受儒家「兼濟天下」的理想，懷抱「安社稷」、「濟蒼生」的經世理
想，可惜終其一生懷才不遇，屢遭讒謗，所作多借物感興，流露憂思
怨憤之情。其〈詠碧荷〉云：

> 碧荷生幽泉，朝日鮮且豔。秋花冒綠水，密葉羅青煙。秀
> 色空絕世，馨香竟誰傳？坐看飛霜滿，凋此紅芳年。結根
> 未所得，願託華池邊。（頁1674）

注文繁複，一律以括號註明頁數，不再另立註腳。

詩中詠嘆碧荷豔冠群芳，卻無人賞愛，空負絕世秀色，無法傳播馨香，以寄託詩人高才不遇之怨憤。又其〈詠孤蘭〉云：「孤蘭生幽園，眾草共蕪沒。……若無清風吹，香氣為誰發？」（頁 1676）意同於〈詠碧荷〉，都是借物寓意之作。又〈感遇四首〉其二，云：

> 可歎東籬菊，莖疏葉且微。雖言異蘭蕙，亦自有芳菲。未
> 泛盈樽酒，徒霑清露輝。當榮君不採，飄落欲何依。（頁 1865）

詩中運用比興手法，描寫東籬菊雖然莖疏葉微，不及蘭蕙芳香，仍然保有一己高潔的品質，卻未能被摘取釀成菊花酒，枯留枝頭沾清露，一旦節過歲晚，終將凋零無所依。暗喻自己盛年不為君王所重用，蹉跎歲月，轉眼衰逝而一事無成，徒呼奈何？

　　杜甫（712～770）一生歷經唐朝由繁榮昌盛到分崩離析的階段，親眼目睹戰亂中人民流離失所之痛苦，體驗到社會的黑暗與艱辛，作品充份反映社會現實與悲天憫人之憂國憂民情懷。杜甫存詩一千四百四十餘首，詠物詩作有一百六十餘首，題材涵括自然天象、花木鳥獸、日用器物等，凡物無不詠，所詠無不精。〔註 34〕歷代詩話稱道杜甫詠物詩「絕佳，如詠鷹、詠馬諸作，有寫生家所不到」〔註 35〕之處，堪稱「自為一格」，〔註 36〕並亟稱其詠物之作「精深奇邃，前無古人，後無來者」。〔註 37〕如其著名之題詠〈畫鷹〉詩云：

> 素練霜風起，蒼鷹畫作殊。攫身思狡兔，俱目似愁胡。絛鏇

〔註 34〕 黃生：《杜詩說》曰：「前後詠物諸詩，合作一處讀，始見杜公本領之大，體物之精，命意之遠，說物理物情，即從人事世法勘入，故覺篇篇寓意，含蓄無限。」引見〔唐〕杜甫著，〔清〕仇兆鰲注：《杜詩詳註》（臺北：里仁書局，1980 年 7 月），卷 17，頁 1536。

〔註 35〕 〔清〕方南堂：《輟鍛錄》曰：「詠物題極難，初唐如李巨山多至數百首，但有賦體，絕無比興……惟子美詠物絕佳，如詠鷹、詠馬諸作，有寫生家所不到。」收入郭紹虞編選，富壽蓀校點：《清詩話編續（下）》（上海：上海古籍出版社，1983 年 12 月 1 版），頁 1939。

〔註 36〕 〔清〕喬億：《劍谿說詩》曰：「詠物詩，齊、梁及唐初為一格，眾唐人為一格，老杜自為一格，宋、元又各成一格。」收入郭紹虞編選，富壽蓀校點：《清詩話編續（上）》，頁 1102。

〔註 37〕 〔明〕胡應麟：《詩藪》，卷 4，頁 228。

光堪摛，軒楹勢可呼。何當擊凡鳥，毛血灑平蕪。（頁2394）
出句「素練霜風起」即已涵攝畫鷹之精神，其次摹寫畫鷹之狀態，側
目而視，聳身而搏，宛若真鷹一般靈動。絛鏇似動，軒楹欲飛，則進
一步刻劃畫鷹之殊異，彷彿隨時可自畫中躍升而起，仇兆鰲評曰：「老
筆蒼勁中，時見靈氣飛動舞。」〔註38〕此一「靈氣」，恰為詩人情思
之化育，精神之昇華。又如其〈畫鶻行〉云：

> 高堂見生鶻，颯爽動秋骨。初驚無拘攣，何得立突兀。乃
> 知畫師妙，巧刮造化窟。寫作神駿姿，充君眼中物。烏鵲
> 滿樛枝，軒然恐其出。側腦看青宵，寧為眾禽沒。長翮如
> 刀劍，人寰可超越。乾坤空崢嶸，粉墨且蕭瑟。緬思雲沙
> 際，自有煙霧質。吾今意何傷，顧步獨紆鬱。（頁2282）

詩中引《楚辭・九思》「憂紆兮鬱鬱」〔註39〕作為全篇詩旨，寫畫鶻
風姿，借生鶻寄慨，鬱鬱而傷情。仇兆鰲以為此詩乃杜甫在朝時，不
得志所作，〔註40〕是杜甫借物寄懷比興之作，最能體現杜甫忠直怨憤
之情。

　　在各類詠物詩中，杜甫的詠馬詩表現得尤其精彩突出，〔註41〕
茲舉其不同時期所作詠馬詩為例說明，如〈房兵曹胡馬〉云：

〔註38〕〔清〕仇兆鰲注：《杜詩詳註》，卷1，頁19。
〔註39〕〔宋〕洪興祖補注：《楚辭補註》，卷17，頁326。
〔註40〕〔清〕仇兆鰲注：《杜詩詳註》，卷6，頁477。
〔註41〕黃永武〈杜甫筆下的馬〉曰：「杜甫筆下的馬，實有其特殊的意義：
　　　　馬，行地無疆、剛健自強，自來是豪傑能臣的象徵，杜甫寫馬，強
　　　　化了這種傳統意念，成為其特色之一。馬又關合著國勢，聯想及巡
　　　　幸、開邊與戰亂，杜甫寫馬，每繫念著先帝玄宗，成為其特色之二。
　　　　馬又馴良盡力、度砂歷雪，越過了千山萬水，忍受著畢生的蹭蹬，
　　　　這與杜甫的一生身處撼頓顛躓之中而志氣彌厲，德行方面及遭遇方
　　　　面多所類似，杜甫寫馬，常是自寫，有時以神駿自許，有時以病馬
　　　　自嘲，成為其特色之三。還有最大的特色，是杜甫熟悉於相馬的技
　　　　能，對於馬的眸光骨力、毛色龍性，樣樣都辨識入微，又彷彿能通
　　　　馬語，是馬的知己，所以杜甫的寫馬詩，有這四項特色，篇篇妙絕，
　　　　從他的寫馬詩中，可以覘見民族文化的理想與意念，以及其個人忠
　　　　悃戀主的思想風槩。」詳參氏著：《中國詩學・思想篇》（臺北：巨
　　　　流圖書公司，1979 年 4 月 1 版），頁149。

胡馬大宛名，鋒稜瘦骨成。竹批雙耳峻，風入四蹄輕。所向無空闊，眞堪託死生。驍騰有如此，萬里可橫行。（頁2393～2394）

此詩爲杜甫三十歲所作，詩中以房兵曹自大宛攜回之駿馬起興，在描寫大宛駿馬的同時，投入一己之精神和意志，自況心志如「所向無空闊，眞堪託死生」之良馬，願爲國盡忠效死之愛國情操。又如下列三首詠馬詩云：

吾聞良驥老始成，此馬數年人更驚。豈有四蹄疾於鳥，不與八駿俱先鳴。時俗造次那得致，雲霧晦冥方降精。近聞下詔喧都邑，肯使騏驎地上行。（〈驄馬行〉節錄，43歲作，頁2264）

東郊瘦（一作老）馬使我傷，骨骼碏兀如堵牆。絆之欲動轉欹側，此豈有意仍騰驤？細看六印帶官字，眾道三軍遺路旁。皮乾剝落雜泥滓，毛暗蕭條連雪霜。去歲奔波逐餘寇，驊騮不慣不得將。士卒多騎內廄馬，惆悵恐是病乘黃。當時歷塊誤一蹶，委棄非汝能周防。見人慘澹若哀訴，失主錯莫無晶光。天寒遠放雁爲伴，日暮不收烏啄瘡。誰家且養願終惠，更試明年春草長。（〈瘦馬行〉，47歲作，頁2282）

乘爾亦已久，天寒關塞深。塵中老盡力，歲晚病傷心。毛骨豈殊眾，馴良猶至今。物微意不淺，感動一沉吟。（〈病馬〉，48歲作，頁2424）

歌詠〈驄馬行〉時之杜甫正值壯年，故云：「吾聞良驥老始成，此馬數年人更驚。」猶有老驥伏櫪，志在千里，亟欲用世之心。然而幾經顛沛流離，飽嘗戰火兵燹之餘，良驥亦成瘦馬、病馬，委棄道旁，無人聞問，亟思人主惠施佈養！杜甫從「微物」中引發內在之「深意」，感嘆自己一生流徙困蹇，如今老病相尋，縱使騰驤馴良依舊，懷抱萬里橫行之志，可惜時運未濟，明主不察，不禁感慨傷心，慘澹哀訴。感動沉吟之中，隱寓多少辛酸！

李白、杜甫經由「體物」寄寓情志，更著意於詩人主體意識的發

揚，以寄寓個人之身世遭遇。白居易（772～846）是唐代存詩最多的
一位詩人，也是唐代繼李、杜之後表現最傑出的詩人之一，〔註42〕他
的詩歌流傳至今約有三千多首，詠物詩占有相當大的部分，約有三百
二十三首，居唐代詩人之冠，〔註43〕題材以草木蟲魚類最為常見。白
居易繼承《詩經》以來美刺比興之詠物傳統，詩中充滿強烈的現實針
對性和政治批判性的風格。〔註44〕其興寄諷喻之作中，頗具代表性的
如〈有木詩八首〉，詩序曰：

> 余讀《漢書》列傳，見佞順婥婗，圖身忘國，如張禹輩者。
> 見惑上蠱下，交亂君親，如江充輩者。見暴很跋扈，壅君
> 樹黨，如梁冀輩者。見色仁行違，先德後賊，如王莽輩者。
> 又見外狀恢弘，中無實用者。又見附離權勢，隨之覆亡者。
> 其初皆有動人之才，足以惑眾媚主，莫不合於始而敗於終
> 也。因引風人、騷人之興，賦〈有木〉八章，不獨諷前人，
> 欲儆後代爾。〔註45〕

詩中借詠弱柳、櫻桃、枳桔、杜梨、野葛、水橦、凌霄、丹桂等八種
草木託興，以諷刺「其初皆有動人之才，足以惑眾媚主，莫不合於始
而敗於終」之人，其並以丹桂的芳香挺直自喻：「縱非梁棟材，猶勝尋
常木。」（〈丹桂〉）又以凌霄託根他樹，比擬當朝依附權貴者的動搖不
安，詩云：「寄言立身者，勿學柔弱苗。」（〈凌霄〉）巧妙地將自然界
中花的品性與人的品德相結合，並融入情與理，即景生情，抒發感慨。

〔註42〕〔唐〕白居易著，朱金城箋校：《白居易集箋校・前言》曰：「在我
國的文學史上，唐詩是封建社會詩歌發展的高峰。這一時期產生了
許多偉大的詩人，李白、杜甫以後，白居易就是其中最傑出的一個。
他的作品不僅是我國優秀的文學遺產，也是世界文學的寶貴財富。」
（上海：上海古籍出版社，1988 年 12 月 1 版），頁 1。

〔註43〕據蘭甲雲：〈簡論唐代詠物詩發展軌跡〉一文統計，白居易詠物詩有
三百二十三首，居唐代詩人之冠。《中國文學研究》第 2 期（1995 年），
頁 68。

〔註44〕詳見拙著：〈人間少有別花人──試析白居易詠花詩中的情與志〉，
收入國立高雄師範大學國文系主編：《張乎堂堂──紀念張子良教授
學術研討會會後論文集》（2007 年 12 月），頁 294。

〔註45〕〔唐〕白居易著，朱金城箋校：《白居易集箋校》，卷 2，頁 127～128。

宋詩是繼唐詩之後又一詩歌發展的高峰，〔註46〕其數量之豐遠在唐詩以上，〔註47〕雖然步武唐詩之後，但其以新變之姿態，鮮明之特徵，與唐詩分庭抗禮。宋代詠物詩雖然尚未有系統之統計數量，然其最具體的特徵之一即是，詠梅詩特別興盛。根據程杰統計，《全宋詩》收詩約二十五萬四千多首，梅花題材之作（含梅畫及梅花林亭題詠等相關題材）佔四千七百多首。〔註48〕宋人大力詠梅與時代關係密切，北宋一統天下，採行重文輕武的政策，導致國家積弱不振，內部黨爭不斷。降至南宋，民族矛盾尖銳，南宋為求偏安一隅，不惜對金稱臣納貢，以屈辱的方式求得暫時的安定。總此內憂外患，致使宋代詩人產生強烈的憂患意識，詠梅之作是以不衰。詩人對於梅花寒冬開花產生不同體悟：或欣賞梅花凌霜傲雪、不為嚴寒的堅貞精神；或嚮慕梅花神清骨秀、不卑不亢的高標逸韻；或欣羨梅花不隨流俗、甘心寂寞的淡泊情操。不同的人在憂患的時代中，都能從梅花的特性中得到體悟，取得慰藉，是以梅花成為宋人最佳的精神寄託。描寫梅花形貌最為後世所熟知的，莫過於林逋（968～1028）〈山園小梅二首〉之一，詩云：

> 眾芳搖落獨暄妍，占盡風情向小園。疏影橫斜水清淺，暗香浮動月黃昏。霜禽欲下先偷眼，粉蝶如知合斷魂。幸有微吟可相狎，不須檀板共金尊。〔註49〕

〔註46〕黃文吉：〈宋詩的特質及其發展〉曰：「宋朝是一個收斂的朝代，有時間去沈思冥想，入微觀察，仔細體會，生活悠閒，喜歡單獨內向，所以所描寫的都是較小的事物，如歌詠花、鳥、草、蟲的就佔很多，造成了詠物詩的大盛。」《復興崗學報》第35期（1986年6月），頁487。

〔註47〕《全唐詩》共收錄唐代詩人二千二百位，詩作四萬八千餘首，共計九百卷；《全宋詩》則收錄兩宋詩人一萬一千餘位，詩作二十五萬四千餘首，共計四千卷，收錄作者人數、詩作約為《全唐詩》五倍。

〔註48〕程杰：〈宋代詠梅文學的盛況及其原因與意義（上）〉，《陰山學刊》第15卷第1期（2002年2月），頁29。

〔註49〕北京大學古文獻研究所編：《全宋詩》（北京：北京大學出版社，1991年7月1版），卷106，頁1218。以下所引宋代詩作皆出自《全宋詩》，為避免注文繁複，一律以括號註明頁數，不再另立註腳。

詩中首先讚美梅花在萬芳凋零的寒冬獨自迎風盛開，明麗鮮妍之姿占盡小園風情。接著以「疏影橫斜水清淺，暗香浮動月黃昏」，狀繪梅花在朦朧月光下之氣質風韻，兼具視覺、嗅覺之美感，突出梅花神清骨秀、幽獨高潔之姿，可謂形神兼備，成為歷代傳頌不歇之經典佳句。

　　梅花不僅是宋人最佳的精神寄託，宋人更賦予梅花高潔的形象，梅花以此形象根植於中國人心主要完成於宋代。如王安石（1021～1086）〈梅花〉云：

　　　　牆角數枝梅，凌寒獨自開。遙知不是雪，為有暗香來。（頁6473）

此詩不寫梅花之形貌，而是特寫梅花凌寒獨自開放的神韻，以及沁人心脾的暗香。詩人通過對梅花的獨特品賞，以雪喻梅之冰清玉潔，以暗香點出梅勝於雪之堅毅性格，暗喻己心如寒梅，志節勝冰雪。又如蘇軾（1037～1101）〈紅梅二首〉之一，云：

　　　　怕愁貪睡獨開遲，自恐冰容不入時。故作小紅桃杏色，尚餘孤瘦雪霜姿。寒心未肯隨春態，酒暈無端上玉肌。詩老不知梅格在，更看綠葉與青枝。（頁9316）

詩中描寫紅梅既有冷若冰霜「不入時」之氣質，又有「小紅桃杏色」之嬌媚，但紅梅卻不同於桃杏，不在意於青枝綠葉之有無，而是堅守「孤瘦雪霜姿」般清高孤傲之格調。蘇軾曾歷經政治上的打壓和誣陷，以致屢遭貶謫，「寒心未肯隨春態」即是其堅定不妥協心志的最好證明。〔註50〕可見宋人詠梅，不僅是表明心志，亦是人格精神的一種彰顯。尤其北宋中葉以後，隨著理學的盛行與道德意識的高漲，儒家義理深植人心，梅花歲寒綻放的自然習性越來越受到文人士大夫的重視，漸漸被賦予剛直不阿、堅貞不屈等品格意志和氣節操守。終宋

───────────

〔註50〕蘇軾對梅花情有獨鍾，其創作詠梅詩主要集中在烏臺詩案以後，共有近50首詠梅和梅詩。李錦煜：〈梅格即人格，契合兩無間──談蘇軾的詠梅詞〉曰：「蘇軾對於梅花的獨賞，是與自身思想變化、宦海沉浮和身世飄零緊密聯繫在一起的。」《甘肅高師學報》第9卷第3期（2004年3月），頁20。

一代，梅花成為士君子人格的表徵。

　　綜上所述，唐宋以還，詠物詩空前繁盛，舉凡花草果木、風雲雪月、飛禽走獸，無不見諸吟詠，成為古典詩歌中一項重要的題材。詠物詩歷經六朝奠定深厚之基礎，唐、宋詩人繼承前代詩歌的傳統，並加以發揚光大，特別是在詠物寄興，託物言志的表現技巧上，更趨成熟完備，終於將詠物詩推上了歷史的最高峰。

第二節　前代詠物詞的發展與衍變

　　詩中有詠物詩，詞中亦有詠物詞，而且「詠物至詞，更難於詩。」〔註51〕二者雖然都注重寄託，但在表達情感內涵上，詠物詞較能紆徐委婉地表現詞人觀物時的內心情感，具有主觀性、內向性、心靈化的特點。〔註52〕詞體肇興於隋唐之際，至兩宋臻於極盛，成為引領風騷之「一代文學」。隨著詞體的繁盛，詠物詞的創作也漸成風尚。隋唐五代，受限於小令的體製，詞人難以發揮體物的特性，因而除少數借物抒情之作，如〔五代〕牛嶠（生卒年不詳）〈望江南〉二闋，〔註53〕姜夔推崇此二闋為「詠物而不滯於物」〔註54〕之佳作外，專門的詠物

〔註51〕〔清〕劉體仁：《七頌堂詞繹》「詞詠物比詩難」條。收入唐圭璋編：《詞話叢編》（北京：中華書局，2005年10月2版），第1冊，頁621。

〔註52〕黃雅莉：〈論宋代詠物詞之發展〉：「詠物詩和詠物詞雖都注重寄託，但在表達情感內涵上，詠物詩較多反映現實人生、折射出社會的千姿百態，而詠物詞則較多表現外在世界在詞人內心所引起的波瀾，或作者在特定狀態下心靈軌跡的描寫，表現出詞人的心理狀態及微妙變化，具有主觀性、內向性、心靈化的特點。詠物詞比詠物詩更接近作者的感情世界。」《國立新竹師範學院國文學報》第11期（2004年12月），頁131。

〔註53〕牛嶠〈望江南〉二闋是五代最早的詠物詞，其詞云：「銜泥燕，飛到畫堂前。占得杏梁安穩處，體輕唯有主人憐，堪羨好因緣。」「紅繡被，兩兩間鴛鴦、不是鳥中偏愛你，為緣交頸睡南塘，全勝薄情郎。」前闋詠燕、後闋詠鴛鴦，皆為詠物寄情之作。收入張璋、黃畬編：《全唐五代詞》（臺北，文史哲出版社，1986年），頁126。

〔註54〕引見〔清〕張宗橚編：《詞林紀事》曰：「姜堯章云『牛松卿〈望江

詞並不多見。兩宋時期，是詠物詞發展達到最高峰的時期，詠物體成為宋詞題材中的第二大類型。〔註55〕宋初晏殊首開詠物風氣之先河，創作詠物詞三十首，幾全為詠花詞，是北宋第一位大量創製詠物詞的作家。〔註56〕北宋中葉，詠物詞漸興，蘇軾、周邦彥、李清照等人佳作漸增，如蘇軾〈水龍吟〉之詠楊花、周邦彥〈六醜〉詠薔薇謝後、李清照〈玉樓春〉詠梅花等等。南宋詞人習於結社聯吟，每每於湖山燕酣之際，同題分詠；又有達官富戶如范成大、張鎡之流，資以聲色之娛，務為文酒之會，詠物詞乃蔚為大觀，知名詞家輩出，如姜夔、吳文英、史達祖、王沂孫、周密、張炎等，無不借物抒懷，託物言志，可謂極一時之盛且工。〔註57〕

張炎《詞源》云：「詩難於詠物，詞為尤難。」詠物詞之所以難解，在乎其創作之獨特性與複雜性，尤其是不同的歷史時期，詠物詞的題材內容與形式技巧等方面也一再創新，更增益其詮釋之難度。回溯宋代詠物詞的歷史發展，其間曾歷經三次的創新變革，〔註58〕終於

南〉詞，一詠燕，一詠鴛鴦，是詠物而不滯於物也，詞家當法此。』（臺北：廣文書局，1972 年 5 月初版），卷 2，頁 93。

〔註55〕據許伯卿統計，《全宋詞》中詠物詞三千零一十一首，佔宋詞總數的百分之十四點二。見氏著：《宋詞題材研究》（北京：中華書局，2007 年 12 月 1 版），頁 110。另據馬寶蓮統計，兩宋詠物詞約一千九百餘首，約佔宋詞總數的百分之九點五。見氏著：《兩宋詠物詞研究》，《國立臺灣師範大學國文研究所集刊》第 28 號（1984 年 6 月），頁 136～137。又據路成文統計，宋代詠物詞約三千二百首，佔宋詞總數百分之十五強。見氏著：《宋代詠物詞史論・緒論》（北京：商務印書館，2005 年 12 月 1 版），頁 1。

〔註56〕詳參拙著：〈晏殊詠花詞審美特徵試析〉，《台南科大學報》第 26 期（2007 年 9 月），頁 23～42。

〔註57〕〔清〕謝章鋌：《賭棋山莊詞話》卷 7「顧梁汾詞」條曰：「夫詠物南宋最盛，亦南宋最工。」《詞話叢編》，第 4 冊，頁 3415。又王偉勇：《南宋詞研究》曰：「由於南宋國勢陵夷……詠物寄託之作，乃大量產生，此亦北宋以前所鮮見也。」（臺北：文史哲出版社，1987 年 9 月初版），頁 167。

〔註58〕本小節對前代詠物詞之分期，參考許伯卿〈論詠物詞創新的前提〉之說法。許氏認為詠物詞之創新應自覺貼近時代和歷史的要求，以

完成其時代使命，樹立詠物詞體之典範，影響後世深遠。以下即依據
詠物詞史中具有重大意義的三次新變期，選擇代表性作家為定位定
點，探究詠物詞一脈相承的流變歷程與發展特色。

一、轉變期──北宋前期

　　北宋前期，承繼晚唐五代《花間》餘緒，詠物意識並不明確，參
與創作的人數與詠物詞總量均居末位，〔註59〕對於詠物的表現，無論是
創作觀念、審美理想、藝術手法、情志內涵等，還未臻成熟，仍普遍停
留在敷形寫貌的階段，故後人的評價並不高。〔註60〕此時期的詠物詞著
意於對物象外在形式的描繪，講求形似，曲盡筆墨以求唯妙唯肖，如王
國維《人間詞話》譽為「詠春草三絕調」〔註61〕之林逋〈點絳唇〉云：

　　金谷年年，亂生春色誰為主。餘花落處，滿地和煙雨。

　　　　又是離愁，一闋長亭暮。王孫去。萋萋無數，南北東

西路。〔註62〕

　　　積極的淑世精神作為開掘題材內涵和抒情言志的核心。因此其認為
　　詠物詞的第一次大變是在晚唐五代，北宋前期是其承襲期，著重形
　　式技巧之刻繪，思想頹廢消極，不足以成為詞史代言人；北宋中期
　　是第二次創新期，詠物詞的取材關注現實，關懷人生，有「自立與
　　真情」的作品增多；南宋時期大量詠物詞表現愛國、報國之志及家
　　國、身世之恨的新變，唱出時代的心音，是當時詠物詞創作的主旋
　　律，詞人傾全力於藉「立言」以淑世一途，自然精雕細琢，走上形
　　式、技巧至上的唯美主義道路。收入《蘇州大學學報（哲學社會科
　　學版）》第 3 期（2002 年 7 月），頁 51。

〔註59〕路成文：《宋代詠物詞史論》，頁 68。

〔註60〕參見王兆鵬：《唐宋詞史論》曰：「嚴格說來，北宋前期詠物詞，既
　　難見到作者真情的自然外露，也難發現精心結撰之篇，以致在柳永、
　　張先、晏殊、歐陽修的四十多首詠物詞中，很難找到一首形神兼備、
　　意境渾成、物我合一、符合傳統詠物詩歌的審美趣味的詞作。」（北
　　京：人民文學出版社，2000 年 1 月 1 版），頁 170。

〔註61〕王國維著，滕咸惠校注：《人間詞話》云：「人知和靖〈點絳唇〉、聖
　　俞〈蘇幕遮〉、永叔〈少年游〉三闋為詠春草絕調。」（臺北：里仁
　　書局，1994 年 11 月初版），頁 73。

〔註62〕見唐圭璋編著，王仲聞參訂，孔凡禮補輯：《全宋詞》（臺北：中華
　　書局，1976 年 10 月初版），頁 7。以下所引宋代詞作皆依據《全宋

梅堯臣（1002～1060）〈蘇幕遮〉云：

> 露堤平，煙墅杳。亂碧萋萋，雨後江天曉。獨有庾郎年最少。窣地春袍，嫩色宜相照。　　接長亭，迷遠道。堪怨王孫，不記歸期早。落盡梨花春又了。滿地殘陽，翠色和煙老。（頁118）

歐陽脩（1007～1072）〈少年游〉云：

> 闌干十二獨凭春，晴碧遠連雲。千里萬里，二月三月，行色苦愁人。　　謝家池上，江淹浦畔，吟魄與離魂。那堪疏雨滴黃昏，更特地、憶王孫。（頁158）

以上三闋詠草詞都由淮南小山〈招隱士賦〉云：「王孫遊兮不歸，春草生兮萋萋」〔註63〕一句，興發詞人之傷春離思，再各自添加其他典故、詩文，如石崇金谷園、庾信〈哀江南賦〉、江淹〈別賦〉、謝靈運〈夢弟吟〉等以增添離情別思之氛圍。林逋之作用語清新流暢，藉淒迷柔美之春草寄寓惆悵傷春之情，渲染綿綿不盡之離愁；梅堯臣效其體，全詞不著一「草」字，而是以綺麗之筆，彩繪週遭之環境、景物，突出雨後春草青嫩之美，抒發傷春惜草、嘆逝嗟老之情懷；歐陽脩擊節賞玩之餘，因而更爲一詞，〔註64〕寫清疏之景迷離曠遠，寫離別之情綿密蘊藉，將離人滿腹濃郁之愁思完全體現於春草淒迷之形象，吳曾對此詞讚譽有加，王國維《人間詞話》亦稱道其所詠爲「能寫春草之魂者也」。〔註65〕

　　此一時期之詠物詞已漸漸具有較鮮明之主體色彩，只是所詠物象

> 　　詞》爲底本，爲避免注文繁複，一律以括號註明頁數，不再另立註腳；唯少數詞集有箋校本者，則依箋校本爲主。
>
> 〔註63〕見〔宋〕洪興祖補注：《楚辭補注》，頁233。
>
> 〔註64〕〔宋〕吳曾：《能改齋漫錄》「詠草詞」條曰：「梅聖俞在歐陽公坐，有以林逋草詞『金谷年年，亂生青草誰爲主』爲美者。梅聖俞別爲〈蘇幕遮〉一闋，云：『露堤平，煙墅杳，亂碧萋萋，雨後江天曉。獨有庾郎年最少。窣地春袍，嫩色宜相照。　接長亭，迷遠道。堪怨王孫，不記歸期早。落盡梨花春又了，滿地殘陽，翠色和煙老。』歐公擊節賞之，又自爲一詞云（即草詞略）蓋〈少年遊〉令也，不惟前二公所不及，雖置諸唐人溫、李集中，殆與之爲一矣。」《詞話叢編》，第1冊，卷2，頁149。
>
> 〔註65〕王國維：《人間詞話》，頁73。

仍被視爲應景性之工具，純屬詞人觀照外物時觸發內在情感之媒介，創作主體與客觀物象之間尚未相容合爲一體，仍停滯於「以物觀物」的層次，〔註66〕雖有情意之點染，卻乏深厚興寄之意。正當此時，慢詞開始發展，善於鋪敘展衍之專業詞人柳永（987？～1053？）出，始大量創製慢詞，〔註67〕爲詞中抒情、寫景、詠物、敘事、說理提供有利之條件，〔註68〕亦爲詞境開拓出一個新天新地，於促進詞體永續發展的貢獻上功不可沒。〔註69〕其所作〈木蘭花〉三首詠杏花、海棠、柳枝，〈瑞鷓鴣〉詠梅、〈黃鶯兒〉詠鶯、〈受恩深〉詠菊等，已出現物象主體化描寫之傾向，馬寶蓮稱其「能著重個體物之描繪與興寄，可謂北宋初期大家。」〔註70〕

然而柳永詠物之作不同於前人詠物只作爲一種起興，柳詞在鋪敘一種物象特徵之同時，又有一定情感之發抒，作爲詠物所必備之賦與比、興之結合，已經達成。〔註71〕如其創製的第一首詠物慢詞〈望遠

〔註66〕方智範：〈論宋人詠物詞的審美層次〉，收入《詞學》第六輯（上海：華東師範大學出版社，1987年），頁176～192。

〔註67〕劉若愚：〈情感寫實與風格創新〉曰：「柳永對詞的發展最大的貢獻是他創用新調填詞，尤其是長調。在他現存212首詞中，他使用了149種詞牌。……柳詞中的小令，只有27種，其餘的122首詞調都是『慢詞』。」見氏著，王貴苓譯：《北宋六大詞家》（臺北：幼獅文化事業有限公司，1986年6月），頁94。

〔註68〕葉嘉瑩：〈論詠物詞之發展與王沂孫之詠物詞〉中指出文體長短與寫物創作的關係，曰：「在中國文學發展的歷史中，最早的專以寫物爲主的文學作品，並不是感物言志的詩歌，而是荀卿與宋玉的體物之賦。因爲詩之篇幅短，賦之篇幅長，在短的篇幅中，物只是引起情意之感發的一種觸引的媒介，但在長的篇幅中，則對物的鋪陳敘寫自然便佔了很大的比量，而且篇幅既長，在寫作時自然便不能不用思索去安排。」見葉嘉瑩、繆鉞合撰：《靈谿詞說》（臺北：國文天地雜誌社，1989年12月初版），頁541。

〔註69〕鄭騫：《從詩到曲》曰：「柳永則是第一個寫長調又多又好的人，所以我說：『柳永在詞史上的地位，奠定在他所作長調的量與質上。』」（臺北：中國文化雜誌社，1971年3月），頁119～120。

〔註70〕馬寶蓮：《兩宋詠物詞研究》，頁104。

〔註71〕黃雅莉：〈論宋代詠物詞之發展〉，頁134。

行〉詠雪，云：

> 長空降瑞，寒風翦、漸漸瑤花初下。亂飄僧舍，密灑歌樓，迤邐漸迷鴛瓦。好是漁人，披得一蓑歸去，江上晚來堪畫。滿長安、高卻旗亭酒價。　　幽雅。乘興最宜訪戴，泛小棹、越溪瀟灑。皓鶴奪鮮，白鷗失素，千里廣鋪寒野。須信幽蘭歌斷，彤雲收盡，別有瑤臺瓊榭。放一輪明月，交光清夜。(頁 42)

全詞鋪陳瑞雪初降、亂飄密灑、到千里廣鋪，描寫光景如畫，舒徐流美，流露詞人賞愛雪景喜樂之情，達到詠物詞賦與比、興結合之基本要求的模式，但仍停留在「情景但取當前，無窮高極深之趣」〔註72〕之層次，創作主體與客觀物象之間仍處於一種疏離、間隔之狀態，創作主體之「情」並未真正進入物象之中進行觀照，即使帶有個人情感色彩，亦僅止於客觀賞愛之情，而非個人情志之寄託，因而其詠物詞只是對客觀物象盡情描繪鋪寫，以期寫物傳真。因此，柳永之詠物詞一方面開慢詞之先河；另一方面為後來物象主體化的描寫奠定基礎，初步形成宋代詠物詞之美學特徵，為蘇軾之詠物詞提供了直接的借鑑。

今人王兆鵬則從審美主體與審美對象的關係分析，將宋代詠物詞分為三種抒情範型：非我化型、情感化型和個性化型。〔註73〕他認為北宋初期詠物詞是屬於第一種「非我化」型，所謂「非我化」，是指審美主體只是以相對客觀的態度描繪、再現對象物的外在形式特徵或物的某種內在品性，而未曾將主體的情感、人格精神融化入對象物中。〔註74〕此一審美特徵具體表現於晏殊（991～1055）之詠物詞，晏殊之作側重於再現對象物的外在色彩美、形式美，其歌詠最多的是色彩豔麗的花卉，如荷花，但晏殊不同於一般詞人往往將荷花比擬為高潔出塵之君子，而是偏愛敷寫荷花水靈鮮麗的外表。如〈漁家傲〉

〔註72〕〔清〕周濟：《宋四家詞選目錄序論》，《詞話叢編》，第 2 冊，頁 1645。
〔註73〕王兆鵬：《唐宋詞史論》，頁 168～183。
〔註74〕王兆鵬：《唐宋詞史論》，頁 168～183。

十四首詠荷聯章詞〔註75〕，其一方面著力於描摹荷葉荷花外在形貌的美豔；另一方面則特別致力於研煉物情。試看下列幾闋詞云：

> 葉下鶌鶋眠未穩，風翻露颭香成陣。仙女出遊知遠近，羞借問，饒將綠扇遮紅粉。　一掬蕊黃沾雨潤，天人乞與金英嫩。試折亂條醒酒困，應有恨，芳心拗盡絲無盡。(〈其六〉，頁100)

> 臉傅朝霞衣剪翠，重重占斷秋江水。一曲采蓮風細細，人未醉，鴛鴦不合驚飛起。　欲摘嫩條嫌綠刺，閑敲畫扇偷金蕊。半夜月明珠露墜，多少意，紅腮點點相思淚。(〈其九〉，頁101)

> 越女采蓮江北岸，輕橈短棹隨風便。人貌與花相鬥艷。流水慢，時時照影看妝面。　蓮葉層層張綠繖，蓮房箇箇垂金盞。一把藕絲牽不斷。紅日晚，回頭欲去心撩亂。(〈其十〉，頁101)

> 幽鷺慢來窺品格，雙魚豈解傳消息。綠柄嫩香頻採摘，心似織，條條不斷誰牽役。　粉淚暗和清露滴，羅衣染盡秋江色。對面不言情脈脈。煙水隔，無人說似長相憶。(〈其十二〉，頁101)

以上詠荷詞，晏殊皆能依據對象物的自然屬性，提煉出其中與人的心理情感或情態相合之處，將物情、物態予以人格化。如「絲」之於「思」、「蓮」之於「憐」，借諧音雙關語巧妙地將物情、物態表現出來；接著，更進一步針對對象物的特性：絲不斷、蓮心苦，加以發揮，使對象物人格化，其中已略見詞人「情感」的投射。

〔註75〕「聯章」一詞，張璋認為敦煌詞同調多首即為聯章體，如〈定風波〉「二詞一問一答，顯然聯章」、〈蘇幕遮〉內容、背景相同，且同在一卷，故「訂為聯章」，〈長相思〉此調三首，首句皆曰「作客在江西」，顯係聯章。見氏編：《全唐五代詞》，頁884、888、889。吳宏一：〈溫庭筠菩薩蠻十四首的篇章結構〉中指出聯章體與組詞有別，聯章詞需要具備詞調相同、內容相關、結構嚴密等三個要素。收入《中國文化研究所學報》第7期（1998年），頁286。

此外，晏殊〈菩薩蠻〉三闋詠黃葵，詞云：

秋花最是黃葵好，天然嫩態迎秋早。染得道家衣，淡妝梳
洗時。　　曉來清露滴，一一金杯側。插向綠雲鬢，便生
王母仙。(〈其二〉，頁105)

人人盡道黃葵淡，儂家解說黃葵艷。可喜萬般宜，不勞朱
粉施。　　摘承金盞酒，勸我千長壽。擎作女真冠，試伊
嬌面看。(〈其三〉，頁105)

高梧葉下秋光晚，珍叢化出黃金盞。還似去年時，傍闌三
兩枝。　　人情須耐久，花面長依舊。莫學蜜蜂兒，等閑
悠颺飛。(〈其四〉，頁105)

第一闋完全是外在的單向的觀照與描繪，純粹從黃葵的顏色、姿態寫
起，客觀描寫的成分較濃，至如「道家衣」的譬喻，和「清露滴」、「金
杯側」的渲染勾繪，極力窮其形而盡其相。第二闋偏重於主觀情感的
抒發，陳說詞人對於花之美的獨特把握。第三闋則以物為媒介，詠寫
詞人的愛情理想。全篇主旨繫於「人情須耐久」一句，最終以物象寓
情作結，情韻含蓄而悠遠，是晏殊三闋詠黃葵詞中，最有抒情價值的
一闋，已跳脫「非我化」詠物範型的藩籬，滲入詞人主觀的情感與情
緒於其中。葉嘉瑩特別讚賞其意象鮮明，能予人強烈感染力。〔註76〕
劉若愚也認為「他（晏殊）的最好的意象，是那些把自然外物和人的
情感相摻合」〔註77〕的意象。

綜上所述，從創作的動機和目的來看，北宋初期詞人並非藉詠物
來抒發自我的某種生活體驗、人生感受，或是藉物以言志，而是圖形
寫貌，以逞才情，為社交生活提供笑樂之資。〔註78〕其最大的轉變則

〔註76〕葉嘉瑩：〈大晏詞的欣賞〉評曰：「〈菩薩蠻〉寫黃葵之『高梧葉下秋
　　　光晚，珍叢化出黃金盞』，『擎作女真冠，試伊嬌面看』，這些詞
　　　句都具有極鮮明的意象，也給予讀者強力的感染，這是惟有一個銳
　　　感的詩人才能具有、才能給予的。」見氏著：《迦陵論詞叢稿》（臺
　　　北：明文書局，1981年），頁127。
〔註77〕劉若愚：〈情操和敏感〉，《北宋六大詞家》，頁31。
〔註78〕參見李子正：〈減蘭十梅〉詠梅詞序：「又況風姿雨質，曉色暮雲，

在於，詠物詞由晚唐五代敷形寫貌的階段，轉而對客觀物象盡情描繪
鋪寫，使自然物體之美和世俗之人情、人性美得到比較細緻、精微的
刻劃，奠定物象主體化描寫的基礎；進而將物體予以人格化，初步完
成詞人主觀「情感」投射於客觀物象的基礎。

二、創新期——北宋中後期

　　北宋中後期，詠物詞極力掙脫傳統綺麗華豔之臺閣氣息，大力拓
展新的境界，注入新生命。詞人的審美趣味已不再侷限於對外在物象
之刻繪描摹，而是賦予事物以生命、情感。首開一代風氣之先者，當
推蘇軾。劉崇德評論〈蘇軾的詠物詞〉曰：

> 北宋前期如晏殊、歐陽脩、柳永諸人，雖在不同方面對詞
> 的發展有所貢獻，但猶未重視詠物這一題材。至蘇軾則「以
> 其無意不可入，無事不可言」的才力，擴大了詞人的視野，
> 並且使詠物這一題材也蔚為詞中大國。〔註79〕

蘇軾突破「詞為豔科」的傳統，使詞和詩歌一樣可以反映社會和人生，
舉凡抒情、說理、言志、詠物、敘事等等都可以入詞，達到「無意不
可入，無事不可言」〔註80〕之境界。就開拓詞的題材內容，使詞回歸
詩學言志傳統的意義而言，蘇軾確實居功厥偉。葉嘉瑩即言：「蘇軾
將詞『詩化』了的結果，遂使本來並不具含詠物之性質的詞體，也由
於『詩化』而產生了詠物的作品。」〔註81〕其並於析論詠物詞之發展
時，特別揭示蘇軾創始之功，曰：

> 在《花間集》所收錄的十八位作者五百首作品中，除了像

> 日邊月下之嬌嬈，雪裡霜中之艷冶。初開微綻，欲落驚飛。取次芬
> 芳，無非奇絕。錦囊佳句，但能磬髯芳姿；皓齒清歌，未盡形容雅
> 態。追惜花之餘恨，舒樂事之餘情。試綴蕪詞，編成短闋，曲盡一
> 時之景，聊資四座之歡。」收入唐圭璋編：《全宋詞》（臺北：中華
> 書局，1976 年 10 月初版），頁 996。

〔註79〕劉崇德：〈蘇軾的詠物詞〉，《河北大學學報》第 1 期（1983 年 1 月）。

〔註80〕〔清〕劉熙載：《詞概》，《詞話叢編》，第 4 冊，卷 4，頁 3690。

〔註81〕葉嘉瑩：〈論詠物詞之發展與王沂孫之詠物詞〉，頁 539。

〈楊柳枝〉等習慣上多用來詠柳的作品以外，大概只有牛嶠的兩首〈夢江南〉可以算是詠物之作。……所以眞正詠物之作，在唐五代的小詞中，實在可以說是極爲罕見的。其後到了北宋之世，詠物詞才逐漸得到發展，而其中對詠物詞之發展最具影響力的兩位作者，則一個自當是使詞轉向詩化的作者蘇軾，另一位則是使詞走向思索安排之途徑的作者周邦彥。在蘇軾以前的作者，一般詠物之詞的數量都極少。〔註82〕

葉氏所言，大抵爲北宋前期詠物詞的發展歷史，勾勒出一清楚之脈絡。其中並指出蘇軾、周邦彥在詠物詞創作範式方面的開拓，具有典範意義，對後世詠物詞的創作影響深遠。

王國維《人間詞話》曾拈出「伶工之詞」與「士大夫之詞」之區分，認爲「詞至李後主而眼界始大，感慨遂深，遂變伶工之詞而爲士大夫之詞」，〔註83〕其實李後主（937～978）詞作擺脫傳統「鏤玉雕瓊」之習氣，以眞性情抒發家國之悲憤痛恨，雖開言志之風，但並未全面反映詞人的思想全貌。直至北宋，以蘇軾爲主的文人學士，以其個人人格與文學才情之魅力影響，倡導「以詩入詞」〔註84〕、「以詞言志」，才使詞眞正脫離「伶工之詞」，擴大了詞的題材、內容與風格，〔註85〕並且提昇詞學的參與層面至士大夫階層，指出一條向上之路，〔註86〕走向廣闊的社會人生，如同天地奇觀般，〔註87〕展現新的生命

〔註82〕葉嘉瑩：〈論詠物詞之發展與王沂孫之詠物詞〉，葉嘉瑩、繆鉞合撰：《靈谿詞說》，頁538～539。

〔註83〕王國維：《人間詞話》，頁112。

〔註84〕〔宋〕陳師道：《後山詩話》曰：「退之以文爲詩，子瞻以詩爲詞，如教坊雷大使之舞，雖極天下之工，要非本色。」〔清〕何文煥輯：《歷代詩話》（臺北：中華書局，2004年9月2版），頁309。

〔註85〕詳參黃文吉：〈開拓詞體內容──蘇軾〉，見氏著：《北宋十大詞家研究》（臺北：文史哲出版社，1996年3月初版），頁165～190。

〔註86〕〔宋〕王灼：《碧雞漫志》曰：「東坡先生非心醉於音律者，偶爾作歌，指出向上一路，新天下耳目，弄筆者始知自振。」《詞話叢編》，第1冊，卷2，頁85。

〔註87〕〔宋〕劉辰翁：〈辛稼軒詞序〉曰：「詞至東坡，傾蕩磊落，如詩、

能量。胡寅〈酒邊詞序〉評論曰：

> 眉山蘇軾，一洗綺羅香澤之態，擺脫綢繆宛轉之度，使人
> 登高望遠，舉首高歌，而逸懷豪氣，超然乎塵垢之外，於
> 是《花間》為皂隸而柳氏為輿臺矣。〔註88〕

胡氏之言，總結蘇軾在兩宋詞史上，開拓詞學題材內容的成果。以上
學者們對蘇詞之評價，都集中肯定蘇詞在革新宋詞方面所表現出來的
卓絕的獨創性。

　　而蘇軾有詠物詞三十六首，居北宋諸家之冠，位列兩宋詠物詞家
第十一。〔註89〕與同時期的詞家相比，蘇軾詠物詞最大之不同，在於
將客觀物象之特質與審美主體之人格、人性相結合，賦予自然景物以
真實之情感與人格特質，將詠物與抒情緊密相結合，達到物我合一之
境。其所作如〈水龍吟〉詠笛、詠楊花，〈卜算子〉詠孤鴻，〈減字木
蘭花〉詠古松，〈西江月〉詠梅花，〈定風波〉詠紅梅，〈南鄉子〉詠
雙荔枝，〈洞仙歌〉詠柳等，或體物瀏亮，或寓意深刻，在體物寫志
上迭有創獲，標誌著詠物詞已達到高度成熟的階段。其亦曾對詠物一
體提出個人之見解，曰：

> 詩人有寫物之功。「桑之未落，其葉沃若。」他木殆不可以
> 當此。林逋〈梅花〉詩云：「疎影斜水清淺，暗香浮動月黃
> 昏。」決非桃、李詩。皮日休〈白蓮〉詩云：「無情有恨何
> 人見，月曉風清欲墜時。」決非紅蓮詩，此乃寫物之功。
> 若石曼卿紅梅詩云：「認桃無綠葉，辨杏有青枝。」此至陋

如文，如天地奇觀。」金啓華、張惠民等編：《唐宋詞集序跋匯編》
　　（臺北：臺灣商務印書館，1993年2月），頁174。

〔註88〕見張惠民編：《宋代詞學資料彙編》（汕頭：汕頭大學出社，1993年
　　　　11月），頁212。

〔註89〕許伯卿：《宋詞題材研究》，頁134。另據楊麗玲統計，東坡詠物詞作
　　　　約有九十八首，見氏著：《蘇東坡詠物詞研究》（臺北：國立臺灣師
　　　　範大學中國文學研究所碩士論文，1998年），頁449。而根據顧柔利
　　　　統計為三十五首，見氏著：〈蘇軾詠物詞研究〉，《黃埔學報》第28
　　　　期（1994年12月），頁353。又據馬寶蓮《兩宋詠物詞研究》統計，
　　　　蘇軾詠物詞有二十三首，頁105。

語，蓋村學究體也。〔註90〕

蘇軾肯定《詩經・衛風・氓》中所描寫之桑葉、林逋〈山園小梅〉中
所吟詠之梅花、以及皮日休（按：應爲陸龜蒙詩）筆下之白蓮，皆能
「隨物賦形」，〔註91〕得其神韻，故爲具有「寫物之功」之作。至於
石曼卿之紅梅詩，只由「外形」辨識梅杏之別，未見紅梅之「神」，
故蘇軾譏之爲粗鄙淺陋。由此可知，蘇軾之詠物創作觀，不僅要求「隨
物賦形」，更強調「形神兼備」。如其藝術成就最高，亦最具代表性之
作〈水龍吟・次韻章質夫楊花詞〉，云：

> 似花還似非花，也無人惜從教墜。拋家傍路，思量卻是，
> 無情有思。縈損柔腸，困酣嬌眼，欲開還閉。夢隨風萬里，
> 尋郎去處，又還被、鶯呼起。　　不恨此花飛盡，恨西園、
> 落紅難綴。曉來雨過，遺蹤何在，一池萍碎。春色三分，
> 二分塵土，一分流水。細看來，不是楊花點點，是離人淚。
> 〔註92〕

此詞雖是和作，卻不拘泥於原作，而能自出新意，另闢蹊徑。起句「似
花還似非花」，已具不離不即之姿，接著寫楊花無端飄零墜飛，隨風
化做片片萍碎，賞花人之心緒亦隨之而波翻起伏，勾起傷春情緒。尤
其「拋家傍路」一句，描寫楊花終歸墜落塵劫之無奈，寄託自己貶謫
流寓之感傷。結語「細看來，不是楊花點點，是離人淚」，則提起全
篇，轉出新意，使全詞意趣盎然，有餘不盡。全詞空靈蘊藉，巧妙結
合辭枝楊花與離人情淚，既是寫花，又是寫人；既是寫景，又是言情，
達到情景交融，物我合一之藝術境界。因而歷來備受詞論家之高度評

〔註90〕〔宋〕蘇軾：〈評詩人寫物〉，見孔凡禮點校：《蘇軾文集》（北京：
　　　　中華書局，1986 年 3 月 1 版），卷 68，頁 2143。

〔註91〕〔宋〕蘇軾：〈自評文〉曰：「吾文如萬斛泉源，不擇地皆可出。在
　　　　平地滔滔汨汨，雖一日千里無難。及其與山石曲折，隨物賦形，而
　　　　不可知也。所可知者，常行於所當行，常止於所不可不止，如是而
　　　　已矣。」《蘇軾文集》，卷 66，頁 2069。

〔註92〕〔宋〕蘇軾著，龍榆生箋：《東坡樂府箋》（臺北：漢京文化事業公
　　　　司，1983 年 9 月），卷 2，頁 215。

價，張炎譽之爲「壓倒古今」〔註93〕之絕唱，王國維亟稱「詠物之詞，自以東坡〈水龍吟〉詠楊花爲最工」，〔註94〕蘇珊玉則進一步爰引錢鍾書《管錐篇》之論與王國維「游戲說」，總結蘇軾〈水龍吟〉爲詠物詞「最工」者之因，說：

> 蘇軾此詞乃「天才」藝術的綜合表現，不僅是「知識」、「情感」交代的結果，而且融入其「理想」、與「想像」，故「深遠」而不膚淺。前者「理想」是詞人人品風格之自然流露；後者「想像」是知力之悟，所直覺的事物之理。〔註95〕

換言之，蘇軾以「化工」之才，獨識之「慧眼」，涵攝楊花之形、神於一，情思要眇，託意深遠。是以黃清士稱此詞「實開南宋詠物詞的先河，奠定了南宋詠物詞的規模格局。」〔註96〕

　　與〈水龍吟〉藝術手法相同之詠物詞，另有一首〈賀新郎·夏景〉，云：

> 乳燕飛華屋。悄無人、桐陰轉午，晚涼新浴。手弄生綃白團扇，扇手一時似玉。漸困倚、孤眠清熟。簾外誰來推繡戶，枉教人、夢斷瑤臺曲。又卻是，風敲竹。　　石榴半吐紅巾蹙。待浮花、浪蕊都盡，伴君幽獨。穠豔一枝細看取，芳心千重似束。又恐被、秋風驚綠。若待得君來向此，

〔註93〕〔宋〕張炎：《詞源》卷下「雜論」條，曰：「東坡次楊花〈水龍吟〉韻，機鋒相摩，起句便合讓東坡出一頭地，後片愈出愈奇，眞是壓倒古今。」《詞話叢編》，第1冊，頁265。

〔註94〕王國維：《人間詞話》，頁88。

〔註95〕蘇珊玉：〈見眞、知深、思遠——「天才」、「赤子」、「游戲」審美觀〉文中申明蘇軾〈水龍吟〉次韻之作勝於原作之因有三：第一，詠物之作，極重人品與詞品合一。第二，王國維稱其爲詠物詞最工者，原因是格調高，又一語道著，即詠物而不滯物，一觸即覺，有物性自通之美。第三，蘇軾以主體性慧眼——「詩人之眼」，在「嚴重」形式（嚴肅：次韻）與「詼諧」內容（浪漫：情思）中，通過一連串對比，流露出「敏銳之知識」與「深遠之情感」合一的「造境」，是以「最工」。摘錄自氏著：《《人間詞話》之審美觀》第三章（臺北：里仁書局，2009年9月初版），頁192～196。

〔註96〕黃清士：〈宋人詠物詞〉，收入《詞學》第二輯（上海：華東師範大學出版社，1982年），頁155。

花前對酒不忍觸。共粉淚，兩簌簌。〔註97〕

此詞原題詠夏景，實則借物擬人，詠榴花以抒懷。〔註98〕上片描繪出一高潔絕塵而孤獨寂寞之美人形象。下片筆鋒一轉，首先著力描寫石榴花情有所鍾，意有所屬，在萬芳凋盡之際，猶堅心獨守，不與「浮花浪蕊」為伍。全篇將花之特性與人之高品融合為一，「是花是人，婉曲纏綿，耐人尋味不盡」，〔註99〕正是繼承屈《騷》以來之寫物傳統，以花喻人，發抒其懷才不遇之鬱抑情懷。故元好問〈新軒樂府引〉評曰：「自東坡一出，情性之外，不知有文字，真有『一洗萬古凡馬空』氣象。」〔註100〕

〈賀新郎〉詠榴花與前述〈水龍吟〉詠楊花，同樣屬於藉描摹客觀物象之形態美，賦予審美主體之生命與情感之詠物體式，但是這種情感並不是詞人獨自的生命體驗，而是一種類型化的情感。是以，審美主體與客觀物象之間的關係仍是疏離的，但在一定程度上，客觀物象已染上主體之情志思想，朝向創作主體情志回歸的方向發展。如〈西江月‧梅花〉，云：

玉骨那愁瘴霧，冰姿自有仙風。海仙時遣探芳叢，倒掛綠毛么鳳。　　素面常嫌粉涴，洗妝不褪脣紅。高情已逐曉雲空，不與梨花同夢。〔註101〕

蘇軾此詞借詠梅悼念愛妾朝雲。上片以「玉骨」、「冰姿」、「仙風」展現梅花冰清玉潔之特質，並引莊子（369？～286B.C.？）「姑射仙子」〔註102〕典故，活脫朝雲天生仙骨之姿；同時借「么鳳」〔註103〕非塵

〔註97〕〔宋〕蘇軾著，龍榆生箋：《東坡樂府箋》，卷3，頁286。
〔註98〕〔宋〕胡仔著：《苕溪漁隱叢話》云：「《賀新郎》詞『乳燕飛華屋』，本詠夏景，至換頭但只說榴花。蓋其文章之妙，語意到處即為之，不可限以繩墨也。」（臺北：長安出版社，1978年12月），頁268。
〔註99〕〔清〕黃蘇：《蓼園詞評》，《詞話叢編》，第4冊，頁3092。
〔註100〕見張惠民編：《宋代詞學資料匯編》，頁244。
〔註101〕〔宋〕蘇軾著，龍榆生箋：《東坡樂府箋》，卷2，頁271。
〔註102〕〔戰國〕莊周：〈逍遙遊〉曰：「藐姑射之山，有神人居焉，肌膚若冰雪，綽約若處子。不食五穀，吸風飲露。乘雲氣，御飛龍，而遊乎四海之外。其神凝，使物不疵癘而年穀熟。吾以是狂而不信也。」

中之物，比擬朝雲出塵絕俗之高情。下片寫伊人潔淨孤高，夢逝長空，於空靈雋秀之中寓連綿無盡之哀思。全篇由物生情，以情映物，使梅品與人格交融爲一，而朝雲之仙姿神韻，彷彿呼之欲出，達到形神兼備的藝術境界。

蘇軾另有一首託意高遠之作，〈卜算子·黃州定慧院寓居作〉，云：

　缺月挂疏桐，漏斷人初靜。誰見幽人獨往來，縹緲孤鴻影。

　　驚起卻回頭，有恨無人省。揀盡寒枝不肯棲，寂寞沙

洲冷。〔註104〕

此詞爲蘇軾貶居黃州時所作，〔註105〕詞中寫孤鴻失群之驚懼，及孤鴻寧可棲息荒冷沙洲，亦不願攀附高枝求棲身，表達自己無人理解之苦衷與不肯曲意阿附，隨俗同流之高潔情懷。全篇以孤鴻自況，孤鴻之潔身自好，受命不遷，正是詞人孤介耿直之高尚節操。詞中處處寫「孤鴻」，又無處不是寫「幽人」，「孤鴻」、「幽人」二者實已融合爲一，「孤鴻」獨具之生命、個性，是主體化的結果；而「幽人」即是詞人自我之眞實寫照消融於物象之中，使主體之情與客觀之物緊密結合，形成一種典範。黃蘇《蓼園詞評》稱此詞下闋專寫孤鴻，「語語雙關，格奇而語雋，斯爲超詣神品。」〔註106〕

與蘇軾同時代之秦觀（1049～1100），亦表現出類似的詠物特徵。

〔清〕王先謙：《莊子集解》（臺北：世界書局，2001 年 11 月二版），卷 1，頁 5。

〔註103〕么鳳，鳥名。體型較燕子小，羽毛五色，每至暮春，來集桐花，故又稱桐花鳳。〔宋〕蘇軾：〈次韻李公擇梅花〉云：「故山亦何有，桐花集么鳳。」注曰：「嶺南珍禽有倒掛子，綠毛，紅喙如鸚鵡而小，自東海來，非塵中物。」見氏著，〔清〕王文誥輯註：《蘇軾詩集》（臺北：莊嚴出版社，1990 年 10 月初版），卷 19，頁 980。

〔註104〕〔宋〕蘇軾著，龍楡生箋：《東坡樂府箋》，卷 2，頁 168。

〔註105〕關於此詞的題旨與寫作時間，歷來說法不一，據劉昭明：〈蘇軾〈卜算子·黃州定慧院寓居作〉發微〉一文考訂，蘇軾〈卜算子〉寫作時日最遲不會晚於元豐三年五月底，爲蘇軾初貶黃州之時，借雁抒懷詠志之作。《國立編譯館館刊》第 23 卷 1 期（1994 年 6 月），頁 153～213。

〔註106〕〔清〕黃蘇：《蓼園詞評》，《詞話叢編》，第 4 冊，頁 3032。

如其〈虞美人〉，云：

> 碧桃天上栽和露，不是凡花數。亂山深處水瀠回，可惜一
> 枝如畫、爲誰開。　　輕寒細雨情何限，不道春難管。爲
> 君沈醉又何妨，祇怕酒醒時候、斷人腸。（頁467）

此詞以詠碧桃起興，借眼前美景，抒發惜花傷春之情。下片則以碧桃
喻美人，並將個人身世悲感之主體意識託寄美人，表達自己懷才不遇
之慨。

　　再如晁沖之（生卒年不詳）〈漢宮春・梅〉，云：

> 瀟灑江梅，向竹梢稀處，橫兩三枝。東君也不愛惜，雪壓
> 風欺。無情燕子，怕春寒、輕失花期。惟是有、南來歸雁，
> 年年長見開時。　　清淺小溪如練，問玉堂何似，茅舍疎
> 籬？傷心故人去後，冷落新詩。微雲淡月，對孤芳、分付
> 他誰？空自倚、清香未減，風流不在人知。（頁653）

全詞勾勒梅花之骨格，於稱美梅花清高拔俗之餘，寄寓懷人情思。又
如晁補之（1053～1110）〈鹽角兒・亳社觀梅〉亦頗可稱道，詞云：

> 開時似雪，謝時似雪。花中奇絕。香非在蕊，香非在萼，
> 骨中香徹。　　占溪風，留溪月，堪羞損、山桃如血。直
> 饒更、疎疎淡淡，終有一般情別。（頁559）

此詞緊扣梅花，以疏淡流動之筆，由形入神，層層揭露梅之精神品格。
李調元《雨村詞話》曰：「各家梅花詞不下千闋，然皆互用梅花故事綴
成，獨晁無咎補之不持寸鐵，別開生面，當爲梅花第一詞。」〔註107〕
李氏之言或許譽之過當，但〈鹽角兒〉詠梅不落俗套，全由捕捉梅骨神
韻著墨，梅之形神自然穿透紙筆，別有一般清香如在目前。

　　由前述所引可知，秦、晁等人之詠物詞，皆能在吟詠物象之際，
融入主體意識，只是審美主體與客觀物象之間的關係仍處於疏離狀
態，但不容否認的是，由蘇軾所領導之文學集團，對促進詠物詞之發
展確有一番拓新之功，尤其蘇軾將對客觀物象之觀照與社會人生相結
合之創作模式，體物摹寫而不滯於物，達到物我交融合一之境，爲後

〔註107〕〔清〕李調元：《雨村詞話》卷2，《詞話叢編》，第2冊，頁1403。

來的詠物創作提供借鑑。

　　周邦彥（1056～1121）是北宋繼蘇軾之後，另一位創作詠物詞大家，有二十一首。〔註108〕周邦彥妙解音律，字句工巧精麗，習於使事用典，融化前人詩句，注重藝術技巧之表現。故其詠物詞最大的特色，在於善用鋪敘手法，摹寫物態，曲盡其妙，〔註109〕並將物象擬人化，融入主體情懷，具繼往開來之功，爲詠物詞開展新局面。〔註110〕王國維《人間詞話》稱其：「言情體物，窮極工巧，故不失爲第一流之作者。」〔註111〕其詠物佳作如〈紅林檎近〉詠春雪、詠雪霽，均爲字句清麗，描繪細膩，寫景明活之佳作；〈月下笛〉賦笛，調高韻古，思深音悲，淒惻動人。茲舉其詠梅名作〈花犯〉，云：

　　粉墙低，梅花照眼，依然舊風味。露痕輕綴。疑淨洗鉛華，無限佳麗。去年勝賞曾孤倚。冰盤共燕喜。更可惜，雪中高樹，香篝熏素被。　　今年對花最匆匆，相逢似有恨，依依愁悴。吟望久，青苔上、旋看飛墜。相將見。脆丸薦酒，人正在、空江烟浪裡。但夢想、一枝瀟灑，黃昏斜照水。〔註112〕

此詞時間貫串過去、現在、未來，前六句寫眼前所見「淨洗鉛華，無限佳麗」之梅，借物起興；後五句回憶去年獨自雪中賞梅之景，將主觀意識注入物象；下片五句又回到眼前匆匆相逢卻愁頷不堪之梅，梅花似亦沾染詞人羈旅行役之苦；最後四句跳接未來式，想像江上梅子

〔註108〕　許伯卿：《宋詞題材研究》，頁136。另據馬寶蓮《兩宋詠物詞研究》統計，周邦彥詠物詞約十六首，頁109。又據路成文《宋代詠物詞史論》統計，周邦彥詠物詞約二十四首，頁105。

〔註109〕　強煥：〈片玉詞序〉，收入金啓華、張惠民等編：《唐宋詞集序跋匯編》，頁68。

〔註110〕　許伯卿：《宋詞題材研究》曰：「周邦彥詠物詞的拓展功績主要表現在重視內容的組織，擴大了詞的容量，在鋪敘中融入主體的情懷。他對情景、時空的安排，錯綜曲折，章法細密，對南宋詠物詞影響很大。」頁136。

〔註111〕　王國維：《人間詞話》，頁34。

〔註112〕　〔宋〕周邦彥著，孫虹校注，薛瑞生訂補：《清眞集校注》（北京：中華書局，2002年12月1版），頁103。

薦酒、夢尋梅花之情景。梅花之開落、己身之漂泊，盡於「一枝瀟灑」句中，得到共鳴交感，結語空靈有致。

　　陳振孫《直齋書錄題解》評論周邦彥，曰：「長調尤善鋪敍，富豔精工，詞人之甲乙也。」〔註113〕其詠物詞亦不例外，其著名詠柳長篇〈蘭陵王〉，云：

> 柳陰直。烟裏絲絲弄碧。隋堤上、曾見幾番，拂水飄綿送行色。　　登臨望故國。誰識。京華倦客。長亭路，年去歲來，應折柔條過千尺。　　閑尋舊踪迹。又酒趁哀弦，燈照離席。梨花榆火催寒食。愁一箭風快，半篙波暖，回頭迢遞便數驛。望人在天北。　　悽惻。恨堆積。漸別浦縈迴，津堠岑寂。斜陽冉冉春無極。念月榭携手，露橋聞笛。沉思前事，似夢裏，泪暗滴。〔註114〕

此詞以柳爲題，託物起興，抒寫別情。首二句直接點題，並勾勒柳之形象。接著寫登臨送別久矣，不免厭倦客留京師，追憶往昔滯留之蹤跡，設想別後萍踪，而後則以「斜陽冉冉春無極」關合。沉思往事，眞有前景茫茫，百感交集之慨。前人評曰：「微吟千百遍，當入三昧，出三昧。」〔註115〕由於周邦彥善於抓住物態本身之特色加以細膩描摹，並將物擬人化，賦予外物主觀的性靈色彩，移情附物，故而增益其工巧傳神之藝術效果。〔註116〕〈蘭陵王〉即是一闋長於鋪敍勾勒，情景渾成，〔註117〕而又深得頓挫、深厚、姿態三昧〔註118〕之作。

〔註113〕　〔宋〕陳振孫：《直齋書錄解題》（北京：中華書局，1985 年，《叢書集成初編》，第 48 冊），卷21，頁 585。

〔註114〕　〔宋〕周邦彥著，孫虹校注，薛瑞生訂補：《清眞集校注》，頁 31。

〔註115〕　〔清〕譚獻：《復堂詞話》，《詞話叢編》，第 4 冊，頁 3991。

〔註116〕　詳參趙仁珪：《論宋六家詞》（北京：北京師範大學出版社，2000 年 1 月），頁 71～72。

〔註117〕　〔清〕周濟：《宋四家詞選目錄序論》曰：「清眞渾厚，正於鉤勒處見。」《詞話叢編》，第 2 冊，頁 1643。

〔註118〕　〔清〕陳廷焯：《白雨齋詞話》認爲周邦彥詞之妙處「不外沉鬱頓挫，頓挫則有姿態，沉鬱則極深厚。既有姿態，又極深厚，詞中三昧亦盡於此矣。」《詞話叢編》，第 4 冊，卷 1，頁 3787。

另一闋長篇〈六醜‧薔薇謝後〉亦是典型之例，詞云：

> 正單衣試酒，恨客裏、光陰虛擲。願春暫留，春歸如過翼。
> 一去無迹。爲問花何在，夜來風雨，葬楚宮傾國。釵鈿墮
> 處遺香澤。亂點桃蹊，輕翻柳陌。多情最誰追惜。但蜂媒
> 蝶使，時叩窗隔。　　東園岑寂。漸蒙籠暗碧。靜繞珍叢
> 底，成歎息。長條故惹行客。似牽衣待話，別情無極。殘
> 英小、強簪巾幘。終不似一朵，釵頭顫裊，向人欹側。漂
> 流處、莫趁潮汐。恐斷紅、尚有相思字，何由見得。〔註119〕

此詞借薔薇謝後，抒發傷春惜花之情，寄託個人身世之感。詞一開始
即以飽蘸情感之筆觸，委婉傳達惜春之意：「願春暫留，春歸如過翼。
一去無跡！」眞可謂：「十三字千回百折，千錘百煉。」〔註120〕接著
「爲問花何在」點醒題旨，托出春歸花落，一去無迹，不勝惆悵之意。
漂泊之倦客一如落花之無家，託身無依，歸家無著。下片以擬人手法
寫春事已盡，獨留一朵殘英憔悴枝頭，花魂似亦通曉人情，「故惹行
客，牽衣待話」，癡戀惆悵行客，別情依依，令人歎息動容。全篇「不
說人惜花，卻說花戀人；不從無花惜春，卻從有花惜春；不惜已簪之
殘英，偏惜欲去之斷紅」，〔註121〕「反覆纏綿，更不糾纏一筆，卻滿
紙是羈愁抑鬱，且有許多不敢說處。言中有物，吞吐盡致」。〔註122〕
正說明周邦彥之詠物詞善於鋪陳摹寫，賦予客觀物象主觀情意，達到
物我通感，雙向對流之效，使「物」著我之情；「我」亦惜「物」之
意。但是「物」、「我」是各自分離、獨立的，雖然情意相通，卻不是
融合爲一的關係。換言之，周邦彥在審美觀照中沒有忘記自我的存
在，沒有化身於薔薇花中與之「混同」，而始終是獨立於花外與花交
流情愫，〔註123〕這正是周邦彥與蘇軾詠物詞最大不同之處。周邦彥

〔註119〕　〔宋〕周邦彥著，孫虹校注，薛瑞生訂補：《清眞集校注》，頁81。
〔註120〕　〔清〕周濟：《宋四家詞選眉批》，《詞話叢編》，第2冊，頁1647。
〔註121〕　〔清〕周濟：《宋四家詞選眉批》，《詞話叢編》，第2冊，頁1647。
〔註122〕　〔清〕陳廷焯：《白雨齋詞話》，《詞話叢編》，第4冊，卷1，頁
　　　　　3787。
〔註123〕　王兆鵬：《唐宋詞史論》，頁178。

詠物詞善於體物言情，移情附物，使物、我情感交流相通，注入物以人情；而蘇軾詠物詞則是隨物賦形，抒情寄志，物我交融合一，賦予物以人格、人品。

　　詠物詞由北宋初期以物觀物的層次，經由北宋中期蘇軾、周邦彥的大力拓新，將客觀物象之特質與審美主體之人格、人性相結合，賦予自然景物以真實之情感與人格特質，使物既不脫離自身的形式特徵，又具有主體的意識情感，將詠物與抒情緊密相結合，使詠物詞由傳統酒席歌筵「娛賓遣興」之功能，朝向創作主體情志回歸的方向發展。同時，隨著詞體創作提升到士大夫階層，創作主體開始關注社會現實，加以北宋末期國勢衰頹，社會動盪不安，詠物詞在題材內容、思想情感上亦有所突破與創獲，從而擴大詠物詞的境界，由抒發別情愁緒轉而借物抒發對社會人生，以及家國憂患意識的情懷，為南宋詠物詞的拓展，帶來深刻變化的新轉機。

三、深化期——南宋時期

　　詞至南宋，無論形式、內容皆臻極至。由於時代環境急遽變遷，詠物寄託之風亦日趨熾盛。蔣敦復《芬陀利室詞話》云：

> 詞源於詩，即小小詠物，亦貴得風人比興之旨。唐五代、北宋人詞不甚詠物，南宋諸公有之，皆有寄託。〔註124〕

可知南宋詞人是有意識的從事詠物詞創作，且多於詠物之中有所寓寄。學者詹安泰進一步分析個中原因，曰：

> 及至南宋，則國勢陵夷，金元繼迫，憂時之士，悲憤交集，隨時隨地，不遑寧處；而時主昏庸，權奸當道，朝綱日壞，每一命筆，動遭大僇，逐客放臣，項背相望；雖欲不掩抑其辭，不可得矣，故詞至南宋最多寄託，寄託亦最深婉。〔註125〕

誠如詹氏所言，時代之創痕，亡國之悲憤，迫使文人志士不得不借物

〔註124〕　〔清〕蔣敦復：《芬陀利室詞話》，《詞話叢編》，第4冊，頁3675。
〔註125〕　詹安泰：〈論寄託〉，《詞學季刊》第3卷第3號（1936年9月30日初版），頁13。

言志，隱曲寄情，詠物寄託之風因而盛行於南宋。其時詞壇以辛棄疾、姜夔為兩大盟主。辛主豪放，姜宗古典，各以其文學才情，性情襟抱，在詞的形式、內容方面作出新的總結，對宋詞的藝術發展作出重要的貢獻與影響。尤其南宋中期以後直到宋元易代時期，是宋詞藝術的深化期，詠物詞是宋詞藝術深化與探索之載體，因此這段時期是詠物詞高度發展的重要階段，成就與影響均極大。

（一）主流齊鳴

南宋初期，大晟樂譜多已散佚，且時勢轉移，詞人心存悲痛之懷，無暇及於審音協律，所作大多擺脫音樂之束縛，承繼蘇軾一派豪放詞風，放意悲歌，多黍離麥秀之思，哀蟬孤雁之音，最具代表性者，首推辛棄疾（1140～1207），有一百三十七首詠物詞。〔註126〕或反映南渡以後漂泊無依之孤寂際遇，或抒寫動盪時局中高標遠致之人格操守，所作無不昭示其鮮明之個性與精神風貌，甚而帶有強烈之政治抒情色彩，翻作時代悲歌，反映出時代心聲，自是不同凡響。如辛棄疾最具代表性之〈賀新郎・賦琵琶〉，云：

> 鳳尾龍香撥。自開元、霓裳曲罷，幾番風月？最苦潯陽江頭客，畫舸亭亭待發。記出塞、黃雲堆雪。馬上離愁三萬里，望昭陽宮殿孤鴻沒。絃解語，恨難說。　遼陽驛使音塵絕。瑣窗寒、輕攏慢撚，淚珠盈睫。推手含情還却手，一抹梁州哀徹。千古事、雲飛煙滅。賀老定場無消息，想沈香亭北繁華歇。彈到此，為嗚咽。〔註127〕

辛棄疾少時即懷有雄才大略，素負攬轡澄清之志，所作多抒壯慨之懷、鬱勃之氣，陳廷焯譽為「詞中之龍」，〔註128〕其習於用典託寓，

〔註126〕 詳參林承坯：《辛稼軒詠物詞研究》（臺北：國立臺灣師範大學國文研究所博士論文，1993 年 12 月），頁 43～44。另據馬寶蓮《兩宋詠物詞研究》統計，辛棄疾詠物詞約八十餘首，頁 114。又據路成文《宋代詠物詞史論》統計，辛棄疾詠物詞約七十餘首，頁 149。

〔註127〕 〔宋〕辛棄疾撰，鄧廣銘箋注：《稼軒詞編年箋注》（臺北：華正書局，1978 年 12 月）卷 5，頁 449～450。

〔註128〕 〔清〕陳廷焯：《白雨齋詞話》曰：「辛稼軒，詞中之龍也，氣魄極

此調即爲典型之作。詞中借琵琶以抒懷，寫國難家仇之悲慨。起句借
唐喻宋，追憶當年汴京之盛況。接著參差羅列琵琶典故，譴責不思復
國之人，痛斥南宋統治者偏安妥協政策之失當，發抒胸中怨憤。所用
典故凡四，包括：「鳳尾龍香撥」乃楊貴妃事、「開元霓裳曲」用白居
易〈長恨歌〉句、「潯陽江頭客」用白居易〈琵琶行〉句、「記出塞」
至上片結句用漢王昭君琵琶出塞故實，皆能扣緊題旨，呼應詞人內心
情感，故不嫌堆垛，〔註 129〕反而豐富作品之思想內涵，增添濃郁的
抒情氣氛，表現出「大氣」〔註 130〕風範，達到「心中有淚，筆下無
一字不嗚咽」〔註 131〕之效。

又如〈清平樂・憶吳江賞木犀〉，云：

少年痛飲，憶向吳江醒。明月團團高樹影，十里水沉煙。

大都一點宮黃，人間直恁芬芳。怕是秋天風露，染教
世界都香。〔註 132〕

此詞由回憶少時月夜江邊盛開之桂花寫起，以桂花茂盛芳潔之品格，
寄寓自己年少壯懷高舉，亟待報效家國，拯救天下蒼生。全詞情調豪
放，意境開闊。又如〈瑞鶴仙・賦梅〉似亦有所寓寄，詞云：

雁霜寒透幙。正護月雲輕，嫩冰猶薄。溪奩照梳掠。想含
香弄粉，艷粧難學。玉肌瘦弱，更重重、龍綃襯著。倚東
風，一笑嫣然，轉盼萬花羞落。　寂寞。家山何在？雪
後園林，水邊樓閣。瑤池舊約，鱗鴻更，仗誰託。粉蝶兒

雄大，意境卻極沉鬱。」《詞話叢編》，第 4 冊，頁 3791。

〔註 129〕〔明〕陳霆：《渚山堂詞話》曰：「此篇（指〈賀新郎・賦琵琶〉）
用事最多，然圓轉流麗，不爲事所使，稱是妙手。」《詞話叢編》，
第 1 冊，頁 363。又王偉勇：《南宋詞研究》中亦稱許稼軒「用典使
事，以文爲詞」爲其拓展詞境之成就之一。（臺北：文史哲出版社，
1987 年 9 月初版），頁 314。

〔註 130〕梁啓超評：《飲冰室評詞》曰：「琵琶故事，網羅臚列，亂雜無章，
殆如一團野草。惟其大氣足以包舉之，故不覺粗率。非其人勿學步
也。」《詞話叢編》，第 5 冊，頁 4309。

〔註 131〕〔清〕陳廷焯：《白雨齋詞話》，《詞話叢編》，第 4 冊，頁 3944。

〔註 132〕〔宋〕辛棄疾撰，鄧廣銘箋注：《稼軒詞編年箋注》，卷 2，頁 246。

　　只解，尋桃覓柳，開遍南枝未覺。但傷心，冷落黃昏，數
　　聲畫角。〔註133〕

此詞賦予梅花高潔不同於芳俗之品格，卻不得青睞，反諷時人如粉蝶
一般只知尋桃覓柳，趨炎附勢，借喻自己終不同流合污之志。由此可
知，詠物詞發展至此，習於鎔鑄典故，類比個人情感經驗，隱曲寄意，
並著重於情景交融，注入主體意識，大大發揮詠物詞抒情言志之功
能，從而進入詠物詞發展歷史的高峰期。

　　南宋後期，由於烽火暫息，失勢之痛漸遠，慷慨之音漸弱，南方
物阜繁盛，文人墨客結集詞社，分題吟詠，竭力於審音協律，雕章琢
句。且當時士大夫家普遍家蓄聲伎，以侑酒吟賞，競誇新聲。而詠物
詞最適宜展現爭奇鬥妍之技巧，表現個人才學，因此，由周邦彥所領
導之格律古典派，再度於笙歌燕舞中興起，而姜夔（1105～1209）正
是此中代表性領袖。

　　由周邦彥一脈傳衍下來之格律古典派，往往長於鋪敘展衍，工於
寫景賦物，卻短於抒情言志，這些流弊和特色傳至姜夔手中，無論在
形式、內容或風格上，無不簡練揣摩，悉力鑽研，尤以詠物詞最能見
出筆力高下。姜夔詞作以詠物詞為最多，約有四十五首，〔註134〕影
響後世亦最深遠。〔註135〕其狀物寫神不寫貌，〔註136〕攝取物象之神

〔註133〕　〔宋〕辛棄疾撰，鄧廣銘箋注：《稼軒詞編年箋注》，卷3，頁280
　　　　　～281。
〔註134〕　據筆者統計，姜夔詞傳世者84闋詠物之作約有四十五闋，其中以
　　　　　詠梅十九闋為最多，多是比興之詞，懷人之作，概可想見姜夔高懷
　　　　　脫俗、風神灑落之姿。詳參拙著：《姜白石詞研究》（臺南：漢家出
　　　　　版社，1994年12月初版），頁104～105。另據馬寶蓮《兩宋詠物
　　　　　詞研究》統計，姜夔詠物詞共三十四首，頁117。又據路成文《宋
　　　　　代詠物詞史論》統計，姜夔詠物詞有二十五首，頁173。
〔註135〕　〔宋〕姜夔著，夏承燾箋校：《姜白石詞編年箋校》（臺北：臺灣中
　　　　　華書局，1967年12月臺一版），頁2。
〔註136〕　陳磊：〈從清真、白石詞看宋代詠物詞的嬗變〉曰：「北宋的詠物詞
　　　　　多以工筆描摹的方法來勾畫物象，如論詞辯香清真的彭孫遹主張詠
　　　　　物詞『要須字字刻畫，字字天然，方為上乘』（《金粟詞話》）；而南
　　　　　宋的詠物詞則偏向於以寫意筆法來點染，如浙西詞派的盟友，論詞

采、精髓，注入一己之個性、情感，以精健之筆力，曲為傳出。如〈齊
天樂〉詠蟋蟀、〈暗香〉、〈疏影〉詠梅等詞，歷來皆被詞家指為借詠
物以寄慨之佳作。〔註137〕其詠物詞具有兩項特質：〔註138〕一是詞中
極力敷寫物性的對等性質。〔註139〕所謂詠物，不論是體物、狀物或
藉物抒懷，皆必須充分敷寫物性之內在、外在特質。因此物性之對等
性質運用，幾乎成為詠物詞之普遍結構。但是以慢詞詠物，物性之對
等，並非排比個別意義，而是藉物性之連續性構建而成。換言之，對
等性質著重物性之刻劃，藉物性之類似或對照，聯繫物體及寓意。茲
舉其詠花詞為例說明之。百花之中，姜夔最喜梅與荷，因二花冰清玉
潔，最能象徵其孤高澹遠之人格，故每於詞中詠歎之，以喻襟懷之沖
澹。至若梅花香冷韻幽，格調高絕，適足以見其性情之超卓，兼寓人
格之雅潔。〔註140〕如〈暗香〉賦梅，云：

揭櫫姜張的鄒祇謨則持斯論：『詠物固不可不似，尤忌刻意太似，
取形不如取神，用事不如用意』(《遠志齋詞衷》)。」《復旦學報》
第6期（1998年11月），頁85。

〔註137〕 如〔清〕張惠言：《詞選》評〈疏影〉云：「此章更以二帝之憤發之，
故有昭君之句。」《詞話叢編》，第2冊，頁1615。又〔清〕鄭文焯
校：《白石道人歌曲》評〈暗香〉曰：「此蓋傷心二帝蒙塵，諸后妃
相從北轅，淪落胡地，故以昭君託喻，發言哀斷。」鄭氏又評〈齊
天樂〉曰：「下闋託寄遙深，亦足千古已。」引見唐圭璋箋注，上
彊村民重編：《宋詞三百首箋注》（臺北：臺灣學生書局，1976年9
月5版），頁180、172。

〔註138〕 詳參拙著：《姜白石詞研究》，頁105～112。

〔註139〕 所謂對等性質是詩歌中局部組織之基礎，其將字與字之間加以連
繫，造成特殊之字質。Michael Riffterre 解釋曰：「比方幾個詞由於
語言上的對等結合成一雙聲疊韻而有節奏感的單元。這些詞之間自
然含有語意上的對等關係；如果是基於類似性的對等關係，就造成
隱喻或明喻；如果是基於相異性，就構成對比句。」引見梅祖麟、
高友工著，黃宣範譯〈唐詩的語意研究：隱喻與典故〉，《中外雜誌》
第4卷第7期（1975年12月），頁118～119。

〔註140〕 陳磊：〈從清真、白石詞看宋代詠物詞的嬗變〉曰：「梅花這一意象
則包含了淡雅高潔，冷雋清幽的風韻……姜夔詠梅，則著重強調梅
花那種瘦勁孤高的氣質，……可見梅花正以其獨特個性，與姜夔那
超凡脫俗的審美情趣相吻合。詠梅諸作也最能反映出白石詞的本

舊時月色，算幾番照我，梅邊吹笛。喚起玉人，不管清寒
與攀摘。何遜而今漸老，都忘卻春風詞筆。但怪得竹外疏
花，香冷入瑤席。　　　江國，正寂寂。歎寄與路遙，夜雪
初積。翠尊易泣，紅萼無言耿相憶。長記曾攜手處，千樹
壓西湖寒碧。又片片、吹盡也，幾時見得。〔註141〕

〈暗香〉、〈疏影〉二闋爲姜夔極富盛名之自度曲。其寫梅花，善於著
筆烘托環境氣氛，以創造藝術境界。如「舊時月色」四字，以破空而
來突兀之勢，霎時旋入對往事之回憶，起筆眞有峻嶒之勢。不僅勾勒
出時空範圍，亦渲染出感情基調。「何遜」三句轉入現實，寫梅花之
凋零，暗喻自己已漸衰老，不副才情。接著以「香冷入瑤席」緊扣題
旨，並以梅之神姿瀟灑暗喻一己高潔之心性。下片「江國寂寂」，不
無家國之思。「翠尊易泣，紅萼無言耿相憶」二句，由物及人，將物
擬人化，具有人之情感，與上片「舊時月色」遙相呼應，表現詞人相
憶之深情。結語「又」字一轉，寫梅之凋落飄零，語似平淡而感慨惋
惜之情溢於言表。全詞藉梅之盛衰開謝，反覆吟詠，將詞人心事呈露
無遺，寄託遙深，婉轉含蓄，不著痕跡。可謂「以性靈語詠物，以沉
著之筆達出」〔註142〕之上乘之作。

又如〈念奴嬌〉詠荷，云：

鬧紅一舸，記來時嘗與鴛鴦爲侶。三十六陂人未到，水佩
風裳無數。翠葉吹涼，玉容銷酒，更灑菰蒲雨。嫣然搖動，
冷香飛上詩句。　　　日暮青蓋亭亭，情人不見，爭忍凌波
去。只恐舞衣寒易落，愁入西風南浦。高柳垂陰，老魚吹
浪，留我花間住。田田多少，幾回沙際歸路。〔註143〕

此詞上片荷花與人合寫，偏重泛舟賞荷之奇絕光景；下片借花兼懷
人，融入詞人對愛情永恆之追憶。全詞意境清雅，筆鋒蘊藉深情，由

色。」頁83～84。

〔註141〕 〔宋〕姜夔著，夏承燾箋校：《姜白石詞編年箋校》，卷3，頁48。

〔註142〕 〔清〕況周頤：《蕙風詞話》，《詞話叢編》，第5冊，頁4528。

〔註143〕 〔宋〕姜夔著，夏承燾箋校：《姜白石詞編年箋校》，卷2，頁30。

狀物、體物、賦情層層深入表現，極盡發揮物性之對等性，具有一貫
延續性之效果，充分流露姜夔高雅多情之個性。繆鉞〈姜白石之文學
批評及其作品〉嘗評論此詞曰：

> 非從實際上寫其態，乃從空靈中攝取神理。換言之，白石
> 詞中所寫之梅與蓮，非常人所見之梅與蓮，乃白石於梅與
> 蓮之中攝取其特性，而又以自己之個性融透於其中，謂其
> 寫梅與蓮可，謂其藉梅與蓮以寫自己之襟懷亦無不可，故
> 意境深遠，不同於泛泛寫物之什。〔註144〕

所謂「從空靈中攝取神理」，即是「清空」，〔註145〕亦即由體物進而超
然於物外，取神而不取象；能寓寫「襟懷」，即是「有意趣」，〔註146〕
即要有內容意涵，表達個人的思想襟抱與人生體驗。可見詠物詞發展
至南宋，已轉而極力鑽研藝術技巧，於敷寫物性之同時，融入自我之
情思，使情景交融、物我合一，從而使意境更深婉曲折，含蓄典雅，
姜夔詠物詞即具體顯現此一特質。〔註147〕

　　另一特質則是詞中普遍用典。典故是詞人將現實的經驗和過去史
實之間所作的一種連繫，亦即在片言隻字之背後蘊涵豐富的思想意
義，以達到抒發情感之目的與效果，因此用典適足以助成婉麗典雅之
風貌。王偉勇曾分析南宋詞人習於使事用典之因，曰：

〔註144〕　繆鉞：《詩詞散論》（臺北：臺灣開明書局，1966年），頁98。
〔註145〕　〔宋〕張炎：《詞源》卷下「清空」條曰：「詞要清空，不要質實。
　　　　　清空則古雅峭拔，質實則凝澀晦昧。姜白石詞如野雲孤飛，去留無
　　　　　迹。」《詞話叢編》，第1冊，頁259。
〔註146〕　〔宋〕張炎：《詞源》「意趣」條曰：「詞以意趣為主，要不蹈襲前
　　　　　人語意。如……姜白石〈暗香〉賦梅……〈疏影〉……皆清空中有
　　　　　意趣，無筆力者未易到。」《詞話叢編》，第1冊，卷下，頁260～
　　　　　261。
〔註147〕　關於姜夔詠物詞在周邦彥詠物詞基礎上的發展、嬗變與二者之比
　　　　　較，黃雅莉：〈論宋代詠物詞之發展〉一文析之甚詳。其曰：「姜夔
　　　　　作詞，師法周邦彥，在周的詠物中已初步將身世之感和懷人之情
　　　　　滲入其中，而姜詞的詠物由此而更深入內心，更將戀情與詠物打成
　　　　　一片。……將物態與人情同化合一，在詠物之中更直接地表現了自
　　　　　我獨特的人生體驗。」頁143～153。

南宋詞壇，一則由於文士結社吟詠、角技逞采之風盛行；
一則由於深受詩壇「去陳反俗」理論之長期影響，使事用
典之習性，乃深中人心，固不論豪放婉約也。〔註148〕

詠物詞最適宜展現爭奇鬥妍之技巧，詞人由於時代環境之影響，一腔
幽憤無處宣洩，往往結社分題吟詠，借物擬人，以古諷今，用典託寓，
亦順應情勢使然。姜夔善於詞作中融入故實，豐富詞作內涵，含蓄而
深邃地表達詞的言外之意，創新意境。如〈疏影〉詠梅，云：

苔枝綴玉，有翠禽小小，枝上同宿。客裡相逢，籬角黃昏，
無言自倚修竹。昭君不慣胡沙遠，但暗憶、江南江北。想
佩環、月夜歸來，化作此花幽獨。　　猶記深宮舊事，那
人正睡裡，飛近蛾綠。莫似春風，不管盈盈，早與安排金
屋。還教一片隨波去，又卻怨、玉龍哀曲。等恁時、重覓
幽香，已入小窗橫幅。〔註149〕

此詞詠苔梅，含有三層深意：一是以美人故實形容梅花之高潔；二是
暗以己況；三是兼懷合肥情人。〔註150〕全詞鋪陳五個典故，用五位
女性人物來比喻映襯梅花，從而將梅花人格化、性格化。「苔枝綴玉」
三句用趙師雄羅浮山遇仙女一典，〔註151〕回憶舊日情人相遇之景。
繼而由「同宿」轉向孤獨，引出杜甫筆下「倚修竹」〔註152〕之佳人，

〔註148〕　王偉勇：《南宋詞研究》（臺北：文史哲出版社，1987年9月初版），
　　　　　頁185。
〔註149〕　〔宋〕姜夔著，夏承燾箋校：《姜白石詞編年箋校》，卷3，頁48。
〔註150〕　此一說法首先由夏承燾提出，詳參氏著：《姜白石詞編年箋校》卷3
　　　　　及〈行實考〉之七「合肥情事」條，頁49、269～282。
〔註151〕　〔唐〕柳宗元：《龍城錄》「趙師雄醉憩梅花下」條記曰：「隋開皇
　　　　　中，趙師雄遷羅浮。一日，天寒日暮，在醉醒間，因憩僕車於松林
　　　　　間酒肆傍舍，見一女子，淡妝素服，出迎師雄。時已昏黑，殘雪對
　　　　　月色微明。師雄喜之，與之語，但覺芳香襲人，語言極清麗。因與
　　　　　之扣酒家門，得數杯，相與飲。少頃，有一綠衣童來，笑歌戲舞，
　　　　　亦自可觀。頃醉寢，師雄亦懵然，但覺風寒相襲。久之，時東方已
　　　　　白。師雄起視，乃在大梅花樹下，上有翠羽啾嘈相顧，月落參橫。
　　　　　但惆悵而爾。」《景印文淵閣四庫全書》，第1077冊，卷上，頁282
　　　　　～283。
〔註152〕　〔唐〕杜甫：〈佳人〉云：「絕代有佳人，幽居在空谷。自云良家子，

聯想見棄於漢宮，客死異鄉之昭君，更由昭君之孤魂聯想梅花之孤潔。接著「昭君不慣胡沙遠」四句，借王昭君之故實引人遐想，同時將其哀怨之身世賦予梅花，將梅花擬人化。下片「猶記深宮舊事」用壽陽公主一事，由梅花聯想美人之梅花妝，以寫梅之零落。「不管盈盈，早與安排金屋」用漢武帝金屋藏嬌一典，意稍嫌遠，委婉中似含藏護花惜花之心，實則暗自悔恨往事。「還教一片隨波去，又卻怨玉龍哀曲」則用林逋〈霜天曉角〉詩句，意旨由惜花轉入感傷花之零落無依頗有。綜合以上用典分析，姜夔此詞詠梅花，用典處處緊合梅花題旨，雖無主觀自我之明顯呈現，其中寫梅花之高潔、淒清，寄予無限憐花惜花之情，怨深文綺，寄情遙遠，深得風雅之旨。此正是詠物詞中用典之另一效用，而姜夔可謂善用典故者也。

　　姜夔詠物詞多為比興之詞、懷人之作，其善於把握物性之內、外在特質，聯繫物體及寓意，並工於用典以蘊藉深情，脫出新境，是以所作皆精思獨造，意境深遠。固然，詠物詞中之「物」，是詞人極力鋪陳之對象，然而好的詠物詞無論是「體物寫志」，或是「託物言志」，其最終所要表達的全在一「志」，此時，「物」只是賦予美感意義之抒情媒介。姜夔詠物詞之特色，即在於物與情之關係，意即「白石詞中之物，往往只是其一己觀念中某些時、空交錯之情事中的一點提醒和點染之媒介」，〔註153〕透過繁複錯綜之敘述結構，及幽微峻折之敘寫筆法，在主觀情感與客觀物象之間尋求契合點，於深微之主觀感受中實現心、物之交融，使主體與客體情感呈現雙向交流，主體之情投注於客觀物象，而客觀物象映現主體情志，此時物即是我，我即是物，達到物我兩忘，融合為一之境界。故能不滯情於物，而有清空峭拔之致。這實在不僅因為姜夔之筆法自有其特色，同時亦因為在內容方面

零落依草木。……在山泉水清，出山泉水濁。侍婢賣珠回，牽蘿補茅屋。摘花不插髮，采柏動盈掬。天寒翠袖薄，日暮倚修竹。」〔清〕聖祖御編：《全唐詩》，卷218，頁2287。

〔註153〕 葉嘉瑩：〈論詠物詞之發展與王沂孫之詠物詞〉，頁545。

姜夔不是專以詠物爲主，而是別有寄託之故。〔註 154〕如〈齊天樂〉詠蟋蟀，云：

> 庚郎先自吟愁賦，淒淒更聞私語。露濕銅鋪，苔侵石井，都是曾聽伊處。哀音似訴。正思婦無眠，起尋機杼。曲曲屏山，夜涼獨自甚情緒。　　西窗又吹暗雨，爲誰頻斷續，相和砧杵。候館迎秋，離宮弔月，別有傷心無數。豳詩漫與，笑籬落呼燈，世間兒女。寫入琴絲，一聲聲更苦。〔註 155〕

此詞題序曰：「丙辰歲，與張功父會飲張達可之堂。聞屋壁間蟋蟀有聲，功父約予同賦，以授歌者。功父先成，辭甚美。予徘徊茉莉花間，仰見秋月，頓起幽思，尋亦得此。蟋蟀，中都呼爲促織，善鬥。好事者或以二、三十萬錢致一枚，鏤象齒爲樓觀以貯之。」由題序知，此詞本屬宴飲之際拈題同賦之作，帶有強烈的應酬性，卻透過暗喻、反襯、聯想等手法，將詠物與抒情融爲一體。全詞以蟋蟀之哀音爲線索，由「愁」起，而以「苦」結，將蟋蟀與聽蟋蟀者層層夾寫，處處切合詠題，卻寄寓無限幽怨之情。陳廷焯《白雨齋詞話》云：「全篇皆寫怨情。獨後半云：『笑籬落呼燈，世間兒女。』以無知兒女之樂，反襯出有心人之苦，最爲入妙。用筆亦別有神味，難以言傳。」〔註 156〕其中「候館迎秋，離宮弔月，別有傷心無數」幾句，隱含亡國之思，可謂精蘊情深，意出言外。

（二）分流合唱

正如沈祥龍《論詞隨筆》所言：「詠物之作，在借物以寓性情，凡

〔註 154〕　路成文：《宋代詠物詞史論》曰：「姜夔對於詠物詞抒情的刻意追求，有著特定的心理基礎（包括創作態度和深層的文化心理），同時又直接構成了其詠物詞的一個重要特徵，有寄託。」又曰：「從創作觀念看，姜夔不主張那種無謂應酬之作，而是以詞爲寄寓內心情感、宣洩一己在特定情境中微妙深刻的情緒感受的載體，……姜夔的詠物詞並沒有淪爲單純的應酬之作，即使那些應命而作或拈題而賦的詠物詞，如〈暗香〉、〈疏影〉、〈齊天樂〉等，也都寄寓了隱曲而深切的情衷，這是他的詠物詞多有寄託的一個重要原因。」頁 182、192。

〔註 155〕　〔宋〕姜夔著，夏承燾箋校：《姜白石詞編年箋校》，卷 4，頁 59。

〔註 156〕　〔清〕陳廷焯：《白雨齋詞話》，《詞話叢編》，第 4 冊，卷 2，頁 3799。

身世之感、君國之憂，隱然蘊於其內，斯寄託遙深，非沾沾然詠一物矣。」〔註157〕詠物詞發展至此，已突破個人的情感，著重於藉詠物以抒情言志，唱出時代的心音，寄予個人的身世之感與亡國之悲，成爲南宋詠物詞創作的主旋律。〔註158〕承繼蘇辛一派的豪放派詞人，如陸游（1125～1210）、張孝祥（1132～1169）、陳亮（1143～1194），南宋後期的劉克莊（1187～1269）、陳著（1214～1297），及易代時期的蔣捷（1245～1301）、劉辰翁（1232～1297）等人，往往將物性、己情、國勢與史實、世情、理想鎔鑄於一爐，所作無不昭示其鮮明之個性與精神風貌，具有深刻而豐富的情志內涵。如陸游〈卜算子〉詠梅，云：

驛外斷橋邊，寂寞開無主。已是黃昏獨自愁，更著風和雨。

無意苦爭春，一任群芳妒。零落成泥碾作塵，只有香如故。〔註159〕

全詞以梅花自喻，將淒風苦雨中孤高自持的梅花，與作者一生標格孤高，絕不爭寵邀媚、阿諛奉迎之志揉合爲一，既寫人，又寫物，物我合一。本詞以遺貌取神之法，雖未對梅花作正面的描繪，卻具體表現出梅花的神韻、品格；同時，隱身於梅花命運與品格的背後，彷彿就是詞人仕途坎坷的身影，與如梅花一般冰清玉潔的精神風貌。

又如張孝祥〈念奴嬌〉詠洞庭，云：

洞庭青草，近中秋、更無一點風色。玉鑑瓊田三萬頃，著我扁舟一葉。素月分輝，明河共影，表裡俱澄澈。悠然心會，妙處難與君說。　　應念嶺海經年，孤光自照，肺肝皆冰雪。短髮蕭騷襟袖冷，穩泛滄浪空闊。盡吸西江，細

〔註157〕〔清〕沈祥龍：《論詞隨筆》，《詞話叢編》，第5冊，頁4058。

〔註158〕張敬：〈南宋詞家詠物論述〉曰：「詞至北宋，東坡偶詠楊花，清眞嘗賦薔薇，初則託物寄懷，以抒身世之感，迨至南宋偏安，宗社傾覆，運屬危亡，詞尚藻飾，於是詞人結社，詠物大作。黍離君國之悲，傷懷離索，託之山水亭臺，寄之花木竹石，因小寓大，言近旨遠，頗有發爲佳什，傳頌一時。」《東吳文史學報》第2號（1977年3月），頁51。

〔註159〕〔宋〕陸游撰，夏承燾、吳熊和箋注：《放翁詞編年箋注》（臺北：木鐸出版社，1982年5月初版），頁124。

斟北斗，萬象爲賓客。扣舷獨笑，不知今夕何夕。（頁 1690）

此詞寫月夜泛舟洞庭，上片藉澄明的湖光水色，表現作者光明磊落的清高人格，「表裡俱澄澈」道出全篇主旨。下片抒發詞人坦蕩不羈、忘情物外之豪邁情懷。全詞將清奇壯美之景，與詞人的主體人格相一致，達到物與我交融，境與心相契，渾然一體的境界。〔註 160〕王闓運推崇此詞曰：「飄飄有凌雲之氣，覺東坡〈水調〉有塵心。」〔註 161〕

此外，蔣捷〈解連環・岳園牡丹〉，是一首結合詠物與詠史，表現出強烈歷史感之作，詞云：

妒花風惡。吹青陰漲卻，亂紅池閣。駐媚景，別有仙葩，遍瓊甃小臺，翠油疏箔。舊日天香，記曾繞、玉奴絃索。自長安路遠，膩紫肥黃，但譜東洛。　　天津霽虹似昨。聽鵑聲度月，春又寥寞。散艷魄，飛入江南，轉湖渺山茫，夢境難托。萬疊花愁，正困倚，鉤闌斜角。待攜尊、醉歌醉舞，勸花自樂。（頁 3434）

此詞由牡丹於眾芳凋零之際妖豔地綻放寫起，插入明皇貴妃之故實，暗喻中原淪喪，宋室南遷，偏安江南。並以湖山渺渺，繁華似夢，寄寓歷史興亡之慨。蔣捷身處易代之際，親眼目睹國破家亡，既無力救亡圖存，又無法忘卻故國江山，面對眼前偏安之繁華盛景，亦難掩詞人心中傷痛，徒令人興寄慨嘆，頗有反思歷史的重大意義。

又如劉辰翁〈踏莎行〉詠雨中海棠，云：

命薄佳人，情鍾我輩。海棠開後心如碎。斜風細雨不曾晴，倚闌滴盡胭脂淚。　　恨不能開，開時又背。春寒只了房櫳閉。待他晴後得君來，無言掩帳羞憔悴。（頁 3207）

此詞以擬人化手法寫海棠久經風雨摧殘，零落失色，如薄命佳人無言愁悴、獨自掩帳閨中，等待異日「君」再來。「恨不能開，開時又背」，最是隱曲寄意，托出內心對時事、國是的萬般憂慮。全篇妙在並未說

〔註 160〕　陳宏銘：《張孝祥詞研究》（高雄：國立高雄師範大學國文學系碩士論文，1992 年），頁 106～108。

〔註 161〕　〔清〕王闓運評：《湘綺樓評詞》，《詞話叢編》，第 5 冊，頁 4294。

破寓意，而以委婉蘊藉之手法，巧妙融合家國之憂與惜花之情，深情溢於言外。

至於以姜夔爲代表之風雅詞人，態度雖不如蘇辛派詞人積極，但是具有極高的文學素養與藝術才情，普遍追求一種高度藝術化的情趣生活，承繼周、姜以來講求琢字鍊句，富麗精工之風格，不斷深化詠物詞的藝術表現技巧；同時，由於身處時代淪喪，改朝易代之際，故詞作沉鬱幽咽，意蘊精深，如史達祖（1163～1220）、高觀國（生卒年不詳）、吳文英（1200～1260），及遺民詞人周密（1232～1298）、張炎（1248～1320）、王沂孫（生卒年不詳）等，所作無不體現南宋當時典雅之詞風，亦表現出詞人獨特的內在生命情調。值得注意的是，宋代詠物詞的理論總結，正是在這群末代詞人手中完成，促使詠物詞由圖形寫貌向主體情志回歸，實現了詞體藝術生命的一次蛻變。

吳文英是南宋後期極具個性的典雅派詞人，歷來對其詞的評價十分兩極化，既有「七寶樓臺」、「不成片段」之譏，〔註162〕亦有「奇思壯采」、「領袖一代」之譽，〔註163〕雖然文學批評受時代環境及個人偏好所影響，難以完全客觀審辨，然而一個人的作品在文學史上有如此懸殊之評價，亦極罕見。至於吳文英詠物詞有八十九首，多爲藉物抒情之作。〔註164〕在姜詞的基礎上所作最大的變化，則在於其將主體意識完全隱遁於客觀物象之後，使物象成爲主體心靈的外化，主

〔註162〕〔宋〕張炎：《詞源》：「吳夢窗詞如七寶樓臺，眩人眼目，碎拆下來，不成片段。」《詞話叢編》，第1冊，頁259。

〔註163〕〔清〕周濟：《宋四家詞選目錄序論》曰：「夢窗奇思壯采，騰天潛淵，反南宋之清泚，爲北宋之穠摯，是爲四家，領袖一代」《詞話叢編》，第2冊，頁1643。又如〔清〕陳廷焯：《白雨齋詞話》曰：「夢窗長處，正在超逸之中，見沈鬱之意。」《詞話叢編》，第4冊，頁3802。又如〔清〕況周頤：《蕙風詞話》：「夢窗密處，能令無數麗字，一一生動飛舞，如萬花爲春……」《詞話叢編》，第5冊，頁4447。

〔註164〕詳參普義南：《吳文英詠物詞研究》（臺北：淡江大學中國文學研究所碩士論文，2001年），頁77。另據路成文《宋代詠物詞史論》統計，吳文英詠物詞多達七十餘首，是宋代創作詠物詞最多的詞家之一，頁214。

觀情感的寄託，同時，其超越客觀物象的形態描摹，進而提昇到象徵的層面，成爲南宋詠物詞發展的一個重要轉折點。〔註165〕如〈瑣窗寒·玉蘭〉云：

> 紺縷堆雲，清腮潤玉，汜人初見。蠻腥未洗，海客一懷淒惋。渺征槎、去乘闐風，占香上國幽心展。□遺芳掩色，眞姿凝澹，返魂騷畹。　一盼。千金換。又笑伴鴟夷，共歸吳苑。離煙恨水，夢杳南天秋晚。比來時、瘦肌更銷，冷薰沁骨悲鄉遠。最傷情、送客咸陽，佩結西風怨。（頁2873~2874）

此詞以蘭花的美麗形象，作爲寄寓情事的對象。起句貼緊「玉」、「蘭」描繪，進而由「汜人初見」聯想及神話傳說，〔註166〕點出蘭花源自南方，寓含《離騷》：「紉秋蘭以爲佩」〔註167〕的楚地意象，用以點題。下片借范蠡與西施乘浮槎遠遁五湖一典，比喻自己和伊人雙雙歸去吳苑。同時化用李賀〈金銅仙人辭漢歌〉云：「衰蘭送客咸陽道，天若有情天亦老」〔註168〕詩句，作爲離別之象徵。此詞跳脫對物象的描寫，以人、花雙寫，情景交融的手法，將詠物、敘事與抒情編織成一個有機整體，賦予物象獨特的人格形象與特徵，傳達詞人自我獨特的人生體驗、思想情感與人格精神。雖然胡適譏之堆砌大串的套語和古典，缺乏詩的情緒和意境；〔註169〕然亦有學者劉少雄認爲此詞「使事用典，借汜人、西子以喻其幽獨之姿；鋪采設色，移情入景，極盡其孤高淒美之態；句句就花就人著筆，寫物我之情，皆不脫題面，明白曉暢」，〔註170〕表達詞人對昔日戀人深刻的懷念。由是知，詠物

〔註165〕 方秀潔：〈論詠物詞的發展與吳文英的詠物詞〉，收入《詞學》第十二輯（上海：華東師範大學出版社，2000年4月初版），頁81。

〔註166〕 〔唐〕沈亞之：〈湘中怨解〉記述湘中蛟宮神女謫貶凡塵，與鄭生結合的一段露水姻緣。詳見氏著：《沈下賢文集》（《叢書集成續編》，冊183，臺北：新文豐出版社，1989年），卷2，頁173。

〔註167〕 〔宋〕洪興祖補注：《楚辭補注》，頁5。

〔註168〕 〔清〕聖祖御編：《全唐詩》，頁4403。

〔註169〕 胡適編註：《詞選》（臺北：臺灣商務印書館，1986年），頁343。

〔註170〕 劉少雄：《南宋姜吳典雅詞派相關詞學論題之探討》（臺北：國立臺灣大學出版委員會，1995年5月初版），頁227。

詞至此已超越客觀物象的形態描摹，轉向託喻或象徵的表現手法，使詠物詞趨向詞體精深華美的藝術審美情趣發展。

在宋代遺民詞人中，以王沂孫最負盛名，張炎評其詞云：「琢語峻拔，有白石意度。」〔註171〕陳廷焯《白雨齋詞話》則稱其「品最高，味最厚，意境最深，力量最重。感時傷世之言，而出以纏綿忠愛，詩中之曹子健、杜子美也。」〔註172〕此說雖然譽之過當，但在宋元易代之際，其詠物詞成就最高，可謂「空絕古今」〔註173〕之集大成者。〔註174〕王沂孫存詞六十四首中，詠物詞竟達三十四首，〔註175〕佔全集一半以上，多為亡宋後作，因「歲華換卻，處處堪傷」（〈聲聲慢〉，頁3363），所以「最多故國之感」，〔註176〕含蘊哀怨，別有寄託。〔註177〕如〈慶宮春〉詠水仙、〈慶清朝〉詠榴花、〈解連環〉詠橄欖、〈三姝媚〉詠櫻桃、〈眉嫵〉詠新月等詞中用事託意，渾化無痕，而「家國身世之感，每流露於言外」，〔註178〕是王沂孫身世之感與家國

〔註171〕〔宋〕張炎：〈瑣窗寒・序〉，見氏著，黃畬校箋：《山中白雲詞箋》（杭州：杭州古籍出版社，1994年12月1版），卷1，頁35。

〔註172〕〔清〕陳廷焯：《白雨齋詞話》，《詞話叢編》，第4冊，頁3808。

〔註173〕〔清〕陳廷焯：《白雨齋詞話》云：「詠物詞至碧山，可謂空絕古今。然亦身世之感使然，後人不能強求也。」《詞話叢編》，第4冊，頁3937。

〔註174〕龍榆生：《中國韻文史》曰：「集詠物詞之大成，而能提高斯體之地位者，厥惟王沂孫氏。」（上海：上海古籍出版社，2002年3月1版），頁107。

〔註175〕據路成文《宋代詠物詞史論》統計，路氏並稱其為「宋代詠物詞的殿軍」，頁240。又據馬寶蓮《兩宋詠物詞研究》統計，王沂孫詠物詞共二十七首，頁128。另據陳彩玲《南宋遺民詠物詞研究》統計，王沂孫詠物詞共三十三首，頁96。

〔註176〕〔清〕周濟：《介存齋論詞雜著》「王沂孫」條，《詞話叢編》，第2冊，頁1635。

〔註177〕〔清〕周濟：《宋四家詞選目錄序論》曰：「碧山胸次恬淡，故黍離、麥秀之感，只以唱歎出之，無劍拔弩張習氣。詠物最爭託意隸事處，以意貫穿，渾化無痕，碧山勝場也。」《詞話叢編》，第2冊，頁1644。

〔註178〕〔清〕李佳：《左庵詞話》卷上「詠物詞」條，《詞話叢編》，第4冊，頁3118。

之悲的外化形式。如其寄託深婉之名作〈天香・龍涎香〉云：

孤嶠蟠煙，層濤蛻月，驪宮夜採鉛水。訊遠槎風，夢深薇
露，化作斷魂心字。紅甆候火，還乍識、冰環玉指。一縷
紫簾翠影，依稀海天雲氣。　　幾回嬌半醉。翦春燈、
夜寒花碎。更好故溪飛雪，小窗深閉。荀令如今頓老，總
忘卻、樽前舊風味。謾惜餘熏，空篝素被。（頁3352）

本篇爲王沂孫最著名的一闋詠物詞，體物工細，刻劃精妙，且寓意深
遠。上片從龍涎香的採集、製作到焚香，逐層開展，極盡刻劃之能事。
下片回憶當年剪燈薰香之溫馨情景，感嘆而今衰老不復薰香雅興，頗
有不堪回首之悵恨，亡國之哀感盡在言外，堪稱詠物詞之典範。〔註179〕
學者葉嘉瑩評論王沂孫詠物詞「無論在鋪陳安排之用筆方面，或是寄
託喻意之用思方面，都有相當可觀之處，而且線索分明，結構細密」。
〔註180〕此外，王沂孫詠物詞能克服姜、吳詞中的個人偏好，兼採二者
之所長，使詠物之作歸於醇雅，〔註181〕符合詠物詞於南宋後期逐漸轉
向詞體精深華美的藝術審美趣味發展的趨勢。

　　此外，值得關注的是，南宋末年遺民結社聯吟拈題唱和而成《樂
府補題》一卷，是詞史上第一部詠物詞專集。此書輯錄杭州詞人周密、
張炎、王沂孫、仇遠等南宋遺民十四人之詠物詞三十七首。其題詠凡
五：第一題〈天香〉，「宛委山房擬賦龍涎香」；第二題〈水龍吟〉，「浮
翠山房擬賦白蓮」；第三題〈摸魚兒〉，「紫雲山房擬賦蓴」；第四題〈齊
天樂〉，「餘閒書院擬賦蟬」；第五題〈桂枝香〉，「天柱山房擬賦蟹」。
由此可知當時遺民結社集會由諸人輪流作主，寓「以文會友」之意，
而以詠物詞聊抒亡國之哀思，〔註182〕異於南宋偏安盛時專以描摹物

〔註179〕　葉嘉瑩：〈論詠物詞之發展與王沂孫之詠物詞〉，頁557。
〔註180〕　葉嘉瑩：〈論詠物詞之發展與王沂孫之詠物詞〉，頁561。
〔註181〕　路成文：《宋代詠物詞史論》，頁241。
〔註182〕　據夏承燾：〈樂府補題考〉之說，其認爲龍涎香、蓴、蟹等詞託
　　　　　喻發陵說，而白蓮、蟬詞託喻后妃。見氏著：《唐宋詞人年譜》（上
　　　　　海：上海古籍出版社，1979年），頁377。夏氏之說至今仍有學
　　　　　者遵從，如方勇：《南宋遺民詩人群體研究》（北京：人民出版社，

態、娛賓遣興之作。朱彝尊（1269～1709）於《樂府補題・序》曰：

誦其詞可以觀其志意所存。雖有山林朋友之娛，而身世之
感，別有淒然言外者。其騷人〈橘頌〉之遺音乎？〔註183〕

朱彝尊特別指出《樂府補題》創作主旨與寄託的密切關係，指出山林
友朋之娛中實寓個人身世之感，如諸家詠「龍涎香」，或由物而及人，
結以今不如昔之嘆；〔註184〕「白蓮」則蘊含「自甘終隱，而亦不願
其友之枉道徇人」之意；「蓴」是擺脫名利，走向歸隱的象徵；「寒蟬」
音悲心苦，是亡國遺老失去庇護的心聲；至於「蟹」，則是持螯賞菊
表現隱逸之趣。〔註185〕影響所及，如元朝末年詞人凌雲翰，因遭逢
元末滄桑陵夷之變，亦仿效南宋遺民詞人作《樂府補題》之意，詠〈木
蘭花慢・賦白蓮〉〔註186〕一闋，借唐代天寶之亂故實，哀悼南宋的
覆滅，詞中「哀傷亡宋之意縷縷可見」。究其實，凌雲翰並未親身經
歷南宋王朝昔日的盛況，其「因物賦情」，只不過是借鑑前代之流風

2000 年）、陶然：《金元詞通論》（上海：上海古籍出版社，2001
年 7 月 1 版）等。不過近年來亦有學者旁徵史冊，力證其非，如
蕭鵬：〈《樂府補題》寄託發疑〉，《文學遺產》第 1 期（1985 年）、
歐陽光：〈與元初遺民詩社有關的一次政治活動——六陵冬青之
役考述〉，《宋元詩社研究叢稿》（廣州：廣東高等教育出版社，
1996 年 9 月初版）、及劉榮平：〈釋「知君種年星在尾」——對楊
璉眞伽發宋陵時間之堅證的考辨，兼論《樂府補題》寄託發陵說
不能成立〉收入王水照主編：《新宋學》（上海：上海辭書出版社，
2001 年）等。

〔註183〕 見〔元〕陳恕可輯：《樂府補題》，《景印文淵閣四庫全書》，第 1490
冊，頁 103。

〔註184〕 劉少雄：《南宋姜吳典雅詞派相關詞學論題之探討》（臺北：國立臺
灣大學出版委員會，1995 年 5 月），頁 197。

〔註185〕 郭鋒：《南宋江湖詞派研究》（成都：巴蜀書局，2004 年 10 月），頁
168～174。

〔註186〕 〔元〕凌雲翰：〈木蘭花慢・賦白蓮和宇舜臣韻〉：「悵波翻太液，
誰留住，藐珠仙。向水殿雲廊，玉容花貌，幾度爭鮮。人間延秋無
計，掩霓裳、猶憶舞便娟。畫裏傾城傾國，望中非霧非煙。　雁
飛不到九重天。水調漫流傳。奈花老房空，韻存心苦，藕斷絲連。
西風佩環輕解，有冰絃、誰復記華年。留得錦囊遺墨，魂消古汴宮
前。」《全金元詞》下冊，頁 1146。

餘韻而「深於寄託」〔註187〕罷了。

　　由此可知，宋元易代之際，詞人感時傷世以詠物寓寫家國之憂，寄託個人身世之悲，乃時勢之所趨。因此，《樂府補題》在很多方面代表著南宋詠物詞的最高峰，〔註188〕也為元代詠物詞的創作提供一個新的借鑑。

小　結

　　綜合上述詠物傳統與宋代詠物詞的發展歷程觀之，詠物一體肇始於《詩三百》，屈《騷》、兩漢賦體繼其功，魏晉六朝奠定基石，唐、宋詩人發揚蹈礪，特別是在詠物寄興，託物言志的表現技巧上，趨於成熟完備，終於將詠物詩推上歷史的高峰。

　　至於詠物詞，則始終處於一動態發展的過程中，詞人的主體意識與客觀物象之間的關係歷經主客分離、主客初步融合、至主客完全合一的變化過程；詞人觀物的視角亦經歷初期圖形寫貌、移情賦物、至借物抒情、託物言志回歸的轉化，最終達到物我兩忘、融合為一的境界，從而進入詠物詞發展歷史的最高峰，實現詞體藝術生命的一次蛻變。

　　詠物詞發展到南宋後期至易代之際，由於受到時代環境的影響，詞人普遍於作品中反映社會現實，寄予身世之感與亡國之悲，並且在藝術表現形式上不斷深化趨雅，流露鮮明之個性。尤其南宋遺民唱和之作《樂府補題》，藉詠物寓寄家國之憂，抒發個人身世之悲，終於將詠物詞推上最高峰，也為元代詠物詞的創作開啟一個新的方向，由應歌娛人的功能，轉向抒情言志一途發展，值得後人給予更多的關注與探討。

〔註187〕　夏承燾等編選：《金元明清詞選》（北京：人民文學出版社，1983年 1 月 1 版），頁 246。

〔註188〕　孫康宜：〈《樂府補題》中的象徵與託喻〉，見氏著：《文學的聲音》（臺北：三民書局，2001 年 10 月），頁 276。

第四章　元代詠物詞的傳承與開拓

　　悠悠歷史長河，奔騰不絕；赫赫春秋大業，幾度更迭。時至二十世紀初，元代文學始終是被隱藏於書室浮塵之下，渾沌未明。自王國維《宋元戲曲史》一書，及胡適〈吾國歷史上的文學革命〉〔註1〕等文問世以後，元曲始受到世人的關注，而被視爲有元一代文學成就最高的「一國之藝」。嗣後，元代詩文亦逐漸引起學界的注意，但仍然缺乏有系統而又全面宏觀地考索元代文學發展的規律與特質的整體性研究。

　　詞，又稱「曲子」或「曲子詞」，與元曲同樣是起自於民間的一種音樂文學。由於詞兼具音樂、文學兩種質性，故特別重視聲律上的諧和美聽，與文字上的錘鍊藻飾，可說是一種「聲、情」兼美的文學體式。但在元代特殊的政治社會氛圍之下，卻落居從屬地位而不被重視，至有詞、曲混淆不分的情形。〔註2〕然而，詞作爲一種反映社會生活的藝術表現形式，上承兩宋之流風，在紛變萬端的時代風雲的影

〔註1〕　胡適：〈吾國歷史上的文學革命〉曰：「文學革命，至元代而登峰造極。其時，詞也、曲也、劇本也、小說也，皆第一流之文學，而皆以俚語爲之。其時吾國眞可謂有一種『活文學』出世。」（北京：人民文學出版社，1998年12月，《胡適文集》第5集），頁39。

〔註2〕　元代的詞、曲常常混淆一處，如〈黑漆弩〉、〈人月圓〉，詞牌、曲牌的名稱與格律幾乎完全相同，以致王惲〈黑漆弩・游金山寺〉（蒼波萬頃孤岑矗）一首，隋樹森《全元散曲》中亦有收錄。亦有名稱相異，而格調實同者，如詞牌〈促拍醜奴兒〉，曲中則稱之爲〈青杏兒〉。

響下，自然亦映現出不同的時代意識與精神風貌。綜觀現存之元詞，仍然不乏可觀之作，且亦可見出詞體發展流變的大致脈絡。詠物詞的發展，基本上是隨著詞體的發展而同步興起的。因此，在進入主題研究之前，首先必須釐清元詞分期的問題，進而確立元代詠物詞的分期，以利本論文的進行。

第一節　元代詠物詞的分期

　　近八十年來有關元詞的研究，大都是金元兩代合併論述，故詞史的分期亦是金元兩代合併劃分。〔註3〕目前已見專論金詞的著作出版，〔註4〕卻鮮少有以元詞為主體對象作整體宏觀的專題研究。金詞與元詞的時代雖然相近，但承接系統與政治、社會環境的影響，使得金元詞的發展、成就與風格特色各有不同，其間更存在金元詞家歸屬的問題。近來有學者提出以元好問《中州集》為基準，劃分金詞和元詞，以便對金元詞分別做審視研究。〔註5〕其說以二分法為金元詞做出斷限，但其中仍存在金代遺民身分的歸屬問題，同時文中亦未對元詞的分期問題提出具體的主張。

　　二十世紀以來對元代文學的研究，大多數學者都主張以仁宗愛育黎拔力八達延祐年間作為分界點，分作前後兩期，〔註6〕但此一說法多半針對元曲與詩文等體裁進行分類，且對各分期的斷限和特色的說法，亦有相當的出入，故不適用於元詞的分期。目前學術界對元詞分期的討論，主要有以下幾種說法：

〔註3〕　如黃兆漢《金元詞史》（臺北：臺灣學生書局，1992年12月初版），頁19～28；趙維江《金元詞論稿》（北京：中國社會科學出版社，2000年2月1版），頁58～73等。

〔註4〕　王定勇：《金詞研究》，揚州大學中國古代文學博士論文，2006年。

〔註5〕　許並生、裴興榮：〈金元詞的分界〉，《南陽師範學院（社會科學版）》第11卷第5期（2006年11月），頁36～38。

〔註6〕　鄧紹基：《元代文學史》（北京：人民文學出版社，2006年6月4刷），頁2。

其一，夏承燾編《金元明清詞選・前言》，將元詞概略分為早期、及元中葉二期：

> 早期詞家，多為宋金之遺：如耶律楚材、楊果、李治等出
> 自金國；仇遠、趙孟頫、詹正等出自南宋。他們的詞作自
> 然帶有前代的遺風。……元中葉諸家詞中，劉因、許有壬、
> 張翥的影響較大。〔註7〕

其二，麼書儀〈元詞試論〉按照元詞內容的基本特點和時間的先後順序，劃分為三個時期：〔註8〕

1. 出生於元統一之前的詞人之作。

2. 出生於元統一之後、死於元亡之前的詞人作品。

3. 元末明初的詞。

以上夏氏所分二期，或麼氏所分三期之說，皆未明確斷限，實屬含糊籠統。

其三，張子良所著《金元詞述評》，將元詞分為三期：

1. 蒙古時期：約當於蒙古初入中原，以迄於世祖亡宋統一南北
   止。其間前後共六十年。北地多承遺山之緒，清雅剛健；南
   方則詞風婉麗，近於周、張。〔註9〕

2. 一統時期：元世祖至元十六年（1279），南宋亡，至順帝嗣立，
   其間約五十餘年。為元詞之「正聲」期，此期名家輩出，尤
   以張翥，堪稱「一代冠冕」。〔註10〕

3. 晚元時期：元順帝嗣位之後（1333），至朱元璋力克大都
   （1368），元覆亡止。世亂國衰，「正聲」漸趨零落，元詞之
   氣運將盡期。〔註11〕

〔註7〕夏承燾等編選：《金元明清詞選》（北京：人民文學出版社，1983年
　　　1月1版），頁5。

〔註8〕麼書儀：〈元詞試論〉，《天津社會科學》第2期（1985年）。

〔註9〕張子良：《金元詞述評》（臺北：華正書局，1979年7月），頁120～
　　　121。

〔註10〕張子良：《金元詞述評》，頁175～176。

〔註11〕張子良：《金元詞述評》，頁251～252。

其四，黃兆漢《金元詞史》設有專章探討金元詞的分期，其將元詞依歷史興衰發展概分爲四期：〔註12〕

1. 南宋遺民期：包含由宋入元而確曾降元仕元的詞人；宋亡時未滿三十歲者；一般詞選本均以之爲元人者。

2. 第一期：太宗七年至世祖至元三十一年（1235～1294），以「悲涼感慨」爲創作基調，多故國之慟和身世之感。

3. 第二期：成宗元貞元年至文宗至順三年（1295～1332），趨向於「閒適曠達」，而以豔詞麗句爲尚。

4. 第三期：惠宗元統元年至元朝末年（1333～1368），以感時傷世，「遁世逃情」爲特徵。

上述二家則根據蒙元王朝的初興、大盛和衰落的歷史，及詞壇創作所呈現的不同風格，將元詞分爲三期。黃兆漢《金元詞史》則另闢有「南宋遺民」一期；而張子良《金元詞述評》中的「蒙古時期」，亦包含有由宋入元或由金入元的詞人，故此二家對宋、金、元易代之際的斷限都顯得含糊而不夠明確。

其五，趙維江《金元詞論稿》，以「南北宗」〔註13〕詞風的嬗變爲核心，將金元詞分爲五個階段：〔註14〕

1. 宋室南渡到金世宗即位（1127～1161），北宗詞創立期。

2. 大定明昌前後（1161～1213），北宗詞完善階段。

〔註12〕黃兆漢：《金元詞史》，頁22～28。

〔註13〕〔清〕屬鶚受禪宗和畫論的啓發，以詞譬畫，將詞分爲南宗和北宗，其於〈張今涪紅螺詞序〉曰：「稼軒、後村諸人，詞之北宗也；清眞、白石諸人，詞之南宗也。」《樊榭山房全集》（臺北：中華書局，1981年，《四部備要》，第543冊），卷4，葉2b。其後〔清〕凌廷堪於《梅邊吹笛譜·跋》亦主張南宋詞壇分爲二派，其曰：「一派爲白石，以清空爲主，高、史輔之。前則有夢窗、竹山、西麓、盧齋、蒲江，後則有玉田、聖與、公謹、商隱諸人，掃除野狐，獨標正諦，猶禪之南宗也。一派爲稼軒，以豪邁爲主，繼之者龍洲、放翁、後村，猶禪之北宗也。」（臺北：鼎文書局，1976年8月，楊家駱編：《清詞別集百三十四種》，第7冊），頁3680～3681。

〔註14〕趙維江：《金元詞論稿》，頁58～73。

3. 金末元初（1213～1260），北宗詞創作高峯階段。

4. 元世祖中統至元仁宗延祐年間（1260～1314），北宗詞繁榮與南北詞風交會階段。

5. 延祐至元末明初（1314～1368），南宗詞復興與北宗詞衰微階段。

其六，陶然《金元詞通論》，將南宋詞和金、元詞作一整體、融通性的觀照，將金元詞分為五個階段：〔註15〕

1. 借才異代期（1127～1150）
2. 氣象鼎盛期（1151～1232）
3. 遺民悲歌期（1233～1300）
4. 延續傳承期（1301～1350）
5. 曲終奏雅期（1351～1368）

以上二家採取金、元詞合併論述的方式，故綜合金、元兩代詞風予以分期，各有獨到的見解。趙氏之說著重以詞風的流衍變化作為標誌；陶氏之說則注重王朝的更迭、詞人群體、詞學觀念對詞史發展所產生的影響與作用，作為詞史發展脈絡的分期依據。二家都以宋室南渡（1127）做為金元詞的起點，二者亦同樣分為五期，且金、元詞的分野都在第三期，但分期的時間略有出入。趙氏認為金末元初（1213～1260），亦即金哀宗被弒始，至元世祖忽必烈稱帝止，這段期間是北宗詞創作的高峯階段，其中元好問詞代表金元北宗詞的最高藝術水平；〔註16〕之後趙氏依照一般元代文學的分期法則，以延祐年間為斷限，將元詞分為兩期。陶氏則認為遺民悲歌期（1233～1300），亦即蒙元攻下金都汴京，至元成宗大德初年止，這段宋、金、元喋血屠城，戰況慘烈的征伐時期，激發詞人的創作激情，促使詞壇風氣產生新的

〔註15〕陶然提出金元詞分期的原則有四項：一、金元詞與南宋詞的共時性與交互性；二、王朝更迭帶來詞壇的新變化；三、詞人群體對詞壇走向的影響；四、詞學觀念的衍變在詞史發展中的作用。見《金元詞通論》（上海：上海古籍出版社，2001年7月1版），頁38～54。

〔註16〕《金元詞論稿》，頁67。

轉向，而以元好問爲主的遺民群體代表了金詞的最高成就，[註17]但這段期間有一批元代本土詞人，已有對元代混一之後的頌美之辭，所作亦頗可觀；嗣後的分期，則以紅巾軍揭竿起義爲斷限（1351），將元詞分爲兩期，雖然著眼於詞風的流變與時代變異的影響，但比重稍嫌偏頗而含糊，同時亦忽略自順帝始元朝已露衰敗跡象，詞風亦已轉移。二家說法同時肯定元好問在詞史上的影響與地位，並以元好問作爲金、元詞的分界，爲金詞的成就作出總結；但是共通的問題則在於第三期的宋金遺民詞人與元代詞人的斷限上，仍然是含糊不明。

其七，馬興榮《元明清詞鑒賞辭典・序》，將元詞分爲二期：[註18]

1. 前期：指蒙古時期及改國號爲元以後的至元、大德時期。

2. 後期：元武宗至大以後直至元亡。

馬氏於〈序〉言中進一步說明，元代前期社會較爲安定，宋金遺民詞人較多，詞風多樣化；後期社會動盪不安，各地農民群聚抗爭，詞作卻少反映社會現實。總體而言，其認爲元詞題材狹窄，反映社會現實的作品不多；藝術上深受南宋詞影響，故因襲多於創造。馬氏之說，概括而論，缺乏深入論析及明確斷限，亦屬含糊籠統。

綜合以上各家之說，或以朝代興衰爲標誌，或以創作的特徵與歷史地位爲標誌，或以詞風的流變爲標誌，各有所重。問題則在於金宋遺民的身分歸屬，及元詞發展的分期問題上，始終未有明確的界定。筆者認爲，在元詞發展的分期問題方面，宜本乎「以宋歸宋，以金歸金，以元歸元」的原則予以明確的斷限；至於遺民身分歸屬的問題，則參考唐圭璋《全宋詞》的說法：「凡宋亡時年滿二十歲者，俱以爲宋人，僅入元仕爲高官如趙孟頫等者除外。」[註19]因此筆者尊重以上各家對分期

[註17]《金元詞通論》，頁 49。

[註18] 錢仲聯等撰：《元明清詞鑒賞辭典》（上海：上海辭書出版社，2002年 12 月 1 版），頁 3～4。

[註19] 唐圭璋編：《全宋詞・凡例》（臺北：中華書局，1976 年 11 月初版），頁 1。

的主張與說法，但是爲免除詞人身分重出的困擾與疑惑，加以南宋遺民詠物詞已有相當豐富的研究成果可資參考，〔註20〕故筆者擬以黃兆漢《金元詞史》中「南宋遺民期」之後的元詞分期，作爲本論文探討元代詠物詞與詞人分期的依據。〔註21〕同時，根據唐圭璋《全金元詞》所輯元代詞人二百一十二家，詞作三千七百二十一首作爲主體研究的對象。經過一番整理爬梳，析理出元代有創作詠物詞的詞家一百零八人，詠物詞八百六十首，佔元詞總數的百分之二十三點一一。以下即分期探討元代具代表性的詠物詞家的題材內容與風格特色。

第二節　元代詠物詞的代表詞家

文學作品是作家所身處的現實社會的反映，文學作品的題材內容、思想情感、審美趨尚等，都與時代社會的變遷息息相關。如前所述，元詞的發展過程因其特殊的時代背景，很難有一具體而明確的分期依據，同時因爲詞的藝術成就在兩宋已登峰造極，元詞承繼兩宋的餘緒，易於因襲，艱於創造，難以爲盛世之繼。雖然如此，元詞隨著時代環境的變遷而呈現出不同的風格與特色，時代的盛衰興亡對其內容與風格的形成亦密切相關。因此，本文根據黃兆漢《金元詞史》以蒙元王朝的初興、大盛和衰落的歷史階段，及詞壇創作所呈現的不同

〔註20〕以南宋遺民詠物詞爲主題研究的專書，目前所見有：黃孝先：《南宋三家遺民詠物詞研究》，臺北：中國文化大學中國文學研究所博士論文，1983年；陳彩玲：《南宋遺民詠物詞研究》，臺北：國立政治大學中國文學研究所碩士論文，1984年；金永哲：《宋末三家詠物詞研究》，臺北：國立臺灣大學中國文學研究所博士論文，2000年；以及王偉勇：《南宋遺民詞初探》，臺北：東吳大學中國文學研究所碩士論文，1979年；牛海蓉：《元初宋金遺民詞人研究》，北京：中國社會科學出版社，2007年2月1版等。

〔註21〕黃兆漢：《金元詞史》「南宋遺民期」收錄詞家九十六位，除宋遠、蕭烈、謝醉庵、杜仁傑等四位，唐圭璋輯錄於《全金元詞》下冊，因而併入元詞家研究範圍，餘皆收錄於《全宋詞》第5冊，故暫不予列入本論文研究範圍。

風格，將元代詠物詞的發展分爲以下三個階段：

> 第一期：太宗七年至世祖至元三十一年（1235～1294）。
> 第二期：成宗元貞元年至文宗至順三年（1295～1332）。
> 第三期：惠宗元統元年至元朝末年（1333～1368）。

一、第一期代表詞家述評

元詞第一期由太宗七年至世祖至元三十一年（1235～1294），是「大蒙古國」進入天下一統的時期。蒙元在政治上實際分爲「大蒙古國」（1206～1259）及「元朝」（1260～1368）兩個時期。「大蒙古國」又分爲二階段，由西元1206年成吉思汗被推舉爲大汗始，至西元1234年窩闊台汗滅金止，爲第一階段。蒙、宋聯合滅金後，西元1235年蒙古軍大舉攻略宋朝，展開大規模的滅宋戰爭。西元1260年，忽必烈汗（世祖）自立於開平，下建元詔書，改年號爲「中統」，「大蒙古國」走入歷史，進入第二階段。西元1271年（至元八年），忽必烈正式定國號爲「大元」，開啓蒙元王朝的歷史新頁。西元1279年（至元十六年），忽必烈殲滅南宋，統一中國，出於對漢文化的欽慕與統治國家的需要，採納漢臣之議，[註22] 加速任用漢人，以推行漢法，[註23] 使得漢文化的傳統得以保留與延續。而屬於雅文學傳統的詞體創作，亦出現一個生機盎然的局面，宋室南渡後凋零的北方詞壇因此重新建立起來，作品內容的現實性大爲增強，具有強烈的時代感。

本於「以宋歸宋，以金歸金，以元歸元」的斷限原則，因此元詞第一期斷自金亡的第二年，至元世祖崩殂（1294）止，主要是將蒙古

[註22] 〔明〕宋濂：《元史·徐世隆傳》曰：「（至元元年）世隆奏：『陛下帝中國，當行中國事。事之大者，首惟祭祀，祭必有廟。』」（北京：中華書局，2005年4月重印7刷），卷160，頁3769。

[註23] 《元史·許衡傳》曰：「考之前代，北方之有中夏者，必行漢法乃可長久。故後魏、遼、金歷年最多，他不能者，皆亂亡相繼，史冊具載，昭然可考。使國家而居朔漢，則無事論此也。今日之治，非此美宜？……以是論之，國家之當行漢法無疑也。」卷158，頁3718～3719。

滅金後而未滅宋之前（1235～1279）的一段時期納入研究的範疇，俾使金、元詞史之間不致出現斷層的現象。而這段期間也確實出現一批出色的詞家，如李治、耶律楚材、劉秉忠、姚燧等，大都是由金入仕於元的文士，親歷改朝換代的滄桑之變，所作多故國之慟和身世之感，悲涼而感慨。還有一部份是金亡之後成長於北方的士人，如王惲、白樸、劉因、劉敏中、張之翰等，以及混一後由南宋入元的士人，如程鉅夫、吳澄、趙孟頫等；或入仕新朝，或以遺民自處，由於這段時期去宋金未遠，宋金遺風猶在，因而作品內容與風格均明顯受到「北宗詞」的影響，表現出對國家統一的嚮往和建功立業的豪情壯志，風格趨近豪放曠逸，追步東坡、稼軒剛勁雄健、豪放慷慨之詞風。

　　元代詠物詞第一期的詞人有：楊弘道、耶律楚材、李治、楊果、劉秉忠、姜彧、耶律鑄、白樸、李仁山、王惲、胡祇遹、魏初、張之翰、廉希憲、陳思濟、盧摯、張弘範、姚燧、梁曾、劉敏中、劉因、程文海、吳澄、袁易、趙孟頫、管道昇、鮮于樞、朱晞顏、安熙、張雨，尹志平等。其中又以白樸、王惲、劉敏中等人，在詠物詞的數量與質量上最具特色。

（一）白　樸

　　白樸（1226～1307），初名恒，字仁甫，後改名樸，改字太素，號蘭谷，〔註24〕原籍太原府隩州（今山西河曲縣）人，後徙居眞定（今河北正定縣），故或謂眞定人。父白華，字文舉，號寓齋，仕金爲樞密院判官，《金史》有傳。〔註25〕金哀宗開興元年（1232）蒙古軍圍汴京（今河南開封），白華隨哀宗奔歸德（今河南商丘），白樸則與母留汴京。次年金將崔立叛降，汴京失陷，蒙古軍入城擄掠，時白樸七歲，

〔註24〕鄭騫：〈白仁甫年譜〉：「白恆（恒），字仁甫，後改名樸，改字太素，號蘭谷，小名鐵山。世多以其改名及原字稱之，曰白樸或白仁甫。」見氏著《景午叢編》下編（臺北：臺灣中華書局，1972 年 3 月），頁 91。

〔註25〕詳參〔元〕脫脫：《金史・白華傳》（臺北：藝文印書館，1958 年），卷 114，頁 1125～1131。

混亂中倉皇失母，其父好友元好問（1190～1257）挈之北渡，父子遂離散。自是白樸不茹葷血，人問其故，則曰：「俟見吾親則如初。」白樸嘗罹疫，元好問晝夜抱持，凡六日，竟於臂上得汗而癒，元好問視之如同親子。數年後白華北歸，以詩謝元好問云：「顧我眞成喪家犬，賴君曾護落巢兒。」後父子卜居滹陽，以律賦爲專門之學，白樸文譽鵲起，爲後進之翹楚。〔註26〕元世祖中統初（1260），白樸隨父依元名將史天澤，客居眞定，史天澤曾薦之於朝，白樸再三辭謝。〔註27〕後師巨源又薦之從政，亦不就，終身未仕。至元混一後，白樸移居金陵，優遊於山水與詩酒之間，用示雅志。後以子貴，贈嘉議大夫，掌禮儀院太卿。有《天籟集》二卷傳世，〔註28〕見《四印齋所刻詞》及《九金人集》。唐圭璋《全金元詞》輯錄白樸詞一百零四首，所作思想內涵豐富，氣勢豪放，意境優美，「匪獨體格之高，亦見性情之厚」，〔註29〕極具鮮明之藝術特色。

　　白樸以曲知名於世，劇散並佳，爲元曲四大家之一。《太和正音譜》稱之曰「如鵬摶九霄」，又云「風骨磊魄，詞源滂沛，若大鵬之

〔註26〕王國維：《宋元戲曲史・元戲曲家小傳》曰：「白樸，字太素，一字仁甫，號蘭谷，……寓齋北歸……居無何，父子卜居滹陽。律賦爲專門之學，而太素有能聲，爲後進之翹楚。」（臺北：臺灣商務印書館，1994年12月），頁169～170。

〔註27〕〔元〕王博文：《天籟集・序》記曰：「中統初，開府史公將以所業力薦之於朝，再三遜謝，棲遲衡門，視榮利蔑如也。」見〔清〕吳重熹輯：《九金人集》（臺北：成文出版社，1967年8月臺一版），頁1271。

〔註28〕《天籟集》爲白樸62歲時（1287年）親手編訂，此書由其好友正議大夫御史臺中丞王博文命名，並爲之作序。收錄白樸「散失之餘」的小令、慢詞共200篇，後又補入62歲以後所作若干篇，元時曾板行於世，後歷經兵燹，散佚多時。至明，白樸裔孫白永盛曾託陳霆爲之付梓，後因陳霆宦迹蓬轉，未及所諾。清康熙年間，經朱彝尊校勘整理，以曝書亭本授梓。故白樸的詞爲曲名所掩，知者甚少。詳見孫大雅〈天籟集・序〉及繆荃孫〈天籟集・跋〉，《九金人集》，頁1270、1293。

〔註29〕〔清〕陳廷焯：《白雨齋詞話》，《詞話叢編》，第4冊，卷1，頁3777。

起北溟，奮翼凌乎九霄，有一舉萬里之志，宜冠于首。」〔註30〕今存作雖不多，大抵是歎世、詠景和閨怨之作，小令清麗活潑，不同流俗；雜劇代表作〈梧桐雨〉，取材自〔唐〕陳鴻〈長恨歌傳〉，寫唐玄宗李隆基與楊貴妃故事，曲詞華美雋雅，詩意濃厚。王國維稱之曰：「奇思壯采，爲元曲冠冕。」〔註31〕〔清〕李調元亦曰：「元人詠馬嵬事無慮數十家，白仁甫〈梧桐雨〉劇爲最。」〔註32〕甚至直接影響〔清〕洪昇傳奇戲曲〈長生殿〉的創作，足見後人對其評價甚高。

　　白樸幼時遭逢壬辰之難（金哀宗天興元年，1232 年），鞠養於元好問家，讀書穎悟過人，日親炙其謦欬談笑，悉能默記，受元好問影響極深。〔註33〕元好問亦頗讚賞其才華，每過之，必問爲學次第，嘗贈之詩曰：「元白通家舊，諸郎獨汝賢。」又曰：「通家吾未老，倚杖望高軒。」〔註34〕對白樸之愛重與期許，可見一斑。白樸受其薰陶習染，詞風高曠清勁，沉鬱低迴處，幾近於元好問。

　　白樸詞是其一生獨特經歷的紀錄，也是其作爲士階層一分子，在元代這一特殊歷史時期心理歷程的寫照。〔註35〕白樸自幼經喪亂，改朝易代後，遂遁跡湖山，縱情詩酒，時而興發「山川滿目之歎」，故題詠多爲懷古、閒適、詠物與應酬之作。1279 年蒙元覆滅南宋，東南戰事底定，至元十七年（1280）白樸徙居金陵，經常與耆老歡飲，題詠前朝名物，作品中時時流露滄桑之感與故國之悲。王博文評之

〔註30〕〔明〕朱權：《太和正音譜・古今群英樂府格勢》，（臺北：臺灣商務印書館，1966 年，《四部叢刊》，第 560 冊），譜上，葉 6b。

〔註31〕王國維，滕咸惠校注：《人間詞話》（臺北：里仁書局，1994 年 11 月初版），卷上，頁 95。

〔註32〕〔清〕李調元：《雨村曲話》（臺北：宏業書局，1972 年 4 月），卷上，葉 12b。

〔註33〕羅錦堂：《中國散曲史》云：「他生活嚴肅，品格很高，因爲曾受著元遺山薰陶，得有古典文學深厚的根基。所作散曲，多清俊飄逸、朗朗可喜。」（臺北：中國文化大學出版部，1983 年 8 月新一版），頁 61。

〔註34〕〔元〕王博文：《天籟集・序》，《九金人集》，頁 1271。

〔註35〕《金元詞論稿》，頁 140。

曰：「辭語遒麗，情寄高遠，音節協和，輕重穩愜，凡當歌對酒，感
事興懷，皆自肺腑流出。」〔註36〕如〈沁園春・金陵鳳凰臺眺望〉、〈水
調歌頭・初至金陵〉等金陵懷古詞篇，無不寄託故國之思，身世之感。
劉大杰嘗評其詞云：「他的生活嚴正，品格很高，在他的詞裏，表現
著故國禾黍之悲；如〈石州慢〉中云：『少陵野老，杖藜潛步江頭，
幾回飲恨吞聲哭。歲暮意何如，怯秋風茅屋。』在這些句子裡，可以
看出他的思想感情。」〔註37〕由是知，時代的動盪離亂，在其心靈烙
下蒼涼的印記，卻始終未曾改易其堅貞不屈的操守。的確，人生短促
固不須隱居避世以高其志節，然亦無須汲汲於功名利祿而使心爲形
役，白樸曾賦〈沁園春〉婉謝師巨源之薦，云：「百年孤憤，日就衰
殘。麋鹿難馴，金鑣縱好，志在長林豐草間。」短短數語，具現其不
同流俗之性情志節。

　　白樸詞就題材言，有抒發盛衰之感的懷古詞；有表現詩酒山水逃
避現實的閒適詞；亦有酬酢往來之詠物、贈答詞。〔註38〕就風格言，
近於豪放一派，故〔清〕朱彝尊評之曰：「蘭谷詞源出蘇、辛，而絕
無叫囂之氣，自是名家。元人擅此者少，當與張蛻菴稱雙美，可與知
音道也。」〔註39〕《四庫全書總目提要》評其詞曰：「清雋婉逸，音
愜韻諧，可與張炎《玉田詞》相匹，惟以製曲掩其詞名，故沉晦者越
數百年。」〔註40〕又〔清〕王鵬運《天籟集・跋》亦曰：「仁甫詞洵

〔註36〕〔元〕王博文：《天籟集・序》曰：「然自幼經喪亂，蒼皇失母，便
　　　　有山川滿目之歎，逮亡國，恆鬱鬱不樂，以故放浪形骸，期於適意。」
　　　　《九金人集》，頁1271。按：王博文（1223～1288），字子勉，號西
　　　　溪，相州（今河南安陽）人。
〔註37〕劉大杰：《中國文學發展史》第23章〈元代的散曲〉（臺北：華正書
　　　　局，1979年5月），頁763。
〔註38〕鄧紹基：《元代文學史》，頁143。
〔註39〕〔清〕朱彝尊：《天籟集・跋》，引見〔元〕白樸，王文才校注：《白
　　　　樸戲曲集校注》附編（北京：人民文學出版社，1984年6月），頁
　　　　299。
〔註40〕〔清〕永瑢等撰：《欽定四庫全書總目・天籟集提要》（臺北：藝文
　　　　印書館，2004年10月初版8刷），第6冊，卷199，頁4175。

如《提要》所云，清雋婉逸，調適均諧，足與張玉田相匹。」〔註41〕
綜合以上各家之說可知，白樸詞源自蘇、辛，繼元好問之後，以豪放
見長，詞語遒麗，清雋婉逸，足與張翥稱雙美，與張炎《玉田詞》相
匹配，可見白樸詞在元代詞壇實具有舉足輕重之地位。

　　《全金元詞》輯錄白樸詞共一百零四首，詠物詞有二十六首，約
占全詞的百分之二五。統計如下：

　　天象類：雪一首、月二首，合計三首。

　　地理類：溪一首、灘一首、池一首，合計三首。

　　植物類：梅花五首、海棠一首、桃花二首、木樨花一首、水仙花
　　　　　　一首、虞美人、草一首，其中有一首雙詠，合計十首。

　　建築類：堂一首、臺四首、故宮一首、祠一首、樓二首，合計九
　　　　　　首。

　　其　他：茶一首，合計一首。

　　根據上述詠物題材整理，白樸詠物詞以詠植物及建築物類較多，
與其一生經歷息息相關。青少年時期，白樸客居真定，與史天澤、張
柔等漢族世侯往來密切，同時亦出入「花月少年場」（〈風流子〉）參
與雜劇藝術活動，是以早期詠物詞作多詠風花雪月，如〈踏莎行・詠
雪〉、〈水調歌頭・詠月〉二首、〈秋色橫空・贈虞美人草〉、〈秋色橫
空・詠梅〉等。其中詠天象三首，大抵以慢詞鋪陳，客觀描摹，同時
大量引用典故豐富詞意內涵，凸顯歌詠之對象，以提高藝術表現之技
巧。至於詠花之作，多為花人雙詠，借物喻情。如〈秋色橫空・贈虞
美人草〉云：

　　　　兒女情多。甚千秋萬古，不易消磨。拔山力盡英雄困，垓
　　　　下尚擁兵戈。含紅淚，顰翠娥，拌血污遊魂逐太阿。草也
　　　　風流猶弄，舞態婆娑。　　當時夜間楚歌。嘆烏騅不逝，
　　　　恨滿山河。匆匆玉帳人東去，耿耿素志無他。黃陵廟，湘

水波。記染竹成斑泣舜娥。又豈止虞兮，無可奈何。〔註42〕

詞中借楚霸王項羽與虞姬烏江泣別、湘娥泣竹等故實，表達生死知己的眞摯愛情，兒女情長，英雄遺恨，盡於字裡行間。又如〈秋色橫空‧詠梅，順天張侯毛氏以太母命題索賦〉云：

> 搖落初冬。愛南枝迴絕，暖氣潛通。含章睡起宮妝褪，新
> 妝淡淡丰容。冰蕤瘦，蠟蒂融。便自有翛然林下風。肯羞
> 蜂喧蝶鬧，豔紫妖紅。　　何處對花興濃。向藏春池館，
> 透月簾櫳。一枝鄭重天涯信，腸斷驛使相逢。關山路，幾
> 萬重。記昨夜筠筒和淚封。料馬首幽香，先到夢中。(頁641)

起句即切入正題，描寫梅花寒冬獨自開於深雪之中，幽香遠傳，突出梅花出塵絕世之姿。接著以壽陽公主故實比擬張柔妻毛氏，風姿淡雅，儀態秀麗；並進一步側寫、烘托梅之高潔雅逸，非同凡俗，凸顯物象特徵，間接稱譽毛氏，達到物即人，人即物之境。下片因物起興，客旅異鄉，關山阻隔，感物興懷之際，只能遙寄「一枝」以抒發思念親友之情，詞意婉轉，情韻綿邈。

移居江南後，白樸之詠花詞則平添幾許羈旅愁思，如〈清平樂‧詠木樨花〉云：

> 碧雲葉底。萬點黃金蕊。更看薔薇清露洗。澤國秋光如水。
> 　　餘生牢落江南。幽香鼻觀曾參。見說小山招隱，夢魂
> 夜夜雲嵐。(頁646)

此詞上片寫物，從枝葉、花色、香氣和生長之地著手，突出木樨花之型態特徵；下片直敘心聲，羈旅他鄉，自嘆飄泊零落，因借淮南王劉安〈招隱士〉賦以自況，道出對遠方故友之深切思念，曲折有致，委婉動人。

辭謝史天澤之舉薦後，白樸拂衣南遊，移居金陵，其生活和思想亦隨之產生深刻的變化，神州陸沉之痛，銅駝荊棘〔註43〕之傷，往往

〔註42〕唐圭璋編纂：《全金元詞》，頁641。以下所引元代詞作皆出自《全金元詞》下冊，為避免注文繁複，一律以括號註明頁數，不再另立註腳。

〔註43〕〔唐〕房玄齡等奉敕撰：《晉書‧索靖列傳》：「索靖字幼安，敦煌人

寄託於詞，或題詠南唐故宮、麗華廢祠、或登臨金陵鳳凰臺、鎮江多
景樓、或走訪烏衣園，詠物題材擴大，思想內容亦融入廣泛的社會現
實，包含切身的人生感受。尤其以金陵懷古為題之詞作十一首，成為
其後期創作的主體。〔註44〕其中除了〈木蘭花慢・燈夕到維揚〉一首，
餘皆應為「庚辰卜居建康」後所作。〈奪錦標・青溪弔張麗華〉則是
「庚辰卜居建康」之初所作，雖為弔亡之辭，卻盡寄身世之感。詞云：

> 霜水明秋，霞天送晚，畫出江南江北。滿目山圍故國，三
> 閣餘香，六朝陳迹。有庭花遺譜，口衰音、令人嗟惜。想
> 當時、天子無愁，自古佳人難得。　　惆悵龍沉宮井，石
> 上啼痕，猶點胭脂紅漫。去去天荒地老，流水無情，落花
> 狼藉。恨青溪留在，渺重城、煙波空碧。對西風、誰興招
> 魂，夢裏行雲消息。（頁624）

全詞用語清新流麗，雖化用前人詩句，卻不落斧鑿痕。寫景弔往，嗟
嘆感慨，寄託幽懷，全於虛處著筆，沉咽蘊藉，不傷淺露。歇拍則以
反詰口氣作結，低迴縈迴，淒麗入骨，〔註45〕餘韻不盡。張子良評曰：
「南宋詞人移情託景之妙，無過姜、張，今知仁甫手法之精，於二子

也。累世官族，父湛，北地太守。靖少有逸群之量，與鄉人氾衷、
張魁、索紾、索永俱詣太學，馳名海內，號稱『敦煌五龍』。四人並
早亡，唯靖該博經史，兼通內緯。州辟別駕，郡舉賢良方正，對策
高第。傅玄、張華與靖一面，皆厚與之相結。……靖有先識遠量，
知天下將亂，指洛陽宮門銅駝，歎曰：『會見汝在荊棘中耳！』」按：
「銅駝」，原為宮室前具有代表性的裝飾品，在國勢凌替之際，卻成
了王室興亡的一個見證。（臺北：藝文印書館，1958年），卷60，頁
1109～1110。

〔註44〕據何硯華：〈論白樸的金陵懷古詞〉統計，有〈奪錦標・青溪弔張麗
華〉、〈水調歌頭・初至金陵〉、〈水調歌頭〉（樓船萬艘下）、
〈水調歌頭・登周處讀書臺〉、〈水調歌頭・感南唐故宮〉、〈水
龍吟・九日同諸公會飲鍾山望草堂有感〉、〈沁園春・金陵鳳凰臺
眺望〉、〈沁園春・保寧佛殿即鳳凰臺〉、〈摸魚子〉（問誰歌）、
〈瑞鶴仙・登金陵烏衣園來燕臺〉、〈木蘭花慢・燈夕到維揚〉等十
一首，皆為金陵懷古詞，佔全部詞作的十分之一強。《殷都學刊》
第3期（1999年），頁61。

〔註45〕夏承燾等編選：《金元明清詞選》，頁116。

亦不多讓。」〔註46〕

　　陳廷焯《白雨齋詞話》云：「作詞之法，首貴沉鬱，沉則不浮，鬱則不薄。」〔註47〕白樸金陵懷古詞尤能體現沉鬱俊逸的藝術特色。試看以下〈沁園春・金陵鳳凰臺眺望〉云：

> 獨上遺臺，目斷清秋，鳳兮不還。悵吳宮幽徑，埋深花草，晉時高塚，鎖盡衣冠。橫吹聲沉，騎鯨人去，月滿空江雁影寒。登臨處，且摩挲石刻，徒倚闌干。　　青天半落三山。更白鷺洲橫二水間。問誰能心叱，秋來水靜，漸教身似，嶺上雲間。擾擾人生，紛紛世事，就裏何常不強顏。重回首、怕浮雲蔽日，不見長安。（頁633）

題序點明此詞為白樸登臨憑弔之作，全詞以蒼涼、清曠之筆觸，巧妙點化前人詩句，描繪出一幅六朝古都由繁華轉為蕭條的滄桑圖景，同時寓情於景，寄託詞人的人生感慨與體悟，令人慨嘆不已。

　　另一首備受稱譽之〈沁園春〉云：

> 我望山形，虎踞龍盤，壯哉建康。憶黃旗紫蓋，中興東晉，雕闌玉砌，下逮南唐。步步金蓮，朝朝瓊樹，宮殿吳時花草香。今何日，尚寺留蕭姓，人做梅妝。　　長江。不管興亡。謾流盡、英雄淚萬行。問烏衣舊宅，誰家作主，白頭老子，今日還鄉。弔古愁濃，題詩人去，寂寞高樓無鳳凰。斜陽外，正漁舟唱晚，一片鳴榔。（頁634）

此詞題序云：「保寧佛殿即鳳凰臺，太白留題在焉。宋高宗南渡，嘗駐蹕寺中，有石刻御書王荊公〈贈僧〉詩云：『紛紛擾擾十年間，世事何常不強顏，亦欲心如秋水靜，應須身似嶺雲間。』意者當時南北擾攘，國家蕩析，磨盾鞍馬間，有經營之志，百未一遂，此詩若有深契於心者以自況。予暇日來遊，因演太白荊公詩意，亦猶稼軒〈水龍吟〉用李延年淳于髡語也。」借他人酒杯，澆自己胸中塊磊，本是詞人慣用手法。此詞最大的特色，即在於白樸信手拈來，融合李白與王

〔註46〕張子良：《金元詞述評》，頁134。

〔註47〕〔清〕陳廷焯：《白雨齋詞話》，《詞話叢編》，第4冊，頁3776。

安石二者之詩於一體，以抒發自己對人生的感慨，而又不黏不滯，有渾然天成之妙。全詞所涉及的史跡有十五處，直接或間接指涉的古人將近二十人。起句由「憶」字引領，回顧歷史滄桑，綿亙七百餘年的朝代更迭，人事興廢，盡付諸滔滔東流水，因而興嘆云：「長江。不管興亡。謾流盡、英雄淚萬行。」將歷史興亡之慨，國破家亡之恨，人生得失之論，一傾於詞。然而，這是歷史無情的定律，亦是現實困陷之無奈，詞人糾結難抑之懷古傷今情緒，總結於「斜陽外，正漁舟唱晚，一片鳴榔」之清幽淡遠中。全篇情感蘊藉，寄意深厚，寓情於景，正是懷古詞之深切表現。

　　白樸詠物詞由早期吟詠風花雪月之清麗風貌，到歷盡人事滄桑後的沉鬱俊逸，在在體現作為士階層一分子，在元代這一特殊歷史時期，面對江山飄搖，時代劇變，不得不以重拙深長之筆，曲折委婉的表達個人身世之感與家國之悲的心路歷程。

（二）王　惲

　　王惲（1228～1304），字仲謀，號秋澗，衛州汲（今河南汲縣）人。父天鐸，為晚金名儒。惲承家學，少有材幹，好學善屬文。史天澤領兵過衛，一見接以賓禮。中統元年（1206），左丞姚樞宣撫東平，愛惜其才，辟為詳議官，擢為中書省詳定官，尋轉翰林修撰，兼國史院編修官。至元五年（1262），拜監察御史，屢上書論時政，令權貴側目；後出為平陽路府判官，進福建閩海按察使。二十九年，召至京師，極陳時政，授翰林學士。成宗即位，獻《守成事鑑》十五篇，官至通議大夫，知制誥。大德五年（1301），上章求退，得歸。大德八年（1304），卒，年七十七。贈翰林學士承旨、資善大夫，追封太原郡公，諡文定。〔註48〕有《秋澗先生大全文集》一百卷傳世，朱祖謀從中輯出其詞為《秋澗樂府》四卷。詞集有《彊村叢書》本，及陶湘輯《景刊宋金元明本詞》本。

〔註48〕〔明〕宋濂：《元史・王惲傳》，卷167，頁3935。

　　王惲才氣橫溢，嘗師事元好問，與東魯王博文、渤海王旭齊名。其於〈追挽元遺山先生〉自注云：「余年廿許，以時文贄于先生，公喜甚，親爲刪誨，且有文筆重于相權，泰山微塵之說，即欲挈之西行，以所傳畀余，以事不克，至今有遺恨。」〔註49〕可見元好問對其提挈與賞識，故其所作多紹承元好問，又上宗唐代元、白二家，體現元白社會寫實之風。入仕後，以才幹著稱，尤勤於著述，留傳之詩文甚富。爲文波瀾意度，不失前人矩矱。〔註50〕其詩筆力雄渾，詞則凝麗典重，剛柔兼具，均能嗣響其師。

　　王惲是元代存詞最多的詞人，亦是元代創作詠物詞最多的詞人。唐圭璋《全金元詞》輯錄其詞共二百四十四首，詠物詞有六十六首，約佔全部詞作的百分之二十七點零五。統計如下：

　　天象類：風一首、雨五首、雪二首、冰一首、月四首，合計十三
　　　　　　首。
　　地理類：泉一首、山一首，合計二首。
　　動物類：鶯一首，合計一首。
　　植物類：蓮花四首、梨花三首、雞頭（芡實）一首、梅花一首、
　　　　　　海棠一首、杏花二首、牡丹二首、荼蘼一首、蘭花一首、
　　　　　　來禽二首、芍藥二首、桃花一首、賞花一首、探花一首，
　　　　　　紫金沙一首，其中有二首雙詠，合計二十二首。
　　器用類：笳一首、琵琶一首、箏二首、薰爐一首、紫簫一首、畫
　　　　　　一首、焦氏樂器一首，合計八首。
　　建築類：園六首、堂三首、臺二首、寺廟二首、樓二首、墓一首、
　　　　　　門一首、別墅二首，合計十九首。

〔註49〕〔元〕王惲：〈追挽元遺山先生〉，（臺北：臺灣商務印書館，1983 年，
　　　　《景印文淵閣四庫全書》，第 1200 冊），卷 17，頁 202。
〔註50〕〔清〕永瑢等撰：《欽定四庫全書總目‧秋澗集提要》云：「惲文章源
　　　　出元好問，故其波瀾意度，皆不失前人矩矱。詩篇筆力堅渾，亦能嗣
　　　　響其師。論事諸作有關時政者，尤爲疏暢詳明，瞭如指掌。史稱惲有
　　　　才幹，殆非虛語，不止詞藻之工也。」第 5 冊，卷 166，頁 3297。

其　他：茶一首，合計一首。

由以上分類整理可見，王惲詠物詞的題材涵蓋的範圍極廣泛，詠花詞所佔比重最大，其中又以蓮花、梨花最多；此外，王惲詠雞頭、紫金沙、箏、簫及焦氏樂器等題材都是元詞中第一次出現，在一定程度上擴大元代詠物詞的題材範圍。

王惲原為金人，雖然仕於元朝，猶有故國懷思，其〈水龍吟〉賦雪云：

> 畫樓十日春陰，晚風吹作冰花轉。初冬中候，應時呈瑞，
> 幾年未見。沽酒尋梅，就中此興，撩人不淺。更露堂添得，
> 虛窗夜白，清於水，光如練。　　我老久諳世味，最欣然、
> 人安米賤。螳蠉入地，麥旗掉壠，翠翻平甸。大獵清邊，
> 為民祈穀，睿思何遠。在詞臣合取，元和賀例，拜明光殿。
>
> （頁 654）

此詞題序云：「至元二十三年丙戌孟多二十八日小雪，十月中，是日雪作，連明沾地，而釋潤於春澤，其應時顯瑞，數年以來，未之見也，實可為明時慶，因作樂府水龍吟以紀其和。予平苦屢嘗賦此，未免掇拾故事，張皇景氣而已。茲篇之作，頗體白戰，抑老懷，略見樸忠之至，眷畎不忘之意也。」由序文可知王惲詠雪之作「頗體白戰」，[註51] 避熟語習套，不直接詠物，而是間接側寫孟多瑞雪呈祥，賞梅飲酒之樂景，

〔註51〕 「白戰體」，又稱「禁體物語」，始於〔宋〕許洞之賦詩約禁，其後歐陽脩創作〈雪〉詩開其端，蘇軾「效歐陽體」繼作，致力於白描，巧構形似，體物妙肖，於是蔚為創作詠物詩禁體、白戰之典範。引見〔明〕胡仔：《苕溪漁隱叢話》「六一居士上」條曰：「六一居士守汝陰日，因雪會客賦詩，詩中玉、月、梨、梅、練、絮、白、舞、鵝、鶴、銀等事，皆請勿用。詩曰：『新陽力微初破萼』云云……其後，東坡居士出守汝陰，禱雨張龍公祠，得小雪，與客會飲聚星堂。忽憶歐陽文忠公作守時，雪中約客賦詩，禁體物語，於艱難中特出奇麗，爾來四十餘年，莫有繼者。僕以老門生繼公後，雖不足追配先生，而賓客之美，殆不減當時。公之二子，又適在郡，故輒舉前令，各賦一篇，詩曰：『窗前暗響鳴枯葉』云云……。自二公賦詩之後，未有繼之者，豈非難措筆乎？」（臺北：長安出版社，1978 年 12 月），前集，卷 29，頁 202～203。

意欲恢復「明時慶」，以期達至「抑老懷，略見樸忠之至，猷畝不忘之意」的創作目的。此詞由春日瑞雪，聯想及「人安米賤」的太平盛世氣象，實肇因於朝廷「大獵清邊，爲民祈穀」，故賦詞歌頌朝廷。此詞名爲詠雪，實寄意諷喻，頗得元白新樂府創作之旨。又如另一首〈江神子〉詠雪云：

> 小窗遙夜失冬嚴。覺春添。捲疏簾。掌許冰花，撩亂撲風檐。喜倒坐中兒子輩，爭指似，謝家鹽。　一杯燈下醉掀髯。處窮閻。最情忺。萬壠含春，江上麥纖纖。應笑凍吟蘇老子，揩病目，認青帘。（頁685）

此詞題序云：「金朝遺風，冬月頭雪，令僮輩團取，比明拋親好家，主人見之，即開宴娛賓，謂之撇雪會。去冬無雪，今歲初白如此，燈下喜賦此詞，錄奉達夫，且應撇雪故事，爲一觴之侑也。」全詞敘寫深雪夜景，孩子們歡呼雀躍之情，爲深靜的冬夜平添幾許生機。繼而描寫雪花紛紛飄墜的場景，及雪後展望的圖景，流露士大夫忠君愛國的風雅情致。尤其詞序敘述撇雪會故事，「萬壠含春，江上麥纖纖」一語，隱曲道出王惲關懷百姓生計之用心。況周頤予以高度認同曰：「金源雅故，流傳絕少，亟記之。」〔註52〕全詞清雅含蓄，充分發揮儒家溫柔敦厚的風雅之旨。

王惲自云其詠物詞多爲「張皇氣象」之作，在創作手法上則採用「掇拾故事」的方式以婉曲寓意，故見春雪則云：「好是東君，與時呈瑞，春迴枯槁。」（〈水龍吟·賦春雪〉）；中秋無聊，便賦雞頭云：「老夫旁看，苦吟思與韓較。」〔註53〕（〈酹江月·賦雞頭〉）描繪雞頭，形象具現，藉言韓愈，實則頗寓己志；而〈木蘭花慢〉詠焦氏樂器，則是出於「座間承待制翰學命不肖以樂府〈木蘭花慢〉歌之」而成，然詞末云：「看取長安日近，春風搖蕩鳴珂。」引用晉明帝「日

〔註52〕〔清〕況周頤：《蕙風詞話》，《詞話叢編》，第5冊，卷3，頁4549。
〔註53〕〔唐〕韓愈：〈城南聯句〉：「鴻頭排刺芡，鶻鶻攢環橙。」〔清〕聖祖御編：《全唐詩》（北京：中華書局，1960年4月1版），第22冊，卷791，頁8904。

近長安遠」〔註54〕一典，似亦別有弦外之音。

　　除此之外，最能體現王惲「張皇氣象」之創作目的的，則為其詠花詞二十二首。試看下面這首〈水龍吟‧賦蓮花海棠〉云：

> 兩株雲錦翻空，換根元有丹砂祕。繡幃重繞，銀紅高照，
> 故家風味。翠羽生紅，霧紗肌玉，風流誰比。記沉香亭暖，
> 真妃半醉，雲鬢亂，耽春睡。　　夢裡昆明灰冷，恍留在、
> 紅幢翠袂。金盤華屋，無心與並，朱門桃李。一霎傷春，
> 臨軒便恐，彩鸞交墜。倩紫簫喚起，霓裳舊曲，拚花前醉。

（頁651～652）

此詞詠雙花，化用蘇軾〈海棠〉〔註55〕、〈寓居定惠院之東雜花滿滿山有海棠一株土人不知貴也〉〔註56〕等詩讚美山野海棠句意，藉此說明生長於山野的海棠，生性嬌柔富貴，自然可愛，不需「金盤華屋」亦足以顯示出其天然富貴氣象；詞中亦暗用貴妃海棠春睡〔註57〕、弄

〔註54〕〔南朝宋〕劉義慶原撰，楊勇著：《世說新語校箋‧夙惠第十二‧3》記曰：「晉明帝數歲，坐元帝膝上。有人從長安來，元帝問洛下消息，潸然流涕。明帝問何以致泣，具以東渡意告之。因問明帝：『汝意謂長安何如日遠？』答曰：『日遠。不聞人從日邊來，居然可知。』元帝異之。明日，集羣臣宴會，告以此意，更重問之。乃答曰：『日近。』元帝失色，曰：『爾何故異昨日之言邪？』答曰：『舉目見日，不見長安。』」（臺北：宏業書局，1976年2月），頁449～450。

〔註55〕〔宋〕蘇軾〈海棠〉云：「東風嫋嫋泛崇光，香霧霏霏月轉廊。只恐夜深花睡去，更燒高燭照紅妝。」見氏著：《蘇東坡全集》（臺北：河洛圖書出版社，1975年9月初版），卷13，頁190。

〔註56〕〔宋〕蘇軾〈寓居定惠院之東，雜花滿山，有海棠一株，土人不知貴也〉云：「江城地瘴蕃草木，只有名花苦幽獨。嫣然一笑竹籬間，桃李漫山總麤俗。也知造物有深意，故遣佳人在空谷。自然富貴出天姿，不待金盤薦華屋……。」《蘇東坡全集》，卷11，頁169。

〔註57〕〔宋〕釋惠洪：《冷齋詩話》記曰：「東坡作〈海棠〉詩曰『只恐夜深花睡去，更燒高燭照紅妝。』事見太真外傳。上皇登沉香亭，詔太真妃，時妃子卯醉未醒。命力士從侍兒扶掖而至，妃子醉顏殘妝，鬢亂釵橫，不能再拜。上皇笑道：『豈是妃子醉，真海棠睡未足耳！』」（揚州：廣陵書社，2007年12月1版，廣陵書社編：《筆記小說大觀》，第4冊），卷1，頁2557。

玉吹簫〔註58〕典故，寄寓傷春之意。語言富麗，色彩明豔，巧用領字，暗藏意脈，用典頻密，卻不失流麗。

又如〈水龍吟・賦秋日紅梨花〉云：

> 纖苞淡貯幽香，玲瓏軒鎖秋陽麗。仙根借暖，定應不待，荊王翠被。瀟灑輕盈，玉容渾是，金莖露氣。甚西風宛勝，東闌暮雨，空點綴，真妃淚。　　誰遣司花妙手，又一番、爭奇呈異。使君高臥，竹亭閒寂，故來相慰。燕几螺屏，一枝披拂，繡簾風細。約洗妝快寫，玉缾芳酒，枕秋蟾醉。
>
> （頁654）

此詞體物真切，用情深契，遣詞騷雅穠麗，典重有骨，藉花寄情，既體現士大夫的幽居情懷，亦暗示自己為官的心事，蘊藉而風流，〔註59〕耐人玩索。又如〈點絳脣・探花〉云：

> 春雨添花，遠闌來看花開否。海棠紅瘦。綠葉花如豆。　　梨雪生香，近在清明候。花為友。莫輕孤負。預問鄰家酒。（頁692）

及〈點絳脣・春雨後小桃〉云：

> 端正樓空，一枝春色誰偷得。夜來消息。暮雨臙脂濕。　　倚竹佳人，翠袖嬌無力。須相覓。一尊休惜。轉首春狼藉。（頁692）

二詞皆以清淡之語，寫春雨攜酒探花，珍惜花情的意蘊細膩而深長，表現出幽居生活的高雅情懷。另有一首〈摸魚子・賦白蓮〉，亦是王惲賦閒家中（世祖至元二十二年，1285）時所作，詞云：

〔註58〕〔宋〕李昉：《太平御覽・居處部六・臺下》記曰：「《列僊傳》：『蕭史者，秦繆公時人，善吹簫，能致孔雀、白鵠。繆公有女字弄玉，好之。公以妻焉，遂教弄玉作鳳鳴，居數十年，吹作鳳聲，鳳皇來止其屋。為作鳳臺，夫婦止其上，數年，皆隨鳳飛去。秦為作鳳女祠於雍宮，時有簫聲焉。』」《景印文淵閣四庫全書》，第894冊，卷178，頁711。

〔註59〕鄧紹基：《元代文學史》曰：「王惲的詞風也有蘊藉風流的一面，如〈水龍吟・賦秋日紅梨花〉和〈喜遷鶯・祁陽官舍早春聞鶯〉即屬此類。」頁402。

澹亭亭、影搖溪水，芳心知爲誰吐。玉華寶供年年事，消
得一天清露。私自語。君不見仙家，玉井無今古。澹妝誰
妒。儘千頃昆明，紅幢翠蓋，雲錦爛秋浦。　　瓊綃襪、
自有凌波故步。賞心莫遣遲暮。風清月冷無人見，零亂碧
煙修渚。聞好去。待醉挹秋香，不羨風標鷺。遠游重賦。
擬太一眞仙，共浮滄海，一葉任掀舉。（頁668）

起句寫白蓮亭亭玉立之姿，擬喻清雅芳潔之女子，一句「芳心知爲誰
吐」破空而來，婉曲吐露心聲。接著用蓮生太華玉井之典，暗示白蓮
之清雅超凡。下片詠蓮亦詠人，以凌波仙子——洛神典故譬喻蓮花清
逸之姿，卻無人賞愛，看似詠蓮，實則表達自己高潔孤傲之性格。結
語出以奇幻異想，藉太一眞仙臥蓮舟一典，〔註60〕點化題旨，表達心
中寄望歸隱之志，可謂自出機杼。〔註61〕

　　〔清〕蔡嵩雲《柯亭詞論》曰：「詠物詞貴有寓意，方合比興之義。
寄託最宜含蓄，運典尤忌呆詮，須具手揮五弦目送飛鴻之妙，方合。」
〔註62〕王惲詠物詞取材範圍廣泛，善用典故，婉曲寄意，同時亦擴大
其詞的表現範圍，風格凝麗典重、清渾超逸，近兩宋之風。〔註63〕

（三）劉敏中

　　劉敏中（1243～1318），字端甫，濟南章丘（今山東章邱縣）人。

〔註60〕〔宋〕胡仔著：《苕溪漁隱叢話・後集》「韓子蒼」條曰：「李伯時畫太
　　　　一眞人，臥一大蓮葉中，手執書卷仰讀，蕭然有物外思。韓子蒼有詩
　　　　題其上云：『太一眞人蓮葉舟，脫巾露髮寒颼颼。輕風爲帆浪爲檝，臥
　　　　看玉宇浮中流。中流蕩漾翠綃舞，穩如龍驤萬斛舉。不是峰頭千丈花，
　　　　世間那得葉如許。龍眠畫手老入神，尺素幻出眞天人。恍然坐我水仙
　　　　府，蒼煙萬頃波粼粼。玉堂學士今劉向，禁直峚嵳九天上。不須對此
　　　　融心神，會植青藜夜相訪。』子蒼此詩，語意妙絕，眞能詠盡此畫也。」
　　　　（臺北：長安出版社，1978年12月），卷53，頁361。
〔註61〕吳梅：《詞學通論》評曰：「其詞精深弘博，自出機杼。」（上海：上
　　　　海古籍出版社，2006年4月1版），頁99。
〔註62〕〔清〕蔡嵩雲：《柯亭詞論》，《詞話叢編》，第5冊，頁4907。
〔註63〕馬興榮：《元明清詞鑑賞辭典・序》評曰：「他（王惲）有《秋澗樂
　　　　府》四卷，詞內容多樣，風格凝麗典重或清渾超逸，均近兩宋。」
　　　　頁4。

幼卓異不凡，嘗與同儕言曰：「自幼至老，相見而無愧色，乃吾志也。」元世祖至元中，由中書省掾擢爲兵部主事，拜監察御史，以彈劾權相桑哥，得罪辭官歸家。不久，又起用爲御史臺都事，出任燕南肅政廉訪副使，入爲國子司業、翰林直學士兼國子祭酒。成宗大德年間，宣撫遼東、山北，除強梁，賑災民，任東平路總管，擢陝西行臺治書侍御史。大德九年（1305）召爲集賢學士，參議中書省事。武宗時拜河南行省參政知事，改治書侍御史，出爲淮西肅政廉訪使轉山東宣慰使，又召爲翰林學士承旨。曾奉詔議弭災之道，疏陳七事，均爲當時要政。後以疾還鄉，延祐五年（1318）卒。贈光祿大夫柱國，追封齊國公，諡文簡。

劉敏中一生爲官清廉，正直不阿，凡貴冑暴橫者，一繩以法，並上疏力陳時弊，一以時事民命爲憂。仕世祖、成宗、武宗三朝，多爲監察官，備受皇帝嘉納。有《中庵集》25 卷傳世，今存《永樂大典》本。劉敏中擅長散文，文風從容，理備辭明，極爲同鄉前輩杜仁傑所賞識。晚年詩作多爲抒懷遣興之詞，自然率意抒寫，不假雕飾，重於白描，清簡有致。《四庫全書總目》評曰：「其詩文率平正通達，無鉤章棘句之習，在元人亦元明善、馬祖常之亞。本傳稱其文理明辭備，韓性原序亦謂其不藻繢而華，不琢鏤而工，戶樞門鍵庭旅，陛列進乎古人之作，固不誣也。」〔註64〕

劉敏中詞集名《中庵樂府》，又名《中庵詩餘》，多酬贈及閒適之作，遣詞用語明白曉暢，曠達清雄，如「名利兩徒勞，解印便逍遙」（〈太常引〉）、「率意謳吟信手書，山間行坐水邊居」（〈定風波〉）等。但在一些詞句中也透露其心中感慨「學古無成，於今何補！」（〈木蘭花慢〉）對歲月蹉跎之悵惘，及對「浮世匆匆如此，眼底風塵今古夢」（〈念奴嬌〉）之歎息！同時亦表達「世事何窮」、「兵鏖蝸角」（〈沁園春〉）的感慨！其於〈清平樂〉中寫道：「出家何必離家，求仙不用餐

〔註64〕〔清〕永瑢等撰：《欽定四庫全書總目・中庵集提要》，第 5 冊，卷167，頁 3309。

霞，但得花開酒美，老夫歡喜逾涯。」反映其嚮往半隱半俗的閒適生活，同時亦從側面反映出其對官場現實的不滿。此外，劉敏中歸鄉後吟詠山水之樂等作，恬淡富於情趣，與其「詩不求奇聊遣興」（〈破陣子・野亭遣興〉）之主張相契合。

　　《全金元詞》輯錄劉敏中詞一百四十九首，存詞量居元代詞人第三位。[註65] 詠物詞有四十八首，約佔全部詞作的百分之三十二點二一。統計其創作類型如下：

　　　天象類：雨二首，合計二首。

　　　地理類：溝一首、石四首、山二首，合計七首。

　　　植物類：蓮花四首、梅花三首、芍藥四首、玉簪花一首、桃花二
　　　　　　　首、牡丹五首、梨花一首、海棠二首、桂花二首、杏花
　　　　　　　一首，合計二十五首。

　　　器用類：扇一首、古銅研滴一首、詩卷二首、椅一首，合計五首。

　　　建築類：山居一首、亭二首、樓一首、別墅二首，合計六首。

　　　其　他：酒二首、茶一首，合計三首。

　　由以上分類整理可見，劉敏中詠物詞的題材以詠植物類最多，佔全部詠物詞的百分之五十二點零八，適足以反映其風雅閒適的生活圖景。如〈菩薩蠻・盆梅〉云：

　　　　纖條漸見稀稀蕾。孤根旋透溫溫水。但得一枝春。誰嫌老
　　　　瓦盆。　　寒愁芳意懶。移近南窗暖。卻怕盛開時。香魂
　　　　來索詩。（頁 772）

又〈鵲橋仙・盆梅〉云：

　　　　孤根如寄，高標自整。坐上西湖風景。幾回誤作杏花看，
　　　　被夢裏、香魂喚省。　　薰爐茶竈，春閒晝永。不似霜清
　　　　月冷。從今更愛短檠燈，夜夜看、江邊瘦影。（頁 771）

「纖條漸見稀稀」寫出盆梅不同於樹梅纖弱、單薄的特點；「孤根如

〔註65〕趙維江、易淑瓊：〈劉敏中詞「接稼軒例」與元代前期詞壇之稼軒
　　　　風〉，《齊魯學刊》第 1 期（2008 年），頁 116。

寄，高標自整」，則顯現盆梅孤傲高潔之品性。興起詞人加倍殷勤看
顧，期待盆梅亦能早日開花報「春信」，藉抒己志。「一枝春」〔註66〕
與「老瓦盆」之對舉，表明詞人雖然身處老屋陋室，仍然堅守「高標
自整」的孤傲高潔品性。續寫催促花期之殷切，又怕花開太早而夭折，
反襯出其惜花護花之婉曲深情。最後歸結於愛梅實自愛也，盆梅不擇
居處，開落自有時，正如詞人不羨華堂軒屋，自甘於淡泊恬適的心懷。
此二詞構思巧妙，筆意曲折，「淡語有味，淺語有致」，〔註67〕道出詞
人孤芳自賞之心曲。

又如〈菩薩蠻・月夕對玉簪獨酌〉云：

> 遙看疑是梅花雪。近前不似梨花月。秋入一簪涼。滿庭風
> 露香。　　舉杯香露洗。月在杯心裏。醉眼月徘徊。玉鷺
> 花上飛。（頁778）

首句從「遙看」入手，寫出玉簪花潔白猶似雪中梅；次句「近前」細
看，方知玉簪花亦非月下梨。在一進一退、似是非疑的曲折筆法中，
突出玉簪花潔白素淡似梅梨，卻又獨具個性的高雅風姿。下片順勢轉
寫對花獨酌的幽雅情致，詞人巧妙運筆，將皎皎明月、芳潔玉簪及清
醇美酒組合為一，營造出怡然自得、超凡脫俗之境，將月夕獨酌之情
趣引入出神入化之境，不獨顯現玉簪之高潔，亦見出賞花人「孤芳自
賞」之幽獨情懷。

劉敏中其他詠花詞，如〈鷓鴣天・題雙頭蓮〉二首、〈菩薩蠻・
憶家庭月桂二首〉、〈臨江仙・芙蓉〉等，借花喻男女情愛，情深意切，
幽怨婉柔。而〈水龍吟・同張大經御史賦牡丹〉、〈水龍吟・次韻賦牡
丹〉、〈眼兒媚・賦秋日海棠〉等，雖無深刻寄託，亦不失清麗流暢。

此外，劉敏中詠物詞地理類題材中亦表露出其行藏出處，入仕與

〔註66〕〔宋〕李昉：《太平御覽・果部七・梅》記曰：「《荊州記》記曰：
　　　陸凱與范曄相善，自江南寄梅一枝，詣長安與曄。并贈花范詩曰：『折
　　　花逢驛使，寄與隴頭人。江南無所有，聊贈一枝春。』」《景印文淵
　　　閣四庫全書》，第901冊，卷970，頁570。
〔註67〕〔清〕馮煦：《蒿庵論詞》，《詞話叢編》，第4冊，頁3587。

歸隱矛盾的心情，以及對歸隱生活的描寫。前者如〈木蘭花慢‧曉過盧溝〉云：

> 上盧溝一望，正紅日、破霜寒。盡渺渺飛煙，蔥蔥佳氣，東海西山。依稀玉樓飛動，道五雲深處是天關。柳外弓戈萬騎，花邊劍履千官。　　寒窗螢雪一生酸。富貴幾曾看。問今日誰教，黃塵匹馬，更上長安。空無語，還自笑。恐當年、貢禹錯彈冠。擬把繁華風景，和詩滿載歸鞍。（頁751）

此詞上片描寫遠望京城之氣勢，想像京華勝狀，虛實相濟，筆法靈動。換頭以「寒窗」一句領起，譬喻自己本是一介儒生，縱使寒窗苦讀，固視富貴如無物。卻橫遭無辜落職，心中不平與憤懣，亦只能「空無語，還自笑」，含蓄表達內心複雜的感情。歇拍「擬把繁華風景，和詩滿載歸鞍」，則是故作寬慰之語，以景語反襯詞人不平的情緒與不甘沉埋的胸襟，正是「以樂景寫哀，以哀景寫樂，一倍增其哀樂」，〔註68〕從詞筆的進退和思緒翻騰中，見出其中多少難言之苦衷。

後者如劉敏中〈沁園春〉詠其中庵居室前「太初」奇石，云：

> 石汝來前，號汝蒼然，名之太初。問太初而上，還能記否，蒼然於此，為復何如。偓寒難親，昂藏不已，無乃於予太簡乎。須臾便，喚一庭風雨，萬竅號呼。　　依稀似道狂夫。在一氣何分我與渠。但君纔見我，奇形怪狀，我先知子，冷淡清虛。撐拄黃壚，莊嚴綉水，攘斥紅塵力有餘。今何許，倚長風三叫，對此魁梧。（頁779）

此詞題序云：「余既以太初名石，且為記。客曰雖命之不可無號，號所以貴之也。乃以己意，號之曰蒼然。余復援稼軒例作樂府〈沁園春〉一首，改名曰蒼然吟，附於記後。」序中所言「援稼軒例」，意指「太初」岩得名自辛棄疾〈山鬼謠〉：「看君似是羲皇上，直作太初名汝」〔註69〕句，且號之曰「蒼然」以貴之。此外，劉敏中亦仿傚辛棄疾〈山

〔註68〕〔清〕王夫之：《薑齋詩話》，丁福保編：《清詩話》（臺北：木鐸出版社，1988年9月初版），卷上，頁4。

〔註69〕〔宋〕辛棄疾〈山鬼謠‧兩巖有石狀怪甚，取離騷九歌名曰山鬼，

鬼謠〉之神韻、氣勢以寫心言志。全篇採取與「石」對話的體式,人與石「神心交許」,疏朗中形象躍動,物我之間的共識、默契之愉悅情緒溢於言表。劉敏中對此石之鍾愛,不同於一般文人的附庸風雅,「太初岩」對劉敏中而言,不僅是精神之所寄、人生之良伴,更是其生命的一種象徵。〔註70〕嗣後劉敏中又有五首詞提及「太初岩」,如〈烏夜啼・閒適〉云:「日長誰伴中庵,太初岩。靜掃閒庭,獨自看晴嵐。」〈烏夜啼・月下用前韻〉亦云:「夜深誰伴中庵,太初岩。滿酌一杯,和月吸濃嵐。」甚至在生命的最後一年,其於〈沁園春〉(石汝何來)詞序中,仍不厭其煩地重述「太初岩」的來歷,鍾愛之情可見一斑。劉敏中以石為知己,賦予石人格化形象,清虛高古,簡淡冷峻,物我交融之間,流露其人之真性情。

二、第二期代表詞家述評

元詞第二期由成宗元貞元年至文宗至順三年(1295～1332),是元詞發展的鼎盛期。成宗即位後,仍繼續推行漢化政策,修好睦鄰,一時四海宴然,史稱「垂拱而治」。〔註71〕雖然社會已出現一些矛盾現象,但基本上仍維持「秀華夷」、「錦社稷」〔註72〕的昇平氣象,文

因賦摸魚兒,改今名〉:「問何年,此山來此,西風落日無語。看君似是羲皇上,直作太初名汝。溪上路。算只有、紅塵不到今猶古。一杯誰舉。笑我醉呼君,崔嵬未起,山鳥覆杯去。　　須記取。昨夜龍湫風雨。門前石浪掀舞,四更山鬼吹燈嘯,驚倒世間兒女。依約處。還問我、清遊杖屨公良苦,神交心許,待萬里攜君,鞭笞鸞鳳,誦我遠賦。」見唐圭璋編:《全宋詞》(臺北:中華書局,1976年10月初版),頁1886。

〔註70〕趙維江、易淑瓊:〈劉敏中詞"援稼軒例"與元代前期詞壇之稼軒風〉,頁117。

〔註71〕〔明〕宋濂:《元史・成宗本紀四》曰:「成宗承天下混一之後,垂拱而治,可謂善於守成者矣。」卷21,頁472。

〔註72〕〔元〕鍾嗣成:《錄鬼簿》曰:「元貞大德秀華夷,至大皇慶錦社稷,延祐至治承平世,養人才編傳奇,一時氣候雲集。」收入俞為民、孫蓉蓉主編:《歷代曲話彙編・唐宋元編:新編中國古典戲曲論著集成》(合肥:黃山書社,2006年1月1版),頁344。

人競尚吟詠。仁宗即位，尤其重視文教，延祐二年（1315）復開科取士，為士人尋得一安身立命的入仕途逕，間接促進文風鼎盛。其後文宗亦雅好中原文化，即位後敕翰林、國史兩院及奎章閣學士纂修《經世大典》，又親祀南郊，承續延祐之盛而不衰。這種承平的氣象與南宋末由張炎《詞源》所倡清雅重律的「復雅」〔註73〕之風交互影響之下，促使詞的功能由原來的抒情言志回歸為應歌娛人，趨向於「閒適曠達」，而以豔詞麗句為尚，題材範圍擴大。

　　這一時期的詞人多生於天下混一前後，政治承平，社會安定，種族歧視與政治恩怨漸漸淡沒，元代的文化重心由北方移向南方。當時江南、吳越一帶，一群詞人結社聯吟，相與唱和，直接影響詞風的向南轉移，因而在作家人數上，南方遠超過北方，詞壇的重心亦由北方移至南方，如虞集、洪希文、張可久、張翥、趙雍等；北方詞人則有許有壬、許有孚、張埜、宋褧等。

　　元詞鼎盛時期之詠物詞家有：陳櫟、同恕、曹伯啓、周權、張埜、許有壬、許有孚、蒲道源、宋褧、虞集、張玉孃、王旭、洪希文、張可久、張翥、洪希文、馮子振、吳鎮、馬熙、許楨、李齊賢、柯九思等，而以許有壬、張翥及高麗籍詞人李齊賢三人最具代表性。

（一）許有壬

　　許有壬（1286～1364），字可用，彰德湯陰（今河南湯陰縣）人。幼穎悟，讀書一目五行。年二十，暢師文薦入翰林，不報，授開寧路學正。延祐二年（1315），登進士第，授同知遼州事。順帝至正初，轉中書左丞，六年（1346）召為翰林學士承旨，改御史中丞，以病乞歸。復起為河南行省左丞。十五年，遷集賢大學士，復拜中書左丞，兼太子左諭德，十七年（1358）致仕，給俸賜終身。卒諡文忠。有壬歷事七朝，垂五十年，是有元詞人中極少數位居顯貴者之一。〔註74〕

〔註73〕張晶主編：《中國古代文學通論・遼金元卷》（瀋陽：遼寧人民出版
　　　　社，2005年5月1版），頁104。
〔註74〕〔清〕顧嗣立編：《元詩選》：「有元詞人由科舉而登政府者，可用一

遇國家大事，直言敢諫，侃侃不阿，爲官清廉，爲人耿介，是以自重紀至元初（1335）至至正十七年（1357）二十二年間，竟有「六仕六隱」的曲折經歷。〔註75〕足見漢族士人入仕元廷之艱辛坎坷，以及士人面對仕、隱衝突的內心矛盾與掙扎。

　　許有壬善筆札，工辭章，其文「雄渾閎肆，屢切事理，不爲空言，稱元代館閣鉅手」。〔註76〕揭傒斯云：「許公文章譽望，矯然爲當世名臣。而扈從上京，凡志有所不得施，言有所不得行，憂愁感憤，一寓之於酬唱。」〔註77〕晚年購得康氏舊圃，名圭塘別墅，與昆弟賓客留連觴詠其間，酒酣賦詩。有《至正集》八十一卷、《圭塘小藁》十三卷、及《圭塘欸乃集》二卷傳世。詞作散見《至正集》、《圭塘小藁》、《圭塘欸乃集》中，朱祖謀、吳伯宛、周泳先等人先後自其著作中輯錄，成《圭塘樂府》四卷。有《彊村叢書》本，《全金元詞》輯錄最完備，共收詞一百七十七首，居元詞創作總量的第二位，況周頤《蕙風詞話》評其詞或以景勝，或以境勝，或以意勝，譽其爲「元詞中上駟」。〔註78〕

　　許有壬同時亦是元代創作詠物詞量居第二位的詞人，詠物詞有六十五首，約佔全部詞作的百分之三十六點七二。統計如下：

　　天象類：雨二首、雪一首、月一首，合計四首。

　　地理類：溪一首、塘十四首、井一首、河一首，合計十七首。

　　動物類：鶴五首、螢一首，合計六首。

　　植物類：蓮花二首、梅花六首、酪一首、玉簪花一首、雞冠花一　　　　　　首、牡丹一首、竹四首、松一首、桂花一首、柳一首，　　　　　　其中有三首雙詠，合計十六首。

人而已。」（北京：中華書局，2002年11月重印版），頁790。

〔註75〕〔明〕宋濂：《元史·許有壬傳》，卷182，頁4202～4203。

〔註76〕〔清〕永瑢等撰：《欽定四庫全書總目·至正集提要》，第5冊，卷167，頁3321。

〔註77〕引見〔清〕顧嗣立編：《元詩選·初集丙》，頁790。

〔註78〕〔清〕況周頤：《蕙風詞話》曰：「許文忠（有壬）《圭塘樂府》，元詞中上駟也。」《詞話叢編》，第5冊，卷3，頁4482。

器用類：几一首、古劍一首、簫一首、畫一首，合計四首。

建築類：園一首、山居二首、臺二首、亭四首、樓三首、橋一首、
閣二首、別墅一首，合計十六首。

其　他：酒二首，合計二首。

由以上分類整理可見，許有壬詠物詞題材中最特出的是地理類，
其中詠圭塘〈摸魚子〉十首、〈太常引〉四首最具代表性。據《四庫全
書總目提要》記曰：「至正八年，有壬既致仕歸。乃以賜金得圭塘廢園
於相城之西，鑿池其中，形如桓圭，因以『圭塘』爲名。」〔註79〕可
知「圭塘」爲許有壬晚年致仕（1348）後，以賜金所購得之別墅，日
與其弟有孚〔註80〕、子楨〔註81〕、門客馬明初〔註82〕等詩酒優遊，唱
和賡歌，弟有孚輯爲《圭塘欸乃集》二卷。〔註83〕〈摸魚子〉乃圭塘
建成時與其弟有孚唱和之作，其第一首云：

> 買陂塘旋栽楊柳，歸來此是先務。他鄉故里都休校，舊雨
> 不如今雨。鴻在渚。笑爾尚南飛，吾已安孤嶼。黃花解語。
> 道人老宜秋，身安耐酒，此正有眞趣。　　鑾坡路，大手
> 深慚燕許。超騰又悸鍾呂。但求閒澹如元亮，卻恨詩多奇
> 句。傾綠醑。底須按，樂天池上霓裳譜。休論往古。有三
> 日重陽，約君同醉，老子築西圃。（頁 962～963）

全篇姿態飛動，婉轉頓挫，暢言樂得脫去塵網，重返自然，一心嚮往
陶潛歸鄉之曠達閒逸的生活情趣。〈摸魚子〉，一名〈摸魚兒〉，唐教

〔註79〕〔清〕永瑢等撰：《欽定四庫全書總目・圭塘欸乃集提要》，第 6 冊，
卷 188，頁 3918。

〔註80〕許有孚，有壬弟，生卒年不詳。登進士第，授湖廣儒學副提舉，歷
中憲大夫，同僉太常禮儀院事。《全金元詞》，頁 986。

〔註81〕許楨，字元幹，有壬子，生卒年不詳。以門功補太祝，應奉翰林。
唐圭璋編：《全金元詞》下冊，頁 995。

〔註82〕馬熙字明初，衡州人，生卒年不詳。官右衛率府教授。唐圭璋編：《全
金元詞》下冊，頁 991。

〔註83〕〔元〕張翥：《圭塘小薰序》曰：「圭塘安陽別業也，公之所休逸也，
花竹泉石，超然林壑，故以命編。」轉引自〔明〕劉昌編：《中州名
賢文表》，《景印文淵閣四庫全書》，第 1373 冊，卷 22，頁 348。

坊名曲。以〔宋〕晁補之〈摸魚兒〉有「買陂塘旋栽楊柳」句，後人
或更名買陂塘、陂塘柳、邁陂塘、山鬼謠、雙蕖怨等，名異而實同。
許有壬所作〈摸魚子〉十首，皆用晁補之詞為起句，極寫圭塘景物和
歸家閒居生活之樂趣。用同一詞調、同樣格律、相同韻腳，不但遣詞、
造語、用事等均不見重複外，可謂篇篇各具特色，別有意境，反映出
許有壬跳出塵網，享受閒居生活之樂趣。如詞云：

> 田園忙勝官務。放魚種藕常無暇，移竹又當新雨。(〈其四〉，
> 頁963)

> 柳陰已見疏成密，又聽綠荷敲雨。鷗戲渚。(〈其八〉，頁964)

> 趁四序栽花，綴作園池譜。長歌弔古。(〈其三〉，頁963)

> 庭空樹古。有野鶴時來，衡門不鎖，清徹地仙圃。(〈其六〉，
> 頁964)

> 開臘醹。要醉喚石湖，重絹寒梅譜。(〈其七〉，頁964)

其次，《圭塘樂府》中將近五分之一的作品為登臨懷古之作，[註84]
往往通過對自然景物之吟詠，歌頌故國河山之壯麗；或弔古傷今，抒
發興亡之慨嘆，大多氣勢縱橫，寓意高遠。如〈水龍吟・過黃河〉云：

> 濁波浩浩東傾，今來古往無終極。經天互地，滔滔流出，
> 崑崙東北。神浪狂飆，奔騰觸裂，轟雷沃日。看中原形勝，
> 千年王氣，雄壯勢、隆今昔。　　鼓枻茫茫萬里，棹歌聲、
> 響凝空碧。壯遊汗漫，山川綿邈，飄飄吟迹。我欲乘槎，
> 直窮銀漢，問津深入。喚君平一笑，誰誇漢客，取支機石。
> (頁965)

此詞當為許有壬早年之作，時當有元盛世，四方歸一，有壬以壯年榮
膺重任，頗有擎柱天下之志。上片破空而下，縱筆揮毫黃河淋漓盡致
之奇觀壯景，其勢如萬馬之奔騰，轟雷之貫日。下片由實入虛，從黃
河聯想及銀河，天馬行空，浮想聯翩，豪氣干雲。全詞大氣磅礴，筆

〔註84〕寧曉燕：《許有壬詞研究》(廣州：暨南大學中國古代文學碩士論文，
2006年)，頁31。

力奇橫，情感奔放，並融滲詞人一己之豪邁胸襟，妙合無隙，意境闊大飛騰，深得黃河之神魂。寫景抒情至此，堪稱極致。黃拔荊《中國詞史》稱其完全可與蘇軾〈念奴嬌‧赤壁懷古〉、元好問〈水調歌頭‧賦三門津〉相媲美。〔註85〕又如〈滿江紅‧次湯碧山清溪〉云：

> 木落霜清，水底見、金陵城郭。都莫問、南朝興廢，人生哀樂。載酒時時尋伴侶，倚闌處處皆樓閣。對溪雲、試放醉時狂，渾如昨。　　沙洲外，輕鷗落。風帘下，扁舟泊。更寒波搖漾，綠蓑青箬。爲向九原江總道，繁華何似今涼薄。怕素衣、京洛染緇塵，從新濯。（頁969）

此詞發端不凡，劈頭「木落霜清」四字，已勾勒出一幅江南清澹明遠之秋景，彷彿鏡花水月，古今對照，虛實錯映，興起登臨懷古意緒。過片逼入一層，細寫景色如畫，與首二句相呼應，對比之下，不言而愁自見。「爲問」二句，故作問語，語雖含蓄，而興亡之事盡在其中。結拍二句，與溪水關合呼應，凜然有出污絕塵之慨，顯見其挺立於亂世之中，堅決不改易其耿介之風骨與節操。

又如〈水龍吟‧游三臺〉云：

> 幾年三到三臺，往年不似今年好。故人雲集，遠山屏列，蔚藍清曉。趙舞燕歌，一時奇絕，百壺傾倒。對山川如昔，風煙不減，但人比、當時老。　　放眼秋容無際，碧澄澄、雁天霜早。曹瞞事業，悠悠斜日，茫茫衰草。爲問漳流，古來豪傑，浪淘多少。有建安遺瓦，張吾筆陣，把奸雄掃。
>
> （頁967）

三臺爲銅雀、金虎、冰井，〔東漢〕獻帝建安十五年（210）爲曹操所修建，今爲鄴都（今河北臨漳縣）勝跡。上片寫故人雲集，舉目所見，山川依舊，人比當時老，不免喟嘆年華易逝，壯志未酬。下片回想曹瞞功業，憑弔千古英雄沉淵滔滔歷史洪流，漳流兩岸，只餘「悠悠斜日，茫茫衰草」，弔古傷今，滿目淒涼。歇拍以雄健之筆，表明自己

〔註85〕黃拔荊：《中國詞史》（福州：福建人民出版社，2003 年 5 月），頁612。

奮發豪壯之志。全詞慷慨悲涼，氣勢雄渾，意境高遠。

　　許有壬詠物詞亦善用比興手法，寄之以景，託之以事，喻之以物，融入一己的性情襟抱。如〈玉燭新・題李伯瞻一香圖次韻〉云：

> 清風林下寺，愛三友聯翩，世無能四。凌波仙子香魂散，此地是誰招此。萬紅千紫，惟蘂弟梅兄二子。堪共領歲晚高寒，來成花部新史。　　佳人玉潔冰清，縱仿佛肌膚，異香難似。醉吟無次。花應笑，彼此消融渣滓。春空雁字。不帶到、江南情思。還自笑，今日相看，袞家有姊。（頁971）

舊稱松、竹、梅爲「歲寒三友」。〔註86〕許有壬此詞以清高、雅潔之松竹梅自喻，寄託其孤傲、耿直之品德。句句詠物，卻不滯於物。筆調清新秀麗，詞意委婉蘊藉。又如〈摸魚子・賦玉簪，用明初韻〉，云：

> 笑人間裒珪何物，此花良貴天與。倚闌瘦立亭亭玉，刻畫一生清苦。人有語。道不出藍田，豈是眞才具。山人告汝。正蓬鬢蕭疏，不勝冠冕，眞者亦投去。　　洹溪水，洗盡眼中塵土。天葩靜看齊吐。冰壺涼月天如水，塵柄肯論夷甫。翁醉舞。任蕞爾寰區，共訝山中許。搔風沐雨。且受用清香，古今多少，富貴草頭露。（頁961）

起句即以嘲弄口吻，突出玉簪花清高孤潔、傲視富貴之性格。結語呼應首句，明指人間富貴如衰草晨露，轉眼即成空。全篇以花喻人，玉簪之高貴實天與，雖身在深山之中，清香一如奇葩，不減天然風華。詞人藉此表達自己甘於清苦、不慕榮利之高尚品格。

　　許有壬其他類型的詠物詞，亦多有寓意，如〈蘭陵王・賦古劍・用吉善甫韻〉（頁960），通過古劍斬「魑魅」、誅「奸佞」，平定「四海邊塵」的描寫，讚美英雄勳業。又如〈水調歌頭・胭脂井次湯碧山教授韻〉（頁954）一詞，以胭脂井〔註87〕爲題，寫帝王貪戀美色，荒淫無

〔註86〕關於「歲寒三友」的緣起，詳參程杰：〈“歲寒三友”緣起考〉，《中國典籍與文化》第3期（2000年3月），頁31～37。

〔註87〕《金陵志》記曰：「景陽井在臺城內，陳後主與張麗華、孔貴嬪投其中以避隋兵，舊傳欄有石脈，以帛拭之，作胭脂痕，名胭脂井。」〔明〕謝縉、姚廣孝等編：《永樂大典》（濟南：齊魯書社，2001年，《四庫

道而導致亡國之恨。結句以「萬世仰媧皇」一語，鋒芒所向，別有所指。

（二）張　翥

張翥（1287～1368），字仲舉，號蛻菴，晉寧（今山西臨汾縣）〔註88〕人，自號「野逸山臞」。〔註89〕少時從父居江南，自負才雋，豪放不羈，好蹴踘，喜音樂，不以家業屑其意。稍長折節讀書，嘗受業於李存（1281～1354），傳陸九淵道德性命之說；後居杭州，從仇遠（1247～1326）學詩文，盡得音律之奧，遂以詩文知名一時，學者及門甚眾。至正初（1341），召爲爲國子助教，分教上都。尋退居淮東，會修宋、遼、金三史，起翰林國史編修官，累遷翰林學士承旨致仕。初，孛羅帖木兒擁兵入京，命張翥草詔削奪擴廓帖木兒官爵，且發兵討之，張翥毅然不從，曰：「吾臂可斷，筆不能操也。」及孛羅帖木兒伏誅，詔爲河南行省平章政事，以翰林學士承旨致仕，封潞國公，給全俸終其身。

張翥爲人「疏蕩有奇氣，磊落多豪舉」，〔註90〕又樂於助人，個性詼諧，善談吐，出言吐辭，一座皆傾。所爲詩文甚眾，平生無子，身死國亡，遂見散佚。張翥兼擅詩、詞，其詩清圓穩貼，格調頗高，近體、長短句極爲當代所推崇，〔註91〕古體亦伉爽可誦；張翥詞規撫

全書存目叢書補編》，第 61 冊）。

〔註88〕關於「晉寧」當今確切的地址有三種說法：其一，山西臨汾，見鄧紹基《元代文學史》；其二，江蘇武進，見唐圭璋編《全金元詞》、夏承燾、張璋編選《金元明清詞選》、李修生編《中國文學史綱要·宋遼金元文學》；其三，雲南，見羅斯寧《遼金元詩三百首》。三者中以「晉陵」爲現今山西臨汾縣故關鎮較爲可信，詳參陳郁嫻：《張翥《蛻巖詞》研究》（台南：國立成功大學中國文學研究所碩士論文，2004 年），頁 9；及紀曉華：《張翥及其詞研究》（濟南：山東師範大學中國古代文學碩士論文，2008 年），頁 6 等考證。

〔註89〕張翥：〈行香子·止酒五首〉其三云：「傳癖詩逋。野逸山臞。是幽人、平日稱呼。」引見《全金元詞》，頁 1017。

〔註90〕〔元〕劉岳申撰，蕭洵編：〈張仲舉集序〉，《申齋集》，《景印文淵閣四庫全書》，第 1204 冊，卷 2，頁 197。

〔註91〕〔明〕宋濂：《元史·張翥傳》，卷 186，頁 4285。

南宋，工緻諧婉，典雅溫潤，陳廷焯推譽爲「一代正聲」，且認爲「元詞之不亡者，賴有仲舉耳」。〔註92〕今存《蛻菴詩》五卷，《蛻巖詞》二卷。《彊村叢書》覆《知不足齋叢書》本，而以汪季青、金繪卣兩本校勘，後附《蛻巖詞校記》，爲現存較佳版本，收詞一百三十三首。〔註93〕

　　張翥是元代最有成就的詞人，當時已負盛名。〔註94〕《全金元詞》據《彊村叢書》輯錄其詞一百三十三首，詠物詞有五十六首，約佔全部詞作的百分之四十二點十一。統計如下：

　　天象類：雲二首、雨一首、雪二首、月一首，合計六首。

　　地理類：湖三首、溝一首、浦一首、海一首、潮一首，合計七首。

　　動物類：幺鳳一首、雁一首，合計二首。

　　植物類：蓮花三首、水仙花一首、海棠一首、梅花九首、海棠一
　　　　　　首、杏花二首、牡丹一首、蓼花一首、蘭花一首、瓊花
　　　　　　一首、芍藥一首、玉簪花一首、柳絮二首、桃花一首、

〔註92〕〔清〕陳廷焯：《白雨齋詞話》曰：「元詞日就衰靡，愈趨愈下，張
　　　　仲舉規撫南宋，爲一代正聲。」又曰：「仲舉詞樹骨甚高，寓意亦遠，
　　　　元詞之不亡者，賴有仲舉耳。」又曰：「詞至張仲舉，後數百年來蔑
　　　　無嗣響南宋者。」《詞話叢編》，第 5 冊，卷 7、卷 8，頁 3975、3997。

〔註93〕《全金元詞》錄張翥《蛻巖詞》，其中〈聲聲慢‧九日泛湖遊壽樂園賞
　　　　菊，時海棠花開，即席命賦〉一首，亦見於劉辰翁《須溪詞》，見《全
　　　　宋詞》，頁 3211。又黃文吉自〔明〕程敏政《天機餘錦》抄本中所錄
　　　　張翥詞作後未標注作者的十四首詞判斷，其中除了〈洞仙歌〉二首極
　　　　可能是〔明〕瞿佑之作，其餘十二首，包括〈清平樂〉四首、〈憶秦娥〉、
　　　　〈感皇恩〉、及〈好事近〉六首，在未確認作者之前，暫繫於張翥名下
　　　　而存疑之。由於這十四首詞的作者歸屬仍屬存疑，因此本書暫不列入
　　　　討論範圍。見氏著：〈《天機餘錦》存金元佚詞析論〉，收入吳雪美編輯：
　　　　《宋元文學學術研討會論文集》（臺北：東吳大學中文系出版，2002
　　　　年 3 月），頁 289～337；以及〈《天機餘錦》見存金元詞輯佚〉，收入
　　　　宋代文學研究叢刊編委會編輯：《宋代文學研究叢刊》第 4 輯（高雄：
　　　　麗文文化圖書公司，1998 年 12 月），頁 249～252。

〔註94〕〔清〕張德瀛：《詞徵》曰：「《蛻巖詞》……直接宋人步武，於元之
　　　　一代，誠足以度越諸子，可謂海之明珠，鳥之鳳皇矣。」《詞話叢編》，
　　　　第 5 冊，卷 6，頁 4171。

惜花二首、落花一首，其中有一首雙詠，合計二十八首。

器用類：手卷一首、扇面一首、箏一首、便面二首、簫一首、書
　　　　一首、眉飾一首、水燈一首、枕頂一首、鬧娥一首，合
　　　　計十一首。

建築類：園一首、臺一首首，合計二首。

　　張翥向以詠物詞著稱，詠物題材極其廣泛，尤其是器用類題材之富，顯示其創作題材多元化的特色，有元一代少有匹敵者。而在眾多題材中，以詠花詞數量為最多，有二十八首，居元代詠花詞之冠。其中尤以詠梅詞九首數量最多，亦最為突出。〔註95〕可分為純粹詠物以及藉物抒情二類，而以前者為多，此類詞對物象之刻繪描摹細膩真切，如〈水龍吟〉詠臘梅云：「此花應是，菊分顏色，梅分風韻。蕚點駝酥，口攢金磬，心凝檀粉。甚女貞染就，仙女絕勝。」以擬人化手法突出臘梅形象；又如〈桂枝香〉云：「天香萬斛。盡貯入魏臺，辟寒金粟。」盛讚桂花之香氣，以「誰喚仙娥睡起，露妝煙沐。翠雲裙袖黃雲襪，倚秋風、乍驚郎目。」細膩描寫桂花之形態；又如〈水龍吟〉詠紫牡丹云：「刻繪紋皺，鏤檀色膩，薰臍香重。」設色穠麗，香馥濃郁。以上諸例，無論在物之形態、顏色或香氣等各方面，皆可謂體察入微。

　　至於藉物抒情一類，最具代表性的如〈六州歌頭‧孤山尋梅〉，詞云：

> 孤山歲晚，石老樹查牙。逋仙去。誰為主。自疏花。破冰
> 芽。烏帽騎驢處。近修竹，侵荒蘚，知幾度。踏殘雪，趁
> 晴霞。空谷佳人，獨耐朝寒峭，翠袖籠紗。甚江南江北，
> 相憶夢魂賒。水繞雲遮。思無涯。　　又苔枝上，香痕沁，
> 幺鳳語。凍蜂衙。瀛嶼月，偏來照，影橫斜。瘦爭些。好
> 約尋芳客，問前度，那人家。重呼酒。摘瓊朵。插鬖鴉。
> 喚起春嬌扶醉，休孤負錦瑟年華。怕流芳不待，回首易風
> 沙。吹斷城笳。（頁997）

〔註95〕據筆者統計，元代詠梅詞共有九十四首，以張翥所作九首為最多，
　　　　其次是程文海七首、邵亨貞六首、許有壬六首、白樸五首。

此詞上片以比興手法寫烏帽騎驢，踏雪尋梅之樂，趣味盎然。下片轉入賞梅，從側筆落墨，除了化用姜夔〈暗香〉、〈疏影〉的詞句和典故外，亦融入北方特有的意象，如風沙、城笛等景物加以層層烘托，凸顯梅花神采飛揚之姿，既有南宗詞的清空騷雅，又有北宗詞的蒼茫雄健，從而反映出時代的特色。結語以「錦瑟年華」喻青春歲月，「流芳不待」暗示花期難長久，惜花自憐之情隱然流露。全詞以「尋梅」爲主線，委婉鋪陳尋梅之逸興、賞梅之風雅、梅花之高潔，抒發好花易落、年華易逝、人生難久長之嘆，一寓之於物象之中。〔明〕卓人月評之曰：「古今梅詞甚多，唯蛻巖〈六州歌頭〉一首，宕樣飄瀟，眞有飛鴻戲海、舞鶴遊天之勢。」〔註96〕

另有〈東風第一枝・憶梅〉云：

> 老樹渾苔，橫枝未葉，青春肯誤芳約。背陰未返冰魂，陽梢已含紅萼。佳人寒怯，誰驚起、曉來梳掠。是月斜、花外幺禽，霜冷竹閒幽鶴。　雲淡淡，粉痕漸薄。風細細，凍香又落。叩門喜伴金尊，倚闌怕聽畫角。依稀夢裏，記半面、淺窺朱箔。甚時得、重寫鸎牋，去訪舊遊東閣。（頁1011）

此詞題爲「憶梅」，實爲憶人。上片運用烘托手法，細緻刻繪梅花含苞待放之美。下片寫梅花凋零，兼示賞花心切，表達惋惜之情。其中用斜月、幺禽、幽鶴，爲梅增色；用寒、冷、凍，爲梅傳神。詞人通過形象化的語言和擬人化手法描繪梅花之特徵，通篇不著一「梅」字，而梅的神情畢現。加以篇末點題，透露出心中隱情，雖無一處言「憶」，而處處皆憶。筆意曲折，不落俗套。另有一首〈摸魚兒・題熊伯宜藏梅花卷子〉詠梅，通篇化用林逋、姜夔、何遜、黃庭堅、范正敏等人典故，抒寫梅花孤獨寂寞之情態。陳廷焯評之曰：「筆意超脫，託體亦不卑，元代斷推巨擘。」〔註97〕可見張翥詠物詞，除了著眼於物象

〔註96〕〔明〕卓人月：《古今詞統》（上海：上海古籍出版社，2002年，《續修四庫全書》，第1729冊），卷16，頁146。

〔註97〕〔清〕陳廷焯編選：《詞則・大雅集》（上海：上海古籍出版社，1984年12月1版），卷4，頁189。

之描摹，亦著重情意的傳達，承繼南宋姜、張一派託寄遙深的詠物傳統，在元代另闢高峰，從而建立具有時代特色的詠物詞創作風格。

除了詠梅詞多精緻婉麗之外，張翥詠花詞佳作甚多，如〈摸魚兒‧王季境湖亭，蓮花中雙頭一枝，邀予同賞，而爲人折去。季境恨然，請賦〉詠雙頭蓮，云：

> 問西湖、舊家兒女，香魂還又連理。多情欲賦雙蕖怨，閒卻滿奩秋意。嬌旖旎。愛照影、紅妝一樣新梳洗。王孫正擬。喚翠袖輕歌，玉箏低按，涼夜爲花醉。　　鴛鴦浦，淒斷凌波夢裏。空憐心苦絲脆。吳娃小艇應偷採，一道綠萍猶碎。君試記。還怕是、西風吹作行雲起。闌干謾倚。便載酒重來，尋芳已晚，餘恨渺煙水。（頁 1000）

此詞藉物抒情，與元好問〈摸魚兒‧雙蕖怨〉，[註 98] 並稱元代詠蓮花之「南北雙璧」。[註 99] 二篇同樣以蓮花託喻，元好問藉蓮花歌詠男女愛情之堅貞，張翥則以纏綿哀婉之筆，表達「尋芳已晚」之憾恨。「便載酒重來」一句，紓徐傳達詞人惜花之情，然而花期終究有盡無待，徒留餘恨悠悠於秋江煙浦中。況周頤《蕙風詞話》云：「眞情實景，寓於忘言之頃，至靜之中。非胸中無一點塵，未易領會得到。」[註 100] 此詞蘊藉纏綿，雋永無窮，雖嫌小題大作，然新而不纖，語淺意深，頗得金針之巧變。

又如〈水龍吟‧廣陵送客，次鄭蘭玉賦蓼花韻〉云：

> 芙蓉老去妝殘，露華滴盡珠盤淚。水天瀟灑，秋容冷淡，

[註 98] 〔金〕元好問〈摸魚兒‧雙蕖怨〉云：「問蓮根、有絲多少。蓮心知爲誰苦。雙花脈脈嬌相向，只是舊家兒女。天已許，甚不教、白頭生死鴛鴦浦。夕陽無語。算謝客煙中，湘妃江上，未是斷腸處。　　香奩夢，好在靈芝瑞露。人間俯仰今古。海枯石爛情緣在，幽恨不埋黃土。相思樹。流年度，無端又被西風誤。蘭舟少住。怕載酒重來，紅衣半落，狼藉臥秋雨。」見氏著：《遺山先生新樂府》，收入〔清〕吳重熹輯：《九金人集》，頁 1082。

[註 99] 陳海霞：〈論張翥的詠物詞〉，《楚雄師範學院學報》第 23 卷第 2 期（2008 年 2 月），頁 58。

[註 100] 〔清〕況周頤：《蕙風詞話》，《詞話叢編》，第 5 冊，卷 3，頁 84。

憑誰點綴。瘦葦黃邊，疏蘋白外，滿汀煙縷。把餘妍分與，
西風染就，猶堪愛，紅芳媚。　　幾度臨流送遠，向花前、
偏驚客意。船窗雨後，數枝低人，香零粉碎。不見當年，
秦淮花月，竹西歌吹。但此時此處，叢叢滿眼，伴離人醉。
（頁 1007～1008）

此詞藉詠蓼花以送別之作。上片敷寫蓼花，帶出淒清悲慘的離情別
緒，與蕭瑟衰颯之秋景相映襯。下片轉入送別情境，以蓼花慣於送別，
然而客意偏驚，不勝離別之苦。詞意至此，盪開一筆，「船窗雨後，
數枝低人，香零粉碎。不見當年，秦淮花月，竹西歌吹。」全由想像
情境著筆，引發惆悵別情。全詞由送別而見蓼花，以蓼花穿插往日回
憶，引出客愁，最後又回歸蓼花，綰結別離。詠物而不黏於物，結構
完整，意境柔美。吳梅《詞學通論》稱其用字殊新，意境深厚，合於
蓼花神理。〔註101〕

　　張翥另有詠桃花詞一首，如〈滿江紅・錢舜舉桃花折枝〉云：
前度劉郎，重來訪、玄都燕麥。回首地、暗香銷盡，暮雲
低碧。啼鳥猶知人悵望，東風不管花狼藉。又淒淒、紅雨
夕陽中，空相憶。　　繁華夢，渾無迹。丹青筆，還留得。
恍一枝常見，故園春色。塵世事多吾欲避，武陵路遠誰能
覓。但有山、可隱便須歸，栽桃客。（頁 1013～1014）

上片用典點出身份，接著鋪陳悲涼景象，渲染「空相憶」之悵惘情感。
下片順勢帶出詞人嚮慕武陵桃源，亟欲避世歸隱之心。全詞借花抒
懷，清疏放逸，不在色相上著墨，風神高絕。

　　又有〈蝶戀花・柳絮〉云：
陌上垂楊吹絮罷。愁殺行人，又是春歸也。點點飛來和淚
灑。多情解逐章臺馬。　　瘦盡柔絲無一把。細葉青鬖，

〔註101〕　吳梅：《詞學通論・第八章》曰：「〈水龍吟〉蓼花云：『瘦葦黃邊，疏
蘋白外，滿汀煙縷。』用黃邊白外四字殊新。又云：『船窗雨後，數枝
低人，香零粉碎。不見當年，秦淮花月，竹西歌吹。』係以感慨，意
境便厚；船窗數語，更合蓼花神理。此等處皆仲舉特長。規撫南宋諸
家，可云神似。」（上海：上海古籍出版社，2006 年 4 月 1 版），頁 96。

閒卻當時畫。惆悵此情何處寫。黃昏淡月疏簾下。（頁1018）
此詞通過柳絮之描寫，寄託惜春傷別之情。上片惜春，起句即點題，為
以下相思之情鋪展。下片寫柳「瘦盡」，實寫人為癡情而消瘦，「黃昏淡
月疏簾下」更見消魂之景，相思形象盡出。以上二闋詞雖無深婉之寄託，
工巧之刻繪，淺語中自有一種深遠之致，頗得姜夔清空騷雅之旨。

　　張翥詠物詞不僅善於詠花抒情，對自然景物的觀察亦極細緻入
微。其早年從仇遠遊學杭州，已而旅居維揚，留下不少西湖泛舟宴飲、
游春賞梅、懷舊感傷之作。雖然所作皆不出南宋格律派新意，卻能謹
守格律，無刻鏤纖弱之弊，寫景鮮明生動，寫情婉約自然，用事貼切，
疏密有致。如〈摸魚兒・春日西湖泛舟〉云：

> 漲西湖、半篙新雨，曲塵波外風軟。蘭舟同上鴛鴦浦，天
> 氣嫩寒輕暖。簾半卷。度一縷、歌雲不礙桃花扇。鶯嬌燕
> 婉。任狂客無腸，王孫有恨，莫放酒杯淺。　　垂楊岸，
> 何處紅亭翠館。如今遊興全懶。山容水態依然好，惟有綺
> 羅雲散。君不見。歌舞地、青蕪滿目成秋苑。斜陽又晚。
> 正落絮飛花，將春欲去，目送水天遠。（頁1000）

此詞藉春日西湖泛舟，表達惜春情緒。上片即景寫情，情寓於景。以
明朗疏快的筆調，從各個角度反覆渲染游湖宴飲之歡快。下片正相
反，即景設情，借景出情。以淒冷黯淡之景，烘托送春懷人的萬端情
緒。「鶯嬌燕婉」為整首詞情感過渡的轉折點，融景生情，由樂轉悲，
層層跌深。但由於抒情繪景錯落有致，筆意靈動活潑，不但毫無侷促
之感，反倒形成騰挪跌宕、流轉自如之氣勢。

　　另一首詠西湖名篇〈多麗・西湖泛舟，夕歸施成大席上，以晚山
青為起句，各賦一詞〉，云：

> 晚山青。一川雲樹冥冥。正參差、煙凝紫翠，斜陽畫出南屏。
> 館娃歸、吳臺遊鹿，銅仙去、漢苑飛螢。懷古情多，憑高望
> 極，且將尊酒慰飄零。自湖上、愛梅仙遠，鶴夢幾時醒。空
> 留在、六橋疏柳，孤嶼危亭。　　待蘇堤、歌聲散盡，更須
> 攜妓西泠。藕花深、雨涼翡翠，菰蒲軟、風弄蜻蜓。澄碧生

秋，鬧紅駐景，采菱新唱最堪聽。□一片、水天無際，漁火
兩三星。多情月、為人留照，未過前汀。（頁 999）

此詞寫西湖登山臨水之趣，文詞雅麗，意境空靈，用韻嚴密，較兩宋人
更細。起句大筆揮毫，鉤勒出西湖黃昏圖景。繼而以「館娃歸」轉入登
臨懷古，感慨興亡，兼及自傷身世。下片藉「蘇堤」為媒介，以景入情。
寫攜妓賞景聽歌，細膩描繪西湖新秋景色，水天一色，漁火交輝，清朗
靜謐，如詩如畫，非身歷其境、深得其中三昧者不能道來。張子良稱此
詞「足與玉田〈南浦〉之詠春水一闋，先後爭輝。」〔註 102〕周濟《介
存齋論詞雜著》亦曰：「學詞先以用心為主，遇一事，見一物，即能沉
思獨往，冥然終日，出手自然不平。」〔註 103〕張翥〈多麗〉詠西湖詞，
正是其沉思獨見，出手不凡之作，因而後世〈多麗〉一調，以此為正格。

　　張翥詞雖不及南宋姜夔、張炎格律派之清空騷雅，然工緻細密，
流麗婉約，實得姜、張一派之嫡傳。尤其是詞語鎔鑄力高強，《蛻巖
詞》佳詞麗句多從白石、玉田、夢窗、碧山、梅溪蛻變而來，在字句、
意境的鍛鍊上都迫似他們。如〈綺羅香·雨中舟次洹上〉絕似白石、
〈水龍吟·廣陵送客次鄭蘭玉賦蓼花韻〉絕似玉田、〈多麗·西湖汎
舟〉絕似梅溪等。實際上，張翥意欲汲取南宋各大詞家的優點而一爐
共冶，但少創格才氣，所以始終略遜一籌。〔註 104〕然吳梅《詞學通
論》予以極高的評價曰：「仲舉詞為元一代之冠，樹骨既高，寓意亦
遠，元詞之不亡，賴有此耳。其高處直與玉田、草窗驂靳，非同時諸
家所及。」〔註 105〕

（三）李齊賢

　　李齊賢（1287～1367），初名之公，字仲思，號益齋，又號櫟翁，
高麗慶州（今朝鮮慶尚道）人。幼承庭訓，博覽群經，奠定良好的文學

〔註 102〕張子良：《金元詞述評》，頁 236。
〔註 103〕〔清〕周濟：《介存齋論詞雜著》，《詞話叢編》，第 2 冊，頁 1629。
〔註 104〕黃兆漢：《金元詞史》，頁 234。
〔註 105〕吳梅：《詞學通論·第八章》，頁 96。

基礎。年十五即登高麗成均試狀元，十七歲入仕，二十二歲入選藝文春秋館，其後歷任西海道安廉使、進賢館提學、知密直司、政堂文學、判三司事等官職，聲名遠播，極爲忠宣王所器重。延祐元年（1313）忠宣王遜位後留居元朝大都（北京），構置萬卷堂，以書史自娛，有感於「京師文學之士，皆天下之選，吾府中未有其人，是吾羞也」，〔註106〕故特召李齊賢至大都爲侍從。李齊賢先後在元朝生活幾近三十年之久，曾歷遊河北、江蘇、陝西、四川、湖南等地，足跡遍及各地名山大川，形勝古跡。與元明善、張養浩、趙孟頫、虞集等往來密切，爲學益進。李齊賢亦與鍾嗣成爲同窗學友，鍾嗣成於《錄鬼簿》中籍錄其名，並注曰：「齊賢與余爲同窗友，後不相聞。亦有樂府。」〔註107〕

延祐三年（1316），李齊賢「奉使西蜀，所至題詠，膾炙人口。……忠宣王降香江南也，齊賢與權漢功從之，王每遇樓臺佳致，寄興遣懷，曰：『此間不可無李生也。』」〔註108〕歷官門下侍中，封雞林府院君。至元六年（1341），李齊賢五十四歲返回高麗，後延爲忠穆王書筵講師，屢進勸講儒家經典與修齊治平之道。六十二歲（1348），李齊賢再度出使元朝，返國後數度建言，未見採納，遂掛冠求去，卒諡文忠公。著有《益齋亂稿》、《櫟翁稗說》、《益齋長短句》一卷。詞作工於寫景，筆姿靈活，頗有金代第一詞人吳激（？～1142）騷雅俊快之風。

李齊賢是元代少數域外詞人中創作量最多者，〔註109〕《全金元詞》輯錄其詞共五十三首，〔註110〕詠物詞有三十五首，約佔全部詞

〔註106〕　鄭麟趾纂：《高麗史・李齊賢傳》（臺北：文史哲出版社，1972年2月初版），卷23，頁320。

〔註107〕　〔元〕鍾嗣成：《錄鬼簿》，頁379。

〔註108〕　鄭麟趾纂：《高麗史・李齊賢傳》，頁320。

〔註109〕　據徐健順：〈李齊賢詞作的意義、成因與考辨〉統計，《全金元詞》收有姓名作者的漢族以外的其他民族詞人有十人，詞作九十首，李齊賢即有五十三首，超過已知元代所有民族詞家創作的總和，也超過漢族作者的人均創作數量，如鶴立雞群。《文學前沿》第1期（2002年），頁293。

〔註110〕　按：李齊賢詠瀟湘八景之十四「煙寺晚鐘」，有目無辭，故《全金

作的百分之六十六點零四。統計如下：

　　天象類：嵐二首、雨四首、雪四首、雲二首、月二首、夕陽二首，
　　　　　　合計十六首。

　　地理類：原一首、山一首、石壁二首、浦二首、瀑布二首，合計
　　　　　　八首。

　　動物類：雁二首，合計二首。

　　器用類：題壁一首、鐘一首，合計二首。

　　建築類：堂二首、關一首、寺一首、橋一首、陵墓一首，合計六
　　　　　　首。

　　其　他：酒一首，合計一首。

由以上分類整理可見，李齊賢詠物詞題材偏重詠山川風雲類，唯獨缺
少詠植物類詞，此與其特殊的出身背景與仕宦經歷有關。由於語言文
化的隔閡，詞體婉媚之特質與朝鮮的民族性大相悖離，加以李齊賢居
處大都，往來多館閣朝臣，受北宗詞影響較深，以致李齊賢少抒情婉
約之作，而多雄放豪邁之詞。其最具代表性的是〈巫山一段雲〉兩組
聯章詞。第一組為〈瀟湘八景〉，詠「平沙落雁」、「遠浦歸帆」、「瀟
湘夜雨」、「洞庭秋月」、「江天暮雪」、「煙寺晚鐘」、「山市晴嵐」、「漁
村落照」等八景。除「煙寺晚鐘」只有一首外，餘皆詠二首，合計十
五首。據〔宋〕沈括（1031～1095）《夢溪筆談》記載，「瀟湘八景」
本屬繪畫題材，〔註 111〕自宋以還，文人題詠甚多，李齊賢遊宦湘江

　　　　　《元詞》實收李齊賢詞五十三首。

〔註111〕　〔宋〕沈括：《夢溪筆談・書畫》記曰：「度支員外郎宋迪工畫，
　　　　　尤善為平遠山水，其得意者有『平沙雁落』、『遠浦帆歸』、『山
　　　　　市晴嵐』、『江天暮雪』、『洞庭秋月』、『瀟湘夜雨』、『煙寺
　　　　　晚鐘』、『漁村落照』，謂之『八景』。好事者多傳之。」〔宋〕
　　　　　沈括著，胡道靜校注：《新校正夢溪筆談》（香港：中華書局，1987
　　　　　年），卷17，頁171。宋迪曾仕於湖南，所繪「瀟湘晚景圖」是追
　　　　　憶舊遊之作，《夢溪筆談》中並未記載其中各景的確實地理位置，
　　　　　直至明代李騰芳始考證出「瀟湘八景」的地理位置。詳參衣若芬：
　　　　　〈瀟湘八景——地方經驗・文化記憶・無何有之鄉〉，《東華人文

洞庭時，因美景而興發吟詠，前八首單純寫景，後七首處處流露詞人思鄉情切的心聲。如「心安只合此爲家。何事客天涯」（「平沙落雁」），「篷窗夜雨冷難禁。敲枕故鄉心」（「瀟湘夜雨」），「舉杯長嘯待鸞驂。且對影成三」（「洞庭秋月」）等。

　　第二組「松都八景」，詠「紫洞尋僧」、「青郊送客」、「北山煙雨」、「西江風雪」、「白岳晴雲」、「黃橋晚照」、「長湍石壁」、「朴淵瀑布」等八景，各詠二首，合計十六首。松都即高麗首都開京，爲李齊賢晚年返回故國後仿「瀟湘八景」而作，詞中反映其晚年仕途不順，進退維艱的矛盾心情。如「明朝去學種瓜侯。身世寄菟裘」（「白岳晴雲」），「酒樓何處咽絲簧。愁殺孟襄陽」（「西江風雪」）等。

　　李齊賢〈巫山一段雲〉兩組聯章詞分別吟詠十六處景物，內容豐富多樣，極富情趣。如〈巫山一段雲・漁村落照〉云：

> 遠岫留殘照，微波映斷霞。竹籬茅舍是漁家。一徑傍林斜。
> 　　綠岸雙雙鷺，青山點點鴉。時聞笑語隔蘆花。白酒換魚鰕。（頁 1028～1029）

上片描寫漁村周遭的自然景觀，鏡頭由遠景之重彩，至近景之清幽，層次分明，雖是夕陽殘照，卻充滿生機與活力。過片描寫鮮活躍動的種種物態，更增溫馨氣氛。最後人物登場，與前景融合爲一幅打魚歸來的歡樂情景，散發出強烈的漁村生活氣息。又如〈巫山一段雲・瀟湘夜雨〉二首云：

> 潮落蒹葭浦，煙沉橘柚洲。黃陵祠下雨聲秋。無限古今愁。
> 　　漠漠迷漁火，蕭蕭滯客舟。箇中誰與共清幽。唯有一沙鷗。（頁 1028）

> 暗澹青楓樹，蕭疏斑竹林。篷窗夜雨冷難禁。敲枕故鄉心。
> 　　二女湘江淚，三閭楚澤吟。白雲千載恨沉沉。滄海未爲深。（頁 1029）

前首起句即將「瀟湘夜雨」之景和盤托出，勾起無限弔古傷今的愁思。

學報》第九期（2006 年 7 月），頁 111～134。

過片進一步摹寫夜雨清幽景況，結語直是點睛之筆，以設問句概括出夜雨瀟湘的「清幽」境界，「沙鷗」與我，共此清奇與幽獨爲一。第二首詞，李齊賢善於移情入景，上片即由眼前景切入思鄉之情，「冷」字雙關情境之煎熬，凸顯客遊形象。下片藉湘妃、屈原的典故深化鄉愁，臨流傷悼，滄海亦未爲深，可想見詞人內心孤獨淒苦的懷鄉之情。

又如另一首頗獲好評的〈巫山一段雲・遠浦歸帆〉云：

> 南浦寒潮急，西岑落日催。雲帆片片趁風開。遠映碧山來。
>
> 　　出沒輕鷗舞，奔騰陣馬回。船頭浪吐雪花堆。畫鼓殷
> 春雷。（頁1028）

南浦西岑，境界遼闊；落日晚風，景象蒼茫；寒潮畫鼓，聲動天際。全詞寫活了歸帆由遠及近奔騰而來的生動景觀。上片寫帆影於薄暮中自遠而近，既爲遠浦設色，又爲歸帆鋪陳，帆影山光掩映成趣，極富畫意。下片以鷗舞喻歸帆出沒於急流之中，馬奔比擬南浦晚潮之波濤洶湧，健捷有力，充滿活力與動感。結句聲色齊發，寫遠帆歸來之氣勢，壯闊如浪吐，聲動如春雷，與首句的「潮急」相呼應。況周頤《蕙風詞話》稱許曰：「筆姿靈活，得帆隨湘轉之妙。」〔註112〕

以上兩組聯章詞李齊賢皆能揮灑彩筆，巧妙運思，宛如兩幅寫景長卷，千姿百態，各具特色。其他佳句如「隔溪何處鷓鴣鳴。雲日翳還明。」（「山市晴嵐」）「斷虹殘照有無中。一鳥沒長空。」（「北山煙雨」）「夕陽行路卻回頭。紅樹五陵秋。」（「黃橋晚照」）皆流蕩自然，清新可喜。

李齊賢長期生活於中國，遍遊華夏山川形勝，觸目所及，無不秀異壯美，令其讚嘆傾倒，信手拈來，攝入筆端，盡成佳作。如〈水調歌頭・望華山〉云：

> 天地賦奇特，千古壯西州。三峰屹起相對，長劍凜清秋。

〔註112〕〔清〕況周頤：《蕙風詞話》曰：「益齋詞寫景極工，〈巫山一段雲〉『雲帆片片趁風開』云云，筆姿靈活，得帆隨湘轉之妙。」《詞話叢編》，第5冊，卷3，頁4479。

鐵鑠高垂翠壁，玉井冷涵銀漢，知在五雲頭。造物可無物，
掌迹宛然留。　　記重瞳，崇祀秩，答神休。眞誠若契眞
境，青鳥引丹樓。我欲乘風歸去，只恐煙霞深處，幽絕使
人愁。一嘯寒驢背，潘閬亦風流。（頁1026）

上片點題，描寫遠望華山的壯偉之姿。華山，古稱太華山，位於今陝
西華陰市城南，雄據秦、晉、豫三省，爲東西交通之咽喉，古城長安、
洛陽之中樞，「千古壯西州」即點出其位置的重要性。五岳之中，華
山向以「奇拔峻秀」著稱，被譽爲「奇險天下第一山」。華山五峰並
立如掌，有「華嶽仙掌」之譽，其中又以東峰（朝陽）、西峰（蓮花）、
南峰（落雁）三峰較高，頂天壁立，故云「三峰屹起相對」；玉女、
雲台等峰互爲映襯，峰層疊翠狀似花朵。下片引用舜祀華山〔註113〕
及潘閬〔註114〕浪遊華山二典，引發詞人嚮往古人慕仙之志，意欲效
仿東坡乘風歸仙，以眞誠企求回歸逍遙「眞境」。運筆動盪開闊，氣
勢雄渾，風格近似蘇軾〈念奴嬌‧赤壁懷古〉。

　　又如〈水調歌頭‧過大散關〉云：
行盡碧溪曲，漸到亂山中。山中白日無色，虎嘯谷生風。
萬仞崩崖疊嶂，千歲枯藤怪樹，嵐翠自濛濛。我馬汗如雨，
修徑轉層空。　　登絕頂，覽元化，意難窮。群峰半落天
外，減沒度秋鴻。男子平生大志，造物當年眞巧，相對孰
爲雄。老去臥丘壑，說此詫兒童。（頁1026）

大散關又稱散關、崤谷，在今陝西寶雞市西南大散嶺上，爲秦蜀往來
要道，兵家必爭之地。此詞當與〈水調歌頭‧望華山〉同爲奉使川蜀

〔註113〕典出《尚書‧虞書‧舜典》，記曰：「歲二月，東巡守，至于岱宗，
　　　　柴；望秩于山川，肆覲東后。……五月，南巡守，至于南岳，如岱
　　　　禮。八月，西巡守，至于西岳，如初。十有一月，朔巡守，至于北
　　　　岳，如西禮。」見〔漢〕孔安國傳，〔唐〕孔穎達等正義，〔清〕阮
　　　　元校勘：《尚書正義》（臺北：藝文印書館，1989年1月11版，《十
　　　　三經注疏》本），卷3，頁38。
〔註114〕潘閬（？～1009），自號逍遙子，人稱潘逍遙。〔宋〕大名（今屬河
　　　　北）人。曾居錢塘，太宗時應召入朝，賜進士第。著有《逍遙集》
　　　　一卷。

時所作。上片寫行程，由「色」、「聲」兩方面表現出大散關的雄奇險峻。「萬仞」二句對仗工整而有氣勢，極力誇張卻不失真實。接著橫空插入山嵐繚繞，濃翠欲滴，筆姿空靈，引人遐想。繼而續寫山行之艱辛情狀，留下富有動感之餘韻。「登絕頂」承上啟下，由敘事轉入抒懷。攀登頂峰，縱覽造化鬼斧神功之妙，激發詞人欲與造化爭雄之平生大志。氣吞豪情，干雲壯志，噴薄而出。結語想像歸隱山林後之情景，自信而曠達，頗有遺山清新雄健之風。

　　另有一首託物諷古之作〈蝶戀花・漢武帝茂陵〉云：

　　　　石室天壇封禪了。青鳥含書，細報長生道。寶鼎光沉仙掌倒。茂陵斜日空秋草。　　百歲真同昏與曉。羽化何人，一見蓬萊島。海上安期今亦老。從教喫盡如瓜棗。（頁1026）

茂陵為漢武帝劉徹之陵墓，在今陝西興平東南。此詞以辛辣的筆調，嘲諷漢武帝遣方士求仙長生之虛妄。上片寫漢武帝求仙長生的失敗，「空」字用得極妙，不僅鋪陳茂陵的荒冷淒涼，亦暗示武帝求仙長生的失敗。下片則寫求仙長生的虛妄，運用典實，以內蘊含藏之筆力，堅決否定求仙長生之虛妄不實，同時亦達到以古喻今之目的。

　　李齊賢以域外詞人的身份，具備深厚的漢文根柢，高度的文學素養，又能汲取中國詩歌的豐富養分，不斷充實作品內涵，從而建立其豐富多樣而又獨特的題材內容與風格特色。〔註115〕夏承燾《域外詞選》稱曰：「其一生行歷，當我國元代之始終。兩宋之際，蘇學北行，金人詞多學蘇。元好問在金末，上承蘇軾，其成就尤為突出。益齋翹企蘇軾，其詞動盪開闔，尚有不足，然〈念奴嬌〉之過華陰，〈水調歌頭〉之過大散關、望華山，小令如〈鷓鴣天〉之飲麥酒，〈蝶戀花〉之漢武帝茂陵，〈巫山一段雲〉之北山煙雨、長湍石壁等，皆有遺山

〔註115〕黃天驥選注：《元明詞三百首・前言》：「其取象之新穎，境界之獨特，均使人領略到這些遊牧民族的後葷，與寬袍大袖的中原士大夫，在情趣、韻味方面存在著不少的差別。」（長沙：岳麓書社，1994年4月1版），頁8。

風格。在朝鮮詞人中，應推巨擘矣。」〔註 116〕綜觀李齊賢詠物詞作的題材、形式、技巧等方面均能豐富多樣化表現，並且運用自如，又能熟悉中國歷史與詩歌典故，藉由評騭人物、事件抒發個人的理想情志，其所表現的高度藝術成就，不僅在元代佔有一席之地，即使置之兩宋名家詞中，亦庶幾無愧色。〔註 117〕

三、第三期代表詞家述評

　　元詞第三期由惠宗元統元年至元朝末年（1333～1368）。順帝即位後，怠於政事，荒於游宴，加上伯顏之專恣，哈麻之亂政，國勢日漸衰頹。至正十年（1350）因黃河水災頻繁，下令治水而加重徭役，導致各地民怨沸騰，群起反抗。至正八年（1348）方國珍首先起兵，繼而四方響應，劉福通、徐壽輝、張士誠等亦乘勢而起，先後稱兵。至正十一年（1351）紅巾軍起義，揭開元朝滅亡的序幕。值此危急存亡之際，元廷內鬨不斷，太子及權臣之間相互傾軋奪權。朱元璋崛興於泗濠，削平群雄，統一南方。1367 年，朱元璋發佈討元文告，命將領徐達、常遇春移師北伐。至正二十八年（1368），攻佔大都，順帝北遁，由蒙古族在中原所建立的統治政權終於宣告結束。

　　處此衰亂之世，詞人或感慨興亡，悲嘆身世；或遁世逃情，嘯傲山林。尤以後者居多數，因為親眼目睹世亂時艱，又無力扭轉頹勢，不免對世事無常感到虛幻無奈，或遁飲酒鄉，貪歡作樂；或置身世外，高蹈遠引，所作多表現閒居隱逸、疏放曠達之風，因而豪放之氣亦滲入復雅詞風之中，〔註 118〕呈現出南北詞風融合的趨勢，成為元代後

〔註116〕　夏承燾編選：《域外詞選·前言》（北京：書目文獻出版社，1981年 11 月月第 1 版），頁 4。

〔註117〕　黃兆漢：《金元詞史》，頁 309。

〔註118〕　如鄭振鐸稱「邵亨貞〈滿江紅·丙午重陽前二日雨霽，泗涇倚闌望九山〉云：『世亂可堪逢節序，身閒猶有餘風度。且憑高、呼酒發狂歌，愁何處。』殊具蘇、辛的風味」。見氏著：《插圖本中國文學史》（石家莊：花山文藝出版社，1998 年 11 月 1 版，《鄭振鐸全集》第九卷），頁 270～271。

期詞壇的時代特色。因此，元代詞壇並未因世代衰亂而消歇，反而在時代的激發下，繼續傳承與發展姜、張一派的雅正詞風，記錄時代巨變下的心靈感受與思想情感，寓意深蘊。

元代詠物詞第三期之作家有：沈禧、謝應芳、倪瓚、梁寅、舒頔、邵亨貞、薩都剌、錢霖、陶宗儀、韓奕、凌雲翰、刑叔亨、顧阿瑛、錢應庚、沈景高、羅慶、唐桂芳、何守謙、高明等。最具代表性之作家，當推謝應芳、邵亨貞、沈禧三人。

（一）謝應芳

謝應芳（1296～1392），字子蘭，號龜巢，武進（今江蘇常州縣）人。自幼篤志好學，潛心性理之說，以道義名節自勵。元順帝至正初，隱居白鶴溪上，築室名「龜巢」，以教授爲業。江浙行省舉三衢清獻書院山長，辭不就。元末兵亂，避地吳中，吳人爭相延致爲塾師。曾參與顧瑛玉山草堂詩酒觴詠之會。明洪武初回歸鄉里，徙居芳茂山，著書賦詩講學，終生未仕，爲地方鄉紳所敬重。晚年學行益劭，達官縉紳路經本郡，必訪謁其廬，謝應芳以布衣韋帶與之抗禮。畢生致力於匡正世俗迷信及宗教鬼神之說，議論必關世教，切民隱，篤人倫，厚風俗，德望重於東南。詩文雅麗蘊藉，於理學深自有得，著有《辨惑編》四卷、《思賢錄》五卷、《龜巢稿》二十卷等傳世。

《全金元詞》輯錄謝應芳詞共六十五首，詠物詞有十三首，約佔全部詞作的百分之二十。統計如下：

天象類：風一首、雪一首，合計二首。

地理類：溪一首，合計一首。

植物類：梅花四首，合計四首。

器用類：綿一首、畫一首，合計二首。

建築類：居室三首，合計三首。

其　他：酒一首，合計一首。

謝應芳存詞不多，詠物詞數量僅有十三首，分析謝應芳詠物詞的題

材，以詠梅花四首最多，多借花喻志，反映其生平高潔幽獨之志節；
其次為詠居室三首，其他所詠則多為日常習見之物，適足以反映其一
生清貧，〔註119〕及追求隱逸閒適的現實生活。其曾自云：「看古來行
路難行，真箇是閒居好。」（〈水龍吟・題曹德祥水居〉）又云：「往古
來今，何人不道閒居好。忙多閒少，應被青山笑。」（〈點絳脣・和林
韻〉）詞中無不反映出謝應芳歷經末世喪亂，飽經憂患之後的深切感
悟。因而其熱愛閒居生活，詞中無不極力吟頌閒居生活的清幽與樂趣。

如〈滿江紅・送馬公振〉尋梅，云：

> 舊約尋梅，蹉跎過、小春時節。忽隴頭人至，一枝先折。
> 喜見春風顏色好，縞衣不受緇塵涅。把十年、湖海舊相知，
> 從頭說。　　三江上，滄洲雪。千墩下，珠林月。似許詢
> 支遁，總皆清絕。重看青山攜素手，此情方解相思結。待
> 渦湖、冰泮柳風清，孤舟發。（頁1069～1070）

詞中提及與友人馬公振〔註120〕相知十年，年年相約江邊隴頭重尋梅
蹤，追慕梅花「縞衣不受緇塵涅」之清絕。梅花清癯高雅、不卑不亢
的高標逸韻，正如歸隱山林的詞人一般，因而詞人年年踏雪尋梅蹤，
只因其早已視梅花為知己朋友，亦唯獨梅花能解慰其隱逸之初衷。又
如〈風入松・梅花〉云：

> 歲寒心事舊相知。相別去年時。如今重覿春風面，比年時、
> 消瘦些兒。天上玉堂何在，人閒金鼎頻移。　　風塵不染
> 素羅衣。脈脈倚柴扉。桃根桃葉爭春媚，儘教他、濃抹臙
> 脂。老我揚州何遜，隴頭誰為題詩。（頁1063）

〔註119〕　〔清〕張廷玉：《明史・謝應芳傳》記曰：「一室蕭然，晏如也。」
　　　　　（臺北：藝文印書館，1958年），卷282，頁3097。

〔註120〕　馬公振即馬麐（生卒年不詳），一字國瑞，崑山（今江蘇太倉）人。
　　　　　幼酷志讀書，好文尚雅，以華其家聲。元季避兵松江之南鍾巷里，
　　　　　築室鑿池，有田園花木之趣。日誦經史，遇佳客往來，則觴詠不輟，
　　　　　與世泊如也。楊鐵厓深器重之，稱為忘年友。有《醉漁草堂》二集。
　　　　　見〔清〕顧嗣立：《元詩選・三集》（北京：中華書局，2002年11
　　　　　月重印版），頁654。

此詞化用〔唐〕杜甫〈佳人〉〔註121〕詩意，將梅花擬如佳人，相約隔年重尋。今年再見梅花，依舊素淨淡雅，清塵不染，脈脈獨倚春風中，不與桃花桃葉爭春媚，寄託自己孤高幽獨之志。又有〈沁園春〉詠梅、竹云：

> 竹與梅花，偃寒冰霜，堪稱二難。我依梅傍竹，借人茅舍，吟風弄月，坐箇蒲團。梅樣精神，竹般標緻，遮莫清臞未是寒。柴門外，好一湖春水，似拍銀盤。　昔人恨橘多酸。我只笑青松也拜官。每醉時低唱，滄浪一曲，閒時高臥，紅日三竿。兒輩前來，老夫說與，梅要新詩竹問安。餘無事，只粗茶淡飯，儘有餘歡。（頁1062）

此詞題序曰：「屋東老梅一株，鄰家有竹百餘箇，相近雪窗，撫玩復自和此曲。」由題序知，梅、竹比鄰爲友，經霜傲雪，患難與共，謝應芳閒居高臥，詠嘆梅之精神，竹之高標，唯獨笑嘆青松去拜官，於疏曠之中帶有幾許辛辣味。故其傍竹依梅，高歌「滄浪」〔註122〕一曲以明志。談笑間無不流露自己淡泊名利，不徇流俗之志節。

又如〈一剪梅〉寄故人云：

> 東風吹醒老梅枝。南也芳菲。北也芳菲。月明半夜五更時。笛也爭吹。角也爭吹。　青松澗底獨離奇。寒也誰知。暖也誰知。老夫聊爲一歔欷。梅也題詩。松也題詩。（頁1070）

詞中透露謝應芳悠然自適的閒居生活，「吟風弄月」，何其自在！「寒暖誰知」，唯幽獨自守！因而苦悶無告時，亦只有歔歔嘆息云：「梅也

〔註121〕〔唐〕杜甫：〈佳人〉云：「絕代有佳人，幽居在空谷。自云良家子，零落依草木。……在山泉水清，出山泉水濁。侍婢賣珠回，牽蘿補茅屋。摘花不插髮，采柏動盈掬。天寒翠袖薄，日暮倚修竹。」〔清〕聖祖御編：《全唐詩》（北京：中華書局，1960年4月1版），卷218，頁2287。

〔註122〕典出《孟子・離婁上》：「有孺子歌曰：『滄浪之水清兮，可以濯我纓；滄浪之水濁兮，可以濯我足。』孔子曰：『小子聽之！清斯濯纓，濁斯濯足矣，自取之也。』」見〔漢〕趙岐注，〔宋〕孫奭疏，〔清〕阮元校勘：《孟子注疏》（臺北：藝文印書館，1989年1月11版，《十三經注疏》本），卷7，頁128。

題詩，松也題詩。」結語別有散曲意境，亦凸顯謝應芳隨遇而安、放逸不羈的個性及詞作具有散曲化傾向的特色。如〈西江月·秋暮，簡友人索酒〉一詞云：

> 老大無人青眼，淒涼奈爾黃花。秋來杯酌斷流霞。兀對江山如畫。　　夢裏去尋東老，覺來欲喚西家。山童羞說未能賒。報道點茶來也。（頁 1064）

此詞顯現謝應芳詞明顯受到元代散曲的影響，其跳脫詞體「豪放」或「婉約」的舊有框架，於詞作中引入方言白話，不計俚俗，風格偏於詼諧與調侃。由〈西江月〉詞中誇張的戲語，苦中作樂，自我解嘲，可見一斑。詞人窮到無酒可喝，因而以詞代簡向友人索酒，卻擔心遭到友人拒絕，不免自嘲以仙酒、流霞代酒。下片思酒若渴卻不直言，而以夢境反映其心理狀態。結語出乎意外，生動描寫山童的語言神態，極為傳神有趣。

　　除了詠梅詞，謝應芳詠物詞中亦有反映社會現實，藉以自傷身世之作，如〈滿江紅·吳江阻風〉云：

> 怪底春風，要將我、船兒翻覆。行囊裏、是群賢相贈，數篇珠玉。江上青山吹欲倒，湖中白浪高於屋。幸年來、阮籍慣窮途，無心哭。　　歸去也，餅無粟。吟嘯處，居無竹。看造物、怎生安頓，老夫盤谷。第四橋邊寒食夜，水村相伴沙鷗宿。問客懷、那有許多愁，三千斛。（頁 1062）

此詞由吳江阻風一事，引發詞人感嘆一生遭際之不幸，控訴人間之不平，情思激越，沉痛至極！全篇寓意深長，吳江之上的這股怪風，正如詞人生命中的驚風驟雨，一陣兇猛翻騰之後，詞人已是欲哭無淚，不禁質問蒼天，其將何所依恃？縱使心中嚮往古人歸隱山林，與沙鷗相伴的清幽生活，亦未必遂其所願。此詞節奏短促，三字句、四字句間雜交錯，一氣貫下，又夾以俗語、白話，筆致活潑流轉，在敘事中雜以形象描繪，情態多變，鮮明生動。

　　謝應芳生於元明易代之際，親身經歷時代的動盪不安，因而詠物詞中具體反映社會現實，以及身處異代的遺民感受，其中有亂世興亡

之慨嘆，亦有避世隱逸之閒適趣味，而以後者爲多，雖時見佳句，唯缺乏新意。

（二）邵亨貞

邵亨貞（1309～1401），字復孺，號清溪，先世本淳安（今屬浙江）人，後徙居華亭（今上海松江縣）。嘗卜築溪上，因號曰貞溪。邵亨貞祖父邵桂子爲南宋太學生，登咸淳七年（1271）進士。入元後，隱居鄉里不復出，著有《雪舟脞稿》。父邵祖義，曾任池州學錄，有文名。邵亨貞受二人影響，終元一朝，隱居不仕，喜結交文人雅士，詩酒酬唱，逍遙山水。平生好古敏學，博通經史，雖陰陽醫卜佛老之書，無不精覈。又工篆隸，善詩文詞曲。明洪武初，邵亨貞受薦爲松江府學訓導。旋以子克穎註誤，得罪繫獄，譴戍穎上，久乃赦還。嗣後迭經家庭憂患，自是閉門著述，編次增刪，著有《野處集》四卷、《蟻術詩選》八卷、《蟻術詞選》四卷，文辭富贍，頗爲可觀。其詞清麗雋永，靈動明妙，多爲感時傷懷，擬古憶舊，詠物贈答之作。如〈祝英台近・和雲西老人秋懷韻〉：「可奈滿目清商，蕭蕭五陵樹。斜掩屏山，腸斷庾郎賦。」（頁 1109）〈蘭陵王・歲晚憶王彥強而作〉：「年華晚，煙水正深，難折梅花寄寒驛。」（頁 1110）〈鳳來朝・擬清眞・汴堤送別〉：「駐馬隋堤路。怨凌波、背人喚渡。正琵琶撥到傷情處。」（頁 1094）可謂思致曲婉，頗有南宋二窗筆致，宜爲元詞之殿軍。〔註 123〕

《四庫全書總目提要》評之曰：「亨貞終於儒官，足蹟又不出鄉里，故無雄篇巨製以發其奇氣，而文章大致清快，步伐井然，猶能守先正遺矩者。陶宗儀《南村輟耕錄》載，所作詠眉目〈沁園春〉詞二首，雋永清麗，頗有可觀，蓋所長尤在於是，惜詞選今已久佚矣。」〔註 124〕由此可見，四庫館臣極爲肯定邵亨貞的詞學成就，尤其是詠

〔註 123〕 吳梅：《詞學通論・第八章》曰：「及邵復孺出，合白石、玉田之長，寄『煙柳斜陽』之感，其〈掃花遊〉、〈蘭陵王〉諸作，尤近夢窗，殿步一朝，良無愧怍。」頁 89。

〔註 124〕 〔清〕永瑢等撰：《欽定四庫全書總目・野處集提要》，第 5 冊，卷

物詞〈沁園春〉詠眉、目二首，備受後人推舉。

　　前引《四庫全書總目》誤稱邵亨貞詩詞已散佚，至阮元《四庫未收書目》始復著錄。況周頤所稱據《知不足齋影鈔》本復刻《蟻術詞》即阮氏本，共收詞一百四十三首。另有《四印齋所刻詞》收《蟻術詞選》四卷，共一百三十五首。《全金元詞》據《四印齋所刻詞》為底本，選錄一百四十首，又增周泳先《唐宋金元詞鈎沉》從《鐵網珊瑚》補錄三首，共輯錄邵亨貞詞一百四十三首，詠物詞有三十六首，約佔全部詞作的百分之二十五點一七。統計如下：

　　天象類：雨一首、晴二首、月二首，其中有一首雙詠，合計四首。

　　地理類：湖一首、山一首，合計二首。

　　動物類：燕一首，合計一首。

　　植物類：蓮花一首、梨花一首、梅花六首、楊花一首、杏花一首、
　　　　　　水仙花二首、柳二首、桃花二首，合計十六首。

　　器用類：書卷二首、燈一首、畫三首，合計六首。

　　建築類：樓二首、室一首、橋一首、別墅一首，合計五首。

　　其　他：眉一首、目一首，合計二首。

由以上分類整理可見，邵亨貞詠物詞的題材以詠植物類最富，尤其詠梅詞有六首，可見其對梅花情有獨鍾。梅花歷來為人所喜，或欣賞梅花凌霜傲雪、不畏嚴寒的堅貞精神；或嚮慕梅花神清骨秀、不卑不亢的高標逸韻；或欣羨梅花不隨流俗、甘心寂寞的淡泊情操。因而成為傳統詩歌中最為常見的審美意象之一，詩人反復詠唱，或隨物賦形，或描繪其精神格調，佳作聯篇。試看邵亨貞〈賀新郎〉詠紅梅云：

　　　　海底珊瑚樹。問鮫人、幾時擘出，碎為繁露。舊女捨來紉
　　　　成佩，妝點江南歲暮。便揀映、含章態戶。更著絳綃籠玉
　　　　骨，怕黃昏、不向孤山路。銀燭暗，未歸去。　　夢中曾
　　　　被梨雲誤。最難忘、長沙形勝，水聲東注。若見何郎須相
　　　　報，不改揚州韻度。道穠豔、尚堪重賦。一點酸心渾不死，

167，頁3333～3334。

　　咲桃根桃葉非吾故。空谷底，漫延佇。（頁1113）

此詞題序說明創作背景，云：「曹園紅梅數種十餘樹，雲西老人手植也。時殊事異，殘枝存者無幾。其孫幼文命客飲于其下。永嘉曹新民賦詞爲詠，予適有出不與。越數日，幼文持卷來求次韻，席上口占以答。」曹園燬於元末戰火中，儘管時移境遷，所剩殘枝無幾，紅梅依然獨佔春先，「不改揚州韻度」，美麗依舊，堅貞如故。尤其穠麗鮮紅的色澤，迥異於白梅、梨花之潔白玉骨，卻無礙於紅梅固有的風姿韻度，因爲紅梅穠豔獨絕的色彩，正是其堅毅卓絕生命力的象徵，亦是雲西老人人格風範的表徵。此詞以花喻人，借紅梅的品格表明心跡，意蘊深遠。另有一首〈角招〉，亦是題贈雲西老人，〔註125〕詞云：

　　夢雲杳。東風外，畫闌倚遍寒峭。小梅春正好。漫憶故園，花滿林沼。天荒地老。但暗惜、王孫芳草。鶴髮仙翁洞裏，爲分得一枝來，便迎人索咲。悤曉。　　冷香窈竊，幽情雅澹，不減孤山道。舊愁渾欲埽。卻明朝、新愁縈繞。何郎易惱。且約住、傷春懷抱。綵筆風流未少。更何日，玉簫吹，金尊倒。（頁1119）

此詞題序云：「故園舊有老梅數樹，自庚午（1330）至庚辰（1340），十載之間六遭巨浸，無一存者。年來惟起步月前邨之歎。辛巳正月廿四日，曹雲翁以紅萼一枝見予，風度絕韻，舊感橫生，念之不置，因綴此闋爲解，併以謝翁焉。」由於詞人故園大水漫漶，導致梅樹蕩然無存，曹雲翁（即雲西老人曹知白）贈予紅梅，因時感事，題詠紅梅之餘，不禁興發其追憶故園老梅，並抒家國興亡之慨歎。縱使詞人寄予梅花許多喟嘆與感傷，梅花依舊「不減孤山道」，堅持其冷香幽獨之高潔。因而在邵亨貞筆下，梅花獨具「玉出藍田，不受纖塵汙」（〈點

〔註125〕　雲西老人即曹知白（1272～1355），字又玄，號雲西，華亭人。大德中薦授崑山教諭，旋棄去，北遊京師，不受舉劾，歸隱長谷中，日與賓客故人以詩酒相娛樂，學者尊之爲貞素先生。至正十五年卒。詳參王德毅、李榮村、潘柏澄編：《元人傳記資料索引》（臺北：新文豐出版社，1980年6月初版），頁1189。

絳脣・著色苔梅〉）、「冷香窈靄，幽情雅澹」之姿，卻是「絕豔無人
管領，潮自落、吳山橫碧。便想像、風景好，可能再得。」（〈暗香〉）
雖然也曾「客裏相逢，共傷漂泊」，然「洗盡豔妝，留得遺鈿，尚有
暗香如昨。」（〈花心動〉）梅花所折射出的淡泊高潔的情操與品格，
正是詞人傲岸不屈、堅貞獨絕性格之寫照。

　　其他詠花詞亦不乏佳作，如〈虞美人・謝張芳遠惠杏花〉云：

> 閉門日日聽風雨。不道春如許。老來猶自愛看花。及至看
> 花雙眼被愁遮。　　杏花不改胭脂面。愁裏驚相見。花枝
> 猶可慰愁人。只是鬖鬖短鬢不禁春。（頁1096）

杏花與桃花和梅花相仿，花色又紅又白，胭脂萬點，花繁姿嬌，佔盡
春風，惹人愛憐。此詞將美好春光與衰朽殘年並置，又將嬌紅杏花與
鬖鬖短鬢同列，讚春與嗟老交織為一，形成強烈的反差對比。詞中每
兩句為一組，一開一合，轉折變化，起伏跌宕，嘆老嗟憂的情緒隱然
流蕩其中。又如詠水仙二首，〈江城子〉云：

> 凌風翠袖興飄然。步躚躚。懶忘言。淨洗明妝，不與世爭
> 妍。玉質金相清韻絕，端可擬、月中仙。　　天寒日暮水
> 雲邊。忍相捐。意難傳。回首珠宮，貝闕不勝寒。環佩珊
> 珊香冉冉，誰敢與，鬥嬋娟。（頁1100）

又〈虞美人〉云：

> 幾年不見凌波步。只道乘風去。山空歲晚碧雲寒。驚見飄
> 蕭翠袖倚琅玕。　　玉盤承露金杯勸。幾度和香嚥。冰霜如
> 許自精神。知是仙姿不汙世閒塵。（頁1096）

二首詞將水仙比擬為凌波仙子，明麗清雅，在天寒日暮的水雲邊，幽
獨自守，將水仙的仙姿靈態描摹地栩栩如生，唯妙唯肖。「淨洗明妝，
不與世爭妍」、「冰霜如許自精神。知是仙姿不汙世閒塵」，是水仙超
凡脫俗的品格，亦是邵亨貞幽獨自守，清高絕俗的寫照。邵亨貞往往
藉詠花突出其清雅之姿，以彰顯主體的人格精神，如詠梨花，突出其
「琪樹生香縹緲」（〈清平樂・梨花〉）的雅致清香，詠碧桃則云「歌
扇半欹羞淡冶。一點芳塵不惹」（〈清平樂・碧桃〉），淡雅高潔，不與

凡塵。因此，邵亨貞筆下無論是梅花、水仙、杏花、碧桃，花的孤高
幽潔，皆是其自身品格與精神的眞實寫照與再現。

　　至於邵亨貞廣爲人所傳誦的〈沁園春〉詠眉、目二首，云：

　　巧鬪彎環，纖凝嫵媚，明妝未收。似江亭曉玩，遙山拂翠，
　　宮簾暮卷，新月橫鉤。埽黛嫌濃，塗鉛訝淺，能畫張郎不
　　自由。傷春倦，爲皺多無力，翻作嬌羞。　　　塡來不滿橫
　　秋。料著得人間多少愁。記魚箋緘啓，背人偷斂，雁鈿膠
　　倂，運指輕揉。有喜先占，長顰難效，柳葉輕黃今在否。
　　雙尖鎖，試臨鸞一展，依舊風流。（「眉」，頁1113～1114）

　　漆點塡眶，鳳梢侵鬢，天然俊生。記隔花瞥見，疏星炯炯，
　　倚闌延竚，止水盈盈。端正窺簾，薔騰凭枕，睟眄檀郎長
　　是青。銷凝久，待嫣然一顧，密意將成。　　　困酣時倚銀
　　屏。強臨鏡接抄猶未醒。憶帳中親覯，似嫌羅密，尊前斜
　　注，翻怕鐙明。醉後看承，歌時鬪弄，幾度孜孜頻送情。
　　難忘處，是香羅搵透，別淚雙零。（「目」，頁1114）

此詞題序云：「龍洲先生以此詞詠指甲小腳，爲絕代膾炙。繼其後者，
獨未之見。彥強庚兄示我眉目二作，眞能追逐古人于百歲之上，不旣
難矣。暇日偶于衛立禮座上，以告孫季野丈，爲之擊節不已。因約相
與同賦，翼日而成什焉。」前首詠眉，細緻描繪各種不同眉型，通過
眉的變化，展現出女子妖嬈美麗的風流神韻。第二首詠目詞亦然，描
摹眼睛如女子對鏡嚴妝，精描細琢，表現出女子溫柔婉約的旖旎深
情。陶宗儀在《南村輟耕錄》首先稱許其「眞雋永有味」，〔註126〕後
人亦以「新豔入情」〔註127〕、「工麗可喜」〔註128〕等語稱之。而《四

〔註126〕　〔元〕陶宗儀：《南村輟耕錄》曰：「宋劉改之先生過，詞贍逸有思
　　　　致，賦〈沁園春〉二首以詠美人之指甲與足者。尤纖麗可愛。（詞
　　　　二首略）近邵青溪亨貞嗣其體調以詠眉目，眞雋永有味。（詞二首
　　　　略）。」（北京：中華書局，1959年2月），卷15，頁183。

〔註127〕　〔清〕沈雄：《古金詞話‧詞評》曰：「邵亨貞字清溪，曾有〈沁園
　　　　春〉二首。一賦美人眉，一賦美人目，新豔入情，世所傳誦。」《詞
　　　　話叢編》，第1冊，頁1022。

〔註128〕　〔清〕許昂霄：《詞綜偶評》曰：「此二首與劉改之兩闋俱工麗可

庫全書總目提要》甚至以此二首視爲邵亨貞的詞作代表，實稱譽過矣。吳梅《詞學通論》則客觀持論曰：「復儒以眉目〈沁園春〉二詞，得盛名於時，實是側豔語，不足見復儒之眞面目也。」〔註129〕的確，邵亨貞〈沁園春〉詠眉、目二首雖工巧纖麗，極雕琢之能事，惜無一語寄託，不過是學效劉過的趣味之作，然而若以此概括其詠物詞的風格與成就，恐有失偏頗。

　　邵亨貞爲元末的大詞人，足以繼仇遠、張翥之後，爲元詞三大家之一。〔註130〕邵亨貞素以詠物詞聞名，尤其詠花詞最具特色，或吟詠花之清雅姿容，以彰顯主體的人格精神；或以花喻人，借花之品格表明心跡；或藉詠花寄予詞人心中無限的喟嘆與感傷，映現其高潔的人品與清麗的風格，頗得白石、玉田騷雅之旨。

（三）沈　禧

　　沈禧，字廷錫，吳興（今浙江吳興縣）人。生卒年及事履均不詳，約元惠宗至正初前後在世（約西元 1341 年前後在世）。〔註131〕工詞善曲，有《竹窗詞》一卷，存作五十五首，《彊村叢書》錄之，後附散曲八套；亦單行，名曰《竹窗樂府》。細繹其詞，沈禧自述平生「志在高山流水」（〈風入松〉，頁 1040），故多詠閒居漁隱生活之趣，如〈菩薩蠻〉云：「峨冠博帶青藜杖。行行獨步青溪上。時抱一張琴。雲間覓賞音。」另〈風入松〉亦云：「老翁終日把綸竿。瀟灑異衣冠。想應自得煙波趣，又何心、顯職高官。」（頁 1040）可想見其獨抱素琴，臨流垂釣，「塵緣一點無縈絆，閒邊趣、不管浮沉」（〈風入松・詠畫景〉，頁 1039），「且躲是非榮辱，不愁雨暑風寒」（〈風入松・漁隱〉，頁 1042）之瀟灑逸氣與高士風範，眞好似神仙中人。〔註132〕

喜。似此描寫，亦何妨爲大雅罪人。」《詞話叢編》，第 2 冊，頁 1570。
〔註129〕　吳梅：《詞學通論》，頁 99。
〔註130〕　黃兆漢：《金元詞史》，頁 263。
〔註131〕　黃兆漢：《金元詞史》，頁 245。
〔註132〕　黃兆漢：《金元詞史》，頁 245。

　　沈禧詞多爲題贈酬詠唱和之作，詞風清疏蕭散、婉麗穠豔兼而有之。小令多詠山水風景及瑣事細物，清疏可喜。《全金元詞》據《彊村叢書》底本，輯錄其詞五十五首，詠物詞有二十七首，約佔全部詞作的百分之四十九點零九。統計如下：

　　天象類：嵐一首、霞一首、雪一首、月一首，合計四首。

　　動物類：鵲一首，合計一首。

　　植物類：梅花二首、水仙二首、牡丹二首、蘭花一首、松一首，
　　　　　　合計八首。

　　器用類：扇二首、畫一首，合計三首。

　　建築類：堂一首、臺一首、廟一首、樓一首、屋一首、苑一首，
　　　　　　合計六首。

　　其　他：香一首、髮一首、面一首、淚一首、眉一首，合計五首。

由以上分類整理可見，沈禧詠物詞的題材頗爲廣泛，各類型皆有所涉獵，詠花詞仍佔其中多數，其次則是善詠自然山水景物，表現其隱逸鄉居的閒適生活情趣。另外，其他類型中最具代表性的是〈蹋莎行‧追次雲間王德璉韻，爲施以和作香奩八詠〉聯章詞，以詠女性的身體器官爲主，表現出婉麗穠豔風格，近似花間。以下賞析其二首詠梅慶壽詞，如〈風入松‧紅梅慶六十壽〉云：

　　　　陽回潛谷起頹虯。萬斛燦琳球。芳姿占得先春意，冰霜操、
　　　　甘抱清幽。野店溪橋託質，蒼松翠竹爲儔。　　壽筵開處
　　　　接瀛洲。彷彿見羅浮。朱幢絳節參差下，香風靄、共集南
　　　　樓。爲慶人閒甲子，來添海屋仙籌。（頁1040）

起句寫春回大地，紅梅先春獨佔，燦爛奪目。出語即鋪陳紅梅占得春風意的氣勢，接著「冰霜操、甘抱清幽」一句，突出紅梅高潔幽獨之芳姿。下片寫壽筵歡慶情景，天上仙人亦紛紛謫落凡塵來慶壽，彷彿進入「羅浮」〔註133〕仙境，熱鬧非凡，洋溢一片喜慶氣息。

────────────────

〔註133〕　按：羅浮山在今廣東省南部，橫跨博羅、增城二縣。民間傳說蓬萊
　　　　　　仙島有一個別島，隨風浪飄到南海，最終依附在羅山旁，因此名爲

　　以詞祝壽，肇始於唐五代，如敦煌曲子詞裡的〈感皇恩〉（四海天下及諸州）〔註134〕、馮延巳〈拋毬樂〉（年少王孫有俊才）〔註135〕等等，但並不多見。時至兩宋，祝壽風氣日盛，是以往任何一個時代所難以企及的，祝壽既已成爲一種約定成俗的社會行爲，獻詞祝壽遂成爲一種新的詞學現象。〔註136〕當時詞人或自壽或進獻壽詞，不僅成爲社交生活中不可或缺的「禮數」之一，具有重要的社交功能；同時，在獻壽佐酒清歡之際，激發自我生命的欲望與律動，表現個體的生命意識與價值。〔註137〕可見壽詞創作並非純粹的藝術活動，更主要的是一種風俗行爲，然而從純審美的標準加以衡量，有些確實難以稱爲佳作，是以張炎認爲壽詞難作，若「盡言富貴則塵俗，盡言功名則諛佞，盡言神仙則迂闊虛誕，當總此三者而爲之，無俗忌之辭，不失其壽可也。松椿龜壽，有所不免，卻要融化字面，語意新奇。」〔註138〕因此詠梅慶壽，於酬贈唱和之外，更重於藉梅花之芳潔脫俗，以喻壽星之

浮山，並與羅山合稱爲羅浮山，亦稱爲「南海蓬萊」。〔唐〕歐陽詢：《藝文類聚》「羅浮山」條曰：「羅浮山記曰：『羅浮者，蓋總稱焉。羅，羅山也；浮，浮山也。二山合體，謂之羅浮。在增城、博羅二縣之境。』」（北京：商務印書館，2005 年，《文津閣四庫全書》本，第 293 冊），卷 7，頁 741。又據〔唐〕柳宗元：《龍城錄》「趙師雄醉憩梅花下」記曰：「隋開皇中，趙師雄遷羅浮。一日，天寒日暮，在醉醒間，因憩僕車於松林間酒肆傍舍，見一女子，淡妝素服，出迓師雄。時已昏黑，殘雪對月色微明。師雄喜之，與之語，但覺芳香襲人，語言極清麗。因與之扣酒家門，得數杯，相與飲。少頃，有一綠衣童來，笑歌戲舞，亦自可觀。頃醉寢，師雄亦懵然，但覺風寒相襲。久之，時東方已白。師雄起視，乃在大梅花樹下，上有翠羽啾嘈相顧，月落參橫。但惆悵而爾。」《景印文淵閣四庫全書》，第 1077 冊，卷上，頁 282〜283。

〔註134〕　張璋等編：《全唐五代詞》（上海：上海古籍出版社，1986 年），卷 7，頁 880。
〔註135〕　張璋等編：《全唐五代詞》，頁 410。
〔註136〕　沈松勤：《唐宋詞社會文化學研究》（杭州：浙江大學，2005 年 1 月 2 版 3 刷），頁 270。
〔註137〕　沈松勤：《唐宋詞社會文化學研究》，頁 275。
〔註138〕　〔宋〕張炎：《詞源》，《詞話叢編》，第 1 冊，卷下，頁 266。

人品高潔；而遣詞命意之新奇靈巧，則繫乎詞人之生命意識與價值。

沈禧另有一首詠紅梅賀女之壽詞〈鷓鴣天・詠紅梅壽守節婦〉云：

> 萼綠仙妹慶誕辰。酡顏暈酒粲朱脣。霞綃翦袂雲裁佩，絳
> 雪爲肌玉作神。　　超俗態，斷凡塵。飄然風韻奪天眞。
> 能堅北嶺冰霜操，不競南園桃李春。（頁1039）

上片將紅梅比擬爲萼綠仙子，接著敷形寫態，妍麗嬌艷，鮮明生動。
然梅花本有飄然脫俗之風韻，故下片從精神層面凸顯主體人物「超俗
態，斷凡塵」之品德，「能堅北嶺冰霜操，不競南園桃李春」，即是頌
美節婦如天眞紅梅一般的高潔懿德，堅貞自持。全篇藉物擬人，形神
兼俱，切合慶壽題旨。

至於沈禧詠物小令，如〈鷓鴣天・水仙詞〉云：

> 邂逅江妃澤畔逢。何年謫降蕊珠宮。輕綃翦袂羅裁襪，秋
> 水爲神玉作容。　　清淺處，月明中。凌波微步欲飄空。
> 三生已斷身前夢，一味全眞林下風。（頁1039）

又如〈清平樂・太湖月波〉云：

> 秋蟾澄皎。影落波心小。三萬六千何渺渺。倒浸玉京瑤島。
> 　　姮娥笑倚欄干。素鷺飛處光寒。喚起謫仙同玩，浩歌
> 激碎狂瀾。（頁1037）

皆爲清新疏淡，逸趣橫生之作。其〈風入松〉云：「麗詞一曲按新聲。
調格總高清。」正是沈禧的風格寫照。

沈禧幽居鄉里，舉凡自然山水、瑣事細物，都能信筆拈來，下筆
成趣。如〈清平樂・題扇小景〉、〈風入松・壁間畫松〉、〈風入松・題
石壇道士焚香〉、〈漁家傲・口浦澄霞〉等。又如〈浣溪沙・詠鵲〉云：

> 刷羽枝頭翠色新。能傳芳信與閨人。結巢長借拙鳩鄰。
> 　　飛入懷中曾化印，聚來河上爲塡津。休言微物解通神。
> （頁1038）

此詞單純詠物，起句描寫喜鵲靈動的形象，清新可喜。接著以「化金
印」〔註139〕、及「鵲橋塡津」〔註140〕二典故，突出喜鵲爲人間傳報

〔註139〕〔晉〕干寶：《搜神記》曰：「常山張顥爲梁州牧，天新雨後，有

喜訊的特質，即使微小之物，亦能解意通神，可謂人間知音。沈禧於微觀天地之間，以全真本心體悟萬物靜觀皆自得之妙趣，顯見其疏朗曠達之真性情。

　　沈禧因為生平傳歷不詳，所資參考者亦極缺乏。綜觀其詠物詞亦以詠花詞佔其中多數，其次則是山水風景及瑣事細物，皆為清新疏淡，逸趣橫生之作，表現其閒適隱逸的生活情趣與疏朗曠達之真性情。

小　結

　　蒙元初興，為在中原建立統一的征服王朝，以致大動干戈，南征北討，歷經七十餘年，始以鐵騎強兵吞併金國，殲滅南宋，完成統一大業。然而，這段歷史上急遽動盪不安、朝代頻繁更迭的現實，不僅激化族群之間的衝突與對立，造成社會經濟的衰敗與動亂，同時亦導致人民流離失所，惶惶無所依恃，對文學的承繼與發展亦產生直接的影響。首先，關於元代詠物詞的分期之說，學者各有定見，或以朝代興衰為標誌，或以創作的特徵與歷史地位為標誌，或以詞風的流變為標誌，各有所重。本文基於「以宋歸宋，以金歸金，以元歸元」的斷限原則，參考黃兆漢《金元詞史》中「南宋遺民期」之後的元詞分期，將元代詠物詞的發展分為三期，同時依據唐圭璋《全金元詞》所輯元代詞人二百一十二家，詞作三千七百二十一首作為主體研究的對象，整理出元代有創作詠物詞的詞家一百零八人，詠物詞八百六十首，佔元詞總數的百分之二十三點一一。

　　元詞第一期由太宗七年至世祖至元三十一年（1235～1294），是

鳥如山鵲，飛翔入市，忽然墜地。人爭取之，化為圓石。顯椎破之，得一金印，文曰：『忠孝侯印』。顯以上聞，藏之祕府。後議郎汝南樊衡夷上言：『堯舜時舊有此官。今天降印，宜可復置。』顯後官至太尉。」《文津閣四庫全書》，第347冊，卷9，頁70。

〔註140〕　〔宋〕陳元靚編：《歲時廣記》「七夕・填河鳥」：「《淮南子》曰：『鳥鵲填河成橋而渡織女。』」《文津閣四庫全書》，第159冊，卷26，頁478。

「大蒙古國」進入天下一統的時期。元初詞學，去宋金未遠，大都是由金入元的文士，親歷改朝換代的滄桑之變，所作多故國之慟和身世之感，悲涼而感慨。還有一部份是金亡之後成長於北方的士人，以及混一後由南宋入元的士人，或入仕新朝，或以遺民自處，其作品內容與風格均明顯受到北宗詞的影響，表現出對國家統一的嚮往和建功立業的豪情壯志，風格趨近豪放曠逸，追步東坡、稼軒剛勁雄健、豪放慷慨之詞風。以白樸、王惲、劉敏中等人爲代表。白樸詠物詞以詠植物及建築物類較多，早期吟詠風花雪月，後期則藉詠物抒發亡國之慨與身世之悲，情感蘊藉，寄意深厚。王惲是元代存詞最多的詞人，亦是元代創作詠物詞最多的詞人，所作題材涵蓋範圍極爲廣泛，又善用典故，婉曲寄意，風格凝麗典重、清渾超逸，近兩宋之風。劉敏中詠物詞題材以詠植物類爲最多，不獨體現花之高潔，亦見出詞人「孤芳自賞」之幽獨情懷，與風雅之閒適生活。

　　元詞第二期由成宗元貞元年至文宗至順三年（1295～1332），是元詞發展的鼎盛期。此時社會承平，文風鼎盛，元代的文化重心由北方移向南方，江南一帶經濟繁榮，文人再度回歸傳統士大夫的雅致生活，詩酒風流、唱和酬酢，趨向閒適曠達之風，而以豔詞麗句爲尙，題材範圍擴大。以許有壬、張翥及高麗籍詞人李齊賢三人最具代表性。許有壬是元代創作詠物詞量居第二位的詞人，以地理類題材最特出，往往通過對自然景物之吟詠，歌頌故國河山之壯麗；或弔古傷今，抒發興亡之慨嘆，大多氣勢縱橫，寓意高遠。張翥詞爲有元一代之冠，向以詠物詞著稱，被譽爲「一代正聲」。詠物題材極其廣泛，在眾多題材中，以詠花詞數量爲最多，有二十八首，居元代詠花詞之冠。除了著眼於物象之描摹，亦著重情意的傳達，工緻細密，流麗婉約，實得姜、張一派之嫡傳。李齊賢是元代少數域外詞人中創作量最多者，少抒情婉約之作，而多雄邁豪放之詞，不僅在元代佔有一席之地，亦可併置於兩宋名家詞中。

　　元詞第三期由惠宗元統元年至元朝末年（1333～1368）。元代末

期，君王昏憒無能，元廷內鬨不斷，蒙元國勢漸趨衰頹，抗元聲浪日益高漲。詞人或感慨興亡，悲嘆身世；或遁世逃情，嘯傲山林。因而豪放之氣亦滲入復雅詞風之中，呈現出南北詞風融合的趨勢。在時代的激發下，元詞繼續傳承與發展姜、張一派的雅正詞風，記錄時代巨變下的心靈感受與思想情感，別有寄託意蘊。以謝應芳、邵亨貞、沈禧三人為代表。謝應芳詠物詞的題材，以詠梅四首最多，其他多為日常習見之物，適足以反映其一生清貧，隱逸閒適的現實生活。其特色在於受到元曲通俗化的影響，詞作中多引入方言白話，不計俚俗，風格偏於詼諧與調侃。邵亨貞為元末的大詞人，素以詠物詞聞名，詠物題材中以詠植物類最富，尤其詠梅詞有六首，梅花所折射出的淡泊高潔的情操與品格，正是詞人傲岸不屈、堅貞獨絕性格之寫照。另外其最為人所傳誦的〈沁園春〉詠眉、目二首，後人稱之「新豔入情」、「工麗可喜」，不過是學效劉過的趣味之作，實不足以此概括其詠物詞的風格與成就。沈禧詠物詞亦以詠花詞佔其中多數，其次則是山水風景及瑣事細物，皆為清新疏淡，逸趣橫生之作，表現其閒適隱逸的生活情趣。